Mark Twain

Ein Yankee aus Connecticut
an König Artus' Hof

Mark Twain

Ein Yankee aus Connecticut an König Artus' Hof

Titel der amerikanischen Originalausgabe
›A Connecticut Yankee in King Arthur's Court‹
Deutsche Übersetzung von Eberhard Koebel-Tusk

Lizenzausgabe mit Genehmigung
des Wilhelm Heyne Verlages, München
für die Büchergilde Gutenberg,
Frankfurt am Main, Olten, Wien
Einband: Brigitte Willberg,
Typographie: Hans-Peter Willberg, Eppstein
Schutzumschlaggestaltung: Heinrich Thomas, Heidesheim
Satz: LibroSatz, Kriftel · Druck: Wilk, Friedrichsdorf
Bindung: Mohndruck Graphische Betriebe GmbH, Gütersloh
Printed in Germany · ISBN 3 7632 2934 5

Inhalt

Vorwort

Die rohen Sitten und Gebräuche, die in der folgenden Geschichte dargestellt werden, sind historisch, und die Episoden, durch die ich sie lebendig mache, sind es auch. Es wird nicht behauptet, daß die angeführten Gesetze und Sitten im England des sechsten Jahrhunderts bestanden, nein, es wird nur gesagt, daß es keine Verleumdung des sechsten Jahrhunderts ist, wenn wir annehmen, daß sie damals im Schwange waren, gab es sie doch in England wie in anderen Kulturländern noch viele Jahrhunderte später. So ist man durchaus berechtigt zu schließen: Sollte der eine oder andere Brauch in der Vergangenheit nicht bestanden haben, dann gab es statt seiner mit Sicherheit noch schlimmere.

Die Frage, ob es so etwas wie das göttliche Recht der Könige gibt, wurde im vorliegenden Buch nicht gelöst. Sie wurde allzu schwierig befunden. Das regierende Oberhaupt eines Volkes sollte eine Persönlichkeit von makellosem Charakter und außerordentlichen Fähigkeiten sein, das lag auf der Hand; daß nur die Gottheit ein solches Oberhaupt richtig auswählen konnte, lag gleichfalls auf der Hand; daß sie die Pflicht zur richtigen Auswahl hatte, war unvermeidlich zu folgern, daß sie die Auswahl auch, so heißt es, unfehlbar traf. Allerdings nur bis zu dem Punkt, als der Verfasser auf Madame Pompadour und Lady Castlemaine* und einige andere Machthaberinnen der gleichen Art stieß. Sie in den Plan der Gottgewolltheit einzuordnen, erwies sich als so schwierig, daß er es für besser hielt, in seinem Buch (da es im Herbst erscheinen soll) noch einmal den anderen Weg zu gehen und sich dann in die notwendigen Studien zu vertiefen, um die Frage in einem neuen Buch zu beantworten. Es ist ein Problem, das wirklich gelöst werden sollte, und ich habe mir für den nächsten Winter ohnehin nichts Besonderes vorgenommen.

Mark Twain

* Madame Pompadur (1721–1764), Mätresse des französischen Königs Ludwig XV., und Lady Castlemaine (1641–1709), Mätresse des englischen Königs Karl II., waren unter anderem für ihre Einflußnahme auf die Politik bekannt. (Anmerkung des Übersetzers)

Einige Worte zur Erklärung

Der seltsame Fremde, von dem ich erzählen will, begegnete mir im Schloß von Warwick. Er zog mich durch dreierlei an: seine aufrichtige Einfalt, seine bewundernswerte Kenntnis alter Rüstungen und die beruhigend wirkende Art seiner Gesellschaft, denn er bestritt die Unterhaltung allein. Wie es bescheidenen Leuten geht, gerieten wir an das Ende des Besucherstroms, der durch das Schloß geführt wurde. Bereits seine ersten Worte ließen mich aufhorchen. Wie er so sprach – leise, weich, fließend –, schien er unmerklich aus der Gegenwart in ferne Zeiten und uraltes, vergessenes Land zu gleiten, und allmählich umwob er mich mit einem solchen Zauber, daß ich glaubte, zwischen Staub und Moder grauer Urzeit, ihren Schatten und Geistern zu wandeln und mit ihresgleichen zu plaudern. So, wie ich von meinen nächsten Freunden und Feinden oder meinen vertrauten Nachbarn sprechen würde, sprach er von den Rittern Bevidere, Bors von Ganis, Lancelot vom See, Galahad und all den andern großen Namen der Tafelrunde – und wie alt, wie unsagbar alt und verblichen, verschrumpft, vermodert und verschollen wirkte er, wenn er so erzählte.

Plötzlich wandte er sich mir zu und sagte in einem Ton, wie man über das Wetter oder sonst etwas Konventionelles spricht: »Sie haben sicher von Seelenwanderung gehört. Wissen Sie auch von der Versetzung ganzer Zeitalter oder Personen in eine andere Zeit?«

Ich verneinte. Er hörte jedoch so oberflächlich zu, als spräche ich vom Wetter, und bemerkte gar nicht, ob ich seine Frage beantwortete oder nicht. Für kurze Zeit trat Stille ein, die gleich darauf von der schallenden Stimme des Fremdenführers unterbrochen wurde.

»Alter Brustharnisch aus dem sechsten Jahrhundert, der Zeit König Artus' und seiner Tafelrunde. Soll dem Ritter Herrn Sagramor dem Lüsternen gehört haben. Beachten Sie bitte das runde Loch im Kettenpanzer auf der linken Brust. Konnte bisher nicht erklärt werden. Ist vermutlich nach Erfindung der Feuerwaffe durch eine Kugel entstanden – wahrscheinlich mutwillig durch Cromwells Soldaten!«

Mein Bekannter lächelte, nicht wie wir Heutigen lächeln, sondern wie schon seit vielen, vielen Jahrhunderten nicht mehr gelächelt wird, und murmelte: »Denk mal an, und ich war dabei.« Nach einer Weile fügte er hinzu: »Ich selbst hab' es getan.«
Ehe ich mich von dem elektrischen Schlag der Überraschung erholt hatte, war er verschwunden.
Den ganzen Abend saß ich am Kaminfeuer im Gasthaus von Warwick und träumte von alten Zeiten, während der Regen gegen die Scheiben trommelte und der Wind um Giebel und Traufen heulte. Von Zeit zu Zeit las ich ein paar Seiten in Sir Thomas Malorys entzückendem Buch, nippte von seinem mit Wundern und Abenteuern so reich gedeckten Tisch, atmete den Duft seiner altertümlichen Namen und träumte weiter. Um Mitternacht endlich las ich als Schlaftrunk noch die folgende Geschichte:

WIE
HERR LANCELOT ZWEI RIESEN ERSCHLUG
UND EINE BURG BEFREITE

Alsdann kamen zwei gewaltige Riesen über ihn, wohlgepanzert bis zum Kopf, gewappnet mit schrecklichen Keulen. Herr Lancelot deckte sich mit seinem Schild und wehrte dem Streich des einen Riesen und spaltete ihm den Kopf mit seinem Schwert. Als der Gefährte das erblickte, floh er davon, als sei er von Sinnen, aus Angst vor so furchtbaren Schwertstreichen; aber Herr Lancelot verfolgte ihn mit aller Kraft und hieb ihm auf die Schulter und spaltete ihn bis zur Mitte. Dann trat Herr Lancelot in die Halle, und dreimal zwanzig Edeldamen und Jungfrauen traten hervor, und alle knieten nieder und dankten Gott und ihm für ihre Rettung. Denn, Ritter, sprachen sie, die meisten von uns waren sieben Jahre der Riesen Gefangene und mußten für Speise und Trank aller Art Arbeiten aus Seide wirken und sind doch alle sehr hochgeborene Edelfrauen. Und gesegnet, Ritter, sei der Tag Eurer Geburt, denn niemals vollbrachte ein Ritter Gott wohlgefälligeres Werk in der Welt. Des sind wir Zeugen und bitten Euch, Euren Namen uns kundzutun, auf daß wir unseren Freunden sagen können, wer uns aus dem Verlies befreite. Holde Jungfrauen, sagte er, ich bin Herr Lancelot vom See. Und so schied er von ihnen und befahl sie in Gottes Hut. Dann bestieg er sein Pferd und ritt in viele gar fremde und wilde Länder und durch manche Flüsse und Täler und ward oft übel aufgenommen. Aber einmal gelangte er, als die Nacht anbrach, von ungefähr an einen schönen Garten; dort traf er auf eine alte Edelfrau, die ihn guten Willens aufnahm und ihn und sein Pferd aufs beste pflegte. Als Schlafenszeit war, geleitete seine Gastgeberin ihn zu seinem Nachtlager in einem schönen Gemach über dem Tor. Dort tat Herr Lancelot die Rüstung ab, legte seinen Harnisch neben sich, ging zu Bett und fiel sofort in Schlaf. Bald darauf schlug ein Reiter in größter Hast an das Tor. Und als Herr Lancelot das hörte, erhob er sich, spähte aus dem Fenster und sah im Mondlicht drei Ritter den einen Reiter verfolgen, und alle drei hieben mit Schwertern auf ihn ein, aber der eine Ritter wandte sich nach Ritterart gegen sie und verteidigte sein Leben. Fürwahr, sagte Herr Lancelot, jenem Ritter werde ich helfen, denn es wäre schändlich, Zeuge eines Kampfes dreier gegen einen zu sein, und wenn er erschlagen wird, bin ich mitschuldig an seinem Tod. Und damit nahm er seinen Harnisch und ließ sich an einem Seil vom Fenster herab zu den vier Rittern und sprach mit lauter Stimme: Ihr Ritter, kämpft nun gegen mich und laßt von jenem Ritter ab. Da ließen alle drei von Herrn Kay ab und wandten sich gegen Herrn Lancelot, und ein gewaltiger Kampf hub an, denn alle drei stiegen ab und führten viele Schwertstreiche gegen Herrn Lancelot und bedrängten ihn von allen Seiten. Da rüstete sich Herr Kay, Herrn Lancelot beizustehen. Nein, sagte der, mitnichten bedarf ich Eurer Hilfe, Ihr sollt die meine haben. Laßt mich allein mit ihnen. Herr Kay fügte sich in des Ritters Willen und stand beiseite. Darauf streckte Herr Lancelot seine Gegner mit sechs Schwerthieben zu Boden.

Da riefen die drei: Herr Ritter, wir ergeben uns Euch als einem Mann von unerreichter Stärke. Was das betrifft, sagte Herr Lancelot, so nehme ich euer Angebot nicht an; aber ich werde euch das Leben schenken, sofern ihr euch Herrn Kay, dem Seneschall, ergebt, und anders nicht. Edler Ritter, sagten sie, das wollen wir wahrlich nicht tun, denn Herrn Kay haben wir bis hierher gejagt und hätten ihn überwunden, wärt nicht Ihr hinzugekommen; deshalb ist kein Grund, uns ihm zu unterwerfen. Nun wohl, sprach

Herr Lancelot, geht mit euch zu Rate, denn ihr könnt wählen zwischen Leben und Tod, aber wenn ihr euch ergebt, so müßt ihr euch Herrn Kay ergeben. Edler Ritter, sagten sie, um unser Leben zu retten, werden wir tun, wie Ihr uns gebietet. Dann sollt ihr, sagte Herr Lancelot, am nächsten Pfingstsonntag zum Hofe König Artus' gehen und euch dort Königin Ginover ergeben und euch alle drei ihrer Gunst und Gnade überlassen und sagen, Herr Kay sende euch als ihre Gefangenen.

Am Morgen erhob sich Herr Lancelot in aller Frühe und ließ Herrn Kay schlafen, und Herr Lancelot nahm Herrn Kays Rüstung und Schild und waffnete sich; dann ging er in den Stall, holte sein Roß, nahm Abschied von der Gastgeberin und ritt davon. Bald darauf erwachte Herr Kay und suchte Herrn Lancelot, und da gewahrte er, daß jener seine Rüstung und sein Pferd genommen hatte. Bei meiner Ehre, das weiß ich wohl, er wird Kümmernis über manchen Ritter vom Hof König Artus' bringen, denn bei seinem Anblick werden sie keck sein, weil sie denken, ich bin es, und damit werden sie betrogen sein; ich aber werde in seiner Rüstung und mit seinem Schild gewiß in Frieden reiten. Und kurze Zeit danach bedankte sich Herr Kay bei der Gebieterin des Hauses und ritt von dannen.

Als ich das Buch sinken ließ, klopfte es an die Tür, und mein Fremder trat ein. Ich bot ihm Tabak und einen Sessel an und bat ihn, sich wie zu Haus zu fühlen. Mit einem heißen Whiskygrog machte ich es ihm behaglicher, schenkte ihm den zweiten ein, noch einen – und wartete auf seine Geschichte. Nach dem vierten Glas kam er von selbst ins Erzählen, ganz einfach und natürlich:

DIE GESCHICHTE MEINES GASTES

Ich bin Amerikaner. Ich wurde in Hartford im Staate Connecticut geboren und auf der anderen Seite des Flusses, auf dem Land, aufgezogen. Ich bin also ein waschechter Yankee – und praktisch, jawohl, und ich glaube, fast ohne Empfindsamkeit – oder, anders gesagt, ohne Sentimentalität. Mein Vater war Schmied, mein Onkel Tierarzt, und ich war zuerst einmal beides. Dann ging ich zur großen Waffenfabrik hinüber und lernte mein

wahres Handwerk; erlernte es von Grund auf; lernte alles machen: Flinten, Revolver, Kanonen, Kessel, Maschinen, alle Art arbeitssparender Apparate. Ja, ich konnte alles herstellen, was irgend gewünscht wurde – einfach alles, ganz gleich was; und gab es kein modernes Verfahren dazu, dann erfand ich eins – und es fiel mir so leicht, wie ein Rundholz wegzurollen. Ich wurde Oberaufseher und hatte ein paar tausend Mann unter mir.
Aber in solch einer Stellung braucht man seine Fäuste nicht nur zum Arbeiten. Das versteht sich von selbst. Mit mehreren tausend roher Kerle gibt es auch eine Menge Vergnügen besonderer Art. Das merkte ich oft. Schließlich traf ich auf einen, der mir gewachsen war, und erhielt meinen Teil. Mit Brechstangen wurde zwischen mir und einem Burschen mit dem Beinamen Herkules eine Meinungsverschiedenheit ausgetragen. Er legte mich mit einem wüsten Hieb über den Kopf um, bei dem alles krachte und jede Naht meines Schädels aufzuspringen schien. Die Welt versank in Finsternis, ich fühlte nichts und wußte von nichts – wenigstens für eine Weile.
Als ich wieder zu mir kam, saß ich unter einer Eiche im Gras und hatte eine leidlich schöne und weitläufige Landschaft ganz für mich allein . . . beinahe ganz; denn da saß noch einer auf einem Pferd und schaute auf mich herunter, ein Bursche, frisch aus dem Bilderbuch. Vom Scheitel bis zur Sohle steckte er in einem altertümlichen Eisenpanzer und trug einen Helm in Form eines Nagelfäßchens mit Schlitzen, einen Schild, ein Schwert und eine ungeheure Lanze. Auch sein Pferd war gepanzert, und ein Stahlhorn sprang an seiner Stirn vor, und prächtige rote und grüne Seidenschabracken hingen wie eine Steppdecke rundherum fast bis zur Erde.
»Edler Herr, wollt Ihr turnieren?« fragte mich der Bursche.
»Ob ich was will?«
»Wollt Ihr einen Waffengang wagen für Euer Land, für Eure Dame, oder für . . .«
»Wovon faselst du«, fragte ich. »Geh in deinen Zirkus zurück, oder ich zeige dich an.«
Aber was tut der Kerl? Er reitet einige hundert Meter zurück, wendet und kommt dann in voller Fahrt auf mich zu, sein Nagelfäßchen fast bis auf den Pferdehals

gesenkt und seinen langen Speer genau auf mich gerichtet. Ich sah, daß er es ernst meinte, und saß schon auf dem Baum, als er eintraf.

Er behauptete, ich gehöre ihm, als Beute seines Speers. Sein Argument war stichhaltig – und er war himmelhoch im Vorteil; ich hielt es daher für das beste, gute Miene zum bösen Spiel zu machen. Wir schlossen einen Pakt, nach dem ich mit ihm gehen und er mir dafür nichts antun sollte. Ich kam herunter, und wir machten uns auf den Weg; ich lief neben seinem Pferd her. Wir bewegten uns in angenehmem Tempo über Lichtungen und Bäche, die ich früher nie gesehen hatte, die mir unlösbare Rätsel aufgaben – und doch kamen wir zu keinem Zirkus oder etwas, was darauf hindeutete. So gab ich die Zirkusidee auf und nahm an, daß er einem Irrenhaus entsprungen wäre. Aber wir kamen auch zu keinem Irrenhaus, und mir ging's wie dem Ochs am Berg. Ich fragte, wie weit wir von Hartford wären. Er sagte, er habe nie von dem Ort gehört, was ich für gelogen hielt, aber hingehen ließ. Nach einer Stunde sahen wir in der Ferne eine Stadt an einem Fluß, der sich durch ein Tal schlängelte. Über ihr auf einem Hügel stand eine mächtige graue Burg mit Türmen und Türmchen, die erste, die ich in natura sah.

»Bridgeport?« fragte ich und zeigte hinüber.

»Camelot«, sagte er.

Mein Gast hatte Anzeichen von Müdigkeit sehen lassen. Er ertappte sich beim Einnicken, lächelte sein ihm eigenes rührendes, altertümliches Lächeln und sagte: »Ich merke, es geht nicht mehr weiter; aber kommen Sie mit, ich habe alles aufgeschrieben, und Sie können es lesen, wenn Sie wollen.«

In seinem Zimmer sagte er: »Zuerst führte ich Tagebuch, dann, nach und nach, Jahre später, machte ich eine Geschichte daraus. Wie lange das her ist . . .?«

Er überreichte mir sein Manuskript und zeigte mir die Stelle, an der ich beginnen sollte: »Fangen Sie hier an – was vorher geschah, habe ich Ihnen erzählt.« Er war unterdessen sehr müde geworden. Als ich aus dem Zimmer ging, hörte ich ihn schläfrig murmeln: »Ruhet wohl, edler Herr!«

Ich setzte mich an mein Kaminfeuer und prüfte meinen

Schatz. Der erste – weitaus größte Teil war altersvergilbtes Pergament. Ich untersuchte ein Blatt sehr genau und stellte fest, daß es ein Palimpsest war. Unter der alten verblichenen Handschrift des amerikanischen Chronisten erschienen Spuren einer älteren Federführung, die noch verblaßter war – lateinische Worte und Sätze: offenbar Fragmente alter Mönchslegenden. Ich blätterte zu der Stelle zurück, die mir der Fremde bezeichnet hatte, und begann zu lesen.

Die Geschichte vom verlorenen Land

Camelot

»Camelot – Camelot«, sagte ich vor mich hin. »Glaube nicht, je von dem Ort gehört zu haben. Vermutlich Name der Irrenanstalt.«

Es war eine sanfte, ruhevolle Sommerlandschaft, lieblich wie ein Traum und still wie ein Sonntag. Die Luft war voll Blumenduft, Insektensummen und Vogelzwitschern. Weder Leute noch Wagen waren zu sehen, kein Lebenszeichen, kein Arbeitslärm. Die Straße war nur ein gewundener Pfad mit Hufspuren und hier und da einer schwachen Räderspur auf beiden Seiten im Gras – Räder, die offenbar handbreite Reifen hatten.

Jetzt kam ein Mädchen daher, ein hübsches, zartes Ding, etwa zehn Jahre alt; eine goldene Haarflut fiel über ihre Schultern. Auf dem Kopf trug sie einen Kranz feuerroter Mohnblüten. Es war die entzückendste Aufmachung, die ich je gesehen – soweit überhaupt von Aufmachung gesprochen werden konnte. Sie spazierte gleichmütig vorüber, mit friedvollem Sinn, der sich auf ihrem unschuldigen Gesichtchen widerspiegelte. Der Zirkusmann beachtete sie nicht, schien sie überhaupt nicht zu bemerken. Und sie – sie war über seine phantastische Aufmachung sowenig erstaunt, als wäre sie gewohnt, dergleichen täglich zu sehen. Sie ging so gleichgültig vorüber wie an ein paar Kühen; aber als sie mich bemerkte, da war sie wie ausgewechselt! Sie warf die Arme in die Höhe und stand wie versteinert; der Mund blieb ihr offen. Mit aufgerissenen Augen starrte sie mich verblüfft an, die leibhafte erstaunte Neugier, mit Schrecken gemischt. Und so stand sie und starrte in einer Art traumhafter Verzückung, bis wir durch einen Waldknick ihrem Blick entschwanden. Daß sie über meinen und nicht über des anderen Mannes Anblick stutzte, ging mir über meinen Verstand, das begriff ich nicht. Und daß sie mich als ein Wunder betrachtete und völlig übersah, daß sie selbst Anspruch darauf hatte, war ein neues Rätsel und für solch ein junges Ding wahrhaft überraschend genug. Stoff zum Nachdenken war hier reichlich vorhanden. Ich ging wie ein Schlafwandler weiter.

Als wir uns der Stadt näherten, zeigten sich erste Lebenszeichen. Hier und da kamen wir an einer erbärmlichen, strohgedeckten Hütte vorbei, die zwischen kleinen Feldern und Gärtchen lag, alles in erbärmlichem Zustand. Menschen waren auch da, starke Männer mit langem, wildem, ungekämmtem Haar, das ihnen ins Gesicht hing, so daß sie Tieren ähnlich sahen. Wie die Frauen trugen sie knielange Kittel aus rauhem, grobfädigem Leinen und eine Art roher Sandalen, viele hatten einen eisernen Reifen um den Hals. Die kleinen Jungen und Mädchen waren nackt; doch niemand schien sich daran zu stoßen. All die Leute starrten mich an, redeten über mich, rannten in ihre Hütten, um ihre Angehörigen zu holen, damit sie mich auch angaffen konnten; doch niemand stutzte über den anderen Burschen, außer, um ihn unterwürfig zu grüßen, ohne dafür den geringsten Dank zu erhalten.

In der Stadt standen einige ansehnliche, fensterlose Steinhäuser zerstreut zwischen einem Gewirr strohgedeckter Hütten. Die Straßen waren krumme, ungepflasterte Gäßchen; Scharen von Hunden und nackten Kindern spielten lärmend in der Sonne. Schweine streunten umher und wühlten nach Herzenslust im Boden, eine Sau lag im dampfenden Morast mitten in der Hauptdurchfahrt und säugte ihre Ferkel. Da tönte von weitem Militärmusik; sie kam näher und immer näher, und bald wurde ein prächtiger Reiterzug sichtbar, mit leuchtend bunten, federgeschmückten Helmen, funkelnden Panzern und flatternden Fahnen, reichbestickten Gewändern und Schabracken und vergoldeten Speerspitzen, und durch Schmutz und Schwein und nackte Gören, munter bellende Hunde und schäbige Hütten zog er erhaben dahin, und wir folgten in seinem Kielwasser. Wir folgten durch eine gewundene Gegend und noch eine – bergauf, immer bergauf –, bis wir endlich die luftige Höhe erreichten, auf der die ungeheure Burg stand.

Dort wurde hinüber und herüber ins Horn getutet; unter der Mauer, wo Bewaffnete in Harnisch und Helm mit geschulterter Hellebarde auf und ab marschierten, wurde verhandelt – unter träg flatternden Bannern, auf denen eine rote Drachenfigur prangte. Dann öffneten sich die großen Tore, die Zugbrücke wurde herabgelassen, und die Spitze der Kavalkade galoppierte durch die düsteren Torbogen. Wir folgten und befanden uns bald auf einem großen gepflasterten Hof. Türme und Zinnen ragten an allen vier Seiten in die blaue Luft empor. Um uns her ein allgemeines Absteigen, Grüßen und Hinundherrennen, eine heitere Szenerie voll Bewegung, in allen Regenbogenfarben schillernd, ein fröhliches Getümmel, Lärmen und Durcheinander.

Der Hof des Königs Artus

Bei der ersten günstigen Gelegenheit schlüpfte ich beiseite, tippte einem alten, einfach aussehenden Mann auf die Schulter und fragte auf einschmeichelnd vertrauliche Art: »Freund, tu mir einen Gefallen, gehörst du zum Irrenhaus oder bist du nur zufällig hier, vielleicht um jemand zu besuchen?«
Er blickte mich einfältig an und sagte: »Wahrlich, edler Herr, mich deucht –«
»Danke, das genügt«, sagte ich; »ich nehme an, du bist Patient.«
Ich entfernte mich nachdenklich und hielt gleichzeitig nach einem Vorübergehenden Ausschau, der bei Trost sei und mich aufklären könnte. Jetzt glaubte ich, einen gefunden zu haben, zog ihn beiseite und flüsterte ihm ins Ohr: »Ob ich wohl den Oberwärter einen Augenblick sprechen könnte – nur für einen Augenblick –«
»O bitte, laßt mich.«
»Was soll ich dich lassen?«
»Hemmt mich nicht in meinem Tun, wenn Ihr das besser versteht.«
Er sagte dann, er sei Unterkoch und dürfe nicht herumstehen und schwatzen, würde es aber gern ein andermal tun, denn er brenne vor Neugier zu erfahren, woher meine Kleider stammten. Als er fortging, zeigte er mir jemand, der Zeit genug für mich habe und mich sicher schon suchte. Es war ein schlanker, froher Bursche, der in seinen garnelenfarbigen, eng anliegenden Hosen wie eine gegabelte Karotte aussah; im übrigen war er in blaue Seide mit zierlichen Spitzen und Krausen gekleidet. Er hatte lange gelbe Locken und trug ein keckes rosa Satinbarett mit Feder schräg aufs Ohr gestülpt. Er sah gutherzig aus, war ein Anblick zum Malen und schlenderte selbstzufrieden dahin. Er kam an, musterte mich lächelnd von oben bis unten mit frecher Neugier, sagte, daß er meinetwegen gekommen sei, und teilte mir mit, er sei ein Edelknabe.
»Ach, geh«, erwiderte ich, »du bist ein Lausejunge.«
Das war zwar unhöflich, aber ich ärgerte mich wirklich. Ihn hatte das Ganze nicht gestört. Er schien gar nicht gemerkt zu haben, daß ich unfreundlich zu ihm gewesen

war. Er begann zu erzählen und zu lachen, als wir nebeneinanderher spazierten, in glücklicher, unbekümmerter Jungenart, und schloß gleich Freundschaft mit mir. Er stellte eine Menge Fragen über mich und meine Kleider, wartete aber nie auf Antwort – sondern schwatzte unbekümmert weiter, als wüßte er gar nicht, daß er etwas gefragt habe. Das ging so weiter, bis er zufällig erwähnte, er sei Anfang 513 geboren.

Mir lief es kalt über den Rücken! Ich blieb stehen und sagte etwas unsicher: »Anscheinend hab' ich dich nicht richtig verstanden. Sag es noch einmal – aber bitte langsam. In welchem Jahr?«

»Fünfhundertdreizehn!«

»Fünfhundertdreizehn? Danach siehst du wirklich nicht aus. Aber laß das, mein Junge, ich bin hier fremd und habe keine Freunde. Sei offen und ehrlich zu mir; denn du bist doch bei klarem Verstand?«

Er sagte, daß er es sei.

»Sind die andern Leute bei Sinnen?«

Auch das bejahte er.

»Und das hier ist keine Irrenanstalt? Ich meine, kein Ort, wo man Verrückte pflegt?«

Er sagte, das sei nicht der Fall.

»Gut«, fuhr ich fort, »dann bin entweder ich verrückt, oder etwas Schreckliches hat sich ereignet. Nun sage mir, ehrlich und aufrichtig, wo bin ich?«

»Am Hofe des Königs Artus!«

Ich wartete einen Augenblick, bis ich von dem Gesagten ganz durchdrungen war, und fragte dann: »Und der Wievielte ist heute deiner Meinung nach?«

»Heute ist der 19. Juni 528.«

Ich bekam einen leichten Herzanfall und murmelte: »Nie werde ich meine Freunde wiedersehen – nie mehr. Sie werden erst in mehr als dreizehnhundert Jahren geboren werden.«

Ich mußte dem Jungen glauben und wußte nicht, warum. Irgend etwas in mir schien ihm zu glauben – mein Gefühl vielleicht –, aber meine Vernunft weigerte sich. Mein Verstand begann sich dagegen zu sträuben, und das war nur natürlich. Ich wußte nicht, wie ich ihn beruhigen sollte; denn das war klar, Menschenzeugnis reichte nicht aus – und meine Vernunft reichte nicht

aus – meine Vernunft würde sagen, die ganze Bande sei wahnsinnig und ihr Zeugnis zu verwerfen.
Aber plötzlich fiel mir durch einen glücklichen Zufall das einzig richtige Mittel ein. Ich wußte, daß nur eine totale Sonnenfinsternis in der ersten Hälfte des 6. Jahrhunderts (nach dem Julianischen Kalender) stattfand, am 21. Juni 528 drei Minuten nach zwölf Uhr. Ich wußte auch, daß keine totale Sonnenfinsternis für das meiner Ansicht nach laufende Jahr – 1879 – fällig war. Wenn ich also nicht gerade in den nächsten achtundvierzig Stunden vor Neugier und Spannung sterben sollte, konnte ich mit Sicherheit feststellen, ob der Junge mir die Wahrheit sagte oder nicht.
So schlug ich mir als praktischer Mann aus Connecticut das ganze Problem völlig aus dem Sinn, bis sein Tag und seine Stunde kommen sollte, so daß ich mich dem gegenwärtigen Augenblick zuwenden und – wach und bereit – das Beste aus ihm machen konnte. Jedes Ding zu seiner Zeit, ist mein Grundsatz – und was du tust, das tue ganz! Nun gab es zwei Möglichkeiten: Befanden wir uns noch im 19. Jahrhundert und ich mich ohne Fluchtmöglichkeit unter Verrückten, so würde ich mich schnellstens zum Leiter der Irrenanstalt machen oder in Erfahrung bringen, warum ich hier war. Wenn es andererseits wirklich das sechste Jahrhundert war, auch gut, dann wollte ich nicht weniger. Ich würde das ganze Land in drei Monaten beherrschen; denn ich konnte hier im Königreich die Arbeit als ein Mann beginnen, der seiner Zeit an Wissen um dreizehnhundert Jahre und mehr voraus ist. Ich bin kein Mensch, der Zeit verliert, wenn er sich zu etwas entschlossen hat und die Arbeit auf ihn wartet, deshalb sagte ich zum Edelknaben: »Jetzt, Clarence, mein Junge – wenn das dein Name sein sollte –, mußt du mich ein bißchen aufs laufende bringen. Wie heißt das Faktotum, das mich herbrachte?«
»Unser beider Herr und Meister? Das ist der gute Ritter und gewaltige Lord Herr Kay der Seneschall, Ziehbruder unseres Lehnsherrn, des Königs.«
»Sehr gut; weiter, erzähle mir alles.«
Er machte eine lange Geschichte daraus, aber von unmittelbarem Interesse für mich war nur folgendes: Ich sei Herrn Kays Gefangener, würde also nach Recht und

Brauch in ein Burgverlies geworfen und dort bei magerer Kost belassen, bis meine Freunde mich auslösten – wenn ich nicht vorher verfaulte. Ich sah wohl, daß gerade ich die besten Aussichten für die letzte Möglichkeit hatte; verschwendete aber keinen Gedanken daran, die Zeit war zu kostbar.

Weiter sagte der Edelknabe, daß in der Halle das Mahl um diese Zeit beendet sei und daß zu Beginn des Trinkgelages Herr Kay mich hereinholen und vor König Artus und seinen berühmten Rittern von der Tafelrunde zur Schau stellen würde. Er werde über seine Heldentat bei meiner Gefangennahme prahlen und die Tatsachen vermutlich ein wenig übertreiben, aber es wäre nicht schicklich für mich – und im übrigen auch nicht klug –, ihn zu berichtigen; und wenn ich genügend bestaunt worden sei, dann ab in den Kerker! Aber er, Clarence, würde mich dann und wann besuchen, mich aufmuntern und mir helfen, meine Freunde zu verständigen.

Meine Freunde! Ich dankte ihm; ich konnte wohl nicht anders. Bald danach kam ein Lakai und meldete, ich würde benötigt.

Clarence führte mich hinein, auf die Seite, und setzte sich neben mich.

Nun, es war ein merkwürdiges Schauspiel, und sehr interessant. Ein riesiger, fast leerer Raum voll schreiender Kontraste. Er war sehr, sehr hoch, so hoch, daß die Banner, die von den gebogenen Tragbalken niederhingen, dort oben in einer Art Zwielicht verschwammen. An jedem Ende des Saales war ganz oben eine Galerie mit Steingeländer; auf der einen saßen die Musiker, auf der anderen, in blendende Farben gekleidet, die Damen. Der Fußboden war mit großen Steinplatten, die alt und abgelaufen waren, wie ein Schachbrett ausgelegt – sie hätten erneuert werden müssen. An künstlerischer Ausstattung fehlte es genaugenommen, abgesehen von einigen riesigen Wandteppichen, die vermutlich als Kunstwerke eingeschätzt wurden: Schlachtenbilder mit Pferden, als hätten Kinder sie aus Papier oder aus Pfefferkuchenteig geformt. Ein Kamin war da, groß genug, ein Feldlager darin aufzuschlagen. Mit dem ausladenden Mantel aus gemeißelten Säulen und der steingehauenen Haube glich er einem Domportal. An den Wänden entlang standen

Hellebardenträger, starr wie Statuen, in Brustpanzer und Eisenhut.

In der Mitte dieses überwölbten Marktplatzes stand ein Eichentisch, den sie ›die Tafelrunde‹ nannten. Er war so ansehnlich wie eine Zirkusmanege; und um ihn her saß eine große Gesellschaft von Männern, in so mannigfache und leuchtende Farben gekleidet, daß einem vom Hinsehen die Augen schmerzten. Sie behielten ihre Federhüte die ganze Zeit auf dem Kopf, nur wenn jemand den König selbst anredete, lüftete er einmal leicht den Hut.

Vorwiegend tranken sie – aus großen Ochsenhörnern –, einige jedoch kauten noch ihr Brot oder nagten Knochen ab. Auf jeden Mann kamen etwa zwei Hunde; die saßen lauernd da, bis ihnen ein Knochen zuflog. Dann stürzten sie sich in rasendem Ansturm regimentsweise darauf, und es entbrannte ein Kampf, der die Bühne mit einem wilden Durcheinander niedertauchender Köpfe und aufzuckender Schwänze füllte; das Geheul und Gebell übertönte eine Zeitlang jedes Gespräch. Doch das störte keinen, denn der Hundekampf hatte für sie größeren Reiz. Die Männer erhoben sich ab und an, um besser zu sehen und Wetten abzuschließen; die Damen und Musikanten lehnten sich zum gleichen Zweck weit über die Balustraden, und alle brachen von Zeit zu Zeit in begeisterte Zurufe aus. Am Ende streckte der Sieger, mit dem Knochen zwischen den Pfoten, sich behaglich aus, knurrte noch etwas, benagte ihn und beschmutzte den Boden damit, wie fünfzig andere es schon getan; und der Hof nahm seine vorherige Beschäftigung und Unterhaltung wieder auf.

In der Regel waren Rede und Benehmen der Versammelten anmutig und höflich, und ich bemerkte, daß sie gute, aufmerksame Zuhörer waren, wenn jemand etwas erzählte, zumindest in einer Hundekampfpause. Und, ehrlich gesagt, sie waren ein kindliches und unschuldiges Volk, das Lügen von kolossalem Kaliber mit freundlichster und liebenswürdigster Unbefangenheit erzählte, willig und bereit, auch der Lüge eines andern zu lauschen und sie zu glauben. Man konnte bei diesen Menschen kaum an Grausamkeit und Schrecken denken; und doch schwelgten sie in Geschichten von Blut und

Leiden mit so arglosem Vergnügen, daß ich beinahe zu schaudern vergaß.
Ich war nicht der einzige Gefangene dort, es waren zwanzig oder mehr. Arme Teufel, viele verstümmelt, zerhackt, furchtbar zerhauen, Haar, Gesicht und Kleider von harten schwarzen Blutkrusten verklebt. Sie litten sicher quälende körperliche Schmerzen und, ohne Zweifel, Mattigkeit, Hunger und Durst; niemand hatte ihnen die Wohltat des Waschens erwiesen, nicht einmal die kleine Barmherzigkeit, ihre Wunden zu verbinden, und doch hörte man sie nicht jammern und stöhnen, sah kein Zeichen von Ungeduld oder Anklage. Der Gedanke drängte sich mir auf: Die Schurken – sie selbst haben andere Leute so behandelt; jetzt, da sie an der Reihe sind, erwarten sie deshalb nichts Besseres; so ist ihre stoische Haltung nicht etwa das Ergebnis seelischer Erziehung, geistiger Stärke oder vernünftiger Überlegung, nein, sie ist bloße Anpassung, sie sind weiße Indianer*.

* Zur Rechtfertigung der gegen sie gerichteten Unterdrückungsmaßnahmen wurden zu Mark Twains Zeit die Indianer gern als Ausbund der Grausamkeit dargestellt. Ein ›weißer Indianer‹ ist also ein Weißer, der den Indianern an angeblicher Grausamkeit nicht nachsteht. (Anmerkung des Übersetzers)

Die Gespräche an der Tafelrunde waren im Grunde alle Monologe – geschwätzige Berichte der Abenteuer, in denen die Gefangenen gemacht, ihre Freunde und Helfer getötet und ihnen Roß und Rüstung abgenommen wurden. Im allgemeinen waren die mörderischen Taten – soweit ich feststellen konnte – nicht Raubzüge, um Beleidigungen zu rächen oder alte und neue Streitfälle zu erledigen, nein, gewöhnlich waren es einfach Duelle zwischen Fremden – Zweikämpfe zwischen Leuten, die einander nicht einmal vorgestellt waren und zwischen denen keinerlei Grund zum Streit bestand. Oft genug hatte ich erlebt, wie zwei Jungen sich zufällig trafen, sich gleichzeitig zuriefen: »Ich kann dich verprügeln«, und auf der Stelle losschlugen; aber ich hatte bisher immer geglaubt, daß nur Kinder sich so benehmen und es geradezu ein Merkmal der Kindlichkeit sei; doch die starken Kerle hier hielten sich offensichtlich mit Stolz an die gleiche Regel bis ins Mannesalter und darüber hinaus. Und trotzdem waren die großen, einfältigen Geschöpfe auf ihre Art irgendwie anziehend, gewinnend und liebenswert. In dem ganzen Kindergarten schien nicht so viel Verstand zu sein, um einen Angelhaken zu beködern, aber man bemerkte es nach kurzem nicht mehr, weil man einsah, daß im Leben dieser Gesellschaft Verstand unnötig war. Und tatsächlich hätte er sie sogar verdorben, gehindert, ihr Gleichgewicht gestört – vielleicht ihr Dasein unmöglich gemacht.
Edle Männlichkeit lag fast in jedem Gesicht; auf einigen auch eine gewisse Erhabenheit und Milde, die jede herabsetzende Kritik entwaffnete und verstummen ließ. Die vornehmste Würde und Reinheit lag in der Haltung des Ritters, den sie Galahad nannten – und auch in des Königs Wesen. Majestät und Größe sprachen aus dem riesigen Wuchs und der stolzen Haltung des Herrn Lancelot vom See.
Jetzt geschah etwas, das die allgemeine Aufmerksamkeit auf Herrn Lancelot lenkte. Auf das Zeichen eines Mannes, der Zeremonienmeister zu sein schien, erhoben sich sechs oder acht der Gefangenen und traten geschlossen vor. Sie knieten nieder, erhoben ihre Hände zur

Damengalerie und baten um die Gnade, mit der Königin sprechen zu dürfen. Die Dame, die aus dem dichten Blumenbeet weiblicher Gefallsucht und Grazie am meisten hervorstach, neigte gewährend ihr Haupt, worauf der Sprecher der Gefangenen sich und seine Leidensgenossen ihr übergab – zur Begnadigung, Befreiung gegen Lösegeld, Gefangenschaft oder Tod, wie ihr zu wählen gefallen würde. Er tat das, wie er sagte, auf Befehl Herrn Kays, des Seneschalls, dessen Gefangene sie waren, da er sie allein durch seine Kraft und Stärke in hartem Kampf auf offenem Feld besiegt hatte.

Überraschung und Staunen malte sich auf allen Gesichtern; das huldvolle Lächeln der Königin erstarb beim Namen Kays, und sie sah enttäuscht drein. Der Edelknabe flüsterte mir im Ton des hämischsten Spotts ins Ohr: »Herr Kay, das fehlt noch! Oh, gib mir Kosenamen, Liebling, nenn mich den süßesten Lügner aller Zeiten. Zweitausend Jahre gottloser menschlicher Erfindung würden sich vergebens mühen, eine so ungeheuerliche Lüge zu zeugen!«

Aller Augen waren in strenger Frage auf Herrn Kay gerichtet. Aber er war der Situation gewachsen. Er erhob sich und spielte seine Karte meisterhaft und bekam jeden Stich. Er sagte, er werde den Fall wahrheitsgetreu wiedergeben; er werde das einfache, ehrliche Geschehnis erzählen ohne eigene Zutat. »Und dann«, fuhr er fort, »wenn ihr findet, daß jemand Ehre und Ruhm gebührt, wird er es sein, der mächtigste Arm der Christenheit, der je den Schild trug und das Schwert im Kampf schwang: er, der dort sitzt!« Und er deutete auf Herrn Lancelot. Oh, er wickelte sie ein. Das war ein Meisterstück. Dann erzählte er weiter, wie der Ritter Lancelot unlängst auf Abenteuersuche mit einem einzigen Schwertstreich sieben Riesen getötet und einhundertzweiundvierzig gefangene Jungfrauen befreit habe; darauf zog er auf neue Abenteuer aus – und fand ihn, Herrn Kay, in verzweifeltem Kampf mit neun fremden Rittern. Sogleich nahm er den Kampf mit ihnen allein auf und besiegte die neun; in der Nacht aber stand Herr Lancelot leise auf, legte Herrn Kays Rüstung an, nahm auch sein Pferd und ritt in ferne Lande. In einer regelrechten Schlacht überwand er sechzehn Ritter und vierunddreißig bei anderer Gele-

genheit, und alle, samt den vorigen neun, ließ er geloben, um Pfingsten zum Hofe König Artus' zu reiten und sich der Gnade der Königin Ginover zu ergeben als Gefangene Herrn Kays, des Seneschalls, als Beute seiner ritterlichen Stärke. Hier wäre nun das erste halbe Dutzend; die übrigen würden nachkommen, sobald ihre gräßlichen Wunden geheilt wären.
Nun, es war rührend, wie die Königin errötete und lächelte und bald verlegen, bald glücklich dreinsah und Ritter Lancelot verstohlene Blicke zuwarf, für die man ihm – so wahr ich lebe – in Arkansas den Bauch mit Blei gefüllt hätte.
Jedermann pries Tapferkeit und Großmut des Ritters Lancelot. Was mich angeht, so hieb es mich von den Beinen, daß ein einzelner Mann allein solche Bataillone geübter Kämpfer niederschlagen und gefangennehmen konnte. Das sagte ich auch Clarence, aber diese Spottdrossel meinte nur: »Und wenn sich Herr Kay vorher noch einen Schlauch sauren Weins mehr hineingegossen hätte, würdest du die doppelte Zahl hören.«
Ich schaute beunruhigt auf den Knaben. Da sah ich, wie sich ein Schleier tiefer Entmutigung über sein Gesicht breitete. Ich folgte seinem Blick und bemerkte, daß ein uralter Mann in weißem Bart und wallendem schwarzem Gewand sich erhoben hatte und nun auf unsicheren Beinen am Tisch stand; das greise Haupt schwankte kraftlos, und mit wäßrigen, unsteten Augen überschaute er die Versammlung. Die gleiche Leidensmiene des Edelknaben zeigten jetzt alle Gesichter ringsum – den Blick der stummen Kreatur, die weiß, daß sie nun leiden muß, ohne zu klagen.
»Oh, alle Heiligen, wir kriegen sie wieder aufgetischt«, seufzte der Junge, »die alte, langweilige Geschichte, die er mit den gleichen Worten schon tausendmal erzählt hat und bis an sein Ende erzählen wird, sobald er voll ist und seine Lügenmühle angelaufen ist. Wollte Gott, ich wäre gestorben, ehe ich das erneut erleben muß!«
»Wer ist es?«
»Merlin, der großartigste Schwindler und Zauberer. In der Hölle soll er schmoren für den Stumpfsinn seiner einzigen Geschichte! Aber alle hier fürchten ihn, weil Sturm und Blitz und alle Teufel der Hölle seinem Wink

und Ruf gehorchen, sonst hätten sie ihm schon längst die Eingeweide aus dem Leibe gerissen, um seine Geschichte zu zerquetschen. Er erzählt sie immer in der dritten Person, um den Anschein zu erwecken, er wäre zu bescheiden, sich selbst zu rühmen. Fluch über ihn! Die Pest soll ihn holen! Guter Freund, bitte weck mich zur Abendmesse!«

Der Junge schmiegte sich an meine Schulter und tat, als ob er schlief. Der Greis begann seine Erzählung, und gleich war der Junge wirklich eingeschlafen; auch die Hunde und der Hof, die Lakaien und die Reihen Bewaffneter. Die Baßstimme brummelte weiter; ein sanftes Schnarchen hob auf allen Seiten an und begleitete den Erzähler wie ein Orchester gedämpfter Blasmusik. Manche Köpfe waren auf die gekreuzten Arme herabgesunken, manche zurückgelegt mit offenem Mund, aus dem unartikulierte Geräusche kamen. Die Fliegen summten und stachen ungestört, die Ratten schwärmten leichtfüßig aus hundert Löchern hervor, trappelten umher und fühlten sich überall zu Hause; eine von ihnen setzte sich wie ein Eichhörnchen auf des Königs Kopf, hielt ein Stückchen Käse in den Pfoten und ließ beim Knabbern die Krümel mit treuherziger Respektlosigkeit auf sein Gesicht fallen. Es war ein friedliches Bild, erholsam für das ermüdete Auge und den erschöpften Geist.

Dies war die Geschichte des alten Mannes: ›Der König und Merlin begaben sich auf die Reise und kamen zu einem Einsiedler, der ein guter Mann war und sehr heilkundig. Alsbald untersuchte nun der Einsiedler des Königs Wunden und legte vortreffliche Salben auf, und der König blieb dort drei Tage. Danach waren seine Wunden so wohl geheilt, daß er reiten und gehen konnte; so reiste er weiter. Und als sie ritten, sagte Artus: Ich habe kein Schwert! Das macht nichts, sagte Merlin, ganz in der Nähe ist ein Schwert, das soll Euer sein, ich habe Macht darüber. So ritten sie bis an einen See, ein klares und breites Gewässer, und mitten im See gewahrte Artus einen Arm, in weiße Seide gekleidet, der hielt in der Hand ein wunderbares Schwert. Sieh, sagte Merlin, dort ist das Schwert, von dem ich sprach. Zur selben Zeit sahen sie eine Jungfrau über den See schreiten. Wer ist diese Jungfrau? fragte Artus. Das ist die Herrin über den

See, sagte Merlin, und in diesem See ist ein Felsen, und das ist der schönste Ort auf Erden, kostbar ausgeschmückt; die Jungfrau wird nun zu Euch kommen, sprecht höfisch zu ihr, damit sie Euch das Schwert gibt. Da kam die Jungfrau zu Artus und grüßte ihn, und er grüßte sie wieder. Jungfrau, sprach Artus, was ist das für ein Schwert, das der Arm dort über das Wasser hält? Ich wollte, es wäre meines, denn ich habe kein Schwert. Herr König Artus, sagte die Maid, das Schwert ist mein, und wenn Ihr mir ein Geschenk machen wollt, sobald ich Euch darum bitte, sollt Ihr das Schwert haben. So wahr ich Christ bin, sagte Artus, ich will Euch geben, was immer Ihr fordert. So steigt denn, sprach die Jungfrau, in jenen Nachen und rudert selbst bis zum Schwert und nehmt es samt der Scheide; und ich will meine Gabe verlangen, wenn meine Zeit gekommen ist. So stiegen Artus und Merlin ab, banden ihre Pferde an zwei Bäume und bestiegen das Schiff. Und als sie zu der Hand mit dem Schwert kamen, faßte es Herr Artus am Griff und nahm es mit sich. Alsbald versanken Arm und Hand unter dem Wasser, und sie kamen an Land und ritten fort. Bald darauf sah Herr Artus ein reichverziertes Zelt. Wes ist das Zelt dort? Es ist das Zelt des Ritters Pellinor, sagte Merlin, mit dem Ihr unlängst im Zweikampf standet, doch er ist fort; er liegt im Streit mit einem Eurer Ritter namens Egglam; sie stritten gegeneinander, und schließlich floh Egglam, sonst wäre er jetzt tot; er hat ihn bis nach Carlion gejagt, und wir werden ihm jetzt auf dem Pfade begegnen. Das ist gute Nachricht, sagte Artus, nun, da ich ein Schwert habe, werde ich den Kampf mit ihm aufnehmen und mich rächen. Herr, das solltet ihr nicht tun, sagte Merlin, denn der Ritter ist matt vom Kämpfen und Jagen, daß es Euch nicht zum Ruhm gereichen würde, mit ihm zu fechten. Auch wird es kaum einen Ritter unter der Sonne geben, der ihn zu besiegen vermag; und deshalb ist mein Rat: laßt ihn ziehen, er wird Euch in kurzer Zeit gute Dienste leisten, und nach ihm seine Söhne. Auch werdet Ihr bald den Tag erleben, an dem Ihr ihm mit Freuden Eure Schwester zur Gemahlin gebt. Wenn ich ihn sehe, werde ich tun, wie Ihr mir geraten, sagte Artus. Dann betrachtete Herr Artus das Schwert, und es gefiel ihm sehr. Was gefällt Euch besser, fragte Merlin, das Schwert oder die Scheide? Das Schwert, sagte Artus. Ihr sprecht nicht weise, versetzte Merlin, die Scheide ist zehn Schwerter wert, denn solange Ihr die Scheide bei Euch tragt, werdet Ihr niemals Blut verlieren, weil Ihr nie so schwer verwundet werdet; deshalb führt die Scheide stets mit Euch! So ritten sie nach Carlion hinein und begegneten Ritter Pellinor; aber Merlin hatte einen solchen Zauber ausgesprochen, daß Pellinor Artus nicht sehen konnte und ohne ein Wort vorüberzog. Sonderbar, sagte Artus, daß der Ritter nicht zu uns sprach. Herr, sagte Merlin, er sah Euch nicht; denn hätte er Euch gesehen, wäre er nicht friedlich vorbeigeritten. So erreichten sie Carlion, worüber seine Ritter sehr froh waren. Und als sie von seinen Abenteuern hörten, verwunderten sie sich, daß er so allein sein Leben wagte. Aber alle Männer von Ehre hielten es für ein Glück, unter solchem Fürsten zu kämpfen, der sich selbst in Abenteuer begab, wie es andere, gewöhnliche Ritter tun.‹

Ich fand die seltsame Lüge ganz kindlich und nett erzählt; aber ich hörte sie ja zum erstenmal, und da liegt wohl der Hase im Pfeffer; als sie noch neu war, hatte sie sicher auch den anderen gefallen.
Herr Dinadan, der Spaßvogel, erwachte als erster. Er weckte die übrigen Schläfer sehr bald mit einem derben Scherz von wahrhaft jämmerlicher Einfallslosigkeit. Er band ein paar Metallbecher einem Hund an den Schwanz und ließ ihn laufen. In wahnsinniger Angst raste das Tier immer wieder rund um den Saal, alle anderen Hunde bellend hinterdrein. Sie rannten gegen alles an und stießen beiseite, was ihnen im Weg stand, es war ein tolles Durcheinander, ein ohrenbetäubender Krach und Lärm. Die Männer und Frauen der Gesellschaft lachten Tränen – einige fielen vom Stuhl und wälzten sich in Lachkrämpfen am Boden. Ich kam mir vor wie unter Kindern. Herr Dinadan war auf seinen Spaß so stolz, daß er nicht müde wurde, immer wieder zu erzählen, wie ihm der unsterbliche Einfall kam; und nach Art der Humoristen seines Schlages lachte er noch, als sich alle anderen schon beruhigt hatten. Er war so aufgekratzt, daß er beschloß, eine Rede zu halten – natürlich eine humoristische Rede. Ich glaube, ich habe nie im Leben soviel alte, abgestandene Witze auf einmal gehört. Er war übler als Varietésänger in Negermaske oder Zirkusclowns. Es schien mir ganz besonders traurig, dreizehnhundert Jahre vor meiner Geburt hier zu sitzen und wieder armselige, platte, wurmstichige Witze anzuhören, bei denen ich schon dreizehnhundert Jahre später als Junge Bauchgrimmen bekam. Es überzeugte mich, daß es keine neuen Witze mehr gibt. Jedermann belachte die Museumsstücke – aber schließlich lachen sie ja immer; ich bemerkte das Jahrhunderte später. Allerdings, der Spötter lachte selbstverständlich nicht – ich meine den Jungen. Nein, er spöttelte; es gab nichts, was vor seiner Zunge sicher war. Er meinte, die meisten von Herrn Dinadans Witzen faulten längst, der Rest sei versteinert. Ich sagte, ›versteinert‹ sei gut, weil ich selbst glaubte, daß man das ehrwürdige Alter dieser Witze nur nach geologischen Epochen bestimmen

könnte. Aber mein netter Gedankenblitz traf bei dem Jungen ins Leere, denn die Geologie war noch nicht erfunden. Ich notierte mir die Bemerkung auf alle Fälle und beschloß, die Gesellschaft zu ihrem Verständnis zu erziehen, sobald ich mich durchgesetzt hatte. Man sollte nichts Gutes wegwerfen, nur weil noch keine Nachfrage danach besteht.

Jetzt erhob sich Herr Kay und begann seine Geschichtenmühle anzuheizen, mit mir als Feuerung. Es war Zeit für mich, ernst zu werden, und ich wurde es. Herr Kay erzählte, wie er mich in einem fernen Barbarenland antraf, wo alle die gleiche lächerliche Tracht trugen wie ich – eine Kleidung, die Zauberwerk sei und den Träger vor Verwundung durch Menschenhand sichern sollte. Er jedoch hatte die Zauberkraft durch Gebet aufgehoben, meine dreizehn Ritter in dreistündiger Schlacht getötet und mich gefangengenommen. Er hatte mein Leben bisher geschont, damit eine solche Sehenswürdigkeit wie ich vor König und Hof gezeigt werden könnte. Die ganze Zeit sprach er von mir in den höchsten Tönen als dem ›ungeheuren Riesen‹, dem ›greulichen, turmhohen Schrecken‹, dem ›Menschenfresser mit Hauern und Klauen‹, und alle schluckten den Unsinn voll Andacht. Niemand lächelte oder schien auch nur zu bemerken, daß zwischen seiner schillernden Darstellung und mir ein gewisser Widerspruch bestand. Er erzählte, wie ich zu fliehen versuchte und mit einem Satz in die Krone eines zweihundert Ellen hohen Baumes sprang, doch er holte mich mit einem Stein von der Größe einer Kuh herunter; dieser Stein hätte ›um ein weniges‹ meine Knochen zerschmettert, und wie er mich dann schwören ließ, an Artus' Hof zu erscheinen, um mein Urteil zu empfangen. Zum Schluß verurteilte er mich dazu, am 21. mittags zu sterben – es war ihm so unwichtig, daß er innehielt und gähnte, bevor er den Zeitpunkt nannte.

Da war mir recht übel zumute, und ich war so konfus, daß ich dem Streit nicht folgen konnte, der wegen der besten Todesart für mich entbrannte. Einige zweifelten nämlich, ob es meiner Zauberkleidung wegen überhaupt möglich sei, mich umzubringen. Und doch war es nur ein gewöhnlicher Anzug aus dem 15-Dollar-Konfektionsladen. Aber noch war ich munter genug, um eine witzige

Einzelheit zu bemerken: Die erlauchte Versammlung der ersten Damen und Herren des Landes gebrauchte ganz selbstverständlich Ausdrücke, die einen Comanche-Indianer hätten erröten lassen. Unzart ist ein zu mildes Wort dafür. Ich hatte jedenfalls Tom Jones und Roderick Random gelesen und wußte, daß die angesehensten Spitzen der englischen Gesellschaft bis in die Zeit vor hundert Jahren wenig oder gar nicht anständiger im Ausdruck waren, auch nicht in Sitten und Betragen, was sich ja in der Redeweise widerspiegelt. So blieb es bis in unser neunzehntes Jahrhundert, in dem doch sozusagen die ersten Exemplare der vornehmen Dame und des wirklichen Gentlemans aufgetreten sein sollen, die in der englischen Geschichte oder, wenn man will, in der europäischen Geschichte zu entdecken sind. Man stelle sich vor, Sir Walter habe seine Figuren selbst sprechen lassen, anstatt ihnen die Konversation in den Mund zu legen! Wir hätten von Rahel und Ivanhoe und der lieblichen Dame Rowena Dinge vernommen, die heutzutage einen Landstreicher verlegen machen würden ... Doch dem Reinen ist alles rein. König Artus' Gesellschaft wußte nicht, daß sie unanständig war, und ich war geistesgegenwärtig genug, sie nicht darauf hinzuweisen.

Aber sie alle waren so aufgeregt über meine verzauberten Kleider, daß sie ganz erleichtert aufatmeten, als ihnen schließlich der alte Merlin alle Bedenken durch einen Anflug von gesundem Menschenverstand wegräumte. Er fragte, warum sie so dumm wären und mich nicht einfach auszögen. Eine halbe Minute später war ich nackt wie ein Neugeborenes! Und wahrhaftig – ich war der einzige, der sich dabei genierte. Jedermann sprach über mich so unberührt, als wäre ich ein Kohlkopf. Königin Ginover war ebenso unbefangen interessiert wie die anderen und meinte, sie habe nie jemand mit solchen Beinen gesehen. Das war das einzige Kompliment – wenn es eins war.

Zum Schluß wurde ich in die eine Richtung weggeschafft und meine gefährlichen Kleider in die andere. Ich wurde in eine dunkle enge Zelle des Burgverlieses geworfen und fand die spärlichen Reste einer Mahlzeit, etwas fauliges Stroh als Lager und zahllose Ratten als Gesellschaft.

▷ 37 ◁

Ein guter Einfall

Ich war so ermattet, daß mich nicht einmal meine Furcht lange wach zu halten vermochte.

Als ich wieder zu mir kam, schien ich sehr lange geschlafen zu haben. Mein erster Gedanke war: Was hab ich da bloß zusammengeträumt? Ich schätze, ich bin noch rechtzeitig aufgewacht, um nicht gehängt, ertränkt, verbrannt oder sonstwie umgebracht zu werden . . . Ich döse noch ein bißchen, bis die Sirene tutet, dann geh ich in die Waffenfabrik hinunter und rechne mit Herkules ab. Aber im gleichen Augenblick hörte ich die rauhe Musik rostiger Ketten und Riegel, ein Lichtstrahl traf mein Auge, und dieser lockere Vogel Clarence stand vor mir! Ich schnaufte vor Überraschung, mir blieb fast die Luft weg.

»Was«, rief ich, »du bist noch hier? Verschwinde mit dem übrigen Traum! Hau ab!«

Aber er lachte nur in seiner leichtfertigen Art und begann sich über mein Mißgeschick lustig zu machen.

»Auch gut«, sagte ich ergeben, »lassen wir den Traum weitergehen, ich habe ja Zeit!«

»Ich bitte Euch, welchen Traum?«

»Welchen Traum? Na, der Traum, daß ich am Hofe König Artus' bin – einer Person, die nie existierte, und daß ich mit dir spreche, der du nichts als ein Produkt meiner Phantasie bist.«

»Hallo, sieh an! Und es ist wohl auch nur ein Traum, daß Ihr morgen verbrannt werdet? He! – Antwortet mir!«

Das schlug mich zusammen. Jetzt begriff ich, daß meine Lage äußerst ernst war – ob Traum oder nicht; aus der lebensgleichen Intensität früherer Träume wußte ich, daß es sogar im Traum kein Spaß war, bei lebendigem Leibe verbrannt zu werden, und daß ich es mit allen Mitteln, fair oder faul, verhindern mußte. Deshalb bat ich flehentlich: »Clarence, guter Junge, mein einziger Freund – denn du bist doch mein Freund, nicht wahr? –, laß mich nicht im Stich; hilf mir, von hier zu entkommen!«

»Das muß man gehört haben! Entkommen? Menschenskind, die Gänge sind von Bewaffneten besetzt.«

»Mag sein, mag sein. Aber wie viele sind es denn, Clarence? Nicht viele, oder?«

»Volle zwanzig. Da ist keine Hoffnung, zu entfliehen.« Nach einer Weile fügte er zögernd hinzu: »Auch aus anderen, gewichtigeren Gründen.«
»Aus anderen Gründen? Aus welchen denn?«
»Nun, man sagt . . . aber ich wage es nicht, nein, nein, ich wage es nicht.«
»Aber, mein armer Junge, was ist denn los? Warum bist du so bleich? Du zitterst ja!«
»Wahrlich, ich habe dazu alle Ursache! Ich wollte es Euch gerne sagen, aber . . .«
»Komm, komm, Kopf hoch, sei ein Mann – heraus mit der Sprache! Sei nett und sag es!«
Er zögerte, zwischen Wunsch und Angst hin- und hergerissen; dann schlich er zur Tür und spähte hinaus, lauschte und kroch endlich ganz nah zu mir und wisperte mir die Schreckensnachricht ins Ohr – mit der geduckten Furcht eines, der sich auf wankenden Boden wagt und von Dingen spricht, deren bloße Erwähnung zum Tod führen kann.
»Merlin hat in seiner Bosheit einen Zauber über das Burgverlies geworfen, und der Mann lebt nicht in diesem Königreich, der so gottverlassen wäre, zu versuchen, mit Euch diese Schwelle zu überschreiten! Jetzt möge Gott mich schützen, ich hab's erzählt! Tut mir nichts Arges, habt Erbarmen mit einem armen Kerl, der es gut mit Euch meint, denn wenn Ihr mich verratet, bin ich verloren!«
Zum erstenmal seit längerer Zeit konnte ich wieder von Herzen lachen und rief: »Merlin hat gezaubert! Merlin, wahrhaftig! Dieser billige alte Schwindler, dieser langweilige alte Esel! Unsinn, purer Unsinn, der blödsinnigste Quatsch der Welt! Ja, mir scheint, von all dem kindischen, idiotischen, quatschköpfigen, hasenherzigen Aberglauben, der je . . . Verdammter Merlin!«
Aber Clarence war in die Knie gesunken, bevor ich halb fertig war, und schien fast außer sich vor Angst.
»Oh, hütet Euch! Das sind gräßliche Worte! Jeden Augenblick können die Mauern auf uns niederstürzen, wenn Ihr solche Dinge sagt. Oh, widerruft, bevor es zu spät ist!«
Dieser seltsame Auftritt brachte mich auf eine gute Idee und beflügelte meinen Geist. Wenn jedermann hier sich

so aufrichtig vor Merlins angeblicher Zauberei fürchtete wie Clarence, müßte ein ihnen überlegener Mensch wie ich schlau genug sein, daraus Vorteil zu ziehen. Ich dachte nach und legte mir einen Plan zurecht. Dann sagte ich: »Steh auf! Reiß dich zusammen! Blick mir ins Auge! Weißt du, warum ich lachte?«

»Nein – aber im Namen der Jungfrau Maria, tut es nicht wieder!«

»Nun, ich will dir sagen, warum ich lachte. Weil ich selbst – ein Zauberer bin!«

»Ihr, ein Zauberer?« Der Junge wich einen Schritt zurück, es verschlug ihm den Atem, so plötzlich kam ihm die Sache; aber seine Haltung wurde sehr, sehr respektvoll. Ich erkannte sofort; ein Schwindler braucht in diesem Irrenhaus keinen Ruf zu haben, man glaubt ihm auch so.

Ich fuhr fort: »Ich kenne Merlin seit siebenhundert Jahren, und er . . .«

»Siebenhun . . .«

»Unterbrich mich nicht! Er starb und kam dreizehnmal wieder zur Welt und reiste jedesmal unter anderem Namen; Smith, Jones, Robinson, Jackson, Peters, Haskins, Merlin – überall, wo er auftaucht, hat er ein andres Pseudonym. Ich kannte ihn in Ägypten vor dreihundert Jahren; ich kannte ihn in Indien vor fünfhundert Jahren – er läuft mir überall in den Weg mit seinem dummen Gerede, wo ich auch hinkomme. Er fällt mir langsam auf die Nerven. Als Zauberer ist er keinen Pfifferling wert, kennt einige der gewöhnlichen alten Tricks, aber ist nie über die Anfangsgründe hinausgelangt und wird es auch nie. Für die Provinz mag er noch taugen, als Schaubudenbesitzer oder derlei – aber er sollte sich bei Gott nicht als Fachmann ausgeben – schon gar nicht, wenn ein wirklicher Meister der Kunst da ist. Nun sieh mal, Clarence, ich werde immer dein Freund bleiben, und du sollst wiederum der meine sein. Willst du mir einen Gefallen tun? Du sollst dem König die Botschaft überbringen, daß ich selbst ein Zauberer bin – und obendrein der Hocherhabene Große Mächtige Muckamuck, der Häuptling der Zunft. Und laß ihn wissen, daß ich gerade in aller Ruhe ein kleines Unheil in die Wege leite, daß in seinem Reich die Fetzen fliegen, wenn Herrn Kays Plan durchgeführt wird und ich zu Schaden komme. Willst du das dem König beibringen?«

Der arme Junge konnte vor Aufregung kaum antworten. Es war mitleiderregend, jemand so erschreckt, so gebrochen und jämmerlich zu sehen. Aber er versprach alles, und ich mußte ihm immer wieder versichern, daß ich sein Freund bleiben und mich niemals gegen ihn wenden oder irgendwelchen Zauber auf ihn werfen würde. Dann schwankte er hinaus und stützte sich dabei an der Mauer wie ein Kranker.

Gleich darauf fiel mir ein, wie unbesonnen ich doch gewesen war! Wenn der Junge wieder bei Sinnen ist, wird er sich fragen, warum ein großer Zauberer wie ich ein halbes Kind wie ihn gebeten hat, ihm herauszuhelfen; er wird sich die Sache überlegen und merken, daß ich ein Schwindler bin.

Ich ärgerte mich über meinen unüberlegten Schnitzer eine Stunde lang und nannte mich Ochs und Esel. Aber dann fiel mir plötzlich ein, daß diese Menschen hier ihre Vernunft nicht gebrauchten; daß sie nicht das eine aus dem andern schlossen, daß sie – wie all ihre Reden zeigten, einen Widersinn selbst dann nicht erkannten, wenn er deutlich sichtbar war. Das beruhigte mich.

Aber wenn man einmal ruhig ist – in dieser Welt findet man schnell etwas Neues, das einem Sorgen macht. Es fiel mir ein, daß ich noch einen andern Fehler begangen hatte; ich hatte den Jungen fortgeschickt, seine Herren durch eine Drohung zu alarmieren, daß ich in der Stille Unheil gegen sie brüte. Aber gerade die Leute, die an Wunder so bereitwillig und eifrig glauben, sind auch sehr begierig, das Wunder mit Augen zu sehen. Man stelle sich nur vor, sie rufen mich, damit ich eine Probe gebe! Ja, ich hatte einen Fehler begangen, ich hätte das Unheil zuerst erfinden sollen. Was soll ich tun? Was kann ich sagen, um ein bißchen Zeit zu gewinnen? Ich saß in der Klemme wie nie zuvor . . .

Da! Schritte! – Sie kommen! Wenn ich nur einen Augenblick zum Überlegen hätte . . . Ich hab's! . . . Alles in Ordnung!

Ihr versteht, es war die Sonnenfinsternis. Im richtigen Augenblick fiel mir ein, wie Columbus oder Cortez oder einer von den Brüdern eine Sonnenfinsternis als rettenden Trumpf gegen irgendwelche Wilde ausspielte, und ich erkannte meine Chance. Jetzt konnte ich auf dieselbe Karte setzen, und es war nicht einmal ein Plagiat; denn ich wandte den Trick fast tausend Jahre vor ihnen an.

Clarence kam herein, kleinlaut und niedergeschlagen, und sagte: »Ich eilte mit der Botschaft zu unserem Lehnsherrn, dem König, und er befahl mich sofort zu sich. Er war bis ins Mark erschrocken und wollte Euch augenblicklich die Freiheit wiedergeben, Euch in vornehme Gewänder kleiden und gemäß Eurem Range unterbringen lassen; aber dann kam Merlin und verdarb alles. Er redete dem König ein, daß Ihr wahnsinnig seid und nicht wisset, was Ihr sprecht; er sagte, Eure Drohung sei nur Narretei und eitel Prahlsucht. Sie stritten lange, aber am Ende sagte Merlin spöttisch: Warum hat er sein tolles Unheil nicht mit Namen genannt? Wahrlich, weil er es nicht kann. Das schloß dem König augenblicklich den Mund, und er konnte nichts dagegen sagen; widerstrebend und sehr abgeneigt, Euch so unhöflich zu behandeln, bittet er Euch, seine schwierige Lage zu bedenken und das Unheil zu nennen, sofern Ihr dessen Natur und die Zeit seines Eintreffens schon bestimmt haben solltet. Oh, ich bitte Euch, zögert nicht; jetzt zögern heißt die Gefahren rings um Euch verdoppeln, verdreifachen. Oh, seid klug – nennt das Unheil!«

Ich schwieg einige Zeit, um möglichst viel Eindruck aus meiner Lage zu schinden.

Dann fragte ich: »Wie lange hock ich schon in diesem Loch?«

»Man warf Euch ins Verlies, als der gestrige Tag zur Neige ging. Jetzt ist die neunte Morgenstunde.«

»Kaum zu glauben. Dann hab ich wirklich gut geschlafen. Neun Uhr morgens! Dabei ist es hier dunkel wie um Mitternacht. Heute ist also der Zwanzigste?«

»Ja, der Zwanzigste.«

»Und ich soll morgen bei lebendigem Leib verbrannt werden!«

Der Junge schauderte.

»Zu welcher Stunde?«

»Genau zu Mittag.«

»Höre, was du berichten sollst.« Ich hielt inne und stand eine ganze Minute lang in ehrfurchtgebietendem

Schweigen über dem zusammengekauerten Knaben; dann begann ich mit gemessener Stimme, tief, unheilverkündend, und erhob mich in dramatisch gesteigerten Abständen zum gewaltigen Höhepunkt, wie ich ihn erhabener und großartiger nie in meinem Leben herausbrachte: »Geh zurück und sage dem König, daß ich zu jener Stunde die ganze Welt in die tödliche Finsternis der Mitternacht hüllen will; ich will die Sonne löschen, und sie soll nie wieder scheinen; verfaulen sollen die Früchte der Erde aus Mangel an Licht und Wärme, und die Völker der Erde werden Hungers sterben bis auf den letzten Mann!«

Ich mußte den Knaben hinaustragen, er war zusammengebrochen. Ich übergab ihn den Soldaten und ging zurück.

▷ 43 ◁
Die Sonnenfinsternis

In der Stille und Dunkelheit begann die Wirklichkeit bald das Wissen zu ergänzen. Die bloße Kenntnis einer Tatsache ist blaß, wenn aber die Tatsache Wirklichkeit wird, erhält sie Farbe. Es ist der gleiche Unterschied, ob man hört, daß jemand erstochen wurde, oder ob man es mit eigenen Augen sieht. In dem Schweigen und der Finsternis gewann das Wissen um die Todesgefahr, in der ich schwebte, einen immer tieferen Sinn; ein Etwas, das die Wirklichkeit bedeutete, kroch mir Zoll für Zoll durch die Adern und ließ mein Blut erstarren.
Aber es ist eine segensreiche Vorsehung der Natur, daß in solchen Zeiten ein Stimmungsumschwung eintritt; sobald das Quecksilber eine gewisse Tiefe erreicht hat, wird man wieder munter. Die Hoffnung kehrt zurück und Heiterkeit mit ihr, und dann ist man soweit, sich aus der Patsche zu bringen, wenn es nur irgend möglich ist. Als ich wieder Oberwasser hatte, geschah es mit einem Schwung. Ich sagte mir, meine Sonnenfinsternis werde mich sicherlich retten und darüber hinaus zum größten Mann im Königreich machen; und sofort stieg mein Quecksilber bis zur Spitze, und alle Sorgen schwanden dahin. Ich war der glücklichste Mann der Welt. Ich war sogar ungeduldig auf morgen, so sehr wünschte ich, den großen Triumph zu erleben und Mittelpunkt des Staunens und der Ehrfurcht des ganzen Volkes zu sein. Außerdem würde ich dadurch in geschäftlicher Hinsicht ein gemachter Mann sein; das war mir klar.
Indessen, etwas hatte ich dabei aus meinem Bewußtsein fast verdrängt. Ich war so halb und halb überzeugt, wenn die abergläubische Bande erfuhr, welcher Art das geplante Unheil war, würde sie unter diesem Eindruck einen Kompromiß schließen wollen. Als ich Schritte hörte, kam mir zunächst dieser Gedanke, und ich sagte mir: Man kann Gift darauf nehmen, jetzt naht der Kompromiß. Nun, wenn er gut ist, in Ordnung, ich werde annehmen; aber wenn nicht, weiche ich keinen Fußbreit und spiele aus, was ich in der Hand habe.
Die Tür öffnete sich, und einige Bewaffnete traten ein. Ihr Anführer sagte: »Der Scheiterhaufen ist bereit. Kommt!«

Der Scheiterhaufen.
Die Kräfte verließen mich, und ich fiel beinahe um. Bei solcher Gelegenheit kriegt man kaum Luft, dicke Klumpen steigen einem in die Kehle; man ringt nach Atem; doch sobald ich wieder sprechen konnte, sagte ich: »Aber das ist ein Irrtum – die Hinrichtung findet doch erst morgen statt.«
»Befehl geändert. Einen Tag vorverlegt. Beeilt Euch!«
Ich war verloren. Nichts konnte mich retten. Ich war betäubt, geblendet; ich hatte mich nicht mehr in der Hand und lief sinnlos wie ein Irrer hin und her. Da packten mich die Soldaten und schleiften mich mit, aus der Zelle und durch das Labyrinth von unterirdischen Gängen und schließlich in das grelle Tageslicht an die Oberwelt. Als wir den weiten Hofraum des Schlosses betraten, durchzuckte mich das Entsetzen; denn als erstes sah ich den Scheiterhaufen in der Mitte errichtet, mit den Reisigbündeln und einem Mönch daneben. An allen vier Seiten des Hofs saßen farbenfroh, Reihe auf Reihe, die Zuschauer wie in einem Amphitheater. Der König und die Königin auf ihren Thronsesseln waren natürlich die auffallendsten Erscheinungen.
Das hatte ich alles im Handumdrehen überschaut. In der nächsten Sekunde war Clarence aus einem Versteck geschlüpft und flüsterte mir Neuigkeiten ins Ohr; mit strahlenden Augen vor Freude und Stolz erzählte er: »Durch mein Bemühen wurde die Hinrichtung vorverlegt! Und harte Arbeit war es, das zu erreichen. Aber als ich ihnen das drohende Unheil offenbarte und als ich sah, welch großen Schrecken es hervorrief, da sah ich auch, daß es Zeit war, etwas zu unternehmen! Ich behauptete eifrig gegenüber jedermann, daß Ihr volle Macht über die Sonne erst morgen erreichen könnt, und wenn man die Sonne und die Welt retten wollte, Ihr heute noch getötet werden müßt, während Euer Zauber sich erst anspinnt und noch geringe Gewalt hat. Fürwahr, es war nur eine verzweifelte Lüge, ein armseliger Gedanke, aber Ihr hättet sehen sollen, wie sie danach griffen und sie in ihrer wahnsinnigen Angst schluckten wie die vom Himmel gesandte Rettung. Und die ganze Zeit lachte ich hinter meinem Ärmel, einmal, sie so leicht getäuscht zu sehen, das andere Mal dankbar gegen Gott,

daß er die geringste seiner Kreaturen zum Werkzeug ausersehen, Euch das Leben zu bewahren. Oh, wie glücklich macht mich diese schnelle Wendung! Ihr braucht der Sonne keinen wirklichen Schaden zu tun, ach, vergeßt das nicht, bei Eurer Seele, vergeßt das nicht! Macht ein wenig Finsternis, nur eine kleine, winzige Finsternis, und laßt es damit bewenden. Es wird genügen, sie werden sehen, daß ich falsch gesprochen habe – aus Unwissenheit, werden sie meinen –, und mit dem ersten Schatten Eurer Finsternis seht Ihr sie vor Furcht vergehen; sie werden Euch freilassen und mächtig machen! Geht nun zu Eurem Triumph! Aber denkt daran, ach, guter Freund, ich flehe Euch an, gedenkt meiner Bitte und fügt der lieben Sonne keinen Schaden zu. Um meinetwillen, der ich Euer treuer Freund bin!«
Ich würgte einige Worte hervor, durch Jammer und Elend halb erstickt, nur so viel, daß ich die Sonne verschonen würde, und dafür blickten mich die Augen des Jungen mit so tiefer und liebevoller Dankbarkeit an, daß ich nicht das Herz hatte, ihm zu sagen, wie seine gutgemeinte Dummheit mich zugrunde richtete und in den Tod jagte.
Als die Soldaten mich über den Hof führten, war es so still, daß ich mit verbundenen Augen geglaubt hätte, in der Wüste zu sein und nicht vor viertausend Leuten. Nicht die geringste Bewegung konnte man in der Menschenmasse spüren, sie saßen starr und steif wie Steingötzen; Furcht sprach aus jedem Gesicht. Das Schweigen hielt an, während ich an den Pfahl gekettet wurde; es dauerte an, während die Reisigbündel langsam und sorgfältig um meine Knöchel, Knie, Schenkel, meinen ganzen Körper geschichtet wurden. Dann trat eine Pause ein und womöglich noch tiefere Stille; ein Mann kniete mit einer brennenden Fackel zu meinen Füßen nieder. Die Menge beugte sich gaffend vor und reckte sich unbewußt halb von den Sitzen; der Mönch erhob seine Hände über meinen Kopf und seine Augen zum blauen Himmel und begann, lateinische Worte zu sprechen. In dieser Stellung murmelte er ein kleines Weilchen weiter – plötzlich brach er ab. Ich wartete zwei oder drei Sekunden, dann blickte ich auf. Er stand wie versteinert. Und wie ein Mann erhob sich die Menge lang-

sam und starrte zum Himmel empor. Ich folgte ihrem Blick: Wahrhaftig, da begann meine Sonnenfinsternis! Heiß durchströmte das Leben wieder meine Adern; ich war ein neuer Mensch. Der schwarze Rand der Sonnenscheibe verbreiterte sich langsam. Mein Herz schlug höher und höher, und noch immer starrten die Versammlung und der Priester regungslos zum Himmel. Ich wußte, daß ihr Blick sich bald auf mich richten würde. Als es geschah, war ich bereit. Ich stand in der großartigsten Pose, die mir je gelungen ist. Mit ausgetrecktem Arm deutete ich auf die Sonne. Die Wirkung war unübertrefflich. Man sah den Schauder durch die Menge gehen wie eine Welle. Zwei Befehle tönten dicht aufeinander: »Legt die Fackeln an!«

»Ich verbiete es!«

Das eine hatte Merlin gerufen, das andere der König. Merlin sprang auf – vermutlich wollte er die Fackel selbst anlegen. Ich sagte: »Bleib, wo du bist! Wenn sich jemand rührt – selbst der König –, bevor ich es erlaube, werde ich ihn mit Donner zerschmettern, mit Blitzen verzehren!«

Die Menschenmenge sank ergeben auf ihre Sitze zurück, wie ich es nicht anders erwartet hatte. Merlin zögerte einen Augenblick oder zwei, ich stand inzwischen wie auf Nadeln. Dann setzte auch er sich, und ich atmete auf, denn ich wußte, daß ich jetzt Herr der Lage war. Der König sagte: »Seid barmherzig, edler Herr, und treibt das gefahrvolle Beginnen nicht auf die Spitze, damit kein Unglück geschieht. Uns wurde berichtet, daß Eure Kräfte erst morgen die volle Stärke erreichen würden; jedoch . . .«

»Eure Majestät denken, daß der Bericht erlogen war? Er war erlogen!«

Das tat seine Wirkung: überall erhoben sich flehende Hände, und der König wurde mit Bitten bestürmt, mir jeden Preis zu bieten, um das Verhängnis aufzuhalten. Der König war nur zu bereit nachzugeben und sagte: »Nennt Eure Forderungen, ehrwürdiger Herr! Ich biete Euch mein halbes Königreich, doch bannt die Gefahr, erhaltet uns die Sonne!«

Ich war ein gemachter Mann, ich hätte ihn beim Wort genommen, aber ich konnte eine Sonnenfinsternis nicht aufhalten, das war klar. So bat ich um Bedenkzeit. Der König fragte: »Wie lange, ach, wie lange, guter Herr? Habt Erbarmen; seht, es wird dunkler mit jedem Augenblick; ich flehe Euch an, wie lange?«

»Nicht lange. Eine halbe Stunde – vielleicht eine Stunde.«

Tausend flehende Einwände erhoben sich, aber ich konnte die Zeit nicht abkürzen, denn ich erinnerte mich nicht, wie lange eine totale Sonnenfinsternis dauert. Die ganze Sache war äußerst verworren, und ich mußte nachdenken. Mit der Sonnenfinsternis stimmte etwas nicht, und das beunruhigte mich sehr. Wenn es nicht die war, auf die ich gerechnet hatte, wie konnte ich dann sagen, ob dies das sechste Jahrhundert oder nur ein Traum war? Oh, könnte ich mir nur das letzte beweisen! Hier zeigte sich neue frohe Hoffnung. Wenn der Junge recht hatte und heute wirklich der Zwanzigste war, dann konnte es nicht das sechste Jahrhundert sein. In heftiger Erregung faßte ich den Mönch am Ärmel und fragte ihn, welchen Tag des Monats wir hätten.

Hol ihn der Henker! Er sagte, es sei der Einundzwanzigste! Mir wurde ganz kalt, als ich es hörte. Ich bat ihn, genau zu überlegen, aber er wußte ganz sicher, daß es der Einundzwanzigste war. Da hatte dieser Strohkopf von einem Jungen die ganze Sache durcheinandergebracht! Die Tageszeit für die Sonnenfinsternis stimmte; ich hatte das selbst bei ihrem Beginn an der nahen Sonnenuhr festgestellt. Ja, ich war an König Artus' Hof und mußte jetzt das Beste für mich herausschlagen.

Es wurde immer dunkler und das Volk immer verzweifelter.

Nun sprach ich: »Ich habe es mir überlegt, Herr König. Als eine Warnung will ich die Finsternis noch zunehmen lassen und Nacht über die Welt breiten; ob ich jedoch die Sonne für immer auslösche oder sie wiederkehren lasse, steht bei Euch. Das sind meine Bedingungen: Ihr sollt König über all Eure Gebiete bleiben und Ruhm und Ehre des Königtums behalten; aber Ihr sollt mich zum Minister und Kanzler auf Lebenszeit ernennen und mir für meine Dienste ein Prozent des Mehreinkommens geben, das ich dem Staate schaffen werde. Wenn ich damit nicht auskommen kann, werde

ich niemand um Hilfe bitten. Seid Ihr damit einverstanden?«
Tosender Beifall brauste empor, und daraus erhob sich die Stimme des Königs: »Fort mit den Fesseln, laßt ihn frei! Huldigt ihm alle, hoch und niedrig, reich und arm, denn er ist des Königs rechte Hand geworden, ist mit Macht und Rang bekleidet, und sein Platz ist auf der höchsten Stufe des Thrones!
Und nun fegt die schleichende Nacht vom Himmel und bringt Licht und Freude zurück, daß alle Welt Euch preisen möge.«
Aber ich sagte: »Daß ein gewöhnlicher Mann vor aller Welt beschämt wird, will nicht viel heißen. Doch es wäre für den König entehrend, wenn man seinen Minister nackt sieht und nicht auch von dieser Schmach wieder befreit. Ich bitte, daß mir meine Kleider gebracht werden.«
»Sie schicken sich nicht für Euch«, unterbrach mich der König. »Holt andere Gewänder, kleidet ihn wie einen Fürsten!« Meine Rechnung ging auf. Ich wollte die Dinge bis zur totalen Finsternis hinziehen, sonst würden sie mich wieder bedrängen, die Dunkelheit zu vertreiben, und natürlich konnte ich das nicht. Die Kleiderbeschaffung gab mir etwas Aufschub, aber nicht genug. Ich mußte eine neue Ausrede erfinden. Ich sagte, es wäre möglich, daß der König etwa seine Meinung änderte und was er in Aufregung zugesagt, bis zu gewissem Grade einschränkte; darum wollte ich die Finsternis noch eine Weile zunehmen lassen; wenn dann nach angemessener Frist der König seine Meinung nicht geändert hätte, würde die Finsternis vergehen. Weder der König noch sonst jemand war von dieser meiner Forderung erbaut, aber ich mußte darauf bestehen.
Es wurde dunkler und dunkler und schwärzer und schwärzer, während ich mich mit den unpraktischen Kleidern aus dem sechsten Jahrhundert herumschlug. Schließlich war es rabenschwarze Nacht, und die Menge stöhnte vor Grauen, als sie unheimliche kalte Nachtwinde spürte und sah, wie die Sterne am Himmel aufleuchteten und blinkten. Endlich war die Sonnenfinsternis total, und ich war sehr froh darüber, alle anderen fühlten sich allerdings sehr elend, und das war nur na-

türlich. Ich sagte: »Durch sein Schweigen zeigt der König, daß er sein Versprechen halten will.« Dann erhob ich die Rechte, blieb einen Augenblick so stehen und sagte mit ehrfurchtgebietender Feierlichkeit: »Der Zauber löse sich und gehe vorüber, ohne Schaden zu tun!«
Einen Augenblick lang änderte sich noch nichts an der tiefen Finsternis und der Grabesstille. Aber als der Silberrand der Sonne sich ein paar Sekunden später vorschob, brach die Versammlung in tosenden Jubel aus und strömte gleich einer Flut herab, um mich mit Segenswünschen und Dankbarkeit fast zu ersticken, und Clarence – das versteht sich – war nicht der letzte.

Da ich nun, was Staatsgewalt und Würde betraf, die zweite Persönlichkeit im Königreich war, machte man viel mit mir her. Meine Kleider waren aus Seide und Samt und goldgewirktem Brokat, daher sehr prächtig, aber auch unbequem. Doch die Gewohnheit würde mich bald damit versöhnen, davon war ich überzeugt. Ich erhielt im Schloß die auserlesenste Flucht von Gemächern nächst dem König. Sie prangten mit Seidenvorhängen in leuchtend bunten Farben, aber die steinernen Fußböden waren statt mit Teppichen nur mit Binsen belegt, und nicht einmal alle von gleicher Qualität. Bequemlichkeit gab es überhaupt nicht. Ich meine die kleinen Dinge, die das Leben angenehm machen. In den großen Eichenstühlen, mit rohen Schnitzereien verziert, saß es sich wohl ganz gut, aber das war auch alles. Es gab keine Seife, keine Streichhölzer, keinen Spiegel – außer einem Metallstück, ungefähr so nützlich wie ein Eimer Wasser. Und kein Farbdruck weit und breit. Ich war seit Jahren an den Anblick von Farbdrucken gewöhnt und stellte jetzt fest, daß unbemerkt eine Leidenschaft für Kunst von mir Besitz ergriffen hatte und einen Teil meines Wesens ausmachte. Ich bekam Heimweh, wenn ich diese prunkvollen, aber ungemütlichen weiten Räume überblickte und mich an unser Haus in East Hartford erinnerte; so anspruchslos es war, man konnte kein Zimmer betreten, in dem nicht die Reklame einer Versicherungsgesellschaft oder wenigstens ein dreifarbiger Haussegen über der Tür hing, und im Wohnzimmer hatten wir sogar neun. Aber hier gab es selbst in meinem großen Staatsgemach nichts Bildähnliches außer einem Ding im Format einer Bettdecke, entweder gewebt oder geknüpft, gestopft war es auch schon; und nichts darauf hatte die richtige Farbe oder Gestalt. Was die Proportionen betrifft, hätte nicht einmal Raffael sie toller verpfuschen können, trotz all seinem Training an den Schinken, die man die ›berühmten Kartons von Hampton Court‹ nennt. Raffael war ein toller Vogel. Wir besaßen mehrere seiner Bilder; eins war der ›Wunderbare Fischzug‹, auf dem er sein eigenes Wunder fabriziert – indem er nämlich drei Männer in ein Kanu setzt, das nicht einmal einen Hund trägt, ohne zu kentern. Ich besah mir Raffaels Kunst immer gern, sie war so frisch und unkonventionell.

Im Schloß gab es weder Klingel noch Haustelefon. Ich hatte sehr viele Diener; die gerade Dienst taten, lungerten im Vorzimmer herum, und wenn ich einen brauchte, mußte ich ihn selbst holen. Es gab kein Gas und keine Kerzen; eine Bronzeschüssel mit ranziger Butter, in der ein brennender Fetzen schwamm, produzierte das sogenannte Licht. Eine Menge solcher Lampen hingen an den Wänden und milderten die Finsternis, schwächten sie zu einem trüben Zwielicht ab. Wenn man nachts ausging, trugen die Diener Fackeln. Es gab weder Bücher, Schreibfedern, Papier noch Tinte und kein Glas in den Öffnungen, die sie für Fenster ausgaben. Eigentlich eine unscheinbare Sache – das Glas –, bis es fehlt; dann wird es zu einer großen Sache. Das Schlimmste von allem war, daß es keinen Zucker, Kaffee, Tee oder Tabak gab. Ich sah mich als neuen Robinson Crusoe, auf eine unbewohnte Insel verschlagen, eine Insel ohne Gesellschaft, außer mehr oder weniger zahmen Tieren, und wenn ich das Leben erträglich machen wollte, mußte ich es ihm gleichtun – mußte Neues erfinden, Pläne machen, schaffen, organisieren, Hirn und Hand in Bewegung setzen und in Gang halten. Nun, das lag mir.

Eins störte mich in der ersten Zeit sehr: das gewaltige Interesse, das die Leute an mir nahmen. Anscheinend wollte mich die ganze Nation beschauen.

Es sickerte bald durch, daß die Sonnenfinsternis die britische Welt zu Tode erschreckt hatte. Während ihrer Dauer befand sich das Land von einer Küste zur anderen in schrecklicher Panik, und die Kirchen, Einsiedeleien und Klöster quollen über von betenden und weinenden Geschöpfen, die das Ende der Welt nahe glaubten. Dann hatte sich die Nachricht verbreitet, daß der Urheber des schrecklichen Geschehens ein Fremder war, ein mächtiger Zauberer an Artus' Hof. Er hätte die Sonne löschen können wie eine Kerze und wollte es gerade tun, als seine Gnade noch erkauft wurde; darauf löste er den Zauber und war jetzt bekannt und verehrt als der Mann, der durch seine Macht allein die Erde vom Untergang und ihre Völker vor der Vernichtung gerettet hatte. Wenn man bedenkt, daß es jeder glaubte und so felsenfest, daß er auch im Traum nicht daran zweifelte, wird man leicht verstehen, daß in ganz Britannien jeder auch fünfzig Meilen marschiert wäre, um mich zu sehen. Ich war natürlich das einzige Gesprächsthema; alles andere war abgehängt, sogar der König verlor plötzlich an Interesse und Wichtigkeit. Nach vierundzwanzig Stunden begann der Zustrom der Delegationen und hielt vierzehn Tage lang an. Die Stadt und das umliegende Land waren überfüllt. Ich mußte mich zwölfmal am Tage der ehrfürchtigen und ergriffenen Menschenmenge zeigen. Das wurde eine große Last, es kostete Zeit und Mühe, dafür war es natürlich auch wiederum angenehm, so gefeiert und der Mittelpunkt allgemeiner Verehrung zu sein. Bruder Merlin wurde gelb und grün vor Neid und Wut – für mich eine große Genugtuung. Aber eines konnte ich nicht verstehen – niemand hatte mich um ein Autogramm gebeten. Ich sprach zu Clarence darüber. Heilige Einfalt! Ich mußte ihm erklären, was das ist. Dann sagte er, außer ein paar Dutzend Priestern könne niemand im Lande lesen oder schreiben. Du lieber Himmel, man stelle sich das vor!

Noch etwas beunruhigte mich. Die versammelte Menge fing an, auf ein zweites Wunder zu drängen. Das war natürlich. Wenn die Leute in ihrer fernen Heimat sich damit brüsten könnten, den Mann gesehen zu haben, der der Sonne hoch am Himmel Befehle gibt, die sie befolgt, waren sie in den Augen ihrer Nachbarn großartig und beneidenswert; wenn sie aber auch sagen konnten, sie hätten ihn selbst ein Wunder wirken sehen – nun, man würde von weit her kommen, um auch sie zu sehen. Das Drängen wurde recht heftig. Eine Mondfinsternis war in Aussicht, und ich wußte Tag und Stunde, aber es war zu lange hin. Zwei Jahre. Ich hätte viel dafür gegeben, wenn ich sie hätte herholen und jetzt verwenden können, wo so große Nachfrage bestand. Es war ein Jammer, daß sie so verschwendet wurde, daß sie zu einer Zeit angetrottelt kam, in der sie keinem Nutzen brachte. Wäre sie in einem Monat fällig gewesen, hätte ich sie kurzfristig verkauft, aber so konnte ich nichts dabei herausschlagen und gab sie auf. Bald darauf stellte Clarence fest, daß der alte Merlin unter den Leuten intri-

gierte. Er verbreitete die Behauptung, ich sei ein Schwindler und versorge die Leute nicht mit Wundern, weil ich es nicht könne. Ich sah ein, daß ich etwas unternehmen mußte, und arbeitete sofort einen Plan aus.
Kraft meiner Vollzugsgewalt warf ich Merlin ins Gefängnis – in meine frühere Zelle. Dann machte ich durch Herold und Trompete öffentlich bekannt, daß mich Staatsgeschäfte die nächsten vierzehn Tage völlig beanspruchten, aber dann würde ich mir einen Augenblick Zeit nehmen und durch Feuer vom Himmel Merlins steinernen Turm in die Luft fliegen lassen. Wer immer in der Zwischenzeit bösen Reden über mich Gehör schenke – wehe ihm! Auch würde ich zunächst nur das eine Wunder vollbringen und nicht mehr. Sollte man nicht zufrieden damit sein und murren, so würde ich die Murrenden in Pferde verwandeln, um sie nützlich zu machen. Nun hatte ich Ruhe.
Ich zog Clarence bis zu einem gewissen Grad ins Vertrauen, und wir machten uns still an die Arbeit. Ich erklärte ihm, daß das vorliegende Wunder ein paar Vorbereitungen brauche, es bedeute aber plötzlichen Tod, über die Vorbereitungen mit irgend jemand zu sprechen. Das versiegelte seine Lippen. Heimlich stellten wir ein paar Scheffel erstklassiges Sprengpulver her, und ich überwachte meine Waffenschmiede bei der Herstellung eines Blitzableiters und einiger Drähte. Der alte Steinturm war sehr klotzig und etwas baufällig dazu, denn er stammte aus der Römerzeit vor vierhundert Jahren. Auf seine rauhe Art war er ganz hübsch und von Kopf bis Fuß mit Efeu bekleidet wie mit einem Schuppenpanzer. Er stand auf einer einsamen Anhöhe, vom Schloß gut sichtbar und etwa eine halbe Meile entfernt.
Wir arbeiteten nachts, lagerten das Pulver im Turm, gruben innen Steine heraus und ließen so das Pulver in die am Sockel fünfzehn Fuß dicken Mauern ein. An zwölf Stellen häuften wir Ladungen von je einem Viertelscheffel. Damit hätten wir den Tower in London in die Luft sprengen können. Als die dreizehnte Nacht gekommen war, stellten wir unseren Blitzableiter auf, pflanzten ihn in eine Pulverladung und legten Drähte von dort zu den anderen Ladungen. Die Örtlichkeit wurde seit meiner Proklamation allgemein gemieden, aber am Morgen des

vierzehnten Tages hielt ich es doch für ratsam, das Volk durch Herolde zu warnen, dem Turm nicht näher als auf eine Viertelmeile zu kommen. Dann gab ich im Befehlston bekannt, daß ich innerhalb der nächsten vierundzwanzig Stunden das Wunder vollbringen werde, nachdem ich vorher allgemein gewarnt hatte: durch Flaggen auf den Schloßtürmen bei Tag, bei Nacht durch Fackelbündel an der gleichen Stelle.

Gewitterschauer waren in der letzten Zeit recht häufig niedergegangen, und ich fürchtete kaum einen Fehlschlag; trotzdem hätte mich eine Verzögerung von ein oder zwei Tagen auch nicht bekümmert; ich hätte erklärt, daß mich noch Staatsangelegenheiten beschäftigen und daß die Leute warten müssen.

Selbstverständlich hatten wir einen strahlenden Sonnentag – fast den ersten wolkenlosen Tag seit drei Wochen; aber, so geht es ja immer! Ich zog mich zurück und beobachtete das Wetter. Clarence kam von Zeit zu Zeit herein und berichtete, daß die Erregung der Menge immer mehr steige und das ganze Land, so weit man von den Schloßzinnen sehen könne, sich mit Menschen fülle. Endlich kam Wind auf, und eine Wolke zeigte sich bei anbrechender Nacht in der rechten Richtung. Eine kleine Weile sah ich zu, wie die ferne Wolke größer und finsterer wurde, dann hielt ich es an der Zeit aufzutauchen. Ich befahl, die Fackelbündel zu entzünden und Merlin freizulassen und zu mir zu schicken. Eine Viertelstunde später bestieg ich die Tribüne, auf der ich König und Hof versammelt fand, alles angestrengt gegen Merlins Turm in die Finsternis starrend.

Es war schon dunkel geworden, daß man nicht mehr weit sah. Die Menschen und die alten Türme, teils in tiefstem Schatten liegend und teils in die rote Glut der großen Fackelkörbe getaucht, hätten mit ihrem Anblick jeden Maler begeistert.

Merlin erschien in düsterer Laune.

Ich sagte: »Du wolltest mich bei lebendigem Leib verbrennen, obwohl ich dir nichts zuleide tat, und später versuchtest du, meine Berufsehre anzugreifen. Deshalb werde ich Feuer vom Himmel rufen und deinen Turm in die Luft sprengen. Aber es ist nur recht und billig, dir noch eine Chance zu geben; wenn du glaubst, du kannst meinen Zauber brechen und das Feuer abwehren, versuch es – du bist dran.«

»Das kann ich, werter Herr, und das werde ich. Zweifelt nicht daran!«

Er zog einen Zauberkreis auf den Steinfliesen und verbrannte darin eine Prise Pulver. Ein Wölkchen wohlriechenden Rauchs stieg empor, bei dessen Anblick alle zurückwichen, sich bekreuzigten und unbehaglich fühlten. Dann murmelte er etwas und fuchtelte mit den Händen in der Luft herum. Langsam steigerte er sich in eine Art Ekstase hinein und ruderte schließlich mit den Armen umher wie mit Windmühlenflügeln.

Inzwischen hatte uns das Gewitter fast erreicht; die Windstöße ließen die Fackeln flackern und die Schatten hin und her tanzen. Die ersten schweren Regentropfen fielen, ringsum war es pechschwarz, Blitze erhellten in rascher Folge die Nacht. Mein Blitzableiter würde sich natürlich jetzt laden; das große Ereignis stand unmittelbar bevor. Deshalb sagte ich: »Du hattest Zeit genug. Ich ließ dir freie Hand und mischte mich nicht ein. Ich sehe, daß deine Kunst fauler Zauber ist. Es ist also in voller Ordnung, wenn ich jetzt anfange.«

Ich stieß den Arm dreimal in die Luft, dann gab es einen furchtbaren Krach, und der alte Turm flog in großen Brocken gen Himmel. Gleichzeitig sprang eine riesige Feuersäule vulkanartig auf, die die Nacht in Tag verwandelte und tausend Morgen Land voll menschlicher Wesen beleuchtete, die in panischem Schrecken sich am Boden wanden. Mörtel und Mauerwerk regneten noch eine halbe Woche hernieder, laut Bericht: die Tatsachen sahen wohl etwas anders aus.

Es war ein vollendetes Wunder. Die überzählige, lästige Zusatzbevölkerung verzog sich. Einige tausend Wagenspuren zeigten sich am nächsten Morgen im Schlamm, und sie führten alle nach draußen ins Land. Wenn ich noch ein Wunder angekündigt hätte, kein Sheriff würde mir Zuschauer zusammentreiben können.

Merlins Aktien standen flau. Der König wollte ihm sein Gehalt streichen; er wollte ihn sogar verbannen, aber ich legte mich ins Mittel. Ich sagte, er wäre ganz nützlich, um das Wetter zu machen und ähnlichen Kleinkram zu besorgen. Ich würde ihm manchmal unter die Arme greifen, wenn sein kleiner Salonzauber ihm zu sauer fiel. Von seinem Turm war kein Fetzchen geblieben, aber ich ließ ihn auf Regierungskosten wieder aufbauen und riet ihm, Gäste in Pension zu nehmen; doch das hielt er für unter seiner Würde. Und im übrigen sagte er nicht einmal danke! Er war ein harter Bissen, wie man ihn auch anpacken mochte; und schließlich kann man auch von einem Menschen, der so zurückgesetzt wurde wie er, nicht erwarten, daß er besonders liebenswürdig ist.

▷ 57 ◁

Der Chef

Mit fast unumschränkter Macht versehen zu sein, ist eine schöne Sache; aber die Zustimmung der Mitwelt dabei ist noch schöner. Die Geschichte mit dem Turm festigte meine Stellung und machte sie unantastbar. Wenn vorher jemand eifersüchtig und kritisch mir gegenüber war, so änderte er jetzt gründlich seine Meinung. Niemand im Königreich hätte es ratsam gefunden, mit mir anzubinden.
Ich fand mich schnell in meiner Lage und Umwelt zurecht. Eine Zeitlang pflegte ich morgens, meinen ›Traum‹ belächelnd, zu erwachen und auf die Sirene der Waffenfabrik zu warten; aber das Spiel hörte allmählich auf, und schließlich wurde es volle Wirklichkeit für mich, daß ich jetzt im sechsten Jahrhundert und an Artus' Hof und nicht im Irrenhaus lebte. Bald war ich in diesem Jahrhundert genauso zu Hause, wie ich es in jedem anderen gewesen wäre; übrigens hätte ich es nicht gegen das neunzehnte getauscht. Denken Sie an die Möglichkeiten für einen Mann von Wissen, Intelligenz, Mut und Unternehmungsgeist, genug, die Fahrt zu wagen und mit dem Land zugleich aufzusteigen. Das großartigste Betätigungsfeld öffnete sich mir, mir allein. Da war kein Konkurrent, niemand, der nicht an Geschicklichkeit und Erfahrung neben mir ein Waisenknabe war. Und was wäre ich im neunzehnten Jahrhundert? Vorarbeiter in einer Fabrik, kaum mehr; und wenn ich ein Netz durch die Straße zöge, würde ich jeden Tag hundert fangen, die mir überlegen sind!
Welchen Sprung hatte ich gemacht! Ich mußte immer wieder darüber nachdenken wie einer, der beim Bohren Öl gefunden hat. So weit die Geschichte zurückreicht, gab es nichts Vergleichbares; es sei denn Josephs Karriere, und nicht einmal die kam meiner gleich. Denn es steht fest, daß Josephs überragendes Finanzgenie nur dem König zugute kam; die breite Öffentlichkeit muß ihn mit ziemlichem Mißfallen betrachtet haben, während ich durch die Rettung der Sonne der Allgemeinheit einen Dienst erwiesen hatte und von allen geliebt wurde. Ich war nicht der Schatten eines Königs; ich war die Substanz, und der König war der Schatten. Meine Macht

war unvorstellbar, und sie war nicht nur ein Titel, wie es oft vorkommt, sie war wirkliche Macht. Hier stand ich ganz am Ursprung und Quell der zweiten großen Epoche der Weltgeschichte und konnte das rieselnde Flüßchen dieser Epoche stärker, tiefer und breiter werden sehen, bis es seinen machtvollen Strom in die fernen Jahrhunderte ergoß. Ich konnte das Auftreten von Abenteurern gleich mir im Schutz der langen Flucht von Thronen beobachten: die Monforts, Gavestons, Mortimers, Villierses; die kriegstiftenden, feldzugführenden Wüstlinge von Frankreich und Karls II. zepterschwingende Huren; aber nirgendwo gab es in der Prozession ein Pendant zu mir. Ich war einzig in meiner Art und freute mich, daß das weder bestritten noch bezweifelt werden konnte, bis dreizehnundeinhalbes Jahrhundert verflossen waren.

Jawohl, an Macht war ich dem König gleich. Es gab indessen eine Macht, die ein wenig stärker war als wir beide zusammen. Das war die Kirche. Ich will diese Tatsache nicht leugnen. Ich könnte es auch nicht, selbst wenn ich wollte. Aber lassen wir das jetzt; ich werde später, am passenden Ort, darüber berichten. Zunächst machte ich mir darüber keine wesentlichen Sorgen.

Ja, es war ein merkwürdiges Land und sehr interessant. Und die Leute! Sie waren der sonderbarste, einfältigste, vertrauensseligste Menschenschlag; ja, im Grunde nur Kaninchen. Für jeden in der gesunden Luft der Freiheit Geborenen war es ein Jammer, ihren demütigen, treuherzigen Loyalitätsergüssen gegenüber ihrem König, ihrer Kirche und ihrem Adel zu lauschen; als ob sie mehr Grund hatten, Kirche und Edelmann zu lieben und zu ehren als der Sklave die Peitsche oder der Hund den Fuß, der ihn tritt. Ja, wahrhaftig, jede Art von Monarchie (wie auch immer gemäßigt) und jede Art von Aristokratie (wie auch immer zurechtgestutzt) ist rechtlich eine Beleidigung; aber wer unter dieser Art der Ordnung geboren und erzogen ist, wird wahrscheinlich nie von selbst darauf kommen und glaubt es nicht, wenn ein anderer es ihm sagt. Man könnte sich der Menschheit schämen, wenn man bedenkt, welcher Abschaum stets ohne einen Schatten von Recht oder Vernunft auf ihren Thronen saß und welche Figuren von siebenter Qualität ihre Aristokratie vorstellten – ein Haufen von Fürsten und Adligen, die gewöhnlich arm und namenlos geblieben wären, wenn man sie ihren eigenen Anstrengungen überlassen hätte, wie es das Los der anständigen Leute ist.

Der größte Teil von König Artus' britischer Nation waren schlicht und einfach Sklaven, sie wurden auch so genannt und trugen einen Eisenring um den Hals; die anderen waren auch Sklaven, nur ohne so genannt zu werden; sie bildeten sich ein, Mannen und Freie zu sein, und nannten sich auch so. In Wirklichkeit war das Volk als Ganzes nur zu einem einzigen Zweck da: vor König, Kirche und Adel zu kriechen; sich für sie abzuschinden; Blut für sie zu schwitzen; zu hungern, damit sie sich mästeten; zu schuften, damit sie sich vergnügten; den Kelch des Leidens bis zur Neige zu leeren, damit sie herrlich und in Freuden lebten. Sie hatten nackt zu gehen, damit jene sich in Seide und Juwelen kleiden konnten; Steuern zu zahlen, damit jene frei davon blieben; ihr ganzes Leben mit der entehrenden Sprache und Geste der Schmeichelei behaftet zu sein, damit sich jene stolz für die Götter der Welt halten konnten. Und was war der Dank für alles? Schläge und Verachtung! Und sie waren so geduckt, daß sie selbst diese Art der Beachtung als Ehre auffaßten.

Überlieferte Ideen sind eine sonderbare Sache. Sie zu beobachten und zu untersuchen, ist lehrreich. Ich hatte die meinen, der König und sein Volk hatten die ihren. In beiden Fällen zogen sie durch von Zeit und Brauch tiefausgefahrene Geleise, und wer versuchen wollte, sie mit Gründen und Beweisen in andere zu leiten, hätte sich keine leichte Arbeit aufgehalst. Zum Beispiel war jenen Leuten die Vorstellung eingepflanzt, daß alle Menschen ohne Titel und ohne langen Stammbaum, ob sie nun große natürliche Anlagen und Fähigkeiten besaßen oder nicht, so unbedeutende Geschöpfe wären wie manche Tiere, Wanzen und Insekten. Mir dagegen galt als selbstverständlich, daß die Krähen in Menschengestalt einfach lächerlich sind, die sich betrügerisch mit den Pfauenfedern erblicher Würden und unverdienten Adels maskieren.

Wie man mir gegenübertrat, war wunderlich, aber natürlich. Wenn man weiß, wie der Wärter und das Publikum den Elefanten in der Menagerie betrachten, dann hat man die rechte Vorstellung. Sie sind voller Bewunderung für seinen gewaltigen Körper und seine ungeheure Kraft; sie sprechen mit Stolz von einigen hundert Wunderdingen, die er kann und die weit über ihre Kraft gehen; und sie sprechen mit dem gleichen Stolz davon, daß er in der Wut fähig ist, tausend Mann vor sich her zu treiben. Aber macht das den Elefanten zum Menschen? Nein, der letzte Kumpel in der Grube lacht bei dem Gedanken. Er kann ihn nicht verstehen, kann nichts mit ihm anfangen, könnte ihn nicht im entferntesten begreifen. Nun, für den König, die Edelleute und die ganze Nation bis hinunter zu den Sklaven und Bettlern war ich genauso eine Art Elefant und nicht mehr. Ich wurde bewundert, auch gefürchtet; aber so, wie ein Tier bewundert und gefürchtet wird. Das Tier wird nicht verehrt, so auch ich nicht; ich wurde nicht einmal sehr geachtet. Ich hatte keinen Stammbaum, keinen ererbten Adelstitel; deshalb war ich in den Augen des Königs und der Adligen ein Dreck; das Volk betrachtete mich mit Staunen und Scheu, aber Ehrfurcht mischte sich nicht hinein; dank der Macht ererbter Vorurteile konnte es nicht begreifen, daß außer Stammbaum und Lordstitel etwas zu Recht verehrt werden könnte. Hier erkennt man die Hand jener furchtbaren Macht, der römisch-katholischen Kirche, die in knapp zwei- oder dreihundert Jahren ein Volk von Männern in ein Volk von Würmern verwandelt hatte. Ehe die Kirche die Herrschaft antrat, waren Männer noch Männer und hielten den Kopf hoch und hatten männlichen Stolz und Mut und Unabhängigkeit; und was einer an Macht und Rang gewann, gewann er meist durch seine Taten und nicht durch seine Geburt. Dann kam die Kirche an die Macht und schliff die Axt, und sie war schlau und weise und kannte mehr als eine Art, der Katze das Fell über die Ohren zu ziehen – oder dem Volk. Sie erfand ›göttliche Rechte‹ und untermauerte sie rundum Stein für Stein mit ihren paradiesischen Verheißungen, riß das Volk von der guten Absicht los, damit es eine schlechte unterstützte. Sie predigte (dem gemeinen Mann) Demut, Gehorsam gegenüber der Obrigkeit, die Seligkeit der Selbstaufopferung; sie predigte (dem gemeinen Mann)

Sanftmut, wenn man beleidigt wird, predigte (immer noch dem gemeinen Mann, immer nur dem gemeinen Mann) Geduld, Armut im Geiste, Ergebenheit gegen Bedrückung. Und sie führte erbliche Ränge und die Feudalherrschaft ein und lehrte alle christlichen Völker der Welt, sich darunter zu beugen und sie zu verehren. Selbst im Jahrhundert meiner Geburt war dieses Gift noch immer im Blut der Christenheit, und der beste englische Mann aus dem Volke sah noch immer ganz friedlich zu, wie Schlechtere als er frech eine Unzahl Stellen wie Lordschaften und den Thron immer wieder besetzten, von denen die grotesken Gesetze seines Landes ihn rundweg ausschlossen. Ja, er war nicht nur mit den sonderbaren Zuständen zufrieden, er log sich sogar vor, daß sie ihn mit Stolz erfüllten. Das scheint zu beweisen, daß man alles aushalten kann, wenn man nur dazu geboren und erzogen ist. Dies Übel – die Demut vor Rang und Namen – war natürlich auch in unserem amerikanischen Blut, das weiß ich. Aber als ich Amerika verließ, war es eigentlich verschwunden, wenigstens praktisch verschwunden. Es war nur noch bei Snobs beiderlei Geschlechts zu finden. Wenn eine Krankheit sich so weit zurückgezogen hat, kann man mit Recht sagen, sie ist vom Organismus ausgeschieden.

Kehren wir zu meiner Sonderstellung an König Artus' Hof zurück. Hier war ich ein Riese unter Zwergen, ein Mann unter Kindern, die höchste Intelligenz unter geistigen Maulwürfen; nach allen vernünftigen Maßstäben der einzige wirklich bedeutende Mann in der ganzen britischen Welt, und doch war, wie im fernen England meiner Geburtszeit, jeder schafsköpfige Graf ein verehrungswerterer Mann als ich, weil er die lange Ahnenreihe von der Mätresse des Königs – zweiter Hand aus den Lasterhöhlen von London gekauft – nachweisen konnte. Eine solche Persönlichkeit wurde in Artus' Reichen umschmeichelt, und jeder sah ehrfürchtig zu ihr auf, mochte auch sein Charakter so minderwertig wie seine Intelligenz und seine Moral so geringwertig wie sein Stammbaum sein. Er durfte sich in Anwesenheit des Königs ab und zu setzen, ich nie. Ich hätte leicht genug einen Adelstitel bekommen können, und es würde mich in aller Augen ein gutes Stück gehoben haben; selbst in denen des Königs, der ihn verlieh. Aber ich bat nicht darum; und ich lehnte ihn ab, als er mir angeboten wurde. Bei meinen Ansichten hätte mich so ein Ding nicht gefreut, und es wäre auch nicht anständig gewesen, denn soweit ich unsere Familie zurückverfolgen kann, hielt sie sich immer in respektvoller Entfernung von der Anklagebank. Ich hätte mich durch keinen Titel wirklich geadelt und stolz und gehoben gefühlt, der nicht vom Volk – der einzigen rechtmäßigen Quelle – gekommen wäre; und einen solchen hoffte ich zu gewinnen. Im Laufe der Jahre gewann ich mir ihn auch durch ehrliche und rechtschaffene Arbeit, und ich trug ihn mit großem und reinem Stolz. Der Titel glitt eines Tages einem Grobschmied zufällig über die Lippen, wurde als glücklicher Einfall aufgegriffen und ging mit Lachen und Zustimmung von Mund zu Mund; in zehn Tagen war er im ganzen Königreich bekannt und so volkstümlich wie des Königs Name geworden. Ich wurde nie mehr anders genannt, weder im Volksmund noch bei ernsten Staatsgesprächen im königlichen Rat. Mein Ehrentitel würde in der Sprache unserer Zeit etwa DER CHEF heißen. Erwählt vom Volk. Das gefiel mir. Und es war ein recht hoher Titel. Es gab sehr wenige, die man einfach als ›der‹ bezeichnete. Wenn man von einem Herzog, einem Grafen oder Bischof sprach, wie konnte man wissen, welcher gemeint war? Aber wenn man vom König oder von der Königin oder gar vom Chef sprach, das war etwas ganz anderes.

Nun ja, ich schätzte den König, und als König respektierte ich ihn; respektierte zumindest seine Stellung, soweit ich unverdienten Vorrang zu respektieren fähig war; aber als Menschen sah ich auf ihn und seinen Adel insgeheim hinab. Und sie wiederum schätzten mich und hatten Hochachtung vor meinem Amt; aber als Wesen ohne Geburt und Scheintitel sahen sie auf mich herab; und sie hielten damit gar nicht hinterm Berg. Ich kümmerte mich nicht um ihre Meinung und sie sich nicht um meine; die Rechnung ging auf, die Bilanz stimmte, beide Seiten waren zufrieden.

▷ 63 ◁

Das Turnier

In Camelot wurden laufend großartige Turniere veranstaltet; es waren sehr aufregende, malerische und lächerliche menschliche Stierkämpfe, aber etwas langweilig für einen beweglichen Geist. Trotzdem war ich meistens zugegen, aus zwei Gründen: Wer beliebt sein will, darf sich nicht von Dingen fernhalten, die seinen Freunden und seiner Mitwelt am Herzen liegen, und ein Staatsmann schon gar nicht; und sowohl als Staatsmann wie als Geschäftsmann wollte ich das Turnier studieren und sehen, ob man es nicht verbessern konnte. Da fällt mir nebenbei noch ein, daß die allererste Amtshandlung meiner Tätigkeit, am ersten Tag bereits, die Gründung eines Patentamts war; denn ich wußte, daß ein Land ohne Patentamt und gute Patentgesetze einer Krabbe gleicht, die nur seitwärts und rückwärts gehen kann.

Die Zeit verging, mit einem Turnier in fast jeder Woche, und ab und zu forderten die Jungen mich auf mitzumachen – ich meine Herr Lancelot und die anderen –, aber ich sagte, daß ich nichts überstürzen will, nur nicht so hastig; ich hätte noch zuviel zu tun, die Regierungsmaschine zu ölen, in Ordnung zu bringen und anzukurbeln.

Ein Turnier hatten wir, das Tag für Tag eine Woche lang fortgesetzt wurde. Vom Anfang bis Ende nahmen insgesamt fünfhundert Ritter daran teil. Es dauerte Wochen, bis sie alle beisammen waren. Sie kamen zu Pferde von überall her, aus den fernsten Ecken des Landes und sogar übers Meer, viele brachten Damen, alle führten Knappen und ganze Scharen von Dienern mit. Es war eine prachtstrotzende, glänzende Versammlung, was die Kostüme betrifft, und sehr charakteristisch für Land und Zeit mit ihrem barbarischen Mut, der unschuldig derben Sprache und der glücklichen Gleichgültigkeit gegenüber der Moral. Kämpfen oder Zuschauen Tag für Tag, Singen, Würfeln, Tanzen und Trinken bis Mitternacht. Sie genossen das Leben in vollen Zügen. Solche Menschen kannte ich noch nicht. Jene Reihen schöner Damen, die in ihrem geschmacklosen Prunk glänzten, sahen den Ritter vom Pferd in den Sand stürzen, von knöcheldickem Lanzenschaft durchbohrt, daß Blut hoch aufspritzte; und statt in Ohnmacht zu fallen, klatschten sie in die Hände und drängten sich vor, um besser zu sehen. Nur selten griff eine plötzlich zum Schnupftuch und stellte recht auffällig ein gebrochenes Herz zur Schau, und dann konnte man zwei zu eins wetten, daß ein Skandal dahintersteckte, von dem die Öffentlichkeit noch nicht genügend Kenntnis genommen hatte.

Normalerweise wäre mir der Lärm nachts auf die Nerven gefallen, aber unter den gegebenen Umständen war er mir ganz lieb, hörte ich doch nicht, wie die Quacksalber den Verstümmelten des vergangenen Tages Beine und Arme abnahmen. Sie ruinierten mir eine besonders gute Schrotsäge und zerbrachen auch noch den Sägebock, aber ich sagte nichts. Und was meine Axt betrifft – nun, ich beschloß, mir ein anderes Jahrhundert auszusuchen, wenn ich meine Axt je wieder einem Stabsarzt leihen sollte.

Ich verfolgte das Turnier nicht nur persönlich Tag für Tag, sondern schickte einen intelligenten Priester aus meinem Ministerium für öffentliche Moral und Landwirtschaft dorthin mit dem Auftrag, eine Reportage zu schreiben; denn es war mein Plan, eine Zeitung herauszugeben, sobald ich das Volk soweit hatte. Das erste, was in einem neuen Lande gebraucht wird, ist ein Patentamt; dann Verbesserung des Schulsystems und dann – heraus mit der Zeitung! Eine Zeitung hat ihre Fehler und sogar recht zahlreiche, aber das macht nichts; denn sie kann ein Volk aus seiner Grabesruhe scheuchen, und das darf man nicht vergessen. Ohne Zeitung kann man ein schlafendes Volk nicht zum Leben erwecken, sie ist das einzige Mittel dazu. So wollte ich erproben, welche Reportagen ich aus dem sechsten Jahrhundert zusammenkratzen konnte, wenn sie gebraucht wurden. Nun, der Priester zeigte sich der Aufgabe durchaus gewachsen. Er berichtete ausführlich, und das ist für Lokalnachrichten sehr wichtig. Er hatte nämlich in jüngeren Jahren für die Bestattungsabteilung seiner Kirche Buch geführt, und da sind bekanntlich Einzelheiten Geld. Je mehr Einzelheiten, desto größer die Beute; Sargträger, Leichenwäscher, Kerzen, Gebete – alles bringt etwas ein; und wenn die Hinterbliebenen nicht genug Gebete kaufen, dann berechnet man die Kerzen doppelt, und die Rechnung stimmt wieder. Und er hatte viel Geschick, hier und da eine Schmeichelei für einen Ritter anzubringen, der als Inserent in Betracht kam . . . nein, ich meine, der Einfluß hatte. Er war auch für Übertreibung gut begabt, denn vorzeiten hatte er bei einem frommen Eremiten die Tür gehütet, der in einem Stall wohnte und Wunder tat.

Der Bericht des Neulings war natürlich nicht sehr sensationell, Tempo und Schauergeschichten fehlten und damit die richtige Wirkung. Aber die altertümliche Ausdrucksweise war seltsam, reizvoll, einfach und voller Atmosphäre; das waren kleine Vorzüge, die die bedeutenden Mängel aufwogen. Hier ist ein Auszug seiner Reportage:

Dann stießen Herr Brian von den Inseln und Grummor Grummorsum, Ritter vom Schloß, mit dem Herrn Aglovale und dem Herrn Tor aufeinander, und Herr Tor schlug Herrn Grummor Grummorsum zur Erde nieder. Dann kam Herr Carados von Schmerzensturm und Herr Turquine, Ritter vom Schloß, und stießen auf Herrn Parzival von Galis und Herrn Lamorak von Galis, welche zwei Brüder waren, und darauf stießen die Herren Parzival und Carados aufeinander und splitterten ihre Lanzen bis zum Griff, und dann die Herren Turquine und Lamorak, und jeder schlug die anderen, Mann und Roß, zur Erde nieder, und jeder hob den andern auf und half ihm wieder in den Sattel. Und die Herren Arnold und Gauter, Ritter vom Schloß, ritten gegen die Herren Brandiles und Kay, und diese vier Ritter kämpften gewaltig und brachen die Lanzen bis zum Griff. Dann kam Herr Pertolop vom Schloß, und es ritt gegen ihn Herr Lionel, und da schlug Herr Pertolop, der grüne Ritter, den Herrn Lionel, Bruder des Herrn Lancelot, nieder. Alles ward von edlen Herolden angemerkt, wer am besten kämpfte und ihre Namen. Dann brach Herr Bleobaris seine Lanze am Herrn Gareth, aber von diesem Stoß stürzte Ritter Bleobaris. Als Herr Galihodin das sah, bat er Herrn Gareth, ihn zu schonen, und Herr Gareth schlug ihn zu Boden, dann ergriff Herr Galihud eine Lanze, um seinen Bruder zu rächen, und Herr Gareth bediente ihn auf dieselbe Art, und den Herrn Dinadan und seinen Bruder La Cote Male Taile, und Herrn Sagramor den Lüsternen, und Herrn Dodinas den Wilden; alle diese streckte er nieder mit derselben Lanze. Als König Agwisanz von Irland den Herrn Gareth so streiten sah, verwunderte er sich, wer es sein mochte, der einmal grün erschien und ein andermal wieder blau in die Schranken kam. Und so veränderte er bei jedem Waffengang, da er hin und wider ritt, seine Farbe, so daß weder König noch Ritter ihn recht erkannten. Dann stießen Herr Agwisanz, der König von Irland, und Herr Gareth aufeinander, und Herr Gareth schlug ihn vom Roß mitsamt seinem Sattel. Und dann kam König Carados von Schottland, und Herr Gareth schlug ihn nieder, Mann und Roß. Und auf die gleiche Weise bediente er den König Uriens vom Lande Gore. Und dann kam der Herr Bagdemagus herein, und der Herr Gareth schlug ihn zur Erde nieder, Roß und Mann. Und der Sohn von Bagdemagus, Meliganus, brach eine Lanze mit Herrn Gareth mächtig und ritterlich. Und dann rief Herr Galahault, der edle Fürst mit lauter Stimme: Ritter mit den vielen Farben, Ihr habt wacker gestritten; jetzt macht Euch bereit, daß ich mit Euch kämpfe. Herr Gareth hörte ihn und ergriff eine große Lanze, und so ritten sie gegeneinander an, und der Fürst brach seine Lanze; aber Herr Gareth schlug ihn auf die linke Seite des Helms, daß er hin und wider taumelte, und er wäre zu Boden gestürzt, hätten ihm seine Mannen nicht Hilfe gebracht. Wahrlich, sagte König Artus, der Ritter mit den vielen Farben ist ein guter Ritter. Weswegen der König den Herrn Lancelot herbeirief und ihn bat, er möge mit diesem Ritter fechten. Herr, sagte Lancelot, ich will zu dieser Stunde in meinem Herzen Geduld zu finden versuchen, denn er hat Taten genug getan an diesem Tag, und wenn ein guter Ritter so viel kämpft an einem Tag, ist es keines guten Ritters Sache, ihm seinen Ruhm zu entwinden, namentlich wenn er sieht, daß der Ritter so Großes geleistet hat. Denn vielleicht, sagte Herr Lancelot, ist das heute sein Streit, und vielleicht ist er von seiner Dame meistgeliebt unter allen, die hier sind, denn ich sehe wohl, er peinigt sich und zwingt sich, große Taten zu tun, und deshalb sagte Herr Lancelot, was mich angeht, soll er an diesem Tag die Ehre behalten; wenn es auch in meiner Macht stünde, sie ihm fortzunehmen, ich wollte nicht.

An jenem Tag gab es einen unangenehmen kleinen Zwischenfall, den ich aus Staatsgründen in dem Bericht des

Priesters strich. Aus dem Bericht geht hervor, daß Garry auf dem Turnier ganz überragend kämpfte. Wenn ich Garry sagte, meine ich Herrn Gareth. Garry war mein heimlicher Spitzname für ihn; er läßt vermuten, daß ich tiefe Zuneigung für ihn empfand, und so war es auch. Aber es war ein privater Spitzname, der nie laut ausgesprochen wurde, am wenigsten ihm gegenüber; als Adliger konnte er eine solche Vertraulichkeit meinerseits nicht dulden. Nun weiter: Ich saß in der reservierten Loge, die mir als dem Minister des Königs vorbehalten war. Während Herr Dinadan wartete, bis er dran war, in die Schranken zu reiten, kam er zu mir, setzte sich und fing an zu schwatzen. Er machte mir ständig etwas den Hof, weil ich ein Fremder war und er einen neuen Markt für seine Witze brauchte, von denen die meisten in jenem Stadium waren, wo der Erzähler das Lachen selbst besorgen muß, während den anderen übel wird. Ich hatte seinen Bemühungen, so höflich ich konnte, Beifall gezollt und fühlte auch eine sehr tiefe und ehrliche Zuneigung für ihn; denn sollte er wirklich durch ein boshaftes Schicksal jene Anekdote kennen, die ich am häufigsten hörte und mein Leben lang am meisten haßte und verabscheute, so hatte er mich wenigstens mit ihr verschont. Es war so ein Geschichtchen, das von Columbus bis Artemus Ward jeder Anekdotenfigur auf amerikanischem Boden zugeschrieben wird. Ein Spaßvogel hatte eine stumpfsinnige Gesellschaft eine Stunde lang mit den tollsten Witzen beschossen und nicht ein Gelächter hervorbringen können; als er dann ging, schüttelte ihm ein grauhaariger Blödian dankbar die Hand und sagte, so was Komisches hätten sie nie gehört, und ›sie konnten sich kaum zurückhalten, mitten im Vortrag laut loszulachen‹. Diese Anekdote hätte besser nie das Licht der Welt erblickt, und doch hatte ich sie hundert- und tausend- und millionen- und billionenmal heulend und fluchend anhören müssen. Wer kann meine Gefühle erraten, als jetzt dieser gepanzerte Esel doch noch einmal damit anfing, im trüben Zwielicht der Überlieferung, vor der Dämmerung der Geschichte, als man selbst von Lactantius ›der verstorbene Lactantius‹ sagen konnte und die Kreuzzüge erst fünfhundert Jahre später aus der Taufe gehoben wurden? Gerade als er fertig war, kam der

Laufjunge und holte ihn; wiehernd wie ein Ungeheuer, rasselnd und klirrend wie ein Topf voll Eisenschrott ging er hinaus, mehr konnte ich nicht mehr erkennen. Es dauerte einige Minuten, bis ich wieder zu mir kam, und da öffnete ich die Augen, gerade um zu sehen, wie der Ritter Gareth ihm einen fürchterlichen Schlag versetzte, und mir entfuhr der Stoßseufzer: »Gebe Gott, er hat ihn umgebracht!« Aber unglücklicherweise, ich hatte noch nicht ausgesprochen, krachte Herr Gareth auf Herrn Sagramor den Lüsternen und warf ihn donnernd über die Kruppe seines Pferdes – Sagramor mußte natürlich meinen Ausruf hören und glaubte, er sei auf ihn gemünzt.

Nun, wenn einer der Burschen sich etwas in den Kopf setzte, war es ihm nicht mehr auszureden. Das wußte ich und sparte mir die Mühe, Erklärungen zu geben. Sobald Ritter Sagramor genesen war, teilte er mir mit, daß zwischen uns eine kleine Rechnung zu begleichen sei, und bestimmte einen Tag in drei oder vier Jahren. Ort: der Turnierring, wo die Beleidigung gefallen war. Ich sagte, ich sei bereit, sobald er zurückkomme. Er ging nämlich den Heiligen Gral suchen. Die Jungen machten alle von Zeit zu Zeit einen Streifzug nach dem Heiligen Gral. Es war eine Tour von mehreren Jahren. Sie stöberten während der ganzen Zeit auch immer sehr gewissenhaft herum, obwohl sie keine Ahnung haten, wo der Heilige Gral wirklich war. Ich glaube, tatsächlich erwartete keiner, ihn zu finden. Er hätte kaum etwas mit ihm anfangen können, selbst wenn er über ihn gestolpert wäre. Es war einfach die Nord-West-Passage jener Tage, das war alles. Jahr für Jahr zogen Expeditionen los zum ›fröhlichen Gralen‹, und im Jahr darauf brachen Hilfsexpeditionen auf, sie zu suchen. Berge von Ruhm steckten in der Sache, aber kein Geld. Na, und da wollten sie, daß ich mich auch daran beteiligte. Das war ja lächerlich!

▷ 69 ◁

Die Anfänge der Zivilisation

Die Tafelrunde hörte sehr bald von der bevorstehenden Fehde, und natürlich wurde sie lebhaft diskutiert, denn so etwas interessierte die Jungen. Der König meinte, ich müßte jetzt Abenteuer suchen, um Ruhm zu gewinnen und würdiger zu sein, Herrn Sagramor nach Ablauf der Jahre im Zweikampf gegenüberzutreten. Für den Augenblick entschuldigte ich mich; ich brauche noch drei oder vier Jahre, bis die Verwaltung in Ordnung sei und von allein liefe, dann sei ich bereit. Wahrscheinlich würde am Ende der Frist Herr Sagramor noch immer beim ›fröhlichen Gralen‹ sein, so daß durch diesen Aufschub keine wertvolle Zeit verloren war. Dann wäre ich sechs bis sieben Jahre im Amt und konnte annehmen, daß mein System bis dahin so gut funktionieren würde, daß ich, ohne irgendeinen Rückschlag befürchten zu müssen, Urlaub nehmen konnte.

Ich war recht zufrieden mit dem, was ich schon erreicht hatte. In verschiedenen stillen Winkeln und Ecken hatte ich Anfänge aller Art Industrien im Gange, Keimzellen der künftigen ausgedehnten Fabriken, die Eisen- und Stahlpropheten meiner kommenden Zivilisation. Hier hatte ich die besten Köpfe der Jugend gesammelt, die ich finden konnte, und ständig kämmten Agenten das Land nach gleichwertigen durch. Ich erzog eine Menge unwissendes Volk zu Fachleuten – Fachleuten in jeder Art Handwerk und wissenschaftlichen Berufen. Diese meine Kindergärten arbeiteten still, geheim und ungestört in versteckter ländlicher Zurückgezogenheit. Niemand durfte ihren Bereich ohne besondere Erlaubnis betreten; denn ich fürchtete die Kirche.

Zuallererst hatte ich ein Lehrerseminar und einen Haufen Sonntagsschulen eröffnet; als Ergebnis sah ich an den betreffenden Orten ein bewundernswertes System von Schulen aller Stufen mit Volldampf an der Arbeit; auch eine vollständige Auswahl protestantischer Sekten wuchs und gedieh. Jeder konnte auf die Art Christ sein, die ihm beliebte, darin herrschte völlige Freiheit. Aber ich verwies den öffentlichen Religionsunterricht in die Kirchen und Sonntagsschulen und erlaubte ihn in meinen anderen Erziehungsanstalten nicht. Ich hätte meine eigene Sekte bevorzugen und jedermann mühelos zum Presbyterianer machen können, aber das würde ein Gesetz der menschlichen Natur verletzen. Geistige Bedürfnisse und Wünsche sind in der großen Menschenfamilie genauso verschieden wie die physischen Bedürfnisse, die Hautfarbe und der Gesichtsschnitt; und ein Mensch ist moralisch nur auf der Höhe in einem religiösen Gewand, dessen Farbe, Schnitt und Faltenwurf sich am besten der geistigen Physiognomie, den Ecken und Kanten seines Charakters anpaßt, und außerdem, ich fürchtete die Einheitskirche. Sie stellt eine gewaltige Macht dar, die gewaltigste, die man sich vorstellen kann, und wenn sie nach und nach in eigennützige Hände gerät, wie es notwendig immer geschieht, bedeutet sie Tod der menschlichen Freiheit und Lähmung des menschlichen Geistes.

Alle Bergwerke waren königliches Eigentum, und es gab sehr viele. Früher wurde dort abgebaut, wie es unter Wilden üblich ist. Löcher wurden in die Erde gescharrt und das Mineral in Ledersäcken mit der Hand heraufgebracht, ungefähr eine Tonne täglich; aber ich hatte so früh wie möglich angefangen, den Bergbau auf eine wissenschaftliche Grundlage zu stellen.

Ja, ich hatte beträchtliche Fortschritte gemacht, als Sagramor mir den Fehdehandschuh zuwarf.

Vier Jahre verflossen – und nun! Sie würden es nicht für möglich halten! Unbeschränkte Macht ist wirklich ideal, wenn sie sich in sicheren Händen befindet. Die Despotie Gottes ist die einzige absolut vollkommene Regierung. Eine irdische Despotie wäre die absolut vollkommene irdische Regierung, wenn die Bedingungen die gleichen, nämlich der Despot das vollkommenste Individuum der Menschheit und seine Lebensdauer ewig wäre. Aber da auch der vollkommenste Mensch sterben und seine Despotie den Händen eines unvollkommenen Nachfolgers überlassen muß, ist die irdische Despotie nicht nur eine schlechte Regierungsform, sondern die schlechteste, die überhaupt möglich ist.

Meine Unternehmen zeigten, was ein Despot mit den Hilfsquellen eines Königreichs erreichen kann. Ohne daß das dumpfe Land es ahnte, ließ ich die Zivilisation des neunzehnten Jahrhunderts gerade unter seiner Nase in die Höhe wachsen! Sie war noch gegen öffentliche Sicht abgeschirmt, aber sie war da, eine gigantische, unbestreitbare Tatsache – von der man noch hören würde, wenn ich am Leben blieb und weiter erfolgreich war. Ja, da stand sie, als Tatsache so sicher und inhaltreich wie ein friedlicher Vulkan, der den rauchlosen Gipfel unschuldig in den blauen Himmel reckt und nichts von der aufsteigenden Hölle in seinen Eingeweiden verrät. Meine Schulen und Kirchen steckten vor vier Jahren noch in den Kinderschuhen, jetzt waren sie erwachsen; meine Werkstätten von damals waren jetzt große Fabriken; wo ich einst ein Dutzend gelernte Arbeiter hatte, standen jetzt tausend; wo ich einen überragenden Fachmann hatte, waren es jetzt fünfzig. Ich hielt sozusagen die Hand am Schalter, jederzeit bereit, ihn zu drehen und die mitternächtliche Welt mit Licht zu überfluten. Aber allzu plötzlich wollte ich nicht vorgehen. Das entsprach nicht meiner Politik. Das Volk hätte es nicht ertragen, und außerdem hätte ich im gleichen Augenblick die alleinseligmachende römisch-katholische Kirche auf dem Hals gehabt.

Nein, ich war die ganze Zeit vorsichtig zu Werke gegangen, ich hatte von Zeit zu Zeit Geheimagenten durchs Land geschickt mit dem Auftrag, dem Rittertum allmählich immer mehr das Wasser abzugraben, den einen und anderen Aberglauben etwas anzunagen und so langsam einer besseren Ordnung den Weg zu bereiten. Ich schaltete eine Kerzenstärke nach der anderen ein und wollte das Tempo beibehalten.

Einige Fachschulen hatte ich bereits, über das Königreich verstreut, heimlich eingerichtet, und sie arbeiteten ganz vorzüglich. Ich wollte dieses Netz mit der Zeit immer weiter ausbauen, wenn mich nichts daran hinderte. Eins meiner tiefsten Geheimnisse war ›West Point‹, meine Militärakademie. Ich hielt sie eifersüchtig verborgen; genau wie meine Marineakademie, die ich in einem abgelegenen Hafen eingerichtet hatte. Beide machten ausgezeichnete Fortschritte.

Clarence war jetzt zweiundzwanzig und mein Generaldirektor, meine rechte Hand. Er war ein Juwel, wendig und geschickt in allen Dingen. In letzter Zeit hatte ich ihn für den Journalismus abgerichtet, denn die Zeit schien reif, mit der Presse zu beginnen. Nichts Großes sollte es sein, nur ein kleines Wochenblättchen als Versuchskaninchen für meine Kindergärten der Zivilisation. Clarence lernte es wie die Ente das Schwimmen; in ihm steckte sicher ein Chefredakteur. Er hatte sich in einer Hinsicht bereits verdoppelt; er sprach sechstes Jahrhundert, schrieb aber neunzehntes. Sein Zeitungsstil erklomm zusehends Höhen, er war bereits auf dem Niveau des hinteren Alabama angelangt und konnte von den Redaktionsergüssen jener Gegend nach Inhalt und Niveau nicht unterschieden werden.

Wir hatten auch noch eine andere großartige Neuheit gestartet. Das waren Telefon und Telegraf, unser erster Versuch in dieser Richtung. Die Drähte waren bisher nur für den Geheimdienst bestimmt und mußten unbekannt bleiben, bis der Tag dafür heranreifte. Wir hatten eine Kolonne Arbeiter draußen, die fast nur nachts arbeiteten. Sie zogen Erdkabel. Wir scheuten uns, Telegrafenmaste aufzustellen, weil sie zuviel Fragen herausforderten. Die Erdkabel genügten den Ansprüchen, denn sie waren durch eine vollkommene Isolierung eigener Erfindung geschützt. Meine Leute hatten Anweisung, quer durchs Land zu gehen, Straßen zu vermeiden und Verbindungen mit jeder größeren Stadt herzustellen, die sich durch nächtliche Lichter ankündigte, und Fachleute zur Aufsicht zurückzulassen. Niemand konnte sagen, wie man zu bestimmten Orten im Königreich hingelangte; denn niemand suchte sie je absichtlich auf, sondern berührte sie nur zufällig auf seinen Streifzügen und verließ sie gewöhnlich wieder, ohne nach ihrem Namen zu fragen. Von Zeit zu Zeit hatten wir topographische Expeditionen ausgesandt, um das Königreich zu vermessen und kartographisch aufzunehmen, aber die Priester hatten sich immer eingemischt und Lärm geschlagen. Deshalb wurde die Sache vorläufig aufgegeben; es wäre eine armselige Weisheit gewesen, damals gegen die Kirche zu kämpfen.

Der allgemeine Zustand des Landes war völlig der gleiche wie bei meiner Ankunft. Ich hatte wohl Änderungen durchgeführt, aber notwendig waren sie geringfügig und fielen auch nicht auf. Bis jetzt hatte ich mich nicht einmal um die Besteuerung gekümmert, außer den Steuern, die das königliche Einkommen lieferten. Die hatte ich in ein System gebracht und die Steuerpflicht auf eine wirkungsvolle und gerechte Basis gestellt. Als Ergebnis hatten sich die Einkünfte bereits vervierfacht, obwohl die Last jetzt so viel gleichmäßiger verteilt war, daß das ganze Königreich sich erleichtert fühlte und meine Regierung ehrlich von jedermann gelobt wurde.

Nun unterbrach ich meine Tätigkeit, doch das störte mich durchaus nicht, es hätte mir nicht passender kommen können. Früher hätte es mich geärgert, aber jetzt war alles in guten Händen und rollte reibungslos. Der König hatte mich kürzlich mehrmals daran erinnert, daß der Aufschub, um den ich vor vier Jahren gebeten hatte, fast abgelaufen sei. Es war ein Wink, daß ich jetzt aufbrechen, Abenteuer suchen und mir so viel Ansehen verschaffen mußte, daß ich der Ehre wert war, mit Herrn Sagramor eine Lanze zu brechen. Der suchte noch immer draußen den Gral, aber verschiedene Hilfsexpeditionen waren auf ihn angesetzt, und er konnte jedes Jahr gefunden werden. So war ich auf die Unterbrechung gefaßt, sie kam mir nicht überraschend.

Das Land war ein Eldorado für umherstreunende Schwindler beiderlei Geschlechts. Kaum ein Monat verging, ohne daß ein solcher Landstreicher auftauchte, meist geladen mit einer Geschichte von einer Prinzessin oder dergleichen, die um Befreiung aus einem fernen Schloß bat, wo sie von einem zügellosen Schurken gefangengehalten wurde – gewöhnlich von einem Riesen. Nun sollte man annehmen, daß der König, wenn er die Lügengeschichte eines völlig Fremden aufgetischt bekam, zuerst nach Beglaubigungsschreiben und nach dem einen oder anderen Hinweis für die Lage des Schlosses und den besten Weg dahin fragen würde. Aber niemand dachte je an eine so einfache, vernünftige Sache. Im Gegenteil, jedermann schluckte den Schwindel dieser Leute mit Wonne und stellte nie Rückfragen. Nun, eines Tages, als ich gerade nicht in der Nähe war, kam wieder ein solcher Schwindler – eine Sie – und erzählte eine Geschichte nach der üblichen Schablone. Ihre Herrin war in einem großen und düsteren Schloß gefangen, und zwar mit vierundzwanzig jungen und schönen Mädchen, so ziemlich alles Prinzessinnen. Sie schmachteten in ihrer grausamen Gefangenschaft schon sechsundzwanzig Jahre lang. Die Herren des Schlosses waren drei erstaunliche Brüder, jeder vierarmig und einäugig – das Auge auf der Stirnmitte und von der Größe einer Frucht! Welche Sorte Frucht wurde nicht erwähnt, die übliche Schlamperei, wie auch bei ihren statistischen Angaben!

Und sollte man es glauben? Der König und die ganze Tafelrunde fielen in wahre Verzückung über die alberne Gelegenheit für ein Abenteuer. Alle Ritter der Tafelrunde stürzten sich darauf und bettelten darum; aber zu ihrem Ärger und Kummer gab der König sie mir, der ich gar nicht darum gebeten hatte.

Ich konnte meine Freude leicht beherrschen, als mir Clarence die Nachricht überbrachte, aber er, er konnte sich nicht beherrschen. Sein Mund floß über in unaufhörlichem Strom von Freude und Dankbarkeit: Freude über mein unerhörtes Glück, Dankbarkeit gegen den König für seinen großherzigen Gunstbeweis. Er konnte

kein Glied stillhalten, sondern wirbelte in seliger Ekstase im Zimmer umher.
Was mich betraf, so hätte ich die Güte verfluchen mögen, die mir solche Gnade schenkte, aber ich hielt es für klüger, meinen Ärger hinunterzuschlucken, und tat, was ich konnte, um glücklich zu scheinen. Ja, ich sagte sogar, ich sei glücklich. Wahrhaftig, ich war so glücklich wie einer, der skalpiert wird.
Nun, man muß aus jeder Sache das Beste herausholen und keine Zeit mit nutzlosem Ärger vertrödeln, sondern ins Geschäft steigen und sehen, was sich machen läßt. In jedem Schwindel ist auch Weizen zwischen der Spreu; ich mußte den Weizen in diesem Fall herauspicken: also ließ ich das Mädchen kommen. Sie war ein ganz anmutiges Geschöpf, sanft und bescheiden, aber wenn nicht alle Zeichen trogen, war sie so glaubwürdig wie eine Damenuhr.
Ich sagte: »Meine Liebe, hat man dich nach Einzelheiten gefragt?«
Sie sagte nein.
»Nun, ich habe es nicht anders erwartet, aber ich wollte sichergehen. Ich mache es immer so. Du darfst es nicht übelnehmen, wenn ich daran denke, daß wir dich ja nicht kennen und deshalb etwas vorsichtig sein müssen. Du kannst natürlich durchaus glaubwürdig sein, wir hoffen es sogar, aber man kann es nicht als gegeben voraussetzen. Das siehst du ein, nicht wahr? Ich muß ein paar Fragen an dich richten; antworte mir frank und frei und ohne Furcht. Wo wohnst du?«
»Im Lande Moder, edler Herr.«
»Moder? Ich erinnere mich nicht, jemals davon gehört zu haben. Eltern leben noch?«
»Was das betrifft, so weiß ich nicht, ob sie jetzt noch am Leben sind, zumal es viele Jahre sind, die ich im Schloß gefangen lag.«
»Dein Name, bitte?«
»Ich werde Jungfer Alisande la Carteloise geheißen, wenn es Euch gefällt.«
»Kennst du hier jemand, der für dich bürgen kann?«
»Das wäre nicht wohl möglich, edler Herr, sintemal ich jetzt zum erstenmal hier bin.«
»Hast du irgendwelche Papiere, Schreiben, irgendwelche

Beweise bei dir, daß du vertrauenswürdig und ehrlich bist?«

»Gewiß nicht, warum sollte ich auch? Habe ich nicht eine Zunge, kann ich das alles nicht selbst sagen?«

»Aber ob du es sagst oder jemand anders, das ist ein Unterschied.«

»Ein Unterschied? Wie kann das möglich sein? Mich deucht, ich verstehe nicht.«

»Verstehst nicht? – Land Mo . . . ja, siehst du, sieh mal – ja, Kreuzbombenelement, kannst du so was Selbstverständliches nicht begreifen? Siehst du denn nicht den Unterschied zwischen deiner . . . warum stehst du so unbeteiligt und idiotisch da?«

»Ich? Wahrlich, sofern es nicht der Wille Gottes ist, ich tat nichts dazu.«

»Ja, ja, du hast den Nagel auf den Kopf getroffen. Ich bin nicht wütend über dich, wenn ich auch so aussehe. Sprechen wir von was anderem! Was ist denn mit dem Schloß, den fünfundvierzig Prinzessinnen und den drei Menschenfressern als Bewachung los? Wo liegt der Harem?«

»Harem?«

»Das Schloß natürlich, wo liegt das Schloß?«

»Oh, es ist mächtig, fest und schön und liegt in einem fernen Land. Ja, es liegt viele Meilen weit.«

»Wie viele?«

»Oh, edler Herr, es wäre wahrlich über alle Maßen schwer, das zu sagen. Es sind gar viele und hängen eine an der anderen und alle sind von nämlicher Gestalt und Farbe, und läßt sich nicht die eine Meile von ihrer Schwester unterscheiden, noch weiß man, wie man sie zählen soll, es sei denn, man nähme sie auseinand – und – Ihr wißt wohl, das läge nur in Gottes, nicht in der Menschen Macht; denn Ihr erkennet wohl . . .«

»Genug! Hör auf! Die Entfernung ist nicht wichtig! In welcher Gegend liegt das Schloß? In welcher Himmelsrichtung?«

»Ach, ich bitte Euch, Herr; es hat keine Himmelsrichtung; dieweil die Straße nicht gerade läuft, sondern sich wieder und wieder wendet; deswegen die Richtung des Ortes nicht verweilet, sondern einmal unter dem einen Himmel ist und nun wieder unter dem anderen; so Ihr vermeinet, sie ginge gen Ost und dorthin Euch wendet, werdet Ihr gewahren, daß der Lauf des Weges zu sich selbst wiederkehrt, so weit wie ein halber Kreis, und da dies Wunder wieder geschieht und noch einmal und immer wieder, wird es Euch betrüben, daß Ihr durch Eitelkeit des Geistes durchkreuzen und zunichte machen wolltet Seinen Willen, der einem Schloß keine Himmelsrichtung gibt außer, so es IHM nicht gefällt, so will ER lieber, daß alle Schlösser und Himmelsrichtungen zu denselben verschwinden sollen von der Erde, so daß die Plätze, allwo sie bisher verweileten, wüst und leer seien, so warnt ER seine Geschöpfe, allweilen wo ER will, da will ER, wo ER nicht will, da will ER nicht . . .«

»Schalt ab! Dreh aus! Kein Wort mehr von Himmelsrichtung! Zum Teufel damit! Verzeihung, bitte tausendmal um Verzeihung, ich bin nicht ganz auf dem Damm, achte nicht auf meine Selbstgespräche, eine alte Gewohnheit, eine schlechte Angewohnheit und schwer loszuwerden, wenn die Verdauung nicht klappt. Kein Wunder bei einer Nahrung, die Jahrhundete vor meiner Geburt gewachsen ist! Lieber Himmel, man kann den Stuhlgang nicht mit jungen Hühnchen regeln, die dreizehnhundert Jahre alt sind. Aber komm . . . laß nur; wir wollen . . . hast du vielleicht so etwas wie eine Landkarte von der Gegend bei dir? Denn eine gute Karte . . .«

»Meint Ihr vielleicht jenes, das die Ungläubigen von jenseits des großen Meeres brachten, so in Öl gesotten und mit Zwiebeln und Salz versehen . . .«

»Was? Eine Karte? Phantasierst du? Kennst du keine Landkarte? Schweig! Laß gut sein! Erklär mir nichts; ich hasse Erklärungen; sie vernebeln das klarste Hirn. Du kannst gehen, liebes Kind. Leb wohl! Clarence, führ sie hinaus!«

Nun war mir klar, warum diese Esel bei solchen Schwindlern nicht nach Einzelheiten forschten. Möglich, daß das Mädchen irgend etwas auf dem Herzen hatte, aber ich bin überzeugt, man hätte es auch mit einer hydraulischen Presse nicht herausgequetscht, selbst mit den bisherigen Sprengverfahren nicht; hier half nur Dynamit. Sie war wirklich ein richtiges Schaf, und der König und seine Ritter hatten ihr zugehört, als wär's das Evangelium. Das charakterisiert die ganze

Gesellschaft. Man denke nur an die einfältigen Bräuche bei Hof. Das wandernde Mädel hatte es nicht schwerer, zum König in den Palast zu kommen, wie sie es zu meiner Zeit und in meinem Land gehabt hätte, um in ein Armenhaus hineinzugelangen. Ja, er war erfreut, sie zu sehen, glücklich, ihre Geschichte zu hören. Mit dem Abenteuer, das sie zu bieten hatte, war sie so willkommen wie die Leiche dem Leichenbeschauer.

Als ich mit meinen Überlegungen fertig war, kam Clarence zurück. Ich machte eine Bemerkung über den mageren Erfolg meiner Bemühungen mit dem Mädchen; denn ich hatte nicht den geringsten Anhaltspunkt bekommen, der mir half, das Schloß zu finden. Der Junge sah überrascht und verwirrt drein und gestand, daß er nicht verstehe, warum ich das Mädchen so ausgefragt hätte.

»Heiliges Kanonenrohr«, rief ich, »will ich das Schloß finden oder nicht? Und wie kann ich es anders finden?«

»Mäßigt Euern Zorn – ich wähne, da läßt sich Rat leicht schaffen. Sie wird Euch begleiten. Das ist immer so. Sie wird mit Euch reiten.«

»Mit mir reiten? Unsinn!«

»Bestimmt! Sie wird mit Euch reiten. Ihr werdet es erleben.«

»Was? Allein mit mir durch Wald und Heide, wo ich so gut wie verlobt bin? Das ist ja skandalös. Was sollten die Leute davon halten?«

Meine Güte, machte der Junge ein Gesicht! Er wollte unbedingt alles über meine Herzensangelegenheit wissen. Ich beschwor ihn zu schweigen und flüsterte dann ihren Namen: »Mieze Flanagan.« Er schien enttäuscht und sagte, er könnte sich an die Gräfin nicht erinnern. Für den kleinen Höfling war es nur natürlich, ihr einen Rang zu geben. Er fragte mich, wo sie lebte.

»In East Har . . .« Ich kam zu mir und hielt bestürzt inne, dann sagte ich: »Lassen wir das jetzt; ich erzähl' es dir ein andermal!«

Ob er sie sehen kann? Würde ich sie ihm eines Tages vorstellen?

Das war leicht versprochen – in dreizehnhundert Jahren ungefähr – und er war darauf so versessen, daß ich ja sagte. Aber ich seufzte, ich konnte nicht anders. Und

doch war Seufzen sinnlos, denn sie war ja noch gar nicht geboren. Aber so sind wir nun einmal: wir überlegen nicht, wenn wir fühlen; wir fühlen nur.
Man sprach Tag und Nacht nur von meiner Expedition, und die Burschen waren sehr nett zu mir und machten viel Geschrei und schienen Ärger und Enttäuschung ganz vergessen zu haben. Sie waren so besorgt, daß ich die Menschenfresser auch glücklich erwischte und die alten Jungfern auf freien Fuß setzte, als ob sie selbst den Auftrag dazu hätten. Ja, es waren gute Kinder – aber leider nur Kinder. Und sie gaben mir endlose Ratschläge, wie man Riesen beschleicht und ins Garn lockt. Sie lehrten mich alle möglichen Zauberformeln gegen Verhexung und gaben mir Salben und anderen Schund für meine Wunden. Aber niemand kam darauf, daß ein so wunderbarer Schwarzkünstler wie ich selbst im Kampf mit feuerspeienden Drachen oder Höllenteufeln weder Salben noch Ratschläge oder Bannsprüche brauchte, und am allerwenigsten Waffen und Rüstung bei Angriffen. Schon gar nicht, wenn ich gegen solche kümmerlichen Feinde wie diese handelsüblichen Hinterwald-Menschenfresser auszog.
Ich mußte beizeiten frühstücken und mit der Morgenröte aufbrechen, das war üblich; aber ich schlug mich wie mit dem Teufel selbst mit meiner Rüstung herum, und das verzögerte den Start. Es ist schwierig hineinzukommen und mit dem vielen Kleinkram fertig zu werden. Zuerst wickelt man ein bis zwei Lagen Wolldecke um den Leib als Schutz gegen das kalte Eisen; dann zieht man Ärmel und Hemd aus Kettenpanzer an; dieser ist, aus kleinen Eisengliedern geflochten, ein recht schmiegsames Gewebe – wenn man das Hemd zu Boden wirft, plumpst es zusammen zu einem steifen Häufchen, wie ein nasses Fischnetz. Es ist sehr schwer und so ziemlich das unbequemste Zeug auf der Welt für Nachthemden, und doch wurde es oft dazu benützt, von Steuereinnehmern, Reformatoren, Besitzern wackliger Königsthrone und ähnlichen Leuten. Danach zieht man die Schuhe an, Flachboote mit gekreuzten Stahlbändern überdacht, und schraubt die plumpen Sporen fest. Als nächstes schnallt man sich Schienen an Beine und Schenkel, dann kommt der Rückenpanzer und der Brustpanzer; jetzt

fängt man an, sich leicht beengt zu fühlen. Dann hakt man ein Röckchen aus breiten, übereinandergreifenden Stahlbändern an den Brustpanzer, vorn glatt und hinten so ausgekerbt, daß man sich setzen kann. Weder im Aussehen noch im Tragen oder zum Händewischen taugt es mehr als ein umgekehrter Kohleneimer. Nun gürtet man sein Schwert, steckt sich die Ofenrohrglieder über die Arme, zieht die eisernen Handschuhe an, stülpt sich die eiserne Rattenfalle auf den Kopf – ein angehakter Lappen Stahlgewebe bedeckt den Nacken – und fertig ist man, hübsch geborgen wie die Kerze in der Gießform. Tanzen sollte man jetzt nicht. Ja, einer, der so verpackt ist, gleicht einer Nuß, die nicht das Knacken lohnt; im Vergleich zur Schale ist der Kern zu klein.
Die Jungen halfen mit, sonst wäre ich nie hineingekommen. Als wir gerade fertig waren, kam zufällig Herr Bediver, und ich merkte, daß ich nicht gerade die bequemste Kleidung für eine lange Reise gewählt hatte. Wie stattlich er aussah, hochgewachsen, breitschultrig, imposant. Auf dem Kopf hatte er eine spitze Eisenkappe, die nur bis an die Ohren reichte, und als Visier ein schmales Eisenband bis auf die Oberlippe, das die Nase schützte; im übrigen war er vom Hals bis zu den Fersen in biegsame Kettenpanzer, mit Hosen und allem, bekleidet. Aber fast alles verdeckte sein Obergewand, das natürlich auch aus Eisengewebe war und von der Schulter bis zum Knöchel glatt herabhing. Es war vorn und hinten geteilt, so daß er reiten und die Rockschöße zu beiden Seiten hängen lassen konnte. Er brach zur Gralssuche auf, und dazu war es das richtige Kostüm. Ich hätte ein gut Teil für seinen Überzieher gegeben, aber jetzt war es zu spät, herumzuprobieren. Die Sonne ging auf, der König und der Hof waren zur Stelle, um Abschied zu nehmen und mir Glück zu wünschen. Es wäre gegen alle höfische Form gewesen, länger zu warten. Allein aufs Pferd zu steigen ist unmöglich, nein, wer das versucht, ist der Dumme. Sie tragen einen hinaus wie einen vom Sonnenstich Getroffenen zur Unfallstelle und heben ihn in den Sattel; sie helfen beim Zurechtsetzen und befestigen die Füße im Steigbügel. Und die ganze Zeit fühlt man sich sonderbar und dumpf benommen, als ob man es nicht selbst wäre; als ob man ganz plötzlich

verheiratet wird, vom Blitz getroffen wurde oder etwas Ähnliches, und es noch nicht ganz begriffen hat und wie betäubt und seiner Sinne noch nicht mächtig dasitzt. Dann richteten sie den Mast auf dem Lanzenschuh am linken Fuß auf, Speer genannt, und ich ergriff ihn mit der Hand; schließlich hängten sie mir den Schild um den Hals, und ich war fertig und bereit, Anker zu lichten und in See zu stechen. Jeder war so liebenswürdig wie möglich zu mir, und eine Ehrenjungfrau reichte mir den Satteltrunk. Jetzt brauchte nur noch meine Dame auf dem Reitkissen hinter mir aufzusitzen. Sie tat es und legte den Arm um mich, sich festzuhalten.

So brachen wir auf, und alle wünschten uns gute Reise und winkten mit Taschentuch oder Helm. Als wir den Hügel hinab und durchs Dorf ritten, begegnete uns jedermann ehrerbietig, außer ein paar zerlumpten kleinen Lausejungen am Dorfrand. Die schrien: »Ach, sieh doch mal die Vogelscheuche!« und schmissen Dreckklumpen nach uns.

Nach meiner Erfahrung gleichen sich Jungen aller Zeitalter. Sie haben vor nichts Respekt, sie kümmern sich um nichts und niemand. Sie verspotten den Propheten, der harmlos im Grau des Altertums des Weges zieht: ›Hau ab, Glatzkopf!‹ Sie machten sich im heiligen Dämmerlicht des Mittelalters über mich lustig, und dieselbe Unverschämtheit zeigten sie gegen Buchanans Verwaltung; ich weiß es genau, weil ich selbst dabei war und kräftig mithalf. Der Prophet hatte seinen Bären und wurde so mit seinen Jungen fertig. Ich wollte absteigen und mit meinen abrechnen, aber es ging nicht, weil ich dann nicht wieder aufsitzen konnte. Ich hasse seitdem Länder ohne Kran.

Langsame Folter

Sofort waren wir im Freien. Es war sehr hübsch und angenehm in der waldigen Einsamkeit am frühen kühlen Morgen eines ersten frischen Herbsttages. Von den Hügelkuppen sahen wir in der Tiefe schöne grüne Täler ausgebreitet, mit gewundenen Bächen und Waldinseln hier und dort; riesige einsame Eichen standen verstreut und warfen schwere, dunkle Schatten. Und über den Tälern sahen wir die blaudunstigen Höhenzüge, die sich Wellen gleich am Horizont verloren. In weiten Abständen ein undeutlicher oder grauer Fleck auf einem Wellenkamm, wir wußten: Burgen. Wir überquerten breite taufunkelnde Rasenflächen und ritten lautlos wie Geister über das federnde Polster; wir zogen träumerisch durch Lichtungen von grüngoldner Dämmerung, die vom sonnendurchrieselten Blätterdach ihre Farbe erhielten. Zu unseren Füßen flossen die klarsten und kältesten Bäche tanzend und murmelnd über die Kiesel mit leiser wohllautender Melodie. Manchmal ließen wir die Welt hinter uns und betraten die feierliche Tiefe und das ahnungsvolle Dunkel des Waldes, wo scheues Wild vorüberhuschte und raschelte und verschwunden war, ehe man noch hinschauen konnte. Nur die frühesten Vögel waren wach mit einem Lied hier und einem Zetern dort und mit geheimnisvollem Hämmern und Trommeln nach Würmern im Baumstamm weitab – irgendwo in der undurchdringlichen Ferne der Wälder. Und langsam ritten wir wieder ins helle Tageslicht hinaus.

Als wir ungefähr das dritte-, vierte- oder fünftemal aus dem Waldesdunkel in die Helle ritten, etwa zwei Stunden nach Sonnenaufgang, war es nicht mehr ganz so reizvoll. Es begann heiß zu werden. Das machte sich bemerkbar. Wir hatten jetzt eine große Strecke ohne den mindesten Schatten vor uns. Nun ist es sonderbar, wie ungeheuer rasch kleine Verdrießlichkeiten wachsen und immer größer werden, ist der Anfang einmal gemacht. Dinge, die mich zuerst nicht bekümmert hatten, störten mich jetzt und störten mich von da an immer mehr. Als ich mein Taschentuch die ersten zehn- oder fünfzehnmal brauchte, schien es mir nicht so wichtig.

Ich ritt und sagte mir: macht nichts! und vergaß es wieder. Aber jetzt war das anders; ich brauchte es andauernd. Es nagte und kribbelte immer weiter, ließ mir keine Ruhe. Ich bekam es nicht aus dem Sinn, und endlich riß mir die Geduld, und ich fluchte los: »Zum Henker mit dem Kerl, der eine Rüstung ohne Taschen erfand!« Ich hatte mein Taschentuch nämlich im Helm, wie einige andere Sachen auch; aber es war solch ein Helm, den man nicht allein abnehmen kann. Daran hatte ich nicht gedacht, als ich alles dorthin steckte; ich hatte es auch vorher gar nicht gewußt. Ich glaubte vielmehr, es wäre dort besonders bequem zur Hand. Und jetzt machte der Gedanke, daß es dort so handlich und nah und doch unerreichbar war, alles noch viel schlimmer und unerträglicher. Ja, was du nicht erreichen kannst, ist meistens das, was du am dringendsten brauchst; jeder hat das schon erfahren. Und ich konnte keinen anderen Gedanken fassen, alles konzentrierte sich bei mir auf meinen Helm. Da blieb es. Meile auf Meile stellte sich das Taschentuch vor, malte sich das Taschentuch aus, und es war bitter und niederdrückend, wie mir der salzige Schweiß in die Augen lief und ich wehrlos war. Auf dem Papier erscheint das vielleicht läppisch, doch es war durchaus keine Lappalie, es war ein wahrhaftiges Martyrium, sonst würde ich nicht davon reden. Ich beschloß, das nächstemal eine Aktentasche mitzunehmen. Laß es aussehen, wie es mag, sollen die Leute sagen, was sie wollen! Natürlich würden die eisernen Snobs der Tafelrunde es für skandalös halten und vielleicht Zetermordio schreien, aber meine Meinung ist: zuerst bequem und dann stilvoll. So zockelten wir weiter und wirbelten hier und da gehörig Staub auf. Der Staub erhob sich in Wolken und stieg mir in die Nase; ich mußte niesen, und die Augen tränten mir, und ich sagte Dinge, die ich nicht hätte sagen sollen, ich leugne das gar nicht. Ich bin nicht besser als andere.

Es schien, als sollten wir in diesem einsamen Britannien überhaupt niemand treffen, nicht einmal einen Menschenfresser, und bei der Laune, die ich gerade hatte, war das ein Glück für die Ungeheuer, zumindest für die mit Taschentuch. Die meisten Ritter würden nur daran gedacht haben, ihre Rüstung zu erbeuten; aber wenn ich ein Schnupftuch eroberte, dann konnte jeder seine Eisenwaren meinetwegen gern behalten.

Inzwischen wurde es immer heißer in meinem Gehäuse. Die Sonne brannte herab und erhitzte das Eisen immer mehr. Na, und wenn man so in Hitze gerät, macht einen jede Kleinigkeit rasend. Wie ich so trabte, klirrte und klapperte ich wie ein Korb voller Teller, und das reizte mich; dazu ging es mir auf die Nerven, wie mein Schild auf mir herumballerte und bumste. Jetzt auf meiner Brust, dann auf meinem Rücken; wenn ich aber in Schritt fiel, knarrten und quietschten die Gelenke wie ein ungeschmierter Schubkarren, und da wir bei dem Tempo nicht einmal einen Windhauch hervorriefen, wurde ich in meinem Ofen fast gekocht. Außerdem, je langsamer man trottete, desto schwerer drückte das Eisen, jede Minute schien es einige Tonnen mehr zu wiegen. Und immerzu mußte ich mit der Hand umwechseln und den Speer zum andern Fuß übersetzen, denn es war zu beschwerlich, ihn lange mit derselben Hand zu halten.

Jeder weiß, wenn der Schweiß in Strömen läuft, dann kommt der Augenblick, in dem es dich . . . in dem es dich . . . nun, in dem es dich juckt. Du hockst drinnen, die Hände sind draußen und du bist hilflos, denn Eisen ist dazwischen. Das ist kein Kinderspiel, wenn es auch so aussieht. Erst ist es nur eine Stelle, dann noch eine, dann noch ein paar, und so werden es immer mehr und mehr, schließlich juckt es dich am ganzen Körper, und niemand kann sich vorstellen, was man erduldet und wie aufreibend es ist. Als es so schlimm war, daß mir schien, ich könnte es nicht länger aushalten, kam eine Fliege durch das Gitter und setzte sich auf meine Nase. Dabei sperrten die Gitterstäbe und ließen sich nicht bewegen, ich konnte das Visier nicht heben, sondern nur meinen Kopf schütteln, der in dem Ofen schmorte. Und die Fliege – nun, jeder weiß, was Fliegen tun, wenn sie sich sicher fühlen. Das Schütteln regte sie nur an, von der Nase auf die Lippe zu wechseln, von der Lippe aufs Ohr, herumzusummen und zu brummen, immer wieder woanders, und zu stechen. Ich war so verzweifelt, daß ich es nicht mehr aushielt. Ich gab es auf und bat Alisande, den Helm loszubinden und mich zu befreien. Sie leerte ihn von der Inneneinrichtung und schöpfte ihn voll Wasser. Ich trank, und sie goß mir den Rest in den Panzer. Unvorstellbar, wie das erfrischte! Sie schöpfte und goß so lange weiter, bis ich gut durchweicht war und mich wunschlos glücklich fühlte.

Es tat gut, hier in Ruhe zu warten. Aber nichts ist vollkommen auf der Welt, nie und nirgends. Ich hatte mir vor einiger Zeit eine Pfeife geschnitzt und auch ganz guten Tabak hergestelle; natürlich keinen echten, sondern den, den die Indianer manchmal rauchen: getrocknete Weidenrinde. Diese Trostspender waren im Helm gewesen, jetzt jatte ich sie zwar in Händen, jedoch ohne Streichhölzer.

Während wir so dasaßen, dämmerte mir eine unangenehme Tatsache: wir saßen fest. Ein Neuling im Harnisch kann nicht ohne fremde Hilfe zu Pferd steigen. Sandy genügte dazu nicht, wenigstens nicht für mich. Wir mußten warten, bis jemand des Weges kam. Schweigend zu warten, wäre ganz nach meinem Sinn gewesen, denn ich hatte viel zu überlegen und wünschte, den Gedanken freien Lauf zu lassen. Ich wollte versuchen zu ergründen, wie es vernünftigen oder wenigstens halbvernünftigen Menschen je einfallen konnte, eine Rüstung zu tragen bei den Unbequemlichkeiten! Und wie sie es fertigbrachten, eine solche Mode generationenlang zu bewahren, da sie doch meine heutigen Leiden ihr Leben lang zu ertragen hatten. Ich wollte das herausbekommen und außerdem ein Mittel finden, das Übel zu beseitigen und die Menschen zu überzeugen, die verrückte Mode aussterben zu lassen. Aber es war unmöglich, jetzt nachzudenken; wo Sandy war, da konnte man nicht denken.

Sie war ein ganz folgsames Geschöpf und gutherzig, nur hatte sie einen Redefluß, der beständig wie eine Mühle lief, so daß einem der Kopf brummte wie von den Karren und Wagen der Großstadt. Wenn man sie hätte zukorken können, wäre sie ganz angenehm gewesen. Aber solche Menschen zukorken, hieße sie morden. Ihre Klapper ging den ganzen Tag über, und man sollte meinen, früher oder später müßte in ihrem Räderwerk bestimmt etwas kaputtgehen; aber nein, es kam nie in Unordnung, und sie brauchte keine Pause, um nach Worten zu suchen. Es konnte mahlen und pumpen und quirlen und summen, tagaus, tagein, ohne daß die Maschine geölt oder gereinigt werden mußte. Und doch kam nur Wind heraus. Gedanken hatte sie soviel wie ein Huhn. Mit ihrem Schnattern, Klatschen, Tratschen, Schwatzen, Quasseln, Schlabbern, Pappeln, Brabbeln war sie das Musterstück einer Quatschbase; aber der Rest von ihr war recht angenehm. Am Morgen hatte ich ihre Mühle nicht sonderlich beachtet neben dem Hornissennest der anderen Ärgernisse. Doch am Nachmittag mußte ich mehr als einmal sagen: »Stell mal die Platte ab, mein Kind, du verbrauchst ja alle Luft des Königreichs. Wenn du so weitermachst, muß das Königreich sie ab morgen importieren, und der Finanzminister hat auch so schon den Kopf voll.«

▷ 87 ◁

›Freie‹

Ja, es ist sonderbar, wie kurze Zeit nur ein Mensch zufrieden sein kann. Vor einem Weilchen noch, als ich ritt und litt, wie wäre mir da eine solche Rast, die heitere Gemütsruhe in der stillen schattigen Bucht am murmelnden Bach als Paradies erschienen. Ich konnte mich ganz behaglich fühlen, indem ich von Zeit zu Zeit einen Schuß kalten Wassers in meine Rüstung goß, und doch wurde ich schon wieder unzufrieden; teils, weil ich meine Pfeife nicht anzünden konnte – obwohl ich schon längst eine Zündholzfabrik arbeiten ließ, hatte ich die Streichhölzer vergessen –, und teils, weil wir nichts zu essen hatten. Das war wieder einmal kennzeichnend für die kindliche Unbedachtsamkeit dieses Zeitalters und seiner Menschen. Der Geharnischte vertraute auf der Reise dem Glück, was Essen betraf, und wäre über die Zumutung, einen Korb mit belegten Broten am Speer zu tragen, aufs tiefste entrüstet gewesen. Im ganzen Bund der Tafelrundenritter gab es wahrscheinlich nicht einen, der nicht lieber gestorben wäre, als sich mit solchem Ding an seiner Fahnenstange erwischen zu lassen. Und doch war es das vernünftigste. Ich wollte eigentlich zwei belegte Brote in meinen Helm schmuggeln, aber ich wurde dabei ertappt, mußte mich schnell herausreden und sie beiseite legen. Ein Hund schnappte sie weg.

Die Nacht kam und mit ihr ein Gewitter. Es wurde rasch dunkel. Wir mußten uns um ein Nachtlager kümmern. Ich fand unter einem Felsen guten Wetterschutz für das Burgfräulein, ging weiter und fand einen anderen für mich. Aber ich mußte in meinem Panzer bleiben, weil ich ihn nicht allein ablegen und auch Alisande nicht erlauben konnte, mir zu helfen. Das schien mir, als ob ich mich vor ihr entkleidete. Es wäre zwar in Wirklichkeit nicht so gewesen, denn ich hatte unter der Rüstung Kleider an, aber anerzogene Hemmungen kann man nicht mit einem Schlage loswerden; ich wußte, ich würde verlegen sein, meinen stutzschwänzigen eisernen Schurz vor ihr abzustreifen.

Mit dem Sturm schlug das Wetter um, und je stärker der Wind blies, je wilder der Regen niederpeitschte, desto kälter und kälter wurde es. Sehr bald kamen verschiedene Arten von Käfern, Ameisen, Würmern und anderem Getier in Scharen aus der triefenden Nässe zu mir in den Panzer gekrochen, um sich zu wärmen. Und während einige von ihnen sich ganz anständig betrugen, in meine Kleider krabbelten und sich dann beruhigten, war die Mehrzahl von ruhelos ungemütlicher Natur, blieb nicht still, sondern stöberte und jagte weiter – weiß der Teufel wonach. Besonders die Ameisen marschierten endlos in kribbelnder Prozession, stundenlang, von einem Ende zum andern; es sind Geschöpfe, mit denen ich nie mehr zu schlafen wünsche. Ich rate Personen in ähnlicher Lage, sich nicht zu wälzen oder um sich zu schlagen, denn das regt das Interesse der verschiedenen Tierchen an, und sie wollen alle selbst nachsehen, was los ist. Das verschlimmert das Übel, und man flucht noch entsetzlicher, wenn man es noch kann. Aber wenn man sich nicht wälzt und mit den Armen um sich schlägt, geht man einfach ein; so ist das eine so nützlich wie das andere, es bleibt keine Wahl. Sogar als ich schon steifgefroren war, zuckte ich bei dem Gekribbel wie eine Leiche, die galvanisiert wird.

Ich schwor, nach dieser Reise nie wieder eine Rüstung zu tragen.

All die qualvollen Stunden, während ich wie vereist und doch wieder im lebendigen Feuer der krabbelnden Schwärme lag, kreiste und kreiste dieselbe unlösbare Frage in meinem müden Kopf. Wie halten die Leute den entsetzlichen Panzer aus? Wie haben sie ihn so viele Generationen lang tragen können? Wie können sie nachts schlafen, wenn ihnen der Alpdruck des kommenden Tages die Brust umschnürt?

Als endlich der Morgen kam, war ich wie zerschlagen: verkatert, dösig, vom Wachen zermürbt, vom Um-mich-Schlagen erschöpft, halb verhungert, nach einem Bad und der Befreiung vom Ungeziefer lechzend und wieder vom Rheumatismus gelähmt. Und wie war es der Hochgeborenen, der edlen Aristokratin, der Jungfer Alisande la Carteloise ergangen? Nun, sie war munter wie ein Eichhörnchen; sie hatte geschlafen wie ein Toter; und was ein Bad betrifft, hatte wahrscheinlich weder sie noch irgendein anderes Mitglied der Aristokratie des Landes je eines genommen, so vermißte sie es auch nicht. Nach modernen Maßstäben waren diese Zeitgenossen kaum mehr als Wilde. Die edle Dame erwartete das Frühstück nicht mit Ungeduld, und auch das riecht stark nach Wildheit. Auf ihren Reisen waren die Briten an langes Fasten gewöhnt und konnten es ertragen. Sie bereiteten sich auch vorsorglich gegen drohendes Fasten vor dem Aufbruch vor und schlugen sich den Wanst voll wie Indianer und Anakondaschlangen. Sandy hatte anscheinend für eine dreitägige Tour geladen.

Wir waren schon vor Sonnenaufgang unterwegs. Sandy ritt, und ich humpelte hinterher. Eine halbe Stunde später trafen wir eine Gruppe von armen zerlumpten Geschöpfen, die reparieren sollten, was als Straße galt. Zu mir waren sie unterwürfig wie Tiere, und als ich mit ihnen frühstücken wollte, waren sie so geschmeichelt, so überwältigt von meiner außerordentlichen Herablassung, daß sie mir zuerst gar nicht glauben wollten, es sei ernst gemeint. Meine Dame verzog hochmütig die Lippen und verschwand seitwärts in die Büsche. Noch in Hörweite bemerkte sie: »Genauso könnte man ja mit anderem Vieh zusammen essen.« Diese Bemerkung machte die armen Teufel nur darum verlegen, weil sie von sich sprechen hörten, nicht etwa, weil sie beleidigt und gekränkt wurden, dafür hatten sie kein Empfinden. Und doch waren sie nicht Sklaven oder Leibeigene. Dem Gesetz und dem Worte nach, es klang wie ein Hohn, waren sie Freie. Sieben Zehntel der freien Bevölkerung des Landes gehörten zu ihnen nach Klasse und Stand; kleine ›unabhängige‹ Bauern, Handwerker und so weiter, das bedeutet, sie waren das Volk, das wirkliche Volk, sie waren alles, was davon nützlich, schonenswert, wahrhaft achtenswert war; und sie wegzudenken, würde heißen, die Nation selber wegzudenken. Was dann übrigblieb, war etwas Hefe, etwas Abfall in Gestalt eines Königs und des hohen und niederen Adels – faul, unproduktiv, im wesentlichen mit der Kunst des Vergeudens und Zerstörens vertraut und von keinerlei Nutzen oder Wert in einer vernünftig aufgebauten Welt. Und doch marschiert die vergoldete Minderheit durch einen geschickten Kunstgriff hocherhobenen Hauptes und mit fliegenden Bannern an der Spitze der Prozession – und nicht am Ende, wohin sie gehört. Sie hat sich selbst zur

Nation ernannt, und diese zahllosen Geduldigen hatten das so lange zugelassen, bis sie es schließlich als ewige Wahrheit hinnahmen und noch mehr, bis sie glaubten, daß es recht und so sein müßte. Die Priester hatten sie und ihre Vorväter gelehrt, daß der widersinnige Zustand von Gott verordnet sei, und ohne darüber nachzudenken, wie wenig göttlich es von ihm wäre, an der Verhöhnung seiner Geschöpfe sich zu ergötzen, und dazu auf so erbärmlich-durchsichtige Art, ließen sie die Angelegenheit auf sich beruhen und wurden in Ehrfurcht stille.
Die Rede dieser demütigen Menschen klang einem ehemals amerikanischen Ohr schon mehr als sonderbar. Sie waren Freie, aber sie durften die Güter ihres Grafen oder Bischofs nicht ohne seine Erlaubnis verlassen; sie durften nicht ihr eigenes Brot backen, sondern mußten ihr Korn in seiner Mühle mahlen und ihr Brot in seiner Bäckerei backen lassen – und hübsch dafür zahlen. Sie durften nicht ein Stück ihres Eigentums verkaufen, ohne ihm schöne Prozente vom Erlös zu zahlen, noch konnten sie ein Stück von jemand anderem kaufen, ohne dem Herrn für dieses Vorrecht in barer Münze zu danken. Sie mußten sein Korn umsonst für ihn ernten und jederzeit auf augenblicklichen Ruf kommen, mochte auch ihr eigenes Feld der Hagelsturm zerschlagen. Sie mußten ihm Obstbäume auf ihren Feldern pflanzen lassen und ihren Zorn hinunterschlucken, wenn seine achtlosen Obstpflücker das Getreide um die Bäume herum niedertrampelten. Sie mußten ihre Wut ersticken, wenn seine Jagdgesellschaften durch ihre Felder galoppierten und die Frucht ihrer mühseligen Arbeit verwüsteten. Sie durften selbst keine Tauben halten, und wenn die Schwärme vom herrschaftlichen Taubenschlag auf ihren Feldern einfielen, durften sie nicht die Geduld verlieren und einen der Vögel töten, denn schrecklich wäre die Strafe gewesen. Wenn die Ernte endlich eingebracht war, dann kamen die Räuber einer nach dem anderen, zu brandschatzen. Zuerst schleppte die Kirche ihren fetten Zehnten weg, dann holte der Beauftragte des Königs den Zwanzigsten und dann machten die herrschaftlichen Leute einen tüchtigen Beutezug gegen das übrige, wonach der geschundene Freie die Freiheit hatte, den Rest in seiner Scheune einzulagern, wenn es noch die

Mühe lohnte; denn es gab Steuern und Steuern und Steuern und noch mehr Steuern und wieder Steuern und immer neue Steuern – für den freien und unabhängigen armen Mann, aber keine für seinen Herrn, den Baron oder Bischof, keine für den verschwenderischen Adel oder die alles verschlingende Kirche. Wenn der Baron ungestört schlafen wollte, mußte der Freie die ganze Nacht aufsitzen und nach des Tages Arbeit die Teiche peitschen, damit die Frösche schwiegen. Wenn die Tochter des Freien ... aber nein, diese letzte Infamie der monarchischen Regierung kann nicht gedruckt werden. Und wenn am Ende der Freie, durch seine Marterqualen verzweifelt, das Leben unter solchen Bedingungen unerträglich fand, es opferte und Erbarmen und Zuflucht im Tode suchte, dann verdammte ihn die liebende Kirche zu ewigem Feuer. Das sanfte Gesetz ließ ihn um Mitternacht an der Wegkreuzung, einen Pfahl durch den Rücken, begraben, und sein Herr, der Baron oder Bischof, zog seinen ganzen Besitz ein und warf Witwe und Waisen auf die Straße.
Hier hatten sich nun die Freien in früher Morgenstunde versammelt, um ihre drei Tagewerke an der Straße ihres Herrn Bischofs ohne Entgelt abzuarbeiten; jeder Familienvater und jeder Sohn einer Familie drei Tage in der Woche gratis und einen Tag oder mehr als Dreingabe für die Knechte. Ja, das war, als ob man die Geschichte Frankreichs und der Franzosen liest vor der unvergessenen und segensreichen Revolution, die ein Jahrtausend solcher Niedertracht in einer einzigen reißenden Flutwelle von Blut hinwegfegte. Eine Begleichung der uralten Schuld im Verhältnis von einem halben Tropfen Blut auf jedes Faß voll, das in langsamer Folter in der qualvollen Ewigkeit von zehn Jahrhunderten voll Unrecht und Schande und Elend, wie sie nur die Hölle wieder hervorbringen könnte, aus diesem Volk herausgepreßt worden war. Es gab zwei ›Schreckensherrschaften‹ – wenn man sich daran nur erinnern und es bedenken würde. Die eine tötete in heißer Leidenschaft, die andere herzlos und kaltblütig; die eine dauerte wenige Monate, die andere tausend Jahre; die eine brachte zehntausend Menschen den Tod, die andere hundert Millionen. Wir schaudern immer nur ob der ›Schrecken‹ des kleineren

Terrors, des momentanen Terrors sozusagen; aber was ist der Schrecken des schnellen Todes unter dem Fallbeil, verglichen mit dem schleichenden Tod durch Hunger, Kälte, Gewalttat, Grausamkeit und Leid? Was ist schon der rasche Tod durch Blitzschlag, verglichen mit dem langsamen Feuertod auf dem Scheiterhaufen? Ein Stadtfriedhof könnte die Särge aus jenem kurzen Terror aufnehmen, über den wir alle zu schaudern und zu trauern so eifrig gelehrt wurden, aber ganz Frankreich könnte die Särge kaum fassen, die von den Opfern jenes älteren und wirklichen Terrors gefüllt sind, jenes unsagbar bitteren und grauenhaften Terrors, den man uns nie in seinem ganzen Ausmaß und seiner Erbärmlichkeit zu sehen lehrte.

Die armen Scheinfreien, die hier ihr Frühstück und ihre Unterhaltung mit mir teilten, waren so voll demütiger Ehrerbietung für ihren König, ihre Kirche und den Adel, wie es ihr schlimmster Feind nicht wünschen konnte. Das hatte etwas Jämmerlich-Spaßiges an sich. Ich fragte, ob sie glaubten, daß jemals ein Volk, mit dem Recht der freien Wahl für jeden, eine einzelne Familie und ihre Nachkommen als ewige Herrscher gewählt hätte – gleichgültig, ob diese Familie nun aus begabten oder hohlen Köpfen bestand –, wobei alle anderen Familien, einschließlich der des Wählers, von der Macht ausgeschlossen sind? Würde ein Volk dafür stimmen, daß etwa hundert Familien zu schwindelnd hoher Macht erhoben und mit empörenden erblichen Würden und Vorrechten bekleidet sind, während alle übrigen Familien des Volkes davon ausgeschlossen sind?

Keiner schien betroffen. Sie meinten, das wüßten sie nicht. Sie hätten nie zuvor darüber nachgedacht, und es war ihnen nie eingefallen, daß es überhaupt ein Volk geben könnte, in dem jeder eine Stimme in der Regierung hat. Ich sagte, daß solch ein Volk existiert und daß es dort auch so bleiben würde, bis es eine Staatskirche hätte. Es war wie gegen die Wand gesprochen – wenigstens zuerst. Plötzlich sah ein Mann auf und bat mich, das Gesagte zu wiederholen. Langsam zu wiederholen, so daß er es ganz verstehen könnte. Das tat ich, und nach einer Weile hatte er den Sinn begriffen und schlug sich mit der Faust aufs Knie und sagte, er glaube nicht, daß sich ein Volk, in dem jeder eine Stimme hätte, freiwillig so in Schlamm und Schmutz stürzen würde; und daß es ein Verbrechen ist, einem Volk den Willen und die freie Entscheidung zu rauben, ja, daß es gewiß das größte aller Verbrechen ist. Ich sagte mir: ›Das ist ein Mann. Wenn es davon mehr hätte, um mir den Rücken zu stärken, würde ich zum Wohl des Landes den offenen Kampf aufnehmen und zu beweisen suchen, daß ich der treueste Bürger bin, indem ich das monarchische System zu seinem Besten veränderte.‹

Meine Auffassung von Loyalität war nämlich Treue zum Lande selbst, nicht aber zu seinen Einrichtungen und Würdenträgern. Das Land ist das Wirkliche, der Kern, das Ewige, darüber muß man wachen und sorgen und ihm Treue halten. Institutionen sind äußerlich, sie sind sein bloßes Kleid, und ein Kleid wird vertragen und zerlumpt, kann aufhören, bequem zu sein und den Leib vor Kälte, Krankheit und Tod zu schützen. Lumpen aber treu zu sein, Lumpen hochleben zu lassen, Lumpen zu verehren, für Lumpen zu sterben, das ist eine Treue der Unvernunft, das ist barbarisch; das gehört zur Monarchie, wurde von der Monarchie erfunden; mag sie es behalten! Ich war aus Connecticut, dessen Verfassung erklärt, ›daß alle politische Macht dem Volke gehört, und daß alle freien Regierungen auf die Autorität des Volkes gegründet und zu seinem Nutzen gebildet werden, und daß es jederzeit ein unbestreitbares und unabdingbares Recht hat, seine Regierungsform nach eigenem Gutdünken zu ändern.‹

Unter diesem Evangelium ist derjenige Bürger treulos und ein Verräter, der den Mund dennoch hält und nicht um einen neuen Anzug kämpft, wenn er sieht, daß die politische Kleidung des Staates abgetragen ist. Daß er der einzige sein mag, der den Verfall zu sehen glaubt, entschuldigt ihn nicht. Er hat auf jeden Fall die Pflicht, zu agitieren, und es ist die Pflicht der anderen, ihn niederzustimmen, wenn sie die Dinge nicht so sehen wie er.

Und jetzt war ich hier in einem Land, in dem nur sechs von jedem Tausend der Bevölkerung ein Recht hatten zu bestimmen, wie das Land regiert werden sollte. Wenn die neunhundertvierundneunzig ihre Unzufriedenheit mit dem Regierungssystem ausdrücken und eine Änderung vorschlagen wollten, so würden die sechs erschaudern wie ein Mann, so treulos, so ehrlos, solch stinkender, schwarzer Verrat wäre das nach ihrer Meinung. Ich war jetzt sozusagen ein Aktionär in einer Gesellschaft, in der neunhundertvierundneunzig der Mitglieder das ganze Geld lieferten und die ganze Arbeit taten, während sich die anderen sechs zum ständigen Direktorium gewählt hatten und alle Dividende einstrichen. Mir schien, als ob die neunhundertvierundneunzig Geprellten einen neuen Anfang brauchten. Meinem Zirkusblut hätte es am besten gepaßt, die Stellung des Chefs aufzugeben, einen Aufstand zu entfachen und ihn in eine Revolution zu verwandeln; aber ich wußte, daß Jack Cade oder Wat Tylor*, die so etwas versuchten, ohne erst ihre Menschen zu einer Revolution zu erziehen, mit Sicherheit im Stich gelassen wurden. Ich war nicht gewohnt, daß man mich im Stich ließ, wenn ich das auch selbst sage; darum war der neue Anfang, der seit einiger Zeit in meinem Geist Gestalt suchte, von ganz anderm Schlag als die Cade-Tylor-Methode.

So sprach ich denn zu diesem Mann, der inmitten einer mißbrauchten und irregeführten Herde von menschlichen Schafen saß und Schwarzbrot kaute, nicht von Blut und Aufruhr, sondern nahm ihn zur Seite und sagte ihm etwas anderes. Nachdem ich fertig war, bat ich ihn, seinen Adern ein bißchen Schreibsaft zu entnehmen; damit und mit einem Holzsplitter schrieb ich auf ein Stück Rinde:

Schick ihn in die Menschenfabrik!

gab es ihm und sagte: »Bring das zum Palast nach Camelot und gib es dem Amyas le Poulet, den ich Clarence nenne, und er weiß Bescheid.«

»Das ist also ein Priester«, sagte der Mann, und seine Begeisterung schwand.

»Wieso ein Priester? Sagte ich dir nicht, daß kein Kirchenknecht, kein Sklave von Papst oder Bischof in

* Führer eines englischen Bauernaufstandes 1381; Jack Cade leitete einen solchen 1450. Nach anfänglichen großen Siegen über den König verloren beide wenige Monate später Macht und Leben. (Anmerkung des Übersetzers)

meine Menschenfabrik darf? Sagte ich dir nicht, daß du selbst nur hineinkommst, wenn deine Religion, wie immer sie ausieht, nur deine ureigenste Angelegenheit ist?«
»Bei Gott, das sagtet Ihr, und deshalb war ich so froh. Aber es gefiel mir nicht, und ich fiel in bange Zweifel, als ich von dem Priester da hörte.«
»Ich sage dir doch, daß er kein Priester ist.«
Der Mann sah gar nicht beruhigt aus. Er meinte: »Kein Priester, und kann lesen?«
»Kein Priester, und kann lesen, ja, und außerdem schreiben. Ich selbst brachte es ihm bei.« Das Gesicht des Mannes hellte sich auf.
»Und es wird das erste sein, was du selbst in der Fabrik lernen wirst.«
»Ich? Ich würde mein Herzblut dafür geben, um diese Kunst zu lernen. Ja, ich will Euer Sklave sein, Euer . . .«
»Nein, das wirst du nicht, du wirst niemandes Sklave sein. Nimm deine Familie und zieh hin. Dein Herr, der Bischof, wird dein bißchen Besitz beschlagnahmen, aber das macht nichts. Clarence wird dich schon unterbringen.«

Ich gab ihnen drei Pennies für das Frühstück, und das war außergewöhnlich viel, denn dafür hätte ein Dutzend Menschen sich satt essen können. Doch ich war gerade gut gelaunt und bin immer ein Verschwender gewesen; und da mir die Leute das Essen umsonst geben wollten, wie mager ihr eigener Vorrat auch war, so machte es mir um so mehr Freude, meine Achtung und aufrichtige Dankbarkeit durch eine schöne, runde Summe Geld zu betonen. War es hier doch viel besser angelegt als in meinem Helm; denn diese Pennystücke waren aus Eisen und im Gewicht nicht geeicht, mein halber Dollar in Münzen hatte also ein ganz hübsches Gewicht. Ich gab mein Geld in jenen Tagen etwas zu leichtfertig aus, das ist wahr; aber der Grund lag darin, daß ich mich noch nicht ganz auf die veränderten Verhältnisse umgestellt hatte. Selbst jetzt, nach so langem Aufenthalt in Britannien, konnte ich noch nicht begreifen, daß ein Penny in Artus' Land und zwei Dollar in Connecticut die gleiche Kaufkraft besaßen. Wäre ich nur wenige Tage später von Camelot aufgebrochen, hätte ich die guten Leute mit schönen neuen Geldstücken aus unserer eigenen Münze bezahlen können, das hätte mich gefreut und sie nicht weniger. Ich hatte ausschließlich die amerikanischen Werte übernommen. In ein oder zwei Wochen würden Cents, Nickelstücke, Zehncentstücke, Vierteldollars und Halbdollars und sogar ein bißchen Gold in dünnem, aber stetigem Strom durch die Handelsadern des Königreichs fließen, und ich erwartete, daß das frische Blut es neu beleben würde.

Die Bauern wollten sich nicht lumpen lassen und mir durchaus etwas draufgeben, so nahm ich denn Feuerstein und Stahl; und als sie Sandy und mich bequem auf unserm Pferd verstaut hatten, zündete ich mir die Pfeife an. Sobald ich aber die erste Rauchwolke durch das Visier paffte, stürzten die Männer dem Wald zu, und Sandy ging über Bord und fiel mit dumpfem Plumps zu Boden. Sie hielten mich für einen der feuerspeienden Drachen, über die sie soviel von Rittern und anderen berufsmäßigen Schwindlern erzählen hörten. Ich hatte unendlich Mühe, die Leute so weit heranzubekommen, daß ich sie aufklären konnte. Ich erzählte ihnen, daß hier nur ein kleiner Zauber vorliegt, der ausschließlich meinen Feinden schadet. Und ich versprach, Hand aufs Herz, daß alle, die keine Feindschaft gegen mich hegten, an mir vorübergehen sollten, und sie würden sehen, daß nur jene, die zurückblieben, tot umfallen. Die Prozession zog mit bemerkenswerter Eile vorbei. Verluste waren nicht zu beklagen, denn niemand war neugierig genug, zurückzubleiben, um zu sehen, was dann passierte. Jetzt verlor ich etwas Zeit; denn als die großen Kinder keine Angst mehr hatten, wurden sie von Bewunderung für mein ehrfurchtgebietendes Feuerwerk so hingerissen, daß ich dableiben und ein paar Pfeifen ausrauchen mußte, bevor sie mich fortließen. Aber der Aufenthalt war nicht ganz fruchtlos, denn es brauchte die ganze Zeit, Sandy an das neue Ding restlos zu gewöhnen – sie saß doch so dicht dran, nicht wahr? Es stellte ihre Konversationsmühle für eine gute Weile ab, und das war ein Gewinn. Doch neben allen diesen Vorteilen, die sich ergaben, hatte ich etwas Wichtiges gelernt. Ich war jetzt gerüstet, für jeden Riesen oder Menschenfresser, der daherkommen mochte.

Die Nacht verbrachten wir bei einem heiligen Einsiedler, und meine Bewährungsprobe kam ungefähr in der Mitte des folgenden Nachmittags. Wir schnitten den Weg ab und ritten eben quer über eine große Wiese, und ich war in Gedanken versunken, als Sandy plötzlich eine Bemerkung, die sie am frühen Morgen begonnen hatte, mit dem Geschrei unterbrach: »Verteidigt Euch, Herr! Eurem Leben droht Gefahr!«

Und sie rutschte vom Pferd, rannte einen Steinwurf weit und blieb stehen. Ich blickte auf und sah, weit fort im Schatten eines Baumes, ein halbes Dutzend bewaffnete Ritter und ihre Knappen. Kaum daß sie mich sahen, kamen sie in Bewegung und zogen die Sattelgurte an, um aufzusteigen. Meine Pfeife war bereit und wäre schon angezündet gewesen, wenn ich mich nicht in Gedanken darüber verloren hätte, wie man dem Land die Unterdrückung nehmen und seinem ganzen Volk die gestohlenen Rechte und die Manneswürde wiedergeben könnte, ohne dabei jemand zu verletzen. Ich steckte sofort die Pfeife an, und als ich einen guten Mund voll

Rauch in Reserve hatte, kamen sie auch schon an. Und alle auf einmal; nichts von jener ritterlichen Großmut, von der man so viel iest, daß immer nur ein höfischer Strolch allein angreift und die übrigen auf ehrliches Spiel achten. Nein, sie kamen im Trupp, sie kamen mit Klirren und Gebraus wie eine Salve aus einer Batterie; kamen mit tief gesenkten Häuptern, mit weit nach hinten wehenden Federbüschen, die Lanzen in gleicher Höhe ausgelegt. Es war ein hübscher Anblick, ein großartiger Anblick für jeden, der auf einem Baum sitzt. Ich hielt die Lanze in Ruhestellung und wartete mit klopfendem Herzen, bis die eiserne Woge über mich brechen wollte, dann blies ich eine Säule weißen Rauchs durch die Helmbänder. Wie da die Welle sich teilte und zerstob, das hättet ihr sehen sollen! Das war ein noch schönerer Anblick als der Angriff.

»Bedenkt wohl, Eurem Kommen würden sie nicht standhalten. Lasset es mich tun.«

Doch die Bande hielt wieder an, in zwei- bis dreihundert Meter Entfernung, das beunruhigte mich. Meine Selbstsicherheit brach zusammen und wich der Furcht, ich glaubte mich schon verloren. Doch Sandy strahlte und wollte loslegen; Ich bremste sie und sagte, mein Zauber habe irgendwie versagt, sie müßte schleunigst aufsitzen, denn wir ritten jetzt um unser Leben. Nein, sie wollte nicht. Sie sagte, mein Zauber habe die Ritter entmachtet; sie ritten nicht weiter, weil sie nicht könnten; ich sollte nur warten, sie würden gleich aus ihren Sätteln fallen, und wir könnten ihre Pferde und Rüstungen erbeuten. Ich konnte solch treuherzige Einfalt nicht enttäuschen und sagte ihr, das sei ein Irrtum, mein Feuerwerk töte augenblicklich oder überhaupt nicht. Nein, die Männer würden nicht sterben, an meinem Apparat war etwas falsch, ich könnte nicht sagen, was; aber wir müßten uns eilen und das Weite suchen, denn die Halunken wüden uns sofort wieder über den Hals kommen. Sandy lachte: »Weit gefehlt, Herr, von solcher Art sind sie nicht! Herr Lancelot bekämpft Drachen und harret aus und stürmt wieder und wieder und noch einmal dagegen, bis er sie überwindet und vernichtet; und gleicherweise Herr Pellinor und Herr Agmowal und Herr Carados, doch außer ihnen ist keiner, der es vermöchte, was immer auch müßige Zungen reden. Und jene ordinären Wegelagerer, glaubt Ihr, sie hätten nicht ihr Teil und sie gelüstet es nach mehr?«

»Aber worauf warten sie dann? Warum hauen sie nicht ab? Niemand hindert sie. Großer Gott, ich trage ihnen bestimmt nichts nach.«

»Ihr sagt, ›hauen ab‹? Oh, darob macht Euch keine Sorgen. Sie denken nicht daran, mitnichten; denn sie warten, sich Euch zu ergeben.«

»Unsinn, was denn noch? Bist du wahrlich, wie ihr sagt, überzeugt davon? Wenn sie das wollen, warum tun sie's nicht?«

»Sie wollen wohl gern, aber so Ihr wüßtet, wie voll die Welt von Drachenfurcht, Ihr würdet sie nicht tadeln. Ihr Zagen läßt sie dort verharren.«

»Nun gut, dann geh ich eben selber hin.«

Und sie tat es. Sie war eine vortreffliche Begleiterin auf Kriegszügen. Ich selbst hätte das als ein recht zweifelhaftes Unternehmen betrachtet. Kurze Zeit darauf sah ich die Ritter wegreiten und Sandy zurückkommen. Das war eine Erlösung. Ich nahm an, sie hätten sie nicht als erste drangelassen – ich meine ans Gespräch; sonst konnte die Unterhandlung wohl nicht so kurz ausfallen. Aber es stellte sich heraus, daß sie schon einen Abschluß gemacht hatte und einen bewundernswert günstigen. Sie sagte: Als sie ihnen erzählte, ich sei ›der Chef‹, traf es sie bis ins Mark, ›schlug sie wund in Furcht und Grausen‹, waren ihre Worte; und dann waren sie zu allem bereit, was sie fordern mochte. So befahl sie ihnen, innerhalb zweier Tage an König Artus' Hof zu erscheinen und sich mit Roß und Rüstung zu ergeben und hinfort meine Ritter zu sein und meinem Befehl zu gehorchen. Wieviel besser hatte sie das ins Lot gebracht, als ich es hätte tun können! Sie war eine Perle.

»So bin ich also mehrfacher Ritterbesitzer!« sagte ich, als wir weitertrabten. »Wer hätte je gedacht, daß ich in meinem Leben einmal solche Aktiva buchen würde. Ich weiß bloß nicht, was ich mit ihnen anstellen soll, außer, ich verlose sie. Wieviel sind es denn, Sandy?«
»Sieben, so es Euch gefällt, Herr, und die Knappen.«
»Ein schöner Fang, und wer sind sie? Wo hausen sie?«
»Hausen sie?«
»Ja, wo sie wohnen!«
»Oh, ich verstand Euch nicht; geduldet Euch bis bald.« Dann sagte sie nachdenklich und sinnend, wobei sie die Worte genießerisch über die Zunge rollen ließ: »Hausen sie – hausen sie – wo hausen sie. Ja, recht so, wo hausen sie. Fürwahr hat der Satz edle, gewinnende Anmut, und zierlich gesetzt sind die Worte. Ich will es wieder und wieder sagen in Stunden der Muße, so mag es mir wohl Besitz werden. Wo hausen sie? So ist es recht! Schon gleitet es mir leichthin von der Zunge, und da ich . . .«
»Vergiß die komischen Cowboys nicht, Sandy!«
»Komische Cowboys?«
»Ja, die Ritter, du weißt doch. Du wolltest mir doch von ihnen erzählen, vor einem Weilchen, erinnerst du dich nicht? Bildlich gesprochen, der Gong zur ersten Runde ertönte schon.«
»Der Gong . . .?«
»Ja, doch! Schlag zu! Ich meine, fang doch endlich an, deinen Faden zu spinnen, und verbrauch nicht soviel Späne zum Feueranzünden! Erzähl endlich von deinen Rittern!«
»Mit Freuden heb ich an, und ungesäumt will ich beginnen. Alsbald begaben sich die beiden auf den Weg und ritten in einen großen Wald. Und . . .«
»Heiliger Strohsack!«
Ich hatte meinen Mißgriff erkannt. Jetzt hatte ich sie angekurbelt! Ich war selbst schuld, sie würde dreißig Tage brauchen, um zu den Tatsachen vorzudringen. Gewöhnlich begann sie ohne Einleitung und endete ohne Pointe. Wenn man sie unterbrechen wollte, redete sie weiter, ohne Notiz davon zu nehmen, oder sie antwortete kurz, fing dann aber ihren Satz von vorn an und

sagte ihn noch einmal auf. Deshalb machten Unterbrechungen mir nur Kummer; und doch mußte ich sie unterbrechen, und sogar recht oft, einfach aus Selbsterhaltungstrieb. Denn diese gleichmäßig rinnende Traufe den ganzen Tag auf sich herumplätschern lassen, würde den stärksten Mann umbringen.

»Heiliger Strohsack!« fluchte ich verzweifelt. Sie fing wahr und wahrhaftig von vorn an: »Dann begaben sich die zwei auf den Weg und ritten in einen großen Wald. Und . . .«

»Welche zwei?«

»Die Herrne Gawain und Owain. Alsdann trafen sie auf eine Abtei, wo Mönche lebten, und wurden dort wohl aufgenommen. Des Morgens lauschten sie der klösterlichen Messe und ritten von dannen zu einem großen Wald. Alsbald gewahrte Herr Gawain in einem Tal in eines kleinen Turmes Nähe zwölf schöne Jungfrauen und zwei gewappnete Ritter auf mächtigen Rossen, und die Fräulein schritten vor einem Baum fürbaß. Und dann ward Herr Gawain gewahr, daß ein weißer Schild am Baume hin. Und immer, wenn die Jungfrauen vorüberschritten, spien sie darauf oder netzten den Schild mit Schlamm.«

»Ja, wenn ich das nicht selber schon erlebt hätte bei euch, Sandy, würde ich es nicht glauben. Aber so kenne ich das, und ich sehe die Dämchen vor mir, wie sie vor dem Schild auf und ab stolzieren und sich so deplaciert benehmen. Die Frauen haben hierzulande Angewohnheiten, daß es zum Heulen ist. Ja, und gerade die Vornehmsten, die Creme der Gesellschaft. Das einfachste Telefonfräulein am anderen Ende von zehntausend Meilen Draht könnte der höchstgeborenen Herzogin in Artus' Land Liebenswürdigkeit, Geduld, Bescheidenheit und gute Sitten beibringen.«

»Telefonfräulein?«

»Ja – verlange keine Erklärung! Es ist eine neue Art Fräulein, hier gibt es sie noch nicht. Man faucht sie oft an, wenn sie auch gar nichts verbrochen haben, und nachher hat man Gewissensbisse und schämt sich seiner Flegelei noch dreizehnhundert Jahre später oder früher. Es ist schäbig, sich so gemein zu benehmen, und dazu noch ohne Grund! Wer eine gute Kinderstube hatte, macht das nicht ... obgleich ich ... nun ja, ich selbst, ich muß gestehen ...«

»Aber vielleicht, daß sie ...«

»Laß sie aus dem Spiel, mit ihr hat das gar nichts zu tun; ich sage nur: Ich kann es dir nie so erklären, daß du es begreifst!«

»Mag es so sein, wie Ihr mir sagt. Dann ritten Herr Gawain und Owain herzu, grüßten und fragten sie, weshalben sie dem Schild solch Schimpf antäten. Edle Ritter, war der Jungfrauen Antwort, wir werden es Euch sagen. Ein Ritter lebt im Lande, dem der weiße Schild zu eigen ist, und er ist ein fürtrefflicher Recke mit starkem Arm, doch hasset er alle Damen und Edelfrauen, und so tun wir seinem Schild solche Schmach.

Darauf entgegnete Herr Gawain: Mich deucht, es steht einem edlen Ritter übel an, alle Damen und Edelfräulein zu verachten, doch mag es sein, er hat Euch zu hassen Anlaß, und vielleicht liebt er die Damen und Edelfrauen anderenorts, um wieder geliebt zu werden, wenn er der kühne Recke ist, von dem Ihr sprecht ...«

»Kühner Recke – ja, das ist der Typ, auf den sie fallen, Sandy. Ein Mann mit Verstand ist Luft für sie. Tom Sayers, John Heenan, John L. Sullivan* – könntet ihr nur hier sein! Ihr würdet die Beine unter den runden Tisch strecken und hättet ein ›Baron‹ vor euerem Namen in weniger als vierundzwanzig Stunden und könntet in weiteren vierundzwanzig Stunden eine Neuverteilung der verheirateten Fürstinnen und Herzoginnen des Hofes zuwege bringen. Tatsächlich ist es nur ein poliertes Indianerlager, und es gibt keine Squaw, die nicht darauf wartet, beim ersten Wink mit Sack und Pack dem Bock mit den meisten Skalps am Gürtel in die Arme zu laufen.«

»... und so er der kühne Recke ist, von dem Ihr sprecht, meinte Herr Gawain, nun, wie ist sein Name? Herr, antworteten sie, sein Name ist Marhaus, des Königs Sohn von Irland.«

»Sohn des Königs von Irland, meinst du, die andere

* Tom Sayers (1826–1865) war ein berühmter englischer Boxer, John Heenan sein amerikanischer Gegner. Der amerikanische Boxer John L. Sullivan war von 1889 bis 1892 Weltmeister im Schwergewicht. (Anmerkung des Übersetzers)

Form ist Quatsch. Jetzt paß mal auf und halt dich fest! Wir müssen über den Graben setzen . . . So, das wäre geschafft. Der Gaul gehört auch in den Zirkus. Er ist zu früh geboren.«
»Ich kenne ihn gut, sagte Herr Owain; er ist ein so fürtrefflicher Ritter als nur einer unter den Weiten des Himmels.«
»Weiten des Himmels! . . . Wenn du einen Fehler hast, Sandy, so ist es deine um einen Stich zu altertümelnde Sprache, aber das ist nicht das Schlimmste.«
». . . denn ich sah ihn bei einem Turnier, auf dem viele Ritter stritten, einst sich erproben, und kein Gegner konnte ihm standhalten. Jedoch, edle Damen, mich deucht, Ihr seid zu tadeln, denn wahrlich, der seinen Schild hier aufhängte, wird nicht lange fernbleiben, und dann mögen jene Ritter zu Roß mit ihm streiten, das wird Euch zu höherer Ehre gereichen, als was Ihr jetzt tut; denn nicht länger kann ich müßig anschauen, wie eines Ritters Schild entehrt wird.
Und es entfernten sich Herr Gawain und Herr Owain um ein weniges und gewahrten Herrn Marhaus, der auf einem mächtigen Roß ihnen entgegenritt. Und als die zwölf Jungfrauen Herrn Marhaus erblickten, flohen sie in den Turm wie von Sinnen, so daß einige zu Boden stürzten. Dann reckte der reine Ritter vom Turm seinen Schild und rief laut: Herr Marhaus, verteidigt Euch! Und prallten sie mit solcher Macht aneinander, daß der Ritter seine Lanze an Herrn Marhaus brach, und Herr Marhaus hieb so gewaltig auf ihn ein, daß er seinen Hals zerschlug und des Pferdes Rücken . . .«
»Das ist ja der Wahnsinn ihres Berufes, daß sie soviel Pferde zugrunde richten.«
»Das gewahrte der andere Ritter vom Turm und wandte sich gegen Herrn Marhaus, und sie ritten so stürmisch aufeinander, daß der Ritter vom Turm bald zu Boden gestreckt war – Roß und Mann gänzlich tot.«
»Wieder ein Pferd zum Teufel; ich sage dir, diesen Unfug muß man abschaffen. Ich begreife nicht, wie Leute mit etwas Herz das gutheißen und unterstützen können.«
»Dann prallten die beiden Ritter mit großem Ungestüm aufeinander . . .«
Ich merkte, daß ich ein Kapitel verschlafen und ver-

säumt hatte, aber ich sagte nichts. Ich nahm an, daß es jetzt zwischen dem irischen Ritter und den Besuchern zum Krach kommen mußte, und so war es auch.

». . . daß Herr Owain auf Herrn Marhaus so machtvoll einhieb, daß seine Lanze auf des Gegners Schild zerbrach, und Herr Marhaus schlug Herrn Owain so gewaltig, daß Roß und Reiter zu Boden stürzten und Herr Owain auf der linken Seite schwer verwundet ward . . .«

»Ehrlich gesagt, Alisande, deine altertümliche Sprache ist etwas zu primitiv, der Wortschatz ist zu klein, und darunter leidet die Farbigkeit der Erzählungen; sie sind weitschweifig und leer wie eine Wüste und bringen nicht genug malerische Einzelheiten. Dadurch werden sie langweilig. Tatsächlich sind sich all die Kämpfe gleich: Zwei Mann prallen zusammen mit großem Ungestüm – Ungestüm ist sicherlich ein gutes Wort, aber das ist auch ›Bibelauslegung‹, ›Nutznießung‹, ›Brandopfer‹ und ›Unterschlagung‹ und noch hundert andere . . . Aber zum Kuckuck! Man sollte nuancieren und schattieren. Sie prallen aufeinander mit großem Ungestüm, und eine Lanze ward zerbrochen, und der eine Gegner bricht seinen Schild und der andere stürzt, Roß und Reiter, nach hinten und bricht sich das Genick, und dann kommt der nächste Kandidat mit großem Ungestüm herangebraust und bricht seine Lanze, und sein Gegner zerbricht seinen Schild, und er stürzt, Roß und Reiter, nach hinten und bricht sich das Genick, und dann kommt ein anderer dran und noch einer, bis die Bestände aufgebraucht sind; und sieht man sich das Ende an, so kann man den einen Kampf nicht vom andern unterscheiden oder sagen, wer nun eigentlich die Prügel bekommen hat. Aber wo bleibt das Abbild einer lebenden, tobenden, tosenden Schlacht? Das, das ist bleichsüchtig und ohne Atmosphäre, wie ein Negerkampf im Tunnel. Gerechter Himmel, was würde euer dürrer Wortschatz selbst aus einem so grandiosen Schauspiel wie dem Brand von Rom zur Zeit Neros machen? Es hieße einfach: ›Stadt abgebrannt, nichts versichert, Knabe zertrümmerte Fenster, Feuerwehrmann brach Genick!‹ Nein, das ist keine Schilderung!«

Das war ein recht belehrender Vortrag, glaubte ich, doch Sandy scherte sich nicht einen Deut darum, es war an ihr abgelaufen; sie stieß sofort wieder Dampf aus, als ich ihr das Ventil nicht mehr sperrte: »Dann wandte Herr Marhaus sein Roß und wandte seine Lanze gegen Herrn Gawain. Und da es Herr Gawain sah, deckte er sich mit dem Schild, und sie senkten die Lanzen und prallten mit der großen Wucht der Rosse aufeinander, und jeder der beiden Reiter traf den anderen so heftig auf die Mitte des Schildes, daß Herrn Gawains Lanze brach.«

»Wie erwartet.«

». . . Herrn Marhausens Lanze jedoch ward nicht zerbrochen, und so stürzten Herr Gawain und sein Roß zu Boden . . .«

»Richtig – und brachen das Genick.«

». . . und eilends erhob sich Herr Gawain, zog sein Schwert aus der Scheide und wandte sich zu Fuß gegen Herrn Marhaus, und so liefen sie mit Kampfbegier gegeneinander und hieben mit den Schwertern, daß ihre Schilde in Stücke flogen, und zerbeulten einander Helm und Brünne und fügten einander Wunden zu. Aber nach der neunten Stunde wuchsen Herrn Gawains Kräfte drei Stunden fort und fort und verdreifachten sich. Das erschaute Herr Marhaus und verwunderte sich sehr, wie des andern Kraft wuchs, und beide fügten einander sehr schwere Wunden zu. Und als die Sonne im Mittag stund . . .«

Das endlose Geplätscher ließ Bilder und Erlebtes meiner Jugendtage in mir erstehen.

›Ne-e-ew Haven! Zehn Minuten Aufenthalt, Erfrischungen auf dem Bahnsteig! Schaffner läutet zwei Minuten vor Abgang des Zuges! Fahrgäste für die Küstenbahn, bitte im letzten Wagen Platz zu nehmen. Dieser Wagen wird abgehängt! Äpfel, Orangen, Bananen gefällig, belegte Brote, gerösteter Mais!‹

». . . und wuchs nach Mittag weiter bis an die Abendmesse. Dann schwand Herrn Gawains Kraft, ward schwächer und bald so gering, daß er kaum länger streiten konnte, und Herr Marhaus nahm zu und zu . . .«

»Was natürlich seine Rüstung sprengte, aber mit Kleinigkeiten gab er sich bestimmt nicht ab.«

». . . und solcherweise, edler Ritter, sagte Herr Marhaus, habe ich wohl erkannt, daß Ihr ein über die Maßen tapferer Ritter seid und von der wunderbarsten Stärke, die ich je erspürte, solange sie währte, und unser Streit ist nur gering, und es wäre jammernswert, Euch Leid zu tun, denn ich erkenne Eure Schwachheit. Oh, sagte Herr Gawain, edler Ritter, Ihr sprecht, was mir zu sagen lag. Und sie lösten ihre Helme und küßten einander und schworen sich zu, einander wie Brüder zu lieben . . .«

Hier fiel bei mir der Vorhang, und ich schlief ein, als ich darüber nachdachte, welch ein Jammer es war, daß Männer so überragender Kraft, mit einer Kraft, daß sie in grausam beschwerlichem Eisen und schweißdurchnäßt aufrecht stehen und sechs Stunden lang aufeinander einhacken und -schlagen und -hämmern konnten, nicht zu einer Zeit geboren wurden, in der sie ihre Muskeln vernünftig verwenden konnten. Als Beispiel möchte ich den Esel nennen: Ein Esel hat die gleiche Ausdauer und Kraft und wendet sie entsprechend nützlich an und ist wertvoll für die Menschheit, weil er ein Esel ist; aber ein Edelmann ist deshalb nicht wertvoll, weil er ein Esel ist. Es ist ein Vergleich, und der hinkt bekanntlich immer, und man hätte ihn erst gar nicht wagen sollen. Doch ist der Stein erst ins Rollen gekommen, dann rollt er, und man weiß nie, wo er liegenbleibt.

Als ich wieder aufwachte und weiter zuhörte, erkannte ich, daß ich noch ein Kapitel verpaßt hatte und Alisande mit ihren Leuten inzwischen weit herumgekommen war.

». . . und darob ritten sie von hinnen und kamen in ein tiefes, steiniges Tal, allwo sie einen anmutigen Wasserlauf gewahrten; oberhalb des Ortes war der Ursprung des Wasserlaufs, eine klare Quelle, und drei Jungfrauen saßen daran. In dieses Land, sagte herr Marhaus, seit es christlich geworden, kam kein Ritter gefahren, ohne seltsame Abenteuer zu erleben . . .«

»Saumäßig, Alisande! Dein Herr Marhaus, Königssohn von Irland, spricht wie jeder hergelaufene Ritter; du solltest ihm ein irisches Idiom beigeben oder wenigstens einen charakteristischen Fluch, an dem er zu erkennen wäre, sobald er den Mund auftut, ohne daß er dauernd namentlich genannt werden muß. Bei den großen Schriftstellern ist das ein beliebter literarischer Kunstgriff: ›In dieses Land, beim Henker, ist, seit es christlich ward, kein Ritter gefahren, ohne auf seltsame Abenteuer zu stoßen, beim Henker!‹ – Du hörst selbst, wieviel besser das klingt.«

»... kein Ritter, ohne auf seltsame Abenteuer zu stoßen, beim Henker! Wahrhaftig, edler Herr, das klingt; obzwar es nicht so leichthin läuft, wird es doch wohl bei Gewöhnung nicht verzögern, sondern schneller sprechen machen. Und dann ritten sie zu den Jungfrauen und grüßten hin und wieder, und die Älteste trug einen gülldenen Reif um den Kopf, und sie war dreimal zwanzig Winter alt oder ...«

»Die Jungfrau, sagst du?«

»So sagte ich, edler Herr; und ihr Haar unter dem Reif war wie Schnee ...«

»Garantiert hatte sie eins der Zelluloidgebisse für neun Dollar, Marke ›Garantiert ohne Beschwerden‹, das beim Essen klappert wie ein Fallgitter und herausfällt, wenn man lacht.«

»Die zweite Jungfrau hatte dreißig Winter und trug ein gülden Diadem am Haupt. Die dritte Jungfrau hatte nicht mehr als fünfzehn Winter ...«

Ein Glutstrom der Erinnerung flutete über meine Seele, und Sandys Stimme schwand aus meinem Ohr.

Fünfzehn Jahre! – Brich nicht, mein Herz! Oh, mein verlorenes Lieb. Genau ihr Alter, die so sanft und liebenswürdig war und mir alles bedeutete und die ich nie mehr wiedersehen sollte. Wie die Sehnsucht nach ihr mich über Meere des Erinnerns in eine unklar verschwimmende Zeit entführt, eine glückliche Zeit, so viele, viele Jahrhunderte entfernt, als ich an milden Sommermorgen früh von ihr träumte und gleich nach dem Erwachen rief: »Hallo, Amt!«, nur um ihre liebe Stimme mit tröstlichem: »Hallo, Teilnehmer!« antworten zu hören. Das war Sphärenmusik für mein verliebtes Ohr. Sie bekam drei Dollar die Woche, und das war verdammt wenig.

Ich konnte Sandys weiteren Erläuterungen über die Herkunft unserer gefangenen Ritter nicht mehr folgen, vorausgesetzt, daß sie wirklich je damit zu Rande kam. Mein Interesse war geschwunden, meine Gedanken wanderten in weiter Ferne, das Herz war mir schwer. Ab und zu wehte ein Fetzen der abrollenden Geschichte an mein Ohr, und so erfuhr ich ungefähr, daß jeder der drei

Ritter je eine der drei Jungfrauen hinter sich aufs Pferd setzte und nach Norden, Osten und Süden fortritt, um Abenteuer zu suchen und nach Jahr und Tag sich wiederzutreffen und Räubergeschichten zu erzählen. Jahr und Tag ohne Reisegepäck. Das paßt ganz zu der allgemeinen Einfältigkeit des Landes.

Die Sonne sank tiefer. Es war gegen drei Uhr nachmittags, als Alisande anfing, mir zu erzählen, wer die Cowboys waren; sie war ganz schön vorangekommen – für ihre Verhältnisse. Sie würde zu gegebener Zeit damit zu Ende kommen, kein Zweifel: aber sie war kein Mensch, der sich hetzen läßt.

Wir näherten uns einer Burg, die auf einer Anhöhe stand; einem festen, ehrwürdigen Bau, dessen graue Türme und Zinnen malerisch mit Efeu berankt waren. Das ganze gebieterisch massige Bauwerk lag vom Glanz der sinkenden Sonne übergossen. Es war das größte Schloß, das wir gesehen hatten, und so dachte ich, dies könnte es sein, hinter dem wir her waren; aber Sandy sagte nein. Sie wußte nicht, wem es gehörte; sie war auf ihrem Weg nach Camelot hier vorbeigegangen, ohne haltzumachen.

Morgan le Fay

Wenn man fahrenden Rittern glauben konnte, waren nicht alle Schlösser angenehme Stätten der Gastlichkeit. Aber fahrende Ritter waren im Prinzip nicht glaubwürdig – das heißt nach dem modernen Maßstab der Wahrhaftigkeit. Doch mit dem Maßstab ihrer eigenen Zeit, unter Berücksichtigung aller Umstände, kam man zur Wahrheit. Die Methode war sehr einfach: man strich 97 Prozent jeder Aussage und behielt den Rest als glaubwürdig. Mit diesem Vorbehalt blieb als Tatsache übrig, daß es am vernünftigsten war, sich über ein Schloß zu erkundigen, bevor man an der Haustür klingelte – ich meine, bevor man die Wächter anrief. Deshalb war ich froh, als ich in der Ferne einen Reiter um die letzte Biegung der vom Schloß herabführenden Straße kommen sah.

Als wir einander näher kamen, bemerkte ich, daß er einen federgeschmückten Helm aufhatte und ganz in Eisen gekleidet schien, aber eine sonderbare Zutat trug – ein steifes, quadratisches Etwas, ähnlich einem Heroldsrock. Ich mußte über meine eigene Vergeßlichkeit lächeln, als ich dicht genug vor ihm hielt und diese Inschrift auf seinem Umhang las:

PERSIMONEN-SEIFE
DIE DAME VON WELT BENUTZT NUR SIE

Das war so eine meiner kleinen Erfindungen und verfolgte mehrere vernünftige Zwecke im Hinblick auf Zivilisation und Höherbildung des Volkes. In erster Linie war es ein heimlicher listiger Streich gegen den Unsinn der fahrenden Ritterschaft, obwohl es niemand ahnte. Ich hatte eine Anzahl dieser Leute in Marsch gesetzt, die mutigsten Ritter, die ich auftreiben konnte – jeden zwischen zwei Reklamebretter mit einer Devise geklemmt. Ich rechnete damit, daß sie anfänglich bei zunehmender Zahl lächerlich wirken würden, daß sich aber später gerade der gepanzerte Esel lächerlich machen würde, der noch keine Bretter trug, weil er unmodern war. Zweitens würden diese Missionare allmählich, und ohne Verdacht und Geschrei zu erregen, den Anfang von Reinlichkeit bei der Herrenklasse einführen, und von dort würde sie ins Volk dringen, wenn man die Priester ruhighalten konnte. Das würde die Macht der Kirche untergraben, ich meine, es wäre ein Schritt dazu. Als nächstes Bildung, dann Freiheit, und dann würde sie anfangen abzubröckeln. Da nach meiner Überzeugung jede Staatskirche ein Staatsverbrechen, ein staatlicher Sklavenpferch ist, hatte ich keinerlei Skrupel, sondern wollte sie auf jede Weise und mit jeder Waffe angreifen, die sie verwunden konnte. Ja, in meinen eigenen früheren Tagen – in fernen Jahrhunderten, die sich noch nicht im Schoß der Zeiten rührten, gab es alte Engländer, die glaubten, daß sie in einem freien Land geboren waren: einem ›freien‹ Land, in dem der Corporation Act und der Test noch in Kraft waren*, Barrieren, errichtet gegen die menschlichen Freiheiten und geschändeten Gewissen, um eine ›staatliche‹ Rückständigkeit zu erhalten.

Meinen Boten war gelehrt worden, die goldene Beschriftung auf ihren Schildern zu entziffern – die funkelnde Vergoldung war ein guter Einfall, um ihres barbarischen Glanzes willen hätte ich selbst den König gewinnen können, ein Reklamebrett zu tragen; sie sollten die Aufschriften vorlesen und den Herren und Damen erklären, was Seife ist; und wenn die hohen Herrschaften für sich selber Angst davor hatten, sie an einem Hund die Seife erproben lassen. Als nächsten Schritt hatte der Missionar die Familie zu versammeln und die Seife an sich selbst vorzuführen; er sollte kein auch noch so verzweifeltes Experiment scheuen, den Adel von der Harmlosigkeit der Seife zu überzeugen. Wenn noch ernste Zweifel blieben, mußte er sich einen Einsiedler greifen. Die Wälder wimmelten davon, sie nannten sich selbst Heilige und wurden auch dafür gehalten. Sie waren unglaublich heilig und taten Wunder, und jedermann empfand ihnen gegenüber Ehrfurcht. Wenn ein Einsiedler eine Wäsche überlebte und das einen Herzog nicht überzeugte, dann gib ihn auf und laß ihn gehen.

* Der Corporation Act von 1661 diente der Einengung der Puritaner und der Stärkung der anglikanischen Staatskirche. Die als ›Test‹ bekannte Parlamentsakte von 1673 verfügte den Ausschluß von Römisch-Katholischen aus öffentlichen Ämtern zugunsten von Anglikanern. Obwohl Mark Twain seine Hauptpolemik gegen die römisch-katholische Kirche richtet, brandmarkt er hier ihre Bekämpfung durch die anglikanische Kirche als Freiheitsberaubung. (Anmerkung des Übersetzers)

Wann immer meine Missionare einen fahrenden Ritter auf der Straße überwältigten, wuschen sie ihn, und wenn er sich erholt hatte, ließen sie ihn schwören, sich ein Reklamebrett zu verschaffen und den Rest seiner Tage Seife und Zivilisation zu verbreiten. Daher vermehrten sich die Arbeiter im Weinberg allmählich, und die Reform verbreitete sich stetig.

Meine Seifenfabrik spürte bald den Aufschwung. Am Anfang hatte ich nur zwei Leute beschäftigt, aber bevor ich Camelot verließ, waren es schon fünfzehn in Tag- und Nachtschicht, und der atmosphärische Erfolg war so durchschlagend, daß der König in eine Art Ohnmacht fiel und japste und sagte, er glaube nicht, daß er es noch länger aushalten könnte. Herr Lancelot war so weit, daß er fast nur noch fluchend auf dem Dach des Palastes hin und her marschierte, obwohl ich ihm sagte, dort oben sei es schlimmer als irgendwo sonst. Er aber behauptete, er brauche eine Menge Luft, und klagte in einem fort, daß ein Palast überhaupt kein Ort für eine Seifenfabrik sei; wenn jemand in seinem Haus so ein Ding aufmachte, wollte er verdammt sein, wenn er ihm nicht eigenhändig den Hals umdrehe. Das sagte er sogar in Anwesenheit von Damen, aber da hatten die Leute gar keine Hemmungen; wenn der Wind von der Fabrik her stand, hätten sie selbst vor Kindern geflucht.

Der Name des Rittermissionars war La Cote Male Taile, und er sagte, das Schloß sei der Wohnsitz von Morgan le Fay, der Schwester König Artus' und Frau König Uriens, Alleinherrscher eines Reichs ungefähr so groß wie der Bezirk Columbia; man konnte in der Mitte stehen und Steine ins nächste Königreich werfen. ›Könige‹ und ›Königreiche‹ waren in Britannien so dicht gesät wie im kleinen Palästina zu Josuas Zeiten, als die Leute mit hochgezogenen Knien schlafen mußten, weil sie sich ohne Paß nicht ausstrecken konnten.

La Cote war sehr niedergeschlagen; denn hier hatte er den größten Mißerfolg seiner Kampagne erlitten. Er war nicht ein Stück Seife losgeworden, obwohl er alle Geschäftstricks versuchte, selbst die Waschung eines Einsiedlers, aber der Einsiedler war gestorben. Das war in der Tat ein übler Fehlschlag, denn dieses Wundertier würde jetzt zum Märtyrer gestempelt werden und seinen

Platz unter den Heiligen des römischen Kalenders einnehmen. Darüber klagte der arme Herr La Cote Male Taile und grämte sich mit gewaltiger Trübsal. Und mein Herz blutete für ihn, und es trieb mich, ihm Zuspruch und Trost zu geben, und ich sagte ihm: »Laßt ab von Eurer Klage, edler Ritter, denn Ihr habt keine Niederlage erlitten. Wir haben Köpfe zum Denken, Ihr und ich; und für solche gibt es keine Niederlagen, sondern nur Siege. Beachtet, wie wir das scheinbare Mißgeschick in eine neue Reklame umdeuten werden; eine Reklame für unsere Seife; und die größte, die je erdacht worden ist. Eine Reklame, die unsern Mount Washington von Niederlage in ein Matterhorn von Sieg wandeln wird. Wir werden auf Euer Plakat ›Unter dem Segen des Märtyrers‹ schreiben. Was haltet Ihr davon?«
»Wahrlich, das ist wunderbar erdacht!«
»Nun, jeder muß zugeben, daß es für eine magere kleine Anzeige ein großartiger Einfall ist.«
Der Kummer des armen Seifenvertreters schwand. Er war ein braver Bursche und hatte zu seiner Zeit große Waffentaten vollbracht. Sein Hauptruhm entsprang den Ereignissen einer Exkursion wie der meinen, die er einst mit einer Jungfrau namens ›Lästermaul‹ unternommen hatte. Sie war so flink mit der Zunge wie Sandy, wenn auch auf eine andere Art. Denn ihre Zunge schäumte nur Hohn und Schimpf, während Sandys Musik von freundlicher Art war. Ich kannte seine Geschichte gut, und deshalb konnte ich das Mitgefühl verstehen, das beim Abschied aus seinem Gesicht sprach. Er nahm an, daß ich eine bitterschwere Zeit durchzumachen hatte.
Sandy und ich sprachen über sein Geschick, als wir weiterritten, und sie sagte, daß La Cotes Pech gleich zu Anfang seines Ausflugs begann; denn der Narr des Königs besiegte ihn am ersten Tag, und in solchen Fällen war es üblich, daß das Mädchen zum Sieger überlief. Aber ›Lästermaul‹ tat das nicht und hielt auch später, nach all seinen Niederlagen, an La Cote fest. »Doch«, warf ich ein, »wenn nun der Sieger seine Beute gar nicht haben will?« Sie sagte: »Das ginge nicht – er muß sie nehmen. Er darf nicht ablehnen, es ist gegen Sitte und Gesetz.« Das schrieb ich mir hinter die Ohren. Wenn

Sandys Musik einmal gar zu lästig werden sollte, würde ich mich von einem Ritter besiegen lassen, damit sie zu ihm überlief.

Dann wurden wir von den Wächtern auf den Bergzinnen angerufen und nach kurzem Palaver eingelassen. Ich habe nichts Angenehmes von diesem Besuch zu berichten. Aber es war auch keine Enttäuschung, denn ich kannte Frau le Fay vom Hörensagen und erwartete gar nichts Erfreuliches. Sie wurde im ganzen Reich mit Ehrfurcht behandelt, da sie jedem einschwätzte, eine große Zauberin zu sein. All ihr Tun und Treiben war böse, alle ihre Instinkte teuflisch. Sie schwitzte aus allen Poren eiskalte Bosheit. Ihr ganzes Leben war eine schwarze Missetat, und Mord war etwas Alltägliches unter ihren Verbrechen. Ich war sehr neugierig, le Fay kennenzulernen, so neugierig, als wär's der Satan selber. Zu meiner Überraschung war sie schön; die schwarzen Gedanken hatten ihr Antlitz nicht abstoßend gemacht, dem Alter war es nicht gelungen, ihre Seidenhaut zu runzeln und ihre Blütenfrische zu trüben. Sie konnte als die Enkelin des alten Uriens gelten oder als Schwester ihres eigenen Sohnes.

Kaum standen wir auf dem Schloßhof, wurden wir zu ihr befohlen. König Uriens war anwesend, ein alter Mann mit freundlichem Gesicht und unterwürfigem Blick; auch sein Sohn, Herr Owain Weißhand, für den ich mich natürlich interessierte; denn es hieß, er habe einmal mit dreißig Rittern gekämpft, auch wegen seiner Reise mit Herrn Gawain und Herrn Marhaus, mit der Sandy mich angeödet hatte. Aber Morgan war hier die Hauptattraktion, der Star des Ensembles, sie war der Bandenchef der Familie, das war klar. Sie ließ uns Platz nehmen, und dann begann sie reizend und charmant, von Liebenswürdigkeit und Güte überquellend, mir Fragen zu stellen. Beim Himmel, es war, als ob ein Vogel sang oder eine Flöte säuselte. Ich fühlte mich überzeugt, daß man diese Frau falsch dargestellt und verleumdet haben mußte. Sie trillerte und flötete, und jetzt kam ein hübscher junger Edelknabe, gekleidet wie ein Regenbogen, weich sich wiegend wie eine Welle, mit einem goldnen Tablett herein; als er es ihr sich beugend reichen und besonders graziös sein wollte, verlor er das Gleichgewicht und fiel leicht an ihre Knie. Sie stieß einen Dolch in ihn, so selbstverständlich, wie man eine Ratte aufspießt.

Armes Kind! Er sackte zu Boden, krümmte seine seidenen Glieder in einem großen heftigen Schmerzenskrampf und war tot. Dem alten König entrang sich unwillkürlich ein ›Oh!‹ des Mitleids. Der Blick, den er abbekam, ließ ihn etwas sehr plötzlich verstummen und keine weiteren Bindestriche mehr seufzen. Herr Owain ging auf ein Zeichen seiner Mutter ins Vorzimmer und rief einige Diener, während Madame lieblich plätschernd weiterplauderte.

Ich sah, daß sie eine gute Hausfrau war, denn während sie sprach, achtete sie aus dem Augenwinkel darauf, daß den Dienern kein Schnitzer beim Aufheben und Forträumen der Leiche unterlief. Als sie mit frischen Handtüchern kamen, schickte sie sie zurück nach einer anderen Sorte; und als sie den Fußboden aufgewischt hatten und gehen wollten, zeigte sie auf einen scharlachroten Fleck von der Größe einer Träne, den ihre stumpferen Augen übersehen hatten. Mir war es klar, daß La Cote Male Taile die Hausherrin selbst nicht gesehen hatte. Oft spricht der stumme Augenschein lauter und deutlicher als die beredteste Zunge.

Morgan le Fay plauderte weiter, entzückend wie je. Erstaunliche Frau. Und was für einen Blick sie hatte: als er vorwurfsvoll die Diener traf, schreckten sie zusammen und krümmten sich wie Angsthasen, wenn grelle Blitze aus der Wolke zucken. Mir wäre es beinah selbst so ergangen. Und mit dem alten Bruder Uriens war es genauso; er saß ständig auf der Messerschneide der Angst; wenn sie sich ihm nur zuwandte, zuckte er zusammen.

Mitten in der Unterhaltung ließ ich ein freundliches Wort über König Artus fallen, denn ich hatte im Augenblick vergessen, wie diese Frau ihren Bruder haßte. Das eine kleine Kompliment genügte. Sie verfinsterte sich wie ein Gewitter, rief nach den Wächtern und sprach: »Werft die Schurken in den Kerker!«

Das gefiel mir gar nicht, denn ihre Kerker waren berüchtigt. Mir fiel nichts ein, was ich sagen oder tun konnte, aber nicht so Sandy.

Als der Wächter seine Hand auf meine Schulter legte,

schrie sie mit allergrößter Zuversicht: »Gottes Wunden! Verlangt dich nach Vernichtung, Wahnwitziger? Er ist ›der Chef‹!«

Was für eine glorreiche Idee das war – und so einfach; aber mir wäre sie nie gekommen. Ich war als bescheidener Mensch geboren; nicht durchweg, aber stellenweise, und das war eine der Stellen.

Madame war elektrisiert. Ihre Züge hellten sich auf, ihr Lächeln und all ihr einschmeichelnder Charme kehrten zurück, und doch konnte sie damit nicht ganz die Tatsache verdecken, daß sie eine gräßliche Angst hatte. Sie sagte: »Nun hört nur mal Eure Gefährtin an! Als ob ein Zauberer meiner Stärke ernsthaft Merlins Besieger gegenüber solche Worte brauchen würde. Durch meine Zauberkraft erschaute ich im voraus Euer Kommen und erkannte Euch, als Ihr die Schwelle überschrittet. Ich machte diesen kleinen Scherz nur in der Hoffnung, Euch durch die Überraschung ein Beispiel Eurer Zauberkunst zu entlocken. Ich zweifelte nicht, Ihr würdet die Wächter mit magischen Feuern schlagen, die sie auf der Stelle zu Asche brennen würden, ein Wunder, das weit über meine Fähigkeiten geht und nach dem ich mich seit langem in kindlicher Neugier verzehre.«

Die Wächter waren weniger neugierig und verzogen sich, so schnell sie konnten.

Ein königliches Bankett

Als Madame mich friedfertig und versöhnlich sah, glaubte sie ohne Zweifel, ihre Erklärung habe mich getäuscht; denn ihre Furcht nahm ab. Sie forderte so unverfroren von mir, eine Probe meiner Zauberkunst zu geben und jemand zu töten, daß mir die Sache peinlich wurde. Zu meiner Erleichterung wurde sie jedoch durch den Ruf zum Gottesdienst abgelenkt. Das eine muß ich dem Adel lassen: so tyrannisch, mörderisch, räuberisch und moralisch verkommen er war, so tief und begeistert religiös war er auch. Nichts konnte die Edelleute von der regelmäßigen und gewissenhaften Ausübung der Frömmigkeit abhalten, zu der die Kirche sie verpflichtete. Mehr als einmal hatte ich einen Edlen gesehen, der seinen Feind übermannt hatte und zum Gebet innehielt, bevor er ihm die Kehle durchschnitt. Mehr als einmal sah ich einen Edlen, der seinen Feind aus dem Hinterhalt ins Jenseits geschickt, zum nächsten Kruzifix am Wege schreiten und dort demütig danksagen, selbst wenn er dadurch die Plünderung des Toten hinausschieben mußte. Schöner und lieblicher ging es auch im Leben des rauhbeinigen heiligen Benvenuto Cellini, zehn Jahrhunderte später, nicht zu. All die Adligen Britanniens nahmen täglich morgens und abends mit ihren Familien an Gottesdiensten und Hausandachten teil, und selbst die Verkommensten hatten außerdem fünf- bis sechsmal täglich Familienandacht. Das war einzig und allein das Verdienst der Kirche. Obwohl ich kein Freund der katholischen Kirche war, mußte ich das zugeben. Und oft ertappte ich mich bei dem Gedanken: Was wäre dieses Land ohne seine Religion?

Nach der Andacht gab es Abendessen in einer Banketthalle, die von Hunderten von Talgfunzeln erleuchtet war. Alles war so gut und üppig und barbarisch-großartig, wie es dem königlichen Rang der Gastgeber zukam. Am oberen Ende der Halle stand auf einem Podium die Tafel des Königs, der Königin und ihres Sohnes, des Prinzen Owain. Von dort aus erstreckte sich die allgemeine Tafel in den Saal hinein. Es saßen am oberen Ende die adligen Gäste und ihre erwachsenen Familienmitglieder beiderlei Geschlechts – im wesentlichen der ständige Hof –, einundsechzig Personen; am unteren Ende saßen kleinere Beamte des Hofstaates mit ihren wichtigsten Gehilfen: zusammen einhundertachtzehn Personen bei Tisch und ungefähr ebenso viele livrierte Diener, die hinter den Stühlen standen und auf die eine oder andere Weise bedienten. Es war ein prunkvoller Anblick. Von einer Galerie herab eröffnete eine Kapelle mit Zimbeln, Hörnern, Harfen und anderen Greueln das Verfahren mit einem Musikstück, das mir die erste rohe Fassung oder die Geburtswehen jenes Jammergeheuls schien, das späteren Jahrhunderten als ›In the Sweet Bye and Bye‹ bekannt wurde. Es war eine Uraufführung, und man hätte es ein bißchen besser proben sollen. Aus dem einen oder anderen Grund befahl die Königin, den Komponisten nach dem Essen zu hängen.

Nach dieser Musik sprach der Priester hinter der königlichen Tafel ein prächtiges langes Dankgebet, angeblich lateinisch. Dann verließ das Bataillon von Kellnern seine Posten und sauste, eilte, floh, holte und trug – und das mächtige Futtern begann; kein Wort mehr, nur äußerste Aufmerksamkeit auf diese Beschäftigung. Die Reihen der Kiefer öffneten und schlossen sich in ungeheurer Einmütigkeit, und das Geräusch dabei glich dem dumpfen Mahlen unterirdischer Maschinen.

Das Gemetzel dauerte anderthalb Stunden – unvorstellbar war die mengenmäßige Vertilgung nahrhafter Gerichte. Von der Hauptfigur des Festes, dem ungeheuren Wildschwein, das am Anfang so wohlbeleibt und stattlich dalag, blieb nichts übrig als ein leeres Reifrockgestell; und das war nur Zeichen und Sinnbild für das Schicksal der anderen Platten.

Mit Kuchen und Pasteten fing das Trinkgelage an – und die Unterhaltung. Humpen auf Humpen Wein und Met verschwanden, und jedermann fühlte sich zuerst wohl, dann glücklich, dann strahlend lustig und wurde nach und nach recht lärmend. Männer erzählten die schlüpfrigsten Witze, aber niemand errötete; und wenn der Groschen gefallen war, brach die Gesellschaft in ein Gewieher aus, daß die Wände zitterten. Damen revanchierten sich mit Anekdötchen, bei denen selbst Margarete von Navarra oder die große Elizabeth von England sich hinters Taschentuch geflüchtet hätten. Aber hier versteckte sich niemand, sondern lachte nur – ja brüllte. In fast all den widerlichen Geschichten waren Geistliche die verwegenen Helden, aber das bekümmerte den Kaplan durchaus nicht, er lachte mit den anderen; ja mehr noch, als er dazu aufgefordert wurde, röhrte er ein Lied heraus, so gewagt als nur irgendeins in dieser Nacht.

Um Mitternacht war man erschöpft, halb tot vor Lachen und meist betrunken; manche tränenselig, manche leidenschaftlich, manche vergnüglich, andere streitsüchtig, manche als Weinleichen unter dem Tisch. Von den Damen bot eine liebreizende junge Herzogin das übelste Schauspiel; es war ihre Hochzeitsnacht, und wahrlich, es war ein tolles Bild. In ihrem Zustand hätte sie im voraus zum Porträt der jungen Tochter des Regenten von Orleans bei dem berühmten Diner Modell sitzen können, von dem sie sinnlos betrunken und Zoten hervorsprudelnd in ihr Bett getragen wurde – in den entschwundenen und soviel beklagten Tagen des vorrevolutionären Frankreich.

Plötzlich, gerade als der Priester seine Hände hob und alle Köpfe, die noch bei Bewußtsein waren, sich in ehrfürchtiger Erwartung des kommenden Segens senkten, erschien unter dem Bogen der fernen Tür am Ende der Halle eine alte, gebeugte, weißhaarige Dame, auf einen Krückstock gestützt, Sie hob den Stock und wies damit auf die Königin und rief: »Der Zorn und Fluch Gottes falle auf dich, unbarmherziges Weib, die du mein unschuldiges Enkelkind gemordet und dies alte Herz gebrochen hast, das weder Kind noch Freund, weder Trost noch Stütze auf der Welt besaß außer ihm!«

Jedermann bekreuzigte sich, grau vor Angst, denn ein Fluch war für jeden eine furchtbare Sache, nur die Königin erhob sich majestätisch; Mord flackerte in ihrem Auge, als sie den unmenschlichen Befehl zurückschleuderte: »Greift sie! Auf den Scheiterhaufen mit ihr!«

Die Wächter verließen ihre Plätze, um zu gehorchen. Es war eine Schande; es war unerträglich. Was könnte man nur tun? Sandy warf mir einen Blick zu, ich wußte, sie hatte wieder einen Einfall. Ich sagte: »Tu, was du willst.«

Augenblicklich stand sie auf den Beinen, der Königin gegenüber. Sie deutete auf mich und erklärte: »Madame, er sagt, es darf nicht geschehen. Widerruft den Befehl,

oder er wird die Burg vernichten, und sie wird dahinschwinden wie die flüchtigen Gestalten eines Traumes!«
Verdammt, was für ein toller Auftrag wird mir da aufgehalst! Wenn nun die Königin . . .

Aber meine Bestürzung schwand und mein Schreck verflog, denn die Königin – ganz gebrochen – zeigte keine Gegenwehr, winkte Widerspruch und sank in ihren Sessel. Jetzt war sie nüchtern. Und auch viele andere waren es. Die Gesellschaft erhob sich, kümmerte sich keinen Pfifferling um das Zeremoniell und jagte zur Tür wie eine wilde Horde, warf Stühle um, zerschmiß Geschirr, zerrte, boxte, stieß und drängte, nur um herauszukommen, ehe ich meinen Sinn ändern und das Schloß in die neblige Unendlichkeit des leeren Raumes blasen könnte. Ja, ja, sie waren eine abergläubische Bande. Man kann es nur zur Kenntnis nehmen, weiter nichts.

Die arme Königin war so eingeschüchtert und gedemütigt, daß sie sogar Angst hatte, den Komponisten zu hängen, ohne mich vorher zu fragen. Sie tat mir sehr leid. Wirklich, jedem hätte sie leid getan, denn sie litt tatsächlich; ich wollte deshalb alles Vertretbare für sie tun und hatte keine Lust, die Dinge schadenfroh zum Äußersten zu treiben. Ich überlegte mir alles sorgfältig und befahl die Musikanten schließlich herein, um sie noch einmal ›Sweet Bye and Bye‹ spielen zu lassen, was sie auch taten. Danach sah ich ein, daß sie recht hatte, und erlaubte ihr, die ganze Musikkapelle aufzuhängen. Dieses kleine Zugeständnis meinerseits war von guter Wirkung auf die Königin. Ein Staatsmann gewinnt wenig durch die engstirnige Ausübung eiserner Autorität auf jeden Fall; denn das verwundet den berechtigten Stolz seiner Untergebenen und untergräbt seine Stellung. Ein kleines Zugeständnis hier und da, wo es keinen Schaden tun kann, ist die weisere Politik.

Jetzt hatte die Königin wieder Oberwasser und war verhältnismäßig glücklich, und so machte sich der Wein bemerkbar und bekam etwas das Übergewicht. Ich meine, er setzte ihr Spielwerk in Gang – ihr Silberglöckchen von Zunge. Beim Zeus, sie war eine Meisterin der Rede. Aus Höflichkeit konnte ich nicht andeuten, daß es schon ziemlich spät und ich sehr müde war und mich nach Schlaf sehnte. Ich wünschte nur, ich wäre zu Bett gegangen, solange die Gelegenheit noch günstig war. Jetzt mußte ich durchhalten, es war nicht anders möglich. So läutete ihr Glöckchen weiter und weiter in der tiefen, geisterhaften Stille des schlafenden Schlosses. Da kam, kaum hörbar, wie aus dem Innern der Erde ein ferner Laut, ein gedämpfter Schrei, ein Schrei äußerster Qual, der mir das Blut gerinnen ließ. Die Königin hielt inne, und ihre Augen erstrahlten vor Vergnügen; sie neigte ihren anmutigen Kopf seitwärts wie ein lauschender Vogel. Der Ton drang wieder durch die Stille zu uns herauf.

»Was ist das?« fragte ich.

»Es ist wahrlich eine verstockte Seele und beharrlich in seiner Verstocktheit. Es sind jetzt schon viele Stunden . . .«

»Was muß sie ertragen?«

»Die Folter. Kommt, Ihr sollt ein ergötzliches Schauspiel haben. Wenn er jetzt sein Geheimnis nicht nennt, sollt Ihr sehen, wie er auseinandergerissen wird.«

Was war sie doch für eine seidige, geschmeidige Höllenfurie; und so gefaßt und heiter, während mir jede Faser am Leib vor Mitleid mit den Qualen des Opfers schmerzte. Gepanzerte Wächter mit lodernden Fackeln führten uns hallende Gänge entlang und feuchte, tropfende Treppen hinunter, die nach Moder und Jahrhunderte begrabener Nacht rochen. Ein schauriger, unheimlicher Weg, und lang dazu – das Geplauder der Hexe über den Gemarterten und sein Verbrechen machte ihn weder kürzer noch fröhlicher. Ein unbekannter Zuträger hatte ihn angezeigt, einen Hirsch im königlichen Park getötet zu haben. Ich sagte: »Anonymes Zeugnis taugt nicht viel, Königliche Hoheit. Es wäre gerechter, den Angeklagten mit dem Ankläger zu konfrontieren.«

»Es ist ja nur eine Lappalie, und so kam mir der Gedanke gar nicht. Aber selbst wenn ich es wollte, könnte ich es nicht, denn der Ankläger kam nachts und vermummt und berichtete dem Förster, worauf er eilends von dannen ging, also daß auch der Förster ihn nicht kennt.«

»Dann ist also der Unbekannte der einzige Mensch, der sah, wie der Hirsch getötet wurde?«

»Bei Gott, gesehen hat es keiner; aber der Unbekannte sah diesen verwegenen Schuft nahe der Stelle, wo der

Hirsch lag, und kam mit rechtschaffenem Eifer der Treue und meldete ihn dem Förster.«

»Dann war der Unbekannte also gleichfalls in der Nähe des toten Hirsches? Ist es da nicht vielleicht möglich, daß er selbst ihn tötete? Sein rechtschaffener Eifer – seine Maske – sieht verdächtig genug aus. Aber warum lassen Eure Hoheit den Gefangenen foltern? Was nützt das?«

»Er will anders nicht gestehen; und dann wäre seine Seele verloren. Für das Verbrechen ist sein Leben durch das Gesetz verwirkt – und gewißlich werde ich ihn damit zahlen lassen! Aber meine eigene Seele wäre in Gefahr, ließe ich ihn ohne Geständnis und ohne die Vergebung der Kirche sterben. Nein, soll ich so wahnwitzig sein, mich selbst in die Hölle zu schleudern, nur wegen seiner Bequemlichkeit?«

»Aber Hoheit, wenn er nichts zu gestehen hat?«

»Das werden wir alsbald sehen. Findet er ohne Geständnis den Tod unter der Folter, mag das wohl zeigen, daß er nichts zu gestehen hatte. Das werdet auch Ihr nicht leugnen? Aber ich entgeh der Höllenpein bei einem Mann, der nicht gestanden hat und nichts zu gestehen hatte – und so hab ich meine Seelenruhe.«

Es war das hartnäckige Vorurteil der Zeit. Mit Gründen dagegen zu streiten, war fruchtlos. Argumente sind machtlos gegenüber versteinertem Vorurteil; sie unterhöhlen es nicht mehr als Wellen den Granit. Und ihre Gewöhnung war die aller anderen. Der klügste Geist im Land hätte nicht erkannt, daß ihre Moral verdorben war.

Als wir die Folterkammer betraten, sah ich ein Bild, das ich nicht vergessen werde; und doch wünschte ich, daß ich es könnte. Ein einheimischer junger Riese von ungefähr dreißig Jahren lag rücklings ausgestreckt auf der Folterbank, mit Hand- und Fußgelenken an Seile gebunden, die an beiden Enden über Winden liefen. Alle Farbe war aus ihm gewichen; seine Züge waren verkrampft und eigensinnig, Schweißtropfen standen ihm auf der Stirn. Von jeder Seite neigte sich ein Priester über ihn; der Henker stand daneben; Wächter taten ihren Dienst; Fackeln rauchten in Haltern entlang den Wänden, und in einer Ecke kauerte ein armes junges

Geschöpf, mit angstverzogenem Gesicht und gehetztem, halb wahnsinnigem Blick, in ihrem Schoß schlief ein kleines Kind. Gerade, als wir die Schwelle überschritten, gab der Henker seiner Maschine eine leichte Drehung, die sowohl dem Gefangenen als auch der Frau einen Schrei entrang; aber ich rief, und der Henker ließ nach, ohne nachzuschauen, wer gesprochen hatte. Ich konnte das Schreckliche nicht dauern lassen; es hätte mich getötet, Zeuge zu sein. Ich bat die Königin, mich die Kammer räumen zu lassen und unter vier Augen den Gefangenen befragen zu dürfen; und als sie widersprechen wollte, sagte ich leise, ich wolle vor ihren Bedienten keine Szene machen, aber ich müßte auf meiner Bitte bestehen; denn ich sei König Artus' Vertreter und spräche in seinem Namen. Sie sah ein, daß sie nachgeben mußte. Ich bat sie, mir ihren Leuten gegenüber Vollmacht zu erteilen und dann zu gehen. Es war ihr nicht angenehm, aber sie schluckte die bittere Pille und ging sogar weiter, als ich gefordert hatte. Ich wünschte nur Rückendeckung durch ihre eigene Autorität. Aber sie sagte: »Ihr werdet diesem Herrn in allen Dingen gehorsam sein. Es ist ›der Chef‹.«

Das war freilich ein wirksames Zauberwort: man sah es daran, wie sich die Ratten krümmten. Die Wächter der Königin traten an, marschierten mit ihrer Herrin und den Fackelträgern ab und weckten das Echo der unterirdischen Gewölbe durch den rhythmisch verhallenden Schritt ihres Rückzugs. Ich ließ den Gefangenen von der Streckbank nehmen und auf sein Bett legen, seine Verletzungen behandeln und ihm Wein zu trinken geben. Die Frau kroch etwas näher und sah zu, eifrig, liebevoll, aber zaghaft – wie jemand, der einen Rückschlag fürchtet; ja, sie versuchte verstohlen, die Stirn des Mannes zu berühren, und sprang zurück, die menschgewordene Furcht, als ich mich zufällig nach ihr umwandte – ein herzzerreißender Anblick.

»Großer Gott!« sagte ich, »streichle ihn ruhig, junge Frau, wenn du willst. Tu, was du magst, und beachte mich gar nicht.«

Oh, ihre Augen blickten so dankbar wie die eines Tieres, das eine Freundlichkeit des Menschen versteht. Im Augenblick hatte sie das Kind fortgelegt und ihre Wange

an der des Mannes, ihre Hände streichelten sein Haar, und Tränen des Glücks liefen ihr herab. Der Mann erwachte zum Leben und liebkoste seine Frau mit dem Blick, weil er nichts anderes tun konnte. Ich hielt es für richtig, jetzt die Höhle räumen zu lassen, und schickte alle hinaus; nur die Familie und ich blieben. Dann sagte ich: »Jetzt, mein Freund, erzähle mir, was du zu deinem Fall zu sagen hast, die anderen haben es bereits getan.«
Der Mann bewegte den Kopf zum Zeichen der Weigerung. Aber die Frau begrüßte, wie mir schien, meinen Vorschlag. Ich fuhr fort: »Du kennst mich?«
»Ja. Alle wissen von Euch in Artus' Reich.«
»Wenn mein Ruf wahr und unverfälscht zu euch gedrungen ist, solltest du dich nicht fürchten zu sprechen.«
Die Frau fiel eifrig ein: »Ach, edler Herr, überredet Ihr ihn! Ihr könnt, so Ihr wollt. Ach, er leidet so sehr; und er leidet für mich – für mich! Wie kann ich das ertragen? Ich wollte, ich könnte ihn sterben sehen – einen süßen, raschen Tod; mein Hugo, ich kann nicht mehr!«
Und sie sank mir schluchzend und jammervoll und trotzdem flehend zu Füßen. Was erflehte sie? Den Tod des Mannes? Ich konnte den Sachverhalt nicht ganz begreifen. Aber Hugo unterbrach sie und sagte: »Sei ruhig! Du weißt nicht, was du verlangst. Soll ich meine Lieben verhungern lassen, um einen leichten Tod zu gewinnen? Ich meine, du kennst mich besser.«
»Aber«, sagte ich, »ich verstehe das nicht. Es ist mir ein Rätsel. Nun . . .«
»Oh, guter Herr, wenn Ihr ihn nur überreden wolltet! Ihr seht, wie die Folter mit das Herz zerreißt; oh, er will nicht sprechen – wo doch das Heil und alle Gnade im Segen eines schnellen Todes liegen.«
»Aber was redest du denn da? Er wird von hier als freier Mann und unverletzt hinausgehen. Er wird nicht sterben.«
Das bleiche Gesicht des Mannes leuchtete auf, und die Frau warf sich in einem höchst überraschenden Freudenausbruch an meine Brust und rief: »Er ist gerettet! Denn es ist das Wort des Königs aus dem Mund seines Dieners – das Wort Artus', des Königs, das reines Gold ist.«
»So, dann glaubt ihr also doch, daß man mir trauen kann. Warum tatet ihr's nicht gleich?«

»Wer zweifelte? Ich bestimmt nicht; und nicht sie.«

»Nun, warum wolltet ihr dann eure Geschichte nicht erzählen?«

»Ihr verspracht nichts; sonst wäre es anders gewesen.«

»Ach so. Ach so . . . Und doch glaube ich, bin ich immer noch nicht ganz dahintergekommen. Du ertrugst die Folter und verweigertest das Geständnis; was selbst dem blödesten Kopf beweist, daß du nichts zu gestehen hattest.«

»Ich, edler Herr? Wieso? Ich war's, der den Hirsch tötete!«

»Du warst es? Du lieber Himmel, das ist die verworrenste Angelegenheit, die je . . .«

»Guter Herr, ich bat ihn auf den Knien, daß er gestehen sollte, aber –«

»Das tatest du? Es wird immer verzwickter, warum sollte er das denn nur?«

»Gut – ja, das seh ich ein. Aber er wollte den raschen Tod nicht.«

»Er? Aber bestimmt wollte er ihn.«

»Ja, aber warum in aller Welt gestand er dann nicht?«

»Ach, bester Herr, und Weib und Kind ohne Brot und Obdach lassen?«

»Oh, du Prachtkerl! Jetzt gehen mir die Augen auf! Das harte Gesetz raubt den Besitz des Überführten und macht Witwe und Waisen zu Bettlern. Sie konnten dich zu Tode foltern, aber ohne Beweis oder Geständnis konnten sie Frau und Kind nicht berauben. Du hieltest zu ihnen wie ein Mann; und du – als echte Frau und Gattin – hättest ihn von der Folter losgekauft und dein eigenes langsames Verhungern als Lösegeld gezahlt – ja, es erfüllt mich mit Scham, zu sehen, wie dein Geschlecht sich selbst aufopfern kann. Ich werde euch beide für meine Kolonie notieren; es wird euch dort gefallen; es ist eine Fabrik, wo ich blind tastende, dumpfe Arbeitsmaschinen in Menschen verwandle.«

Schön, das brachte ich alles in Ordnung und ließ den Mann nach Hause schicken. Ich hatte gute Lust, den Henker zu foltern, nicht weil er ein tüchtiger, peinlicher und peinigender Beamter war; denn sicher war es für ihn keine Schande, daß er seine Arbeit gewissenhaft machte; aber ich wollte ihm dafür heimzahlen, daß er die junge Frau boshaft geschlagen und auch sonst belästigt hatte. Die Priester erzählten es mir und wünschten seine Bestrafung.

Solche Unannehmlichkeiten traten immer wieder einmal auf. Ich meine Episoden, die zeigten, daß nicht alle Priester Betrüger und Egoisten waren, sondern viele, sogar die große Mehrheit jener, die da unten mit dem gemeinen Volk zusammen lebten, sich aufrichtig und warmherzig der Milderung menschlicher Nöte widmeten. Gut, dagegen konnte man nichts machen; deshalb ärgerte ich mich selten darüber und nie mehr als einige Minuten hintereinander; es war nie meine Art, mich über Dinge aufzuregen, die ich nicht ändern kann. Aber das sagte mir gar nicht zu; denn das war genau der Weg, dem Volk die Staatskirche nützlich scheinen zu lassen. Wir müssen eine Religion haben – das versteht sich –, aber meiner Ansicht nach sollte sie in vierzig freie Sekten aufgespalten sein, so daß sie sich gegenseitig überwachen, wie es zu meiner Zeit in den Vereinigten Staaten war. Eine Staatskirche ist nichts als eine politische Maschine; sie wurde zu diesem Zweck erfunden, und darum wird sie gehegt, gepflegt und geschützt. Sie ist ein Feind der menschlichen Freiheiten und tut nichts Gutes, was sie nicht besser in zersplitterter und zerstreuter Gestalt tun könnte. Das war nicht Gesetz noch Evangelium: es war nur eine Meinung – meine Meinung, und ich war nur ein Mensch, ein einzelner Mensch: deshalb war sie nicht mehr wert als die Meinung des Papstes – und übrigens auch nicht weniger.

Nun ja, ich konnte den Henker nicht foltern, ich wollte aber auch die gerechte Beschwerde der Priester nicht übergehen. Der Mann mußte irgendwie bestraft werden, darum enthob ich ihn seines Amtes und machte ihn zum Leiter der neuen Musikkapelle, die aufgestellt werden

sollte. Er bettelte inständig und sagte, er könne kein Instrument spielen – ein einleuchtender Grund, aber in diesem Fall nicht stichhaltig; denn es gab im ganzen Land keinen Musiker, der spielen konnte.
Die Königin war am nächsten Morgen recht wütend, als sie weder Hugos Leben noch Besitz bekommen sollte. Aber ich sagte ihr, sie müsse das Kreuz schon tragen, wenn ihr auch nach Recht und Brauch zweifellos des Mannes Leben und Besitz verfallen sei, hatte ich ihn doch wegen mildernder Umstände in König Artus' Namen begnadigt. Der Hirsch hatte die Felder des Mannes verwüstet, und er tötete ihn im Affekt, nicht aus Gewinnsucht, und er trug ihn in den königlichen Wald in der Hoffnung, so die Spuren seiner Tat zu verwischen. Wahrhaftig, ich konnte ihr nicht klarmachen, daß plötzliche Leidenschaft ein mildernder Umstand ist bei der Tötung eines Wildes – oder eines Menschen –, so gab ich es auf und ließ sie ausschmollen. Ich glaubte wirklich, ich würde sie durch die Bemerkung überzeugen, daß ihre eigene plötzliche Leidenschaft im Fall des Edelknaben ihr Verbrechen milderte.
»Verbrechen?« rief sie aus, »wie sprecht Ihr! Verbrechen, fürwahr! Mann, bedenkt, ich werde ihn bezahlen!«
Ach, es war sinnlos, Vernunft an sie zu verschwenden. Gewöhnung – Gewöhnung bedeutet alles; am Menschen ist alles Gewöhnung. Wir sprechen von der Natur eines Menschen, das ist dumm, so etwas gibt es nicht; was wir mit diesem irreführenden Wort bezeichnen, ist nur Erbanlage und Gewöhnung. Wir haben keine eigenen Gedanken, keine eigenen Meinungen; sie werden uns überliefert, in uns hineinerzogen. Alles, was ursprünglich in uns ist und uns deshalb billig als schimpflich oder ehrenhaft angerechnet wird, kann von der Spitze einer Stecknadel zugedeckt und verborgen werden. Alles übrige sind Atome, die von einer langen Reihe Vorfahren beigesteuert und weitergegeben sind – einer Ahnenreihe, die Milliarden Jahre zurück zur Adamsmuschel oder zu dem Grashüpfer oder dem Affen reicht, aus denen unsere Art so mühsam und großtuerisch und unvorteilhaft entwickelt worden ist. Und was mich betrifft, denke ich auf meiner traurig beschwerlichen Pilgerfahrt, dem rührenden Treiben zwischen zwei Ewigkeiten, nur daran, mich

umzusehen und in aller Bescheidenheit ein sauberes, kraftvolles und tadelfreies Dasein zu leben und das eine winzige Atom in mir zu retten, das wirklich ich selbst bin; das übrige mag zur Hölle fahren, und ich pfeife drauf.

Nein, verdammtes Weib! Ihr Intellekt war scharf, sie hatte Verstand genug, aber ihre Gewöhnung machte sie zum Esel – von einem viele Jahrhunderte später liegenden Standpunkt aus gesehen. Den Edelknaben zu töten war kein Verbrechen, es war ihr Recht; und sie bestand auf ihrem Recht, heiter und ohne Schuldgefühl. Sie war das Ergebnis von Generationen der Gewöhnung im ungeprüften und unbestrittenen Glauben, ein Gesetz, das ihr erlaubte, nach ihrer Laune einen Untertan zu töten, sei in Ordnung und gerecht.

Schön, wir müssen selbst Satan seinen Zoll zahlen. Sie verdiente ein Kompliment in dem einen Fall, und ich versuchte, es ihr zu machen, aber die Worte blieben mir im Halse stecken. Sie hatte ein Recht, den Jungen zu töten, aber sie war in keiner Weise verpflichtet, ihn zu bezahlen. Das verlangte das Gesetz von anderen Leuten, aber nicht von ihr. Sie wußte sehr genau, daß sie großzügig und nobel handelte, wenn sie für den Burschen bezahlte, und daß ich aus ganz gewöhnlicher Höflichkeit etwas Nettes dazu sagen müßte – aber meine Lippen verweigerten den Dienst. Ich sah im Geist noch immer die arme alte Großmutter mit dem gebrochenen Herzen und sah das hübsche junge Geschöpf daliegen – geschlachtet, sein bißchen seidner Pomp und Flitter mit rotem Blut verbrämt. Wie konnte sie für ihn bezahlen! Wem konnte sie ihn bezahlen? Und obwohl ich wußte, daß die edle Frau ihrer Erziehung wegen Lob, ja Schmeichelei verdiente, konnte ich doch nichts äußern – auf Grund meiner Erziehung. Ich konnte nicht mehr tun, als eine Schmeichelei von außen aufzugreifen – und das Schändlichste, es war die reine Wahrheit: »Madame, Euer Volk wird Euch dafür anbeten.«

Ganz recht, aber ich wollte sie eines Tages dafür hängen lassen, wenn es möglich war. Einige der Gesetze waren allzu schlecht. Ein Herr konnte seinen Sklaven ohne Grund töten; aus bloßer Laune, aus Bosheit, zum Zeitvertreib – genau wie wir das gekrönte Haupt seinen

Sklaven töten sahen. Ein Edelmann konnte einen gemeinen Freien töten und ihn bezahlen, in bar oder in Kohlköpfen. Ein Edelmann konnte, vom Gesetz aus, einen andern ohne Unkosten töten; allerdings war Vergeltung in gleicher Münze zu erwarten. Jeder konnte irgend jemand töten, ausgenommen der Freie und der Sklave, die besaßen keine Rechte. Wenn sie töteten, dann war es Mord, und das Gesetz duldete keinen Mord. Es machte kurzen Prozeß mit dem, der es versuchte, und auch mit seiner Familie, wenn er ein Mitglied der repräsentativen Schichten ermordete. Wenn ein Freier einem Adligen auch nur einen Damienskratzer zufügte – der nicht tötete, ja nicht einmal verletzte –, erhielt er Damiens' Lohn ohne Abzug*. Sie rissen ihn mit Pferden zu Fetzen, und alle Welt kam zu dem Schauspiel und machte Witze und amüsierte sich. Und die Aussprüche der höchststehenden Anwesenden waren ebenso unglaublich und für den Druck ungeeignet wie irgendeine, die der unterhaltsame Casanova in seinem Kapitel über die Entleibung des elenden armen Feindes Ludwig XV. druckte.

Ich hatte von dem gräßlichen Ort mehr als genug und wäre gern verschwunden, aber ich konnte nicht, weil mich noch etwas bedrückte, weil mein Gewissen ständig an mir nagte und nicht erlaubte, daß ich es vergaß. Wenn ich den Menschen neu zu schaffen hätte, würde er kein Gewissen haben. Es ist eins der lästigsten Dinge, die einem anhängen; und obwohl es natürlich viel Gutes für sich hat, glaube ich kaum, daß es sich auf die Dauer auszahlt; es wäre viel besser, weniger Gutes und mehr Bequemlichkeit zu haben. Allerdings, das ist nur meine Meinung, und ich bin nur ein einzelner, andere, mit weniger Erfahrung, denken vielleicht anders. Sie haben ein Recht auf ihre Ansicht. Aber ich bleibe dabei; ich habe mein Gewissen viele Jahre lang beobachtet und weiß, daß es mir mehr Schererei und Ärger einbringt als irgend etwas, mit dem ich mich jemals belastete. Ich glaube wohl, daß ich es anfangs sehr hochschätzte, weil wir

* Robert François Damiens (geb. 1715 bei Arras) verwundete am 5. Januar 1757 leicht den zweitletzten französischen König, Ludwig XV., in Versailles durch einen Messerstich. Er wurde daraufhin am 28. März desselben Jahres in Paris hingerichtet. (Anmerkung des Übersetzers)

alles, was uns gehört, sehr hochschätzen – aber das war dumm genug. Wenn wir die Sache einmal anders betrachten, sehen wir, wie widersinnig sie ist. Wenn ich einen Amboß in mir trüge, würde ich den hochschätzen? Natürlich nicht. Und doch, wenn man es bedenkt, ist kein wesentlicher Unterschied zwischen einem Gewissen und einem Amboß, ich meine, was Bequemlichkeit betrifft. Das habe ich tausendmal festgestellt. Einen Amboß könnte man mit Säure auflösen, wenn man ihn nicht länger erträgt; aber es gibt keine Methode, das Gewissen loszuwerden, es würde allen Vernichtungsversuchen spotten, aber darüber weiß ich natürlich nichts Genaues. Da war etwas, was ich vor meiner Weiterreise erledigen wollte, das war jedoch eine unangenehme Geschichte, und ich drückte mich davor, solange ich konnte. Ja, es quälte mich den ganzen Morgen. Ich hätte es dem alten König sagen können, doch was hätte es genützt? Er war ein ausgebrannter Vulkan; zu seiner Zeit war er aktiv gewesen, aber sein Feuer war seit langem erloschen, er war jetzt nur noch ein erhabener Aschenhaufen; sicherlich sanft und freundlich genug für meinen Zweck, aber dennoch unbrauchbar. Er war ein Strohmann, der sogenannte König: die einzige Macht hier war die Königin. Und sie war ein Vesuv. Sie konnte, um einem gefällig zu sein, einen Schwarm Sperlinge zum Frühstück kochen lassen, aber sie konnte bei gleicher Gelegenheit wild werden und eine ganze Stadt begraben. Ich überlegte mir jedoch, daß man oft das Schlimmste befürchtet und es nachher gar nicht so übel ausgeht.

So faßte ich mir denn ein Herz und brachte meine Angelegenheit vor Ihre Königliche Hoheit. Ich sagte, ich hätte in Camelot und den benachbarten Burgen eine allgemeine Amnestie erlassen und würde gern mit ihrer Erlaubnis ihre eigene Sammlung, ihr Raritätenkabinett – will sagen ihre Gefangenen – ein bißchen unter die Lupe nehmen. Sie weigerte sich, doch das hatte ich erwartet. Schließlich willigte sie ein. Das hatte ich auch erwartet, allerdings nicht so bald. Damit war mein Unbehagen so ziemlich beseitigt.

Sie rief ihre Wächter und Fackelträger, und wir begaben uns in die Kerker hinab. Sie lagen unter den Grundmauern der Burg; in der Mehrzahl kleine Höhlen, die in den nackten Fels gehauen waren. Einige hatten gar kein Licht. In der einen saß eine Frau in verfaulten Lumpen auf der Erde, antwortete auf keine Frage und sprach kein Wort, sondern blickte nur durch ein Spinnennetz von wirrem Haar ein- oder zweimal zu uns auf, als ob sie nur gerade sehen wollte, welcher Zufall mit Geräusch und Licht den sinnlosen, dumpfen Traum störte, zu dem ihr Leben geworden war; dann saß sie wieder gebeugt da, ihre schmutzverkrusteten Finger im Schoß gefaltet, und gab kein Lebenszeichen mehr. Das arme Knochengestell war dem Aussehen nach eine Frau mittleren Alters; aber nur dem Aussehen nach; sie war neun Jahre dort gewesen und mit achtzehn hineingekommen. Sie war eine Freie und in ihrer Brautnacht vom Herrn Breuse Sance Pité, einem benachbarten Edelmann, hergeschickt worden. Ihr Vater war ein Vasall, sie hatte dem besagten Herrn das sogenannte ›Recht der ersten Nacht‹ verweigert, ja mehr noch, sie hatte Gewalt mit Gewalt vergolten und einen halben Fingerhut seines fast heiligen Blutes vergossen. Weil er das Leben der Braut in Gefahr glaubte, hatte der junge Gatte eingegriffen, den Edlen mitten in die demütig zitternde Hochzeitsgesellschaft in die gute Stube geschleudert und ihn dort liegenlassen. Herr Breuse Sance Pité war sehr erstaunt ob dieser ungewöhnlichen Behandlung und unversöhnlich erbittert gegen Braut und Bräutigam. Da der Edelmann knapp mit Kerkern war, bat er die Königin, seine beiden Verbrecher aufzunehmen; und hier in ihrer Bastille lebten sie seither, hier tatsächlich, seit ihr Verbrechen noch keine Stunde alt war, und hatten einander nicht mehr gesehen. Hier hockten sie wie Kröten im gleichen Felsen eingemauert, nur fünfzig Fuß voneinander entfernt hatten sie neun stockfinstere Jahre verbracht, und keiner wußte, ob der andere noch am Leben war. Während der ganzen ersten Jahre war ihre einzige Frage, gestammelt mit Flehen und Tränen, das vielleicht Steine erweicht hätte, doch Herzen sind keine Steine: »Lebt er?« – »Lebt sie?« Aber sie erhielten nie eine Antwort; und schließlich war ihr Fragen erloschen.

Ich wollte den Mann sehen, nachdem ich alles gehört hatte. Er war vierunddreißig Jahre alt und sah aus wie sechzig. Er saß auf einem Steinblock, mit gesenktem

Kopf, die Unterarme auf die Knie gestützt, das lange Haar hing in Fransen vorm Gesicht, und er murmelte vor sich hin. Er hob das Kinn und ließ langsam sein stumpfes, mattes Auge über uns gleiten, blinzelte gegen das schmerzende Fackellicht und ließ den Kopf wieder sinken, murmelte weiter vor sich hin und beachtete uns nicht mehr. Es waren aber einige ergreifend überzeugende stumme Zeugen seines Kampfes da. An seinen Hand- und Fußgelenken sah man Male: alte, glatte Narben, und an dem Stein war eine Kette mit Hand- und Fußfesseln angeschlossen. Aber der Apparat lag unbenutzt auf dem Boden und war rot von Rost. Ketten werden nicht mehr gebraucht, wenn der Geist den Gefangenen verlassen hat.

Ich konnte den Mann nicht munter kriegen, so sagte ich denn, wir würden ihn zu ihr bringen, dann würde er schon ... zur Braut, die für ihn das Schönste auf Erden war, früher einmal ... Rosen, Perlen und Morgentau; ein Wunder, das Meisterwerk der Natur, mit Augen wie keine andern Augen, einer Stimme wie keine andere Stimme, frisch, jugendlich, anmutig und so schön, wie es eigentlich nur ein Traumbild sein konnte.

Ihr Anblick würde sein stockendes Blut in Wallung bringen, ihr Anblick ... Aber es war eine Enttäuschung. Sie saßen beisammen auf der Erde und schauten einander eine Weile ungewiß staunend ins Gesicht, mit einer Art schwacher, animalischer Neugier; dann vergaßen sie die Gegenwart des andern und senkten den Blick, und man sah ihnen an, daß sie wieder fort waren und in einem fernen Land von Träumen und Schatten wandelten, von dem wir nichts wissen.

Ich gab sie frei und ließ sie zu ihren Freunden bringen. Die Königin war nicht erbaut davon. Nicht, daß sie selbst Interesse an der Sache nahm, aber sie hielt es für respektlos dem Herrn Breuse Sance Pité gegenüber. Ich versicherte ihr jedoch, falls er es nicht schlucken wollte, würde ich ihn schon dazu bringen.

Ich entließ siebenundvierzig Gefangene aus den schrecklichen Rattenlöchern in die Freiheit und ließ nur einen in der Gefangenschaft. Er war ein Edelmann und hatte einen anderen Adligen getötet, einen entfernten Verwandten der Königin. Jener andere hatte ihm heimtückisch aufgelauert, um ihn zu ermorden, aber dieser Bursche war ihm zuvorgekommen und hatte ihm die Kehle durchgeschnitten. Das war jedoch nicht der Grund, weswegen ich ihn im Kerker ließ, sondern daß er bösartig den einzigen öffentlichen Brunnen in einem der elenden Dörfer zerstört hatte. Die Königin war verpflichtet, ihn für den Mord an ihrem Verwandten hängen zu lassen, doch ich erlaubte das nicht; es war kein Verbrechen, einen Meuchelmörder zu töten. Aber ich sagte, ich wollte ihr gestatten, ihn für die Zerstörung des Brunnens zu hängen; sie beschloß, sich damit zu begnügen, weil es besser war als gar nichts.

Meine Güte! Für welche läppischen Vergehen waren die meisten dieser siebenundvierzig Männer und Frauen hier eingeschlossen worden! Tatsächlich, einige waren da, ohne überhaupt ein Verbrechen begangen zu haben, nur um den Groll von irgend jemand zu befriedigen. Und es war durchaus nicht immer der Zorn der Königin, mitunter war es auch der eines Freundes. Das einzige Verbrechen des letzten Gefangenen war eine einfache Feststellung gewesen. Er hätte geäußert, daß er glaubte, alle Menschen seien ungefähr gleich und einer so gut wie der andere, abgesehen von der Kleidung. Wenn man das ganze Volk nackt ausziehen und dann einen Fremden durch die Menschenmenge schicken würde, könnte der den König nicht vom Quacksalber und den Herzog nicht vom Türhüter unterscheiden. Offenbar war hier einer, dessen Verstand nicht durch idiotische Gewöhnung in einen kraftlosen Brei verwandelt war. Ich gab ihn frei und schickte ihn zur Fabrik.

Einige der in den gewachsenen Stein gehauenen Kerkerzellen lagen dicht hinter der Felswand, und dort waren Schießscharten nach außen zum Tageslicht gebohrt, so daß der Gefangene von einem kargen Strahl beglückender Sonne getröstet wurde. Der Fall des einen der armen Burschen war besonders kraß; von seinem düsteren Schwalbenloch hoch droben in der riesigen Felsmauer konnte er durch den Lichtschlitz spähen und drüben im Tal sein eigenes Haus sehen; und zweiundzwanzig Jahre lang hatte er es mit Herzweh und Sehnsucht durch den Spalt bewacht. Nachts sah er die Lichter schimmern und tags Gestalten kommen und gehen, einige sicher seine

Frau und Kinder, wenn er sie auch auf die Entfernung nicht erkennen konnte. Im Laufe der Jahre beobachtete er, daß Feste dort gefeiert wurden, und versuchte, sich mitzufreuen, und fragte sich, ob es Hochzeiten wären. Und er sah Begräbnisse und sie marterten sein Herz. Er erkannte den Sarg, aber er konnte seine Größe nicht bestimmen, und er wußte nicht, ob Weib oder Kind darin lagen. Er sah den Leichenzug zusammentreten, mit Priestern und Trauergästen, und feierlich mit dem Geheimnis entschreiten. Er hatte fünf Kinder und eine Frau zurückgelassen; und in neunzehn Jahren hatte er fünf Leichenfeiern gesehen, und keine war bescheiden genug für einen Diener. Er hatte also fünf seiner Lieben verloren; eins muß noch immer übrig sein – ein jetzt unendlich, unsagbar kostbares; aber welches? Weib oder Kind? Das war die Frage, die ihn Tag und Nacht, schlafend und wachend quälte. Und doch, irgendein Interesse und einen Hoffnungsschimmer zu haben, wenn man im Kerker liegt, ist eine große Hilfe für den Körper und erhält den Geist. So war der Mann noch in recht menschlicher Verfassung. Als er seine verzweifelte Geschichte zu Ende erzählt hatte, war ich in dem gleichen Zustand wie jeder mit der üblichen menschlichen Neugier, das heißt, ich brannte so sehr wie er darauf, zu erfahren, welches Familienmitglied noch am Leben war. Ich ging deshalb selbst mit zu seinem Haus; und es war eine wundervolle Überraschung – Taifune und Zyklone toller Freude und ganze Niagarafälle von Glückstränen, und, beim Zeus, wir trafen die vormals junge Hausmutter, die jetzt ergrauten Hauptes kurz vor dem vollen halben Jahrhundert ihres Lebens stand, und fanden all die Kleinen nur als Männer und Frauen, einige verheiratet und selbst schon mit Familien; denn nicht ein einziger der ganzen Sippe war gestorben. Denkt euch die feingesponnene Teufelei der Königin; sie haßte diesen Gefangenen besonders und hatte all die Begräbnisse selbst erfunden, um sein Herz zu martern; und der raffinierteste Geistesblitz war es, mit dem einen Begräbnis zurückzuhalten, um die arme alte Seele in ewige Zweifel zu stürzen.

Ohne mich hätte er die Wahrheit nie erfahren. Morgan le Fay haßte ihn von ganzem Herzen und hätte ihm nie Gnade gewährt. Und doch war sein Verbrechen eher

Gedankenlosigkeit als vorsätzliche Niedertracht. Er hatte gesagt, sie habe rotes Haar. Ja, es war rot, aber es war keine Art und Weise, davon zu sprechen. Wenn rothaarige Leute über eine gewisse gesellschaftliche Stufe hinaus sind, ist ihr Haar tizianfarben.

Man denke: unter den siebenundvierzig Gefangenen befanden sich fünf, deren Namen, Vergehen und Einkerkerungszeit gar nicht mehr bekannt waren! Eine Frau und vier Männer – alle gebeugte, verschrumpfte, geistig erloschene Greise. Sie selbst hatten seit langer Zeit alle Einzelheiten vergessen; wenigstens hatten sie nur undeutliche Vorstellungen davon, sie wußten nichts Bestimmtes und nichts, was sie zweimal auf gleiche Weise wiederholt hätten. Die lange Reihe von Priestern, deren Amt es war, täglich mit den Gefangenen zu beten und sie daran zu erinnern, daß Gott sie zu irgendeinem weisen Zweck dorthin gesetzt hat, und sie zu lehren, daß er Geduld, Demut und Ergebenheit an den Leuten niedrigen Standes liebte – diese Priester wußten Märchen über die armen, alten menschlichen Ruinen zu erzählen, aber mehr als Märchen waren es auch nicht. Die Überlieferungen gingen nicht sehr tief, sie betrafen nur die Länge der Kerkerzeit, nie das Vergehen. Und selbst mit Hilfe solcher Märchen konnte nur das eine bewiesen werden, daß keiner von den fünfen seit fünfunddreißig Jahren das Tageslicht gesehen hatte; wieviel länger sie es entbehrt hatten, ließ sich nicht einmal vermuten. Der König und die Königin wußten nichts von den bedauernswerten Geschöpfen, außer daß sie Erbstücke waren – mit dem Thron von der früheren Firma geerbte Bestände. Von ihrer Geschichte wurde nichts mitvererbt; darum betrachteten die neuen Besitzer sie als wertlos und nahmen kein Interesse an ihnen.

Ich sagte zur Königin: »Warum, um Himmels willen, ließt Ihr sie dann nicht frei?«

Die Frage verursachte ihr Kopfzerbrechen. Sie wußte nicht, warum sie das nicht getan hatte; es war ihr einfach nie in den Sinn gekommen. Da stand sie und hatte die wahre Geschichte vom zukünftigen Gefangenen in Castle d'If* vorweggenommen, ohne sie zu kennen. Jetzt

* Auf der französischen Gefängnisinsel, auch ›Bastille von Marseille‹ genannt. Anspielung auf Dumas d. Ä., ›Der Graf von Monte-Christo‹. (Anmerkung des Übersetzers)

begriff ich, daß bei ihrer Erziehung die geerbten Gefangenen nur Sachen darstellten, nichts mehr und nichts weniger, und wenn der Mensch etwas erbt, fällt es ihm nicht ein, es wegzuwerfen, selbst wenn es der überflüssigste Plunder ist.

Als ich meine menschliche Sammlung von Fledermäusen an die Oberwelt und in den Glanz der Nachmittagssonne brachte – vorsichtshalber mit verbundenen Augen, da sie das Licht so lange nicht gesehen hatten –, waren sie ein furchtbares Schauspiel. Skelette, Vogelscheuchen, Kobolde, erschütternde Schreckgespenster, jedes einzelne Kind einer Monarchie von Gottes Gnaden und der Staatskirche, wie sie rechtmäßiger nicht sein können. Ich murmelte in Gedanken: »Wenn ich sie nur fotografieren könnte!«

Man kennt die Art Leute, die nie zugeben wollen, daß sie die Bedeutung eines Fremdwortes nicht verstehen. Je unwissender sie sind, desto jämmerlicher täuschen sie vor, daß man nicht über ihren Kopf gesprochen hat. Die Königin war eine von der Sorte und beging dadurch fortwährend die albernsten Schnitzer. Einen Augenblick zögerte sie, dann hellte sich ihr Gesicht in plötzlichem Verständnis auf, und sie sagte, sie wolle es für mich tun.

Ich dachte: Sie? Ja, was kann sie denn von Fotografie wissen? Aber es war Zeit zum Überlegen; als ich mich umblickte, kam sie schon auf die Kolonne zu mit einer Axt in der Hand!

Ja, sie war sicher merkwürdig, diese Morgan le Fay. Ich habe zu meiner Zeit sehr viele Frauen kennengelernt, aber sie übertraf alle an Vielseitigkeit. Und wie besonders charakteristisch diese Episode für sie war! Vom Fotografieren einer Volksversammlung verstand sie soviel wie ein Pferd; aber im Zweifelsfall versuchte sie es selbstverständlich mit der Axt.

Fahrendes Rittertum als Gewerbe

Am nächsten Morgen waren Sandy und ich früh und munter wieder auf der Straße. Es tat so gut, die Lungen wieder einmal mit ganzen Fässern voll Gottes unverdorbener, taufrischer Waldluft zu füllen, nachdem Körper und Geist zwei Tage und Nächte lang im moralischen und physischen Gestank jenes unausstehlichen alten Habichtshorstes erstickt wurden. Damit meine ich mich, für Sandy war der Ort selbstverständlich das Gegebene und Angenehme, sie war an das vornehme Leben gewöhnt.

Armes Mädchen, ihre Sprechmuskeln hatten eine lästige Pause hinter sich, und ich erwartete gefaßt die Folgen, und sie kamen. Aber sie war mir im Schloß sehr hilfreich zur Seite gestanden und hatte mich gehörig unterstützt und gestärkt mit ihren gigantischen Torheiten, die in diesem Fall mehr wert waren als doppelt so große Weisheiten. So sah ich ein, daß sie ein Recht darauf hatte, ihre Mühle eine Weile laufen zu lassen, und es schlug mich nicht zu Boden, als sie loslegte: »Wenden wir uns Herrn Marhaus zu, der mit der Jungfrau von dreißig Wintern südwärts . . .«

»Aha, du versuchst wieder, eine Schleife auf der Fährte der Cowboys auszuarbeiten, Sandy?«

»So ist es, edler Herr!«

»Also, schieß los! Diesmal will ich dich, wenn irgend möglich, nicht unterbrechen. Fang noch einmal an, und mit Volldampf gleich mitten hinein! Ich will mir eine Pfeife stopfen und gut aufpassen.«

»Wenden wir uns Herrn Marhaus zu, der mit der Jungfrau von dreißig Wintern südwärts ritt. Und sie gelangten in einen tiefen Wald, und unversehens überraschte sie die Nacht, und sie ritten durch einen Hohlweg, und am Ende gelangten sie zu einem Landsitz, allwo der Herzog von Südmark herrschte, und dort erbaten sie Herberge. Und am Morgen sandte der Herzog Botschaft zum Herrn Marhaus, er solle sich bereitmachen. Und alsbald erhob sich Herr Marhaus und wappnete sich, und eine Messe ward für ihn gesungen, und er speiste wenig und stieg im Burghof zu Pferd, wo der Kampf stattfinden sollte. Der Herzog saß bereits im Sattel, wohlgerüstet, seine sechs Söhne ihm zur Seite und jeder gewappnet mit einem Speer in der Hand, und alsbald stießen sie aufeinander, und der Herzog und zwei seiner Söhne brachen an ihm ihre Lanzen, doch Herr Marhaus hielt seinen Speer empor und berührte keinen von ihnen. Dann kamen die verbliebenen Söhne zwei und zwei; und zwei von ihnen brachen ihre Lanzen, und auch die andern beiden. Und alles, ohn' daß Herr Marhaus sie anrührte. Dann rannte Herr Marhaus gegen den Herzog und stieß ihn mit der Lanze solcherart, daß Roß und Mann zur Erde stürzten. Und so tat er auch mit seinen Söhnen. Und dann stieg Herr Marhaus vom Roß und forderte den Herzog auf, sich zu ergeben, oder er würde ihn erschlagen. Und dann erholten sich einige seiner Söhne und wollten Herrn Marhaus angreifen. Da sprach Herr Marhaus zum Herzog: Haltet Eure Söhne zurück, oder ich tue Euch allen das Schlimmste an. Als der Herzog sah, daß er dem Tod nicht entgehen würde, rief er seinen Söhnen und gebot ihnen, sich Herrn Marhaus zu beugen. Und sie knieten zusammen nieder und legten die Griffe ihrer Schwerter vor den Ritter, und er nahm sie an. Dann halfen sie ihrem Vater auf und gelobten dem Herrn Marhaus einmütiglich, niemals König Artus zu befehden und zur folgenden Pfingsten – er und seine Söhne – zu kommen und sich der Gnade des Königs zu ergeben.*

So geht die Geschichte, edler Herr Graf. Und wisset, daß dieser Herzog und seine sechs Söhne selbige sind, die vor nur wenigen Tagen auch Ihr besieget und zu Artus' Hof gesandt!«

»Was, Sandy, das ist doch nicht dein Ernst?«

»So das nicht die reine Wahrheit ist, möge mich der Blitz zerschmettern.«

»Gut, gut – aber wer hätte das je gedacht? Ein ausgewachsener Herzog und sechs Herzögchen; nun, Sandy, das war ja hochvornehme Beute. Fahrender Ritter sein ist ein blödes Geschäft und auch mühselig, aber ich glaube, es ist damit ein Stück Geld zu verdienen, wenn man Glück hat. Nicht, daß ich da jemals einsteigen würde, bestimmt nicht. Denn auf Spekulation läßt sich

* Die Geschichte ist, mit Sprache und allem, dem Morte d'Artus entnommen. M. T.

kein reelles und ordentliches Geschäft aufbauen. Ein erfolgreicher Abschluß in der Branche des fahrenden Ritters . . . ja, was ist es denn, wenn man allen Unsinn wegbläst und zu den nackten Tatsachen kommt? Es ist genau wie eine Spekulation in Schweinefleisch, so und nicht anders ist es. Man ist reich, jawohl, plötzlich reich – ungefähr einen Tag lang, vielleicht eine Woche; dann beherrscht ein anderer den Markt, und dein Geschäft geht pleite, oder etwa nicht, Sandy?

»Ob es nun sei, daß mein Geist in die Irre wandert und aus gewöhnlicher Sprache Geheimnisse solcher Art, daß die Worte umgekehrt und überzwerch erscheinen . . .«

»Es hat keinen Zweck, um die Sache herumzureden, Sandy es ist so, wie ich sage. Ich weiß es und noch mehr; wenn du der Sache auf den Grund gehst, ist fahrendes Rittertum schlechter als Schweinefleisch; denn was auch passiert, das Schweinefleisch bleibt, und irgendeiner bläst noch was raus, aber wenn der Markt für fahrende Ritter zusammenbricht und jeder der Gesellschaft seine Aktien vorlegt, welche Aktiva bleiben dann? Nur ein Komposthaufen zerhauener Leichen und ein oder zwei Faß zerbeulte Eisenwaren. Kann man das überhaupt Aktiva nennen? Da will ich lieber mein Leben Schweinefleisch essen. Habe ich recht?«

»Ach, vielleicht ist mein Verstand durch die vielfältigen Dinge verwirrt, wozu noch die Wirrnis jener letzthin uns zugestoßenen Ereignisse und Begebenheiten, durch die nicht ich allein noch Ihr allein, sondern jedwedder von uns beiden, so mir deucht . . .«

»Nein, dein Verstand ist nicht schuld, Sandy. Dein Verstand ist in Ordnung, soweit das bei dir möglich ist, aber du verstehst nichts vom Geschäft; da liegt der Hase im Pfeffer. Es hat keinen Sinn, daß du über Geschäfte sprichst, und du solltest es nicht immer wieder versuchen. Aber lassen wir das, es war doch ein guter Fang und wird ein hübsches Fuder Ruhm an Artus' Hof reifen lassen. Und was die Cowboys betrifft: komisch, daß es hierzulande Männer und Frauen gibt, die nie alt werden. Da ist zum Beispiel Morgan le Fay, allem Anschein nach frisch und jung wie ein Vassar-Mädel*, und da ist der alte

* Studentin am Vassar College für Frauen (Anmerkung des Übersetzers)

Herzog von Südmark, der in seinem Alter noch immer mit Schwert und Lanze um sich haut, nachdem er eine so zahlreiche Familie auf die Beine gestellt hat. Soviel ich weiß, erschlug Herr Gawain sieben seiner Söhne, und doch hatte er noch sechs für Herrn Marhaus und mich zum Gefangennehmen übrig. Und dann die sechzig Winter alte Jungfrau, die noch immer herumreist in ihrer ergrauten Blüte – wie alt bist du, Sandy?«

Ich traf zum erstenmal einen verschwiegenen Winkel in ihr. Die Mühle war geschlossen – wegen Reparatur oder etwas Ähnlichem.

Zwischen sechs und neun Uhr morgens legten wir zehn Meilen zurück, eine ganze Menge für ein Pferd mit dreifacher Last – Mann, Frau und Rüstung; dann hielten wir zu einer langen Mittagsrast unter einigen Bäumen an einem klaren Bach.

Unvermutet kam ein Ritter angeritten, und als er sich uns näherte, hörten wir schmerzliches Klagen, und nach seinen Worten zu schließen, fluchte und schwor er. Sein Kommen freute mich aber doch, denn er trug ein Reklamebrett, auf dem in Buchstaben ganz aus schimmerndem Gold geschrieben stand:

VERWENDET NUR PETERSENS PROPHYLAKTISCHE ZAHNBÜRSTE – SIE IST DIE BESTE!

Ich freute mich über sein Kommen, denn an diesem Zeichen erkannte ich ihn als einen meiner Ritter. Es war der Herr Madok vom Berge, ein starker, großer Bursche, mit dem Hauptkennzeichen, daß er einmal um ein Haar Herrn Lancelot über den Pferdeschwanz gekippt hätte. Er hielt es nie lange in Anwesenheit eines Fremden aus, ohne unter dem oder jenem Vorwand dieses großartige Ereignis zum besten zu geben. Aber es gab eine andere Tatsache von fast gleicher Wichtigkeit, die er niemals unbefragt preisgab, aber auch nie zurückhielt, wenn man fragte. Er war nicht ganz damit fertig geworden, weil er unterbrochen und selbst über den Pferdeschwanz geschickt wurde. Und der unschuldige, schwerfällige Kindskopf sah keinen besonderen Unterschied zwischen beiden Vorfällen. Ich hatte ihn gern, denn er war eifrig bei der Arbeit und sehr nützlich. Er war sehr prächtig anzuschauen mit seinen breiten gepanzerten Schultern, dem herrlichen buschigen Löwenhaupt und seinem großen Schild mit dem komischen Wappen: eine Faust im Panzerhandschuh packt die prophylaktische Zahnbürste unter dem Motto: ›Versuch's mit Tusjanicht!‹ So hieß nämlich ein Mundwasser, das ich gerade einführte.

Er sei ganz fertig, sagte er, und man sah es ihm an; aber er wollte nicht absteigen. Er war hinter dem Ofenpoliturmann her; und damit brach er in neues Fluchen und Schwören aus. Der Reklamemann, den er meinte, Herr

Ossaise von Surluse, war ein tapferer Ritter, besonders berühmt, weil er einmal im Turnier bis zum Ausscheidungskampf vorgedrungen war, und zwar gegen keinen Geringeren als die Kanone Gaheris in persona, allerdings unterlag er dann. Er hatte ein unbeschwertes, lachendes Wesen, und nichts auf der Welt nahm er ernst. Deshalb hatte ich ihn auserwählt, die öffentliche Meinung für Ofenpolitur zu bearbeiten. Es gab noch keine Öfen, und deshalb konnte Ofenpolitur nicht ernst genommen werden. Der Vertreter mußte nur das Publikum listig und allmählich auf die große Neuerung vorbereiten und den Sinn für saubere Wohnverhältnisse wecken, bis der Ofen selbst auf der Bildfläche erschien.

Herr Madok war sehr verbittert und fluchte unentwegt. Wie er sagte, hatte er sich schon die Seele aus dem Leibe geflucht, und doch wollte er nicht von seinem Pferd herunter noch irgendwie rasten oder sich trösten lassen, bevor er den Herrn Ossaise gefunden und mit ihm abgerechnet hatte. Nach den Fragmenten seiner Rede zu schließen, die nicht Flüche waren, schien er beim Morgengrauen zufällig Herrn Ossaise getroffen zu haben, und der erzählte ihm, daß er einer Gesellschaft von Reisenden – garantiert Käufern für Zahnbürsten und Mundwasser – den Weg abschneiden könnte, wenn er eine Abkürzung über die Felder und Sümpfe, Felsgelände und Lichtungen nähme. Mit dem ihn auszeichnenden Eifer hatte er sich sofort in das Unternehmen gestürzt und nach drei Stunden fürchterlichen Geländerittes sein Wild auch wirklich erwischt. Und siehe da! Es waren die fünf Mummelgreise, die am Abend zuvor aus den Kerkern befreit worden waren. Arme, alte Geschöpfe, beinahe zwanzig Jahre zuvor war ihnen der letzte Zahnstumpf ausgefallen. »Zur Hölle, zur Hölle mit ihm!« rief Herr Madok. »Und ich werde ihn schön blank polieren, so ich ihn finde, das überlaßt nur mir; denn nimmermehr darf mir welch Ritter immer, mag sein Name Ossaise oder anders heißen, solch Unbill tun und weiter unter den Lebenden weilen. Ich werde ihn finden, worauf ich heutigentags einen heiligen Eid schwur.«

Und mit diesen und anderen Worten griff er rasch seine Lanze und tummelte sich. Am Nachmittag stießen auch wir am Rande eines ärmlichen Dorfes auf einen der

Greise. Er sonnte sich in der Liebe von Verwandten und Freunden, die er seit fünfzig Jahren nicht mehr gesehen hatte; und auch seine eigenen Nachkommen, die er überhaupt nicht kannte, streichelten ihn zärtlich; aber für ihn waren sie alle Fremde, sein Gedächtnis war erloschen, sein Geist gelähmt. Es schien unmöglich, daß ein Mann, wie eine Ratte in einem dunklen Loch eingeschlossen, ein halbes Jahrhundert überleben konnte. Aber hier waren seine Frau und einige alte Kameraden, die es bezeugten. Sie erinnerten sich an die Zeit, da er in der Frische und Kraft der jungen Mannesjahre stand, wie er sein Kind küßte und es in die Hände der Mutter gab und davonging in jene lange Vergessenheit. Die Leute in der Burg konnten nicht auf ein halbes Menschenalter genau angeben, wie lange der Mann dort für jenes unbekannte und vergessene Vergehen eingekerkert war; aber die alte Frau wußte es und seine ergraute Tochter auch. Sie stand inmitten ihrer verheirateten Söhne und Töchter und versuchte zu begreifen, daß ein Vater, der ihr Leben lang nur ein Name, eine Vorstellung, ein unbestimmtes Bild, eine Sage gewesen war, jetzt plötzlich Fleisch und Blut geworden vor ihr stand. Es war eine merkwürdige Situation. Aber nicht darum habe ich ihr hier Raum gegeben, denn etwas anderes schien mir noch viel merkwürdiger. Stellt euch vor, daß die furchtbare Angelegenheit bei dem getretenen Volk keinen Wutausbruch gegen ihre Tyrannen auslöste. Sie waren schon so lange Erben und Empfänger von Grausamkeit und Gewalttat gewesen, daß nur noch Freundlichkeit sie hätte erschüttern können. Ja, hier offenbarte sich wahrhaftig auf seltsame Weise, wie tief das Volk in Sklaverei versunken war. Ihr ganzes Dasein war geschrumpft auf das einförmige, tote Gleichmaß von Geduld, Ergebung, stumpfem, klaglosem Hinnehmen, was auch im Leben ihnen zustoßen mochte. Selbst ihre Phantasie war tot. Wenn man das von einem Menschen sagen kann, liegt er meiner Meinung nach am Boden, tiefer kann er nicht sinken.

Wäre ich nur eine andere Straße geritten! Das war nicht das rechte Erlebnis für einen Staatsmann, der in seinem Geist eine unblutige Revolution ausheckt. Denn es mußte notwendig die unumgängliche Tatsache ins Bewußtsein rufen, daß im Gegenteil, trotz allen feierlichen Heuchelns und Philosophierens, kein Volk der Welt seine Freiheit mit gütigem Zureden, Stillhalten und moralischer Überredung errungen hat; es ist ein unabänderliches Gesetz, daß jede erfolgreiche Revolution blutig anfangen muß, was auch später daraus erwachsen möge. Wenn die Geschichte etwas lehrt, so ist es das. Was das Volk also brauchte, war eine Schreckensherrschaft und eine Guillotine, und ich war nicht der rechte Mann dafür.

Zwei Tage später, gegen Mittag, ließen sich für Sandy Zeichen von Erregung und fieberhafter Erwartung feststellen. Sie sagte, wir näherten uns der Burg des Ungeheuers. Die Überraschung hätte mich fast erschreckt. Es war mir nachgerade entfallen, was wir eigentlich suchten; diese plötzliche Erkenntnis machte es augenblicklich zu einer ganz wirklichen schrecklichen Sache und erweckte in mir lebhafte Neugier. Sandys Erregung nahm immer mehr zu, und meine gleichfalls; denn Aufregung steckt an. Mein Herz fing an zu hämmern. Mit seinem Herzen kann man nicht streiten; es hat seine eigenen Gesetze und klopft bei Dingen, über die der Verstand spottet. Jetzt, als Sandy vom Pferd glitt, mir Halt winkte und geduckt weiterschlich, den Kopf fast auf die Knie gebeugt, bis zu einem buschgesäumten Abhang, wurde das Hämmern noch heftiger und schneller. Und dabei blieb es, während sie ihren Hinterhalt erreichte und einen Blick über den Abhang tat; auch dann noch, als ich auf den Knien an ihrer Seite kroch. Ihre Augen brannten jetzt, als sie mit dem Finger vor sich wies und keuchend flüsterte: »Die Burg! Die Burg! Seht nur, wie sie in den Himmel ragt!«

Welch willkommene Enttäuschung ich da erlebte! Ich sagte: »Burg? Nichts als ein Schweinestall. Ein Schweinestall mit einem geflochtenen Zaun darum.«

Sie sah überrascht und bekümmert drein. Die belebende Spannung wich aus ihrem Gesicht; eine ganze Weile war sie schweigend in Gedanken versunken. Dann sagte sie versonnen wie zu sich selbst: »Ehedem war sie noch nicht verzaubert. Und seltsam ist dies Wunder und gar schrecklich, daß es für des einen Auge in böser und schändlicher Weise verzaubert und gewandelt ist, doch für des anderen allen Zaubers bar und ohne Veränderung erscheint und noch wie je stattlich und fest dasteht, mit Burggräben gegürtet, und seine Banner auf den Türmen flattern in der blauen Luft. Gott bleibe bei uns! Wie es das Herz schmerzt, die gnädigen Gefangenen wiederzusehen, und wie der Kummer sich noch tiefer in ihre holden Antlitze senkte! Zu lange haben wir verweilt und sind zu tadeln.«

Ich verstand den Wink. Die Burg war für mich verzaubert, nicht aber für sie. Es war nur Zeitverschwendung, wenn ich sie mit Vernunftgründen aus ihrem Irrtum reißen wollte, es war sinnlos; also mußte ich es von der komischen Seite nehmen. So sagte ich denn: »Das kommt oft vor – die Verzauberung eines Dinges für des einen Auge, während es für des anderen Auge seine ursprüngliche Gestalt behält. Du hast bestimmt schon davon gehört, Sandy, obwohl es dir selbst noch nicht vorgekommen ist. Aber das macht nichts. Im Gegenteil, hier liegt der Fall besonders günstig. Wenn die Damen dort für jedermann, auch für sich selbst, Schweine wären, müßte man den Zauber brechen; das ist aber unmöglich, wenn man nicht den speziellen Zaubertrick herausfindet. Es wäre auch sehr riskant, denn versuchst du die Entzauberung ohne den richtigen Schlüssel, kannst du dich leicht irren und deine Schweine in Hunde verwandeln und die Hunde in Katzen und die Katzen in Ratten und so immer weiter, und könntest schließlich deinen Stoff bis auf ein Nichts verkleinern oder zu einem ungreifbaren, geruchlosen Gas machen, was praktisch auf das gleiche hinausläuft. Doch hier sind zum Glück nur meine Augen verzaubert, und es ist nicht nötig, den Zauber zu lösen. Diese Damen bleiben für dich und sich selbst und jeden andern Damen; außerdem leiden sie in keiner Weise unter meiner Zwangsvorstellung, denn wenn ich weiß, daß ein offensichtliches Schwein eine Dame ist, so genügt mir das, und ich werde sie entsprechend behandeln.«

»Dank sei Euch, oh, mein lieber Herr, Ihr sprecht wie mit Engelszungen. Und ich weiß, daß Ihr sie befreien werdet, denn Euch steht der Sinn nach großen Taten, und Ihr seid ein gar starker Ritter und gar tapfer in Wille und Tat wie keiner unter den Lebenden.«

»Ich werde nicht eine Prinzessin im Stall lassen, Sandy. Sind die drei da drüben, die meinem verwirrten Auge als ausgehungerte Schweinehirten erscheinen . . .«

»Die menschenfressenden Ungeheuer? Sind auch sie verzaubert? Es ist höchst wunderbar, und Furcht beschleicht mich; denn wie könnt Ihr sicheren Schwertes schlagen, wenn fünf ihrer neun Klaftermaß für Euch unsichtbar sind? Oh, geht mit Vorsicht daran, edler Herr; dies ist ein größer Wagstück, als ich wähnte.«

»Sei unbesorgt, Sandy. Ich brauche nur zu wissen, wieviel von einem Menschenfresser unsichtbar ist; dann weiß ich auch, wo seine edlen Teile liegen. Nur keine Sorge, ich werde mit den Schwindlern kurzen Prozeß machen. Bleib du nur ruhig hier.«

Sandy blieb auf den Knien hocken, leichenblaß, aber mutig und zuversichtlich, und ich ritt zum Schweinestall hinunter und schloß mit den Schweinehirten einen Handel. Ich erwarb ihre Dankbarkeit, weil ich die ganze Schweineherde für die runde Summe von sechzehn Pennies aufkaufte, was entschieden über den letzten Notierungen lag. Ich kam gerade noch zur Zeit; denn die Kirche, der Gutsherr und die übrigen Steuereinnehmer wollten tags darauf anrücken. Sie hätten so ziemlich den ganzen Viehbestand weggerafft und die Schweinehirten sehr knapp an Schweinen und Sandy ohne Prinzessinnen gelassen. Aber jetzt konnten die Steuerleute bar bezahlt werden, und zudem blieb noch ein Braten übrig. Einer der Männer hatte zehn Kinder; er erzählte, als im Vorjahr ein Priester kam und von seinen zehn Schweinen das fetteste als Zehnten nahm, stürzte seine Frau sich verzweifelt auf ihn, bot ihm ein Kind an und rief: »Du Bestie, ohne Mitleid und Erbarmen! Warum läßt du mir mein Kind, wenn du mir alles raubst, womit ich es ernähren kann?« Wie sonderbar – dasselbe war zu meiner Zeit in Wales geschehen, unter der gleichen alten Staatskirche, von der viele glaubten, sie habe ihr Wesen geändert, weil sie ihre Maske wechselte. Ich sandte die drei Männer fort, öffnete das Stalltor und winkte Sandy herbei. Sie kam, und nicht langsam, sondern stürmisch wie ein Präriefeuer. Und als ich sah, wie sie sich auf die Schweine stürzte und ihr dabei Freudentränen über die Wangen liefen, wie sie sie ans Herz drückte und küßte und streichelte und ehrfürchtig mit großartigen Fürstennamen anredete, schämte ich mich für sie, schämte ich mich für die ganze Menschheit.

Wir mußten die Schweine nach Hause treiben – zehn Meilen; und nie waren Damen querköpfiger und widerborstiger. Sie wollten auf keiner Straße, auf keinem Pfad bleiben; sie brachen auf allen Seiten durch die Büsche und schossen in alle Richtungen davon, über Felsen, Hügel und die holprigsten Wege, die sie finden konnten. Ich durfte sie nicht einmal schlagen oder rauh anfahren. Sandy ertrug es nicht, wenn sie nicht ihrem Rang entsprechend behandelt wurden. Auch noch die aufsässigste alte Sau der Bande mußte mit ›Hochedle Frau‹ und ›Eure Hoheit‹ angeredet werden. Es ist schwer und lästig, in voller Rüstung Schweinen nachzujagen. Da war eine kleine Gräfin mit einem Eisenring in der Schnauze und fast keinem Haar auf dem Rücken, das war der Bosheitsteufel in Person. Sie lieferte mir einen Geländeritt von einer Stunde. Dann waren wir wieder am Start angelangt und keinen Meter vom Fleck gekommen. Schließlich packte ich sie am Schwanz und schleifte das quiekende Biest hinter mir her. Als ich Sandy überholte, war sie entsetzt und sagte, es sei der Gipfel der Taktlosigkeit, eine Gräfin an der Schleppe zu ziehen.

Wir bekamen die Schweine gerade bei Anbruch der Dunkelheit unter Dach und Fach, wenigstens die meisten. Die Prinzessin Nerovens de Morjanore fehlte und zwei ihrer Hofdamen gleichfalls; nämlich Miß Angela Bohun und die Demoiselle Elaine Courtemains, die erste, eine junge schwarze Sau mit weißem Stern auf der Stirn, die letzte, braun und dünnbeinig mit einem hinkenden Vorderlauf steuerbord – das waren die widerwärtigsten Scheusale zum Treiben, die ich je gesehen habe. Es fehlten auch einige, die nur Baronessen waren; aber von mir aus konnten sie weiter fehlen ... Doch nein, all das Wurstfleisch mußte gefunden werden. So wurden Diener mit Fackeln ausgesandt, um nach ihnen Wälder und Hügel zu durchforschen. Die ganze Herde wurde natürlich im Hause einquartiert und, heiliges Kanonenrohr – so etwas habe ich noch nie erlebt! Auch niemals nur Ähnliches gehört oder gerochen. Es war eine Revolte im Gasometer.

Als ich schließlich zu Bett ging, war ich unsagbar müde. Endlich die lang angespannten Muskeln strecken und lockern können, wie herrlich, welch Genuß! Aber das war auch alles; an Schlaf war vorläufig nicht zu denken. Das Trappeln und Stoßen, Zerren und Quieksen des hohen Adels die Hallen und Gänge hinauf und hinab war die heraufbeschworene Hölle und hielt mich hellwach. So blieben auch meine Gedanken beschäftigt, vor allem mit Sandys eigenartiger Sinnestäuschung. War sie doch ein so gesunder Mensch, wie das Königreich ihn nur hervorbringen konnte, und benahm sich meiner Meinung nach wie eine Wahnsinnige. Großer Gott, die Macht der Gewöhnung, Umwelt und Erziehung können einen dazu bringen, alles zu glauben. Ich mußte mich an die Stelle Sandys versetzen, um zu erkennen, daß sie nicht verrückt war. Ja, und sie an meine, um klar zu beweisen, wie leicht man einem Menschen verrückt erscheint, dem nicht das gleiche wie dir beigebracht wurde. Hätte ich Sandy erzählt, daß ich einen Wagen ohne Zauberei mit fünfzig Meilen die Stunde dahinrasen sah; daß ich einen Mann sah, der ohne schwarze Magie in einen Korb stieg und in den Wolken des Himmels verschwand; daß ich ohne Hilfe eines Schwarzkünstlers mit einer mehrere hundert Meilen entfernten Person sprechen konnte, Sandy hätte nicht nur geglaubt, ich sei verrückt, nein, sie hätte es sogar beschworen. Jedermann um sie herum glaubte an Zauberei; daran zu zweifeln, daß eine Burg in einen Schweinestall und seine Bewohner in Schweine verwandelt werden könnten, war das gleiche, als wenn ich unter den Leuten von Connecticut die Tatsache des Telefons und seiner Wunder bezweifelte – und in beiden Fällen wäre es der überzeugende Beweis eines kranken Geistes, eines gestörten Verstandes. Ja, Sandy war normal; das mußte man zugeben. Wenn ich – für Sandy – auch normal sein wollte, mußte ich meinen Aberglauben von unverzauberten, nicht weiter wunderbaren Lokomotiven, Ballons und Telefonen bei mir behalten. Ich glaubte ja auch nicht, daß die Welt flach und durch Säulen gestützt sei und daß ein Dach das Wasser des darüberliegenden Weltalls abhält; aber da ich als einziger im Königreich an solchen sündhaften und verbrechereischen Überzeugungen krankte, bewahrte ich wohlweislich Schweigen auch hierüber, sonst wäre ich als Irrsinger plötzlich von allen gemieden und verlassen worden.

Am nächsten Morgen versammelte Sandy die Schweine im Speisesaal und gab ihnen ihr Frühstück; sie bediente persönlich und ließ in jeder Weise die tiefe Ehrfurcht erkennen, die alle Eingeborenen des Inselreichs, früher wie heute noch, für den Adel empfinden, wie auch immer seine äußere Verpackung und der geistige und moralische Inhalt sein mögen. Ich hätte mit den Schweinen essen dürfen, wenn meine Geburt meiner hohen öffentlichen Stellung einigermaßen entsprochen hätte; aber das war nicht der Fall, und so nahm ich die unvermeidliche Demütigung klaglos hin. Sandy und ich frühstückten am Nebentisch. Die Familie war nicht zu Hause.

Ich fragte: »Wie groß ist deine Familie, Sandy? Wo sind sie alle?«

»Familie?«

»Ja.«

»Welche Familie, edler Herr?«

»Nun, die Familie hier; deine eigene Familie.«

»Um wahrhaftig zu bleiben, ich verstehe Euch nicht; denn ich habe keine Familie.«

»Keine Familie? Ja, Sandy, bist du denn nicht hier zu Hause?«

»Nun, wahrlich, wie könnte das sein? Ich habe kein Zuhause.«

»Ja, aber, wem gehört dann das Haus?«

»Oh, glaubt mir, ich würde es Euch sagen, sofern ich es selbst wüßte.«

»Was, du kennst die Leute nicht einmal? Wer hat uns denn eingeladen?«

»Niemand tat es. Wir kamen und sind hier.«

»Aber Weib, das ist doch die Höhe. Deine Unverschämtheit sucht ihresgleichen. Wir marschieren frisch-fröhlich in ein Haus und stopfen es voll mit dem einzig wahrhaft wertvollen Adel, den die Sonne je auf Erden beschien, und dann stellt sich heraus, daß wir nicht einmal den Namen des Hausherrn kennen. Wie konntest du nur wagen, dir diese unglaubliche Freiheit zu leisten? Ich dachte natürlich, es sei dein Haus. Was werden die Leute nur sagen?«

»Was sagen? Fürwahr, was anderes, als uns Dank sagen?«

»Dank? Wofür?«

Sie sah ganz verwirrt und verblüfft aus.

»Wahrlich, Ihr belästigt mein Hirn durch gar sonderbare Worte. Glaubt Ihr, daß jemand von Stand noch einmal im Leben der Ehre teilhaftig wird, eine Gesellschaft zu bewirten wie die, mit der wir dies Haus begnadet haben?«

»Ach so, nein . . . wenn du die Sache so betrachtest! Nein, da kann man wetten, daß er solchen Hochgenuß zum ersten und letzten Male hatte.«

»Also wird man dankbar sein und das auch in erkenntlicher Rede und geziemender Demut kundtun, sonst wären es Hunde und Erben und Ahnen von Hunden.«

Für meine Begriffe war die Situation recht peinlich und konnte es noch mehr werden. Mir schien es vernünftiger, die Schweine zusammenzutreiben und weiterzuziehen. So sagte ich denn: »Die Zeit vergeht, Sandy. Wir wollen die edlen Herrschaften zusammentreiben und aufbrechen.«

»Warum, edler Herr und Chef?«

»Wir wollen sie doch alle heimgeleiten, oder nicht?«

»So höret ihn nur an! Sind sie doch aus allen Gegenden der Welt! Jede muß in ihre eigene Heimat eilen; wähnt Ihr, wir könnten alle die Reisen tun in einem Leben so kurz, als ER uns bestimmt hat, der das Leben schuf und dazu den Tod gleicherweise mit Adams Hilfe, der durch die Sünde, vollbracht mit Überredung seiner Gehilfin, die angetrieben und verraten ward durch den Trug des großen Widersachers, der Schlange, die da heißt Satan, der zunächst geheiligt und auserwählt war, bis zu jener Übeltat voll hochfahrendem Trotz und Neid, zu der durch feilen Ehrgeiz ward sein Herz verführt, der mit Rost und Mehltau die Schöpfung verpestete, die einst so weiß und rein gewesen, als sie sich mit den leuchtenden Scharen ihrer Brüder erhob in den Glanz und Schimmer jenes erhabenen Himmels, wohin alle, die zu dem köstlichen Erbe geboren sind und . . .«

»Kotzbombenelement oder Schockschwerenot!«

»Mein Herr?«
»Ja, siehst du nicht, daß wir dafür im Augenblick keine Zeit haben? Um die Bande über den ganzen Erdball zu verteilen, brauchen wir weniger Zeit als du für deine Erklärung, daß wir es nicht können. Wir dürfen die Zahl nicht verschwatzen, wir müssen handeln. Jetzt heißt es aufpassen. Deine Mühle darf nicht die Oberhand gewinnen. Also zum Geschäft, und ein bißchen dalli. Wer bringt die edle Gesellschaft nach Hause?«
»Ohne allen Zweifel ihre Freunde. Die werden aus den fernen Landen kommen, sie zu holen.«
Das war ein Blitz aus heitrem Himmel – völlig unerwartet, und die Erleichterung, die mich überkam, war wie Amnestie für einen Galeerensklaven. Natürlich würde Sandy zurückbleiben, um die Ware auszuliefern.
»Also dann, Sandy, da unsere Expedition glücklich und erfolgreich beendet ist, werde ich heimgehen und Bericht erstatten, und wenn je noch ein . . .«
»Auch ich bin bereit und werde mit Euch gehen.«
Das war der Widerruf der Amnestie.
»Wie? Du willst mit mir gehen? Warum denn?«
»Soll ich an meinem Ritter treulos handeln, gar schändlich wär's, so Ihr das denket. Ich darf von Euch nicht scheiden, bis in ritterlichem Zweikampf ein übermächtiger Kämpe mich gewinnt und mit sich führt; aber ich wäre wahrlich zu tadeln, wenn ich glaubte, das möchte je geschehen.«
»Also Dauerverbindung«, seufzte ich vor mich hin. »Nun, machen wir das Beste draus!«
Dann sagte ich laut: »Gut, ziehen wir los.«
Während sie bei den Schweinen weilte, um ihnen Lebewohl zu sagen, verschenkte ich den ganzen Hochadel an die Knechte. Und ich wies sie an, ein Scheuertuch zu nehmen und dort ein bißchen aufzuwischen, wo die Aristokratie hauptsächlich gehaust hatte und herumspaziert war; aber sie fanden das kaum der Mühe wert, mehr noch, es würde ein ernster Verstoß gegen den Brauch sein und nur Gerede nach sich ziehen. Gegen den Brauch – das entschied den Fall; diese Nation war zu jedem Verbrechen fähig, nur nicht dazu. Die Knechte sagten, sie wollten sich an die übliche Gewohnheit halten, eine Gewohnheit, die seit undenklichen Zeiten im Schwange

und dadurch geheiligt war; sie wollten frisches Schilf in alle Zimmer und Säle streuen, dann würden die Spuren des edlen Besuchs nicht mehr sichtbar sein. Das war eine Art Satire auf die Natur; es war die wissenschaftliche, die geologische Methode. Man legte die Familiengeschichte schichtweise nieder, und der Altertumsforscher konnte sich durchgraben und nach den Resten jeder Epoche feststellen, in welcher Folge die Familie innerhalb hundert Jahren ihre Diät geändert hatte.

Als erstes stießen wir an jenem Tag auf einen Wallfahrtszug. Er hatte zwar mit uns nicht das gleiche Ziel, aber wir schlossen uns trotzdem an, denn es wurde mir immer klarer: wenn ich das Land weise regieren wollte, mußte ich mit den Einzelheiten seines Lebens vertraut sein, und das nicht nur aus zweiter Hand.

Die Pilgergesellschaft ähnelte der von Chaucer darin, daß sie von nahezu allen höheren Berufen und Gewerben des Landes ein Muster mit sich führt und damit eine entsprechende Vielfalt der Kostüme aufwies. Da waren junge Männer und alte Männer, junge Frauen und alte Frauen, vergnügtes Volk und griesgrämiges Volk. Man ritt auf Maultieren und Pferden, aber in der ganzen Gesellschaft war kein Damensattel zu sehen, denn diese Spezialität sollte in England noch neunhundert Jahre unbekannt bleiben.

Es war eine angenehme, freundliche, gesellige Herde, fromm, glücklich, lustig und voll von unbewußter Derbheit und unschuldiger Schamlosigkeit. Was eine lustige Geschichte schien, wurde von Mund zu Mund weitergegeben und verursachte ebensowenig Verlegenheit, wie sie sie in der besten englischen Gesellschaft zwölf Jahrhunderte später verursachte. Ein Schabernack, wie er den englischen Witzen aus dem ersten Viertel des fernen neunzehnten Jahrhunderts entsprach, wurde hier und da und dort im langen Zuge gespielt und löste entzückten Beifall aus. Manchmal, wenn an einem Ende der Prozession eine glänzende Bemerkung fiel und ihre Reise zum anderen Ende antrat, konnte man ihren Weg an den Spritzern von Gelächter verfolgen, die sie dabei aufwarf, und auch am Erröten der Maultiere in ihrem Kielwasser.

Sandy kannte Ziel und Zweck der Reise und informierte

mich darüber: »Sie wallfahrten zum Tal der Heiligkeit, um von den Gott wohlgefälligen Einsiedlern den Segen zu erhalten und von den wundersamen Wassern zu trinken und all ihrer Sünden ledig zu werden.«

»Wo ist der Badeort?«

»Er liegt zwei Tagereisen von hier, an des Landes Grenzen, genannt Kuckuckskönigreich.«

»Erzähle mir mehr, ist der Ort berühmt?«

»Oh, wahr und wahrhaftig, sehr berühmt. Da ist keiner, der berühmter wäre. Vor undenklichen Zeiten lebten dort ein Abt und seine Mönche. Die Erde hat nimmer heiligere Leute getragen, denn sie gaben sich dem Studium frommer Bücher hin und sprachen zueinander kein Wort, ja zu niemand, und aßen welke Kräuter und nichts anderes, schliefen auf der harten Erde und beteten viel und wuschen sich nie; auch trugen sie dasselbe Gewand, bis es ihnen alt und zerschlissen vom Leibe fiel. Wegen dieser heiligen Kasteiung ward ihr Ruhm durch alle Welt getragen, und reich und arm suchten sie auf, um sie zu ehren.«

»Und weiter?«

»Aber es mangelte ihnen an Wasser. Und einstens betete der heilige Abt, und als Antwort brach ein großer Bach klaren Wassers wunderbar an dem verlassenen Platz hervor. Jetzt griff der Böse in das Herz der wankelmütigen Mönche, sie zu versuchen, und sie beschworen ohn' Unterlaß den Abt, mit Bitten und Flehen, ein Bad zu errichten. Und als er ihrer müde ward und nicht mehr zu widerstehen vermochte, sagte er: ›So habt denn euren Willen‹, und gewährte ihnen, wonach sie gelüstete. Aber jetzt beachtet, was es heißt, die Wege der Reinheit zu verlassen, die ER liebt, und leichtfertig mit weltlichen Gelüsten und Süchten zu spielen. Die Mönche stiegen ins Bad und kamen daraus weiß gewaschen wie Schnee; und siehe da, im gleichen Augenblick tat ER ein Zeichen wunderbarer Strafe! Denn Seine beschimpften Wasser hörten auf zu fließen und schwanden ganz und gar.«

»Und doch kamen sie noch glimpflich davon, Sandy, wenn man bedenkt, wie diese Art Verbrechen hierzulande bestraft wird.«

»Mag sein. Aber es war ihre erste Sünde, und sie hatten sehr lange ein vollkommenes Leben geführt und unterschieden sich von den Engeln durch nichts. Gebete, Tränen, Geißelung des Fleisches, alles war nichtig, das Wasser zu neuem Fluß zu bewegen. Selbst Wallfahrten und Brandopfer, selbst geweihte Kerzen für die heilige Jungfrau halfen nichts; und alle im Lande verwunderten sich sehr.«

»Sonderbar, daß selbst diese Industrie ihren schwarzen Freitag hat und plötzlich ihre Aktien und Wechsel zu nichts werden sieht, so daß Handel und Wandel ins Stocken geraten. Mach weiter, Sandy.«

»Und über eine Weile, nach Jahr und Tag, ergab sich der gute Abt in Demut und zerstörte das Bad. Und siehe, sein Zorn war fortan besänftigt, die Wasser sprudelten freigebig von neuem hervor, und bis zum heutigen Tag haben sie nicht aufgehört, in reichem Maße zu fließen.«

»Dann hat sich wohl auch niemand mehr gewaschen?«

»Wer es versuchte, hätte den Strick umsonst; ja, und er würde ihn auch schnell brauchen.«

»Und die Gemeinde ist seitdem gut vorwärtsgekommen?«

»Ja, seit diesem Tage. Die Kunde des Wunders durchflog alle Lande. Von allen Reichen kamen Mönche, um in das Kloster einzutreten; sie kamen in Schwärmen wie die Fische, und das Kloster baute ein Haus nach dem anderen, um alle zu fassen, und breitete seine Arme weit aus und nahm sie auf. Und Nonnen kamen gleichfalls, und mehr und immer mehr, und bauten auf der anderen Seite des Tales ihr Kloster und setzten auch dort Haus an Haus. Und die Mönche waren freundlich zu den Nonnen, und sie taten die Werke der Liebe gemeinsam, und gemeinsam bauten sie ein schönes großes Haus für Findelkinder inmitten des Tales zwischen den Klöstern.«

»Du sagtest doch Einsiedler, Sandy?«

»Sie kamen von allen Enden der Welt dort zusammen. Ein Einsiedler lebt immer am besten, wo es Pilger in großer Menge gibt. Ihr werdet dort Eremiten aller Art finden. Wenn jemand irgendeine Art Eremit nennt, von der er glaubt, daß sie neu und nur in fernen Landen zu finden sei, so mag er nur zwischen den Löchern und Höhlen und Sümpfen am Rande des Tales der Heiligkeit stöbern, und welche Art es auch sei, das gilt gleich, er wird dort ein Muster finden.«

Früh am Nachmittag überholten wir eine andere Prozession; aber hier gab es keine Lustigkeit, keine Witze, kein Lachen, keine Neckereien, keine glückliche Gedankenlosigkeit, weder bei jung noch alt. Und doch waren beide vertreten, Jugend und Alter; graue, alte Männer und Frauen, starke Männer und Frauen mittleren Alters, junge Gatten, junge Ehefrauen, kleine Jungen und Mädchen und drei Säuglinge. Selbst die Kinder schienen das Lächeln verlernt zu haben; es gab kein Gesicht unter ihnen, das nicht niedergeschlagen aussah und jenen starren Ausdruck der Hoffnungslosigkeit trug, den lange und harte Prüfung und die alte Bekanntschaft mit der Verzweiflung erzeugt. Es waren Sklaven. Ketten führten von ihren gefesselten Füßen und Händen zu einem schweren Ledergürtel um ihre Mitte, und alle, außer den Kindern, waren in sechs Fuß Abstand durch eine einzelne Kette, die von Halsring zu Halsring führte, zusammengeschlossen. Sie gingen zu Fuß und hatten in achtzehn Tagen dreihundert Meilen zurückgelegt, mit den billigsten Abfällen genährt, und auch das noch spärlich. Sie hatten jede Nacht in ihren Ketten geschlafen, zusammengepfercht wie Schweine. Sie trugen ein paar armselige Lumpen am Leibe, aber man konnte sie nicht bekleidet nennen. Die Eisen hatten ihnen die Haut von den Knöcheln geschürft und eiternde, wurmzerfressene Wunden verursacht. Wund waren auch ihre nackten Füße, und keiner war dabei, der nicht hinkte. Ursprünglich waren es hundert Unglückliche gewesen, doch ungefähr die Hälfte war unterwegs verkauft worden. Der Händler, der sie vor sich hertrieb, war zu Pferde und schwang eine Peitsche mit kurzem Griff und langer schwerer Geißel, die sich am Ende in knotige Schwänze verzweigte. Mit dieser Peitsche hieb er auf die Schulter eines jeden nieder, der vor Müdigkeit und Schmerzen wankte, und brachte ihn wieder zum Laufen. Er sprach nicht, die Peitsche vermittelte seinen Wunsch auch so. Keines der armen Geschöpfe blickte auf, als wir vorbeiritten; sie schienen uns gar nicht zu bemerken. Und kein Laut war zu hören außer dem dumpfen und schrecklichen Klirren ihrer Ketten, vom einen Ende zum andern der langen Reihe, im Takt der dreiundvierzig unter ihrer Bürde niederstampfenden Fußpaare. Der Zug bewegte sich in seiner eigenen Staubwolke.

All diese Gesichter waren grau, von Staub verkrustet. Oft findet sich solche Schicht wohl auf Möbeln unbewohnter Häuser, und vielleicht hat der eine oder andere mit dem Finger einen albernen Einfall hineingeschrieben. Daran wurde ich erinnert, als ich die Gesichter einiger Frauen betrachtete, junger Mütter, die ihre Kinder trugen und dem Tod und seiner Freiheit nahe waren. Ein Etwas aus ihrem Herzen war in den Staub ihrer Gesichter geschrieben, ganz deutlich, und, Herr im Himmel, wie einfach zu lesen! Denn es war die Spur der Tränen. Eine der jungen Mütter war noch ein Mädchen, und es traf mich ins Herz, die Schrift zu lesen und zu denken, daß sie aus der Brust eines solchen Kindes kam, einem Herzen, das Kummer noch nicht kennen sollte, sondern nur die Fröhlichkeit des erwachsenden Lebens; und wahrhaftig . . .

In diesem Augenblick schwankte sie, schwindlig vor Ermattung, und schon sauste die Peitsche und riß einen Hautfetzen aus ihrer nackten Schulter. Es gab mir einen Stich, als wäre ich selbst getroffen worden. Der Sklavenhändler hielt die Kolonne an und sprang vom Pferd. Er wetterte und fluchte gegen das Mädchen, sie habe mit ihrer Faulheit genug Ärger gemacht, und er wollte jetzt mit ihr abrechnen, weil es die letzte Gelegenheit war. Sie sank in die Knie, erhob ihre Hände und begann zu betteln und zu weinen und zu flehen, in einem Ausbruch des Entsetzens – aber der Sklavenvogt achtete nicht darauf. Er entriß ihr das Kind und ließ sie dann von den männlichen Sklaven, die vor ihr und hinter ihr angekettet waren, zu Boden werfen, ihren Körper entblößen und sie festhalten. Dann schlug er wie ein Wahnsinnger mit seiner Peitsche zu, bis ihr Rücken zerfetzt war, während sie herzzerreißend schrie und sich wehrte. Einer der Männer, die sie hielten, wandte sich ab und wurde wegen dieses menschlichen Zugs beschimpft und geschlagen.

Alle unsere Pilger schauten zu und unterhielten sich darüber – wie sachkundig die Peitsche geschwungen wurde. Sie waren zu verhärtet durch lebenslange tägliche Vertrautheit mit der Sklaverei, um zu bemerken, daß dieses Schauspiel noch eine andere Beurteilung er-

forderte. So sehr hatte die Sklaverei die sogenannten höheren menschlichen Gefühle verhärtet, denn die Pilger waren freundliche Leute, die dem Mann nicht gestattet hätten, ein Pferd in gleicher Weise zu mißhandeln.
Ich hätte gern Halt geboten und die Sklaven in Freiheit gesetzt, aber das ging nicht an. Ich durfte mich nicht zu oft einmischen und mir nicht den Ruf zuziehen, rücksichtslos über die Gesetze des Landes und die Rechte seiner Bürger hinwegzugehen. Wenn ich es erlebte und alles gut ging, würde ich der Sklaverei den Tod bringen, dazu war ich fest entschlossen, aber wenn ich ihr Henker wurde, so im Auftrag des Volkes, dazu wollte ich es bringen.
Gerade hier war eine offene Schmiede am Wege, und jetzt kam ein Landbesitzer an, der einige Meilen zurück das Mädchen gekauft hatte, lieferbar bei der Schmiede, wo ihre Fesseln abgenommen werden konnten. Das geschah, es folgte ein kurzer Streit zwischen dem Gentleman und dem Händler darüber, wer von beiden den Schmied bezahlen sollte. Sobald die junge Frau von ihren Eisen befreit war, warf sie sich ganz in Tränen und unter heftigem Schluchzen in die Arme des Sklaven, der das Gesicht abgewandt hatte, als sie gepeitscht wurde. Er drückte sie an seine Brust, bedeckte ihr und des Kindes Gesicht mit Küssen und wusch sie im Regen seiner Tränen. Ich ahnte, ich fragte – ja, ich hatte recht; sie waren Mann und Weib. Sie mußten mit Gewalt voneinander gerissen werden; das Mädchen mußte fortgeschleift werden, und sie schlug um sich und rang und schrie wie eine Wahnsinnige, bis eine Wegbiegung sie der Sicht entzog. Selbst dann noch konnten wir die verwehende Klage ihrer Verzweiflung hören. Und der Gatte und Vater, von Weib und Kind gerissen, die er nie im Leben wiedersehen sollte? – Sein Blick war unerträglich, und so wandte ich mich ab. Aber ich wußte, ich würde sein Bild nie mehr loswerden, und es ist heute noch da und preßt mein Herz zusammen, wenn ich daran denke.
Wir stiegen bei einbrechender Dunkelheit in einer Dorfherberge ab, und als ich am nächsten Morgen aufstand und aus dem Fenster sah, gewahrte ich in der goldenen Glorie des neuen Tages einen Ritter auf uns zureiten und erkannte ihn als einen der meinen – Hern Ozana le Cure

Hardy. Er machte in Herrenkonfektion, und seine Spezialität waren Zylinderhüte. Er war ganz in Stahl gekleidet, in die schönste Rüstung seiner Zeit – bis dahin, wo der Helm sitzen sollte; aber er trug keinen Helm, er trug einen glänzenden Zylinder und war so der lächerlichste Anblick, den man sich denken konnte. Das war ein anderer meiner hinterhältigen Kniffe, das Rittertum dadurch auszumerzen, daß ich es grotesk und lächerlich machte. Am Sattel des Herrn Ozana hingen lederne Hutschachteln, und jedesmal, wenn er einen fahrenden Ritter überwand, vereidigte er ihn für meinen Dienst, stattete ihn mit einer Angströhre aus und zwang ihn, sie von nun an zu tragen. Ich zog mich an und lief hinunter, um Herrn Ozana zu begrüßen und seine Neuigkeiten zu hören.

»Wie geht das Geschäft?« fragte ich.

»Ihr werdet bemerken, daß ich nur diese vier noch mit mir führe, und es waren doch deren sechzehn, als ich aus Camelot schied.«

»Ja, Ihr habt wahrhaftig glänzende Geschäfte gemacht, Herr Ozana. Welche Gegend habt Ihr zuletzt abgegrast?«

»Ich komme soeben vom Tal der Heiligkeit, so es Euch gefällt.«

»Da will ich auch hin. Gibt es etwas Neues in der Pfafferei, etwas Sensationelles?«

»So wahr Gott lebt, darob bestehen Zweifel nicht! . . . Gib ihm gutes Futter, Junge, und spare nicht, auf daß du deine Krone verdienst; geh flugs zum Stall und tu, wie ich gebot! . . . Herr, was ich bringe, ist furchtbare Kunde, und . . . sind dies Pilger? Dann wird es das beste sein, gute Leute, euch um mich zu scharen und zu hören, was ich euch zu berichten habe, denn es betrifft euch um so mehr, als ihr finden wollt, was ihr nicht finden werdet, und suchen werdet, was ihr vergebens sucht, mein Leben sei euch Pfand für meine Worte. Rede und Botschaft aber sind diese: nämlich, daß ein Ereignis eingetreten, wie es seit zweihundert Jahren nicht geschah, als es das erste- und letztemal war, daß besagtes Unglück das heilige Tal schlug in solcher Art durch das Gebot des Allerhöchsten, wozu auch gerechten Gründen und Ursachen hinzuzufügen wäre, worin diese Sache . . .«

»Der Wunderbrunnen hat zu fließen aufgehört!« Dieser

Ruf entrang sich gleichzeitig dem Mund von zwanzig Pilgern.
»Ihr sprecht die Wahrheit, gute Leute. Ich näherte mich ihr, als ihr sie ausspracht.«
»Hat sich etwa wieder jemand gewaschen?«
»Nein, man argwöhnt es zwar, doch findet es keinen Glauben. Man glaubt vielmehr, daß eine andere Sünde schuld ist, aber niemand könnte ihren Namen nennen.«
»Und was sagt man zu dem Unglück?«
»Niemand vermag es in Worte zu kleiden. Seit neun Tagen ist der Brunnen versiegt. Die Gebete, die alsbald begannen, die Bußgänge in Sack und Asche, die heiligen Prozessionen dauern fort, Tag und Nacht; und davon sind Mönche und Nonnen und Findelkinder erschöpft und hängen mit Gebeten beschriebene Pergamentstreifen auf, da die Kraft zur Rede sie verlassen hat. Und endlich sandten sie einen Boten zu Euch, Herr Chef, daß Ihr Wunder und Zauberei versuchet; und solltet Ihr verhindert sein, sollte der Bote Merlin mitbringen, und der weilt dort seit drei Tagen und gelobt, das Wasser hervorzuholen, und wenn er den Erdball zerreißen und seine Königreiche zertrümmern müßte, um es zu vollbringen; und wacker schafft er an dem Zauberwerk, beschwört die Höllengeister, herbeizueilen und zu helfen, aber kein Tröpfchen Feuchtigkeit ward bisher erspürt, nicht so viel, um einen Kupferspiegel zu netzen, sofern Ihr nicht das Faß voll Schweiß anrechnet, das er Tag für Tag um der gräßlichen Mühen seiner Aufgabe wegen vergießt, und so Ihr . . .«
Wir frühstückten, und anschließend zeigte ich Herrn Ozana die folgenden Worte, die ich in seinen Hut geschrieben hatte:

Chemische Abteilung, Neubaulaboratorien, Sektion G. Pxxp. Schicke zwei von Größe 1, zwei von Nr. 3 und sechs von Nr. 4, zusammen mit richtigen Zubehörteilen – und zwei ausgebildete Assistenten.

Und ich sagte: »Nun jag nach Camelot, als ob du Flügel hättest, tapferer Ritter, und zeige das hier Clarence, und sage ihm, er soll die angeforderten Sachen mit größter Eile ins Tal der Heiligkeit abschicken.«
»Das will ich wohl, Herr Chef«, und fort war er.

Der heilige Quell

Die Pilger waren menschliche Wesen. Sonst hätten sie anders gehandelt. Sie hatten eine weite und beschwerliche Reise gemacht, und jetzt, als die Reise fast beendet war und sie erfuhren, daß die Hauptattraktion gar nicht mehr existierte, handelten sie nicht, wie es Pferde, Katzen oder Regenwürmer mit Sicherheit tun würden ... umkehren und nach etwas Nützlichem suchen, nein, wie sie vorher begierig waren, die Wunderquelle zu sehen, so waren sie jetzt vierzigmal begieriger, die Stelle zu sehen, wo sie gewesen war.

Menschliche Wesen sind unergründlich!

Wir kamen schnell vorwärts; und zwei Stunden vor Sonnenuntergang standen wir auf den Hügeln, die das Tal der Heiligkeit begrenzten, und unser Blick schweifte von einem Ende zum anderen und prägte sich die Hauptpunkte des Tales ein. Das heißt, seine wichtigsten Kennzeichen, und das waren die drei Gebäudekomplexe. Der weltliche Besitz lag fern und vereinzelt zu bloßem Spielzeug geschrumpft in der einsamen Weite, die öde aussah und es auch war. Eine solche Landschaft ist immer traurig, sie ist bedrückend still wie unter einem Leichentuch gelagert. Aber hier klang ein Ton, der die Stille unterbrach, doch nur, um ihre Düsterheit noch zu vertiefen, es war der ferne, schwache Klang von Glocken, den der Wind zu uns herüberwehte, so schwach, so leise, daß wir kaum wußten, ob wir ihn wirklich hörten oder ob wir es uns nur vorgaukelten.

Wir erreichten das Koster noch vor Dunkelheit, und die männlichen Pilger wurden dort aufgenommen, die Frauen aber wurden ins Nonnenkloster geschickt. Die Glocken waren jetzt ganz nahe, und ihr feierliches Brummen dröhnte in den Ohren wie eine Botschaft vom Weltgericht. Abergläubische Verzweiflung hatte die Herzen aller Mönche befallen und stand in ihren bleichen Gesichtern geschrieben. Überall tauchten die schwarzröckigen, weichsandaligen, wachsgesichtigen Gespenster auf, huschten umher und verschwanden wieder, geräuschlos wie drückende Traumgespinste und auch so unheimlich.

Die Freude des alten Abtes, mich zu sehen, war rüh-

rend . . . bis zu Tränen sogar; aber er besorgte das Tränenvergießen allein. Er sagte: »Säume nicht, mein Sohn, sondern beginne mit deinem rettenden Werk. Wenn wir das Wasser nicht baldigst zurückholen, ist es um uns geschehen, und die Gott wohlgefällige Arbeit von zweihundert Jahren muß enden. Doch wähle zu deinem Tun nur heilige Zauberei, denn die Kirche kann nicht dulden, daß ein Werk für sie mit Teufelsmagie vollbracht wird.«
»Wenn ich arbeite, Vater, könnt Ihr sicher sein, daß kein Teufelswerk im Spiel ist. Ich werde keine Künste anwenden, die vom Teufel kommen, und nichts, das nicht von Gottes Hand stammt. Arbeitet aber Merlin streng kirchlich?«
»Er sagte, er wolle es, mein Sohn, er sagte, er tue es, und schwor einen Eid, sich an sein Versprechen zu halten.«
»Nun, dann soll er nur weitermachen.«
»Doch werdet Ihr sicher nicht müßig dabeisitzen, sondern helfen?«
»Es bringt nichts ein, zwei Techniken zu vermengen, Vater. Es wäre auch nicht anständig. Zwei vom gleichen Fach sollen einander keine schmutzige Konkurrenz machen. Dann könnten wir ebensogut den Tarif brechen und wären erledigt, das wäre dann das Ende vom Lied. Nein, Merlin hat den Kontrakt; kein anderer Magier darf sich einschalten, bevor er den Fall aufgegeben hat.«
»Aber ich werde den Kontrakt von ihm nehmen; wir befinden uns in einer schrecklichen Notlage, und jeder Schritt ist dadurch gerechtfertigt. Und wenn es auch nicht so wäre, wer kann der Kirche Gesetze geben? Die Kirche gibt das Gesetz für alle, und was sie tun will, kann sie tun, schade es, wem es mag. Ich will den Auftrag von ihm nehmen. Ihr sollt sofort beginnen.«
»Es geht nicht, Vater. Ich zweifle nicht daran. Wer der Mächtigste ist, kann tun und lassen, was er will, ohne Schaden zu nehmen; aber wir armen Zauberer sind nicht so gut daran. Merlin ist für Kleinarbeit ein ganz brauchbarer Handwerker und hat einen ganz netten Ruf in der Provinz. Er schlägt sich so durch und tut sein Bestes. Ich müßte mich vor mir selber schämen, wenn ich ihm sein Geschäftchen wegnähme, bevor er selbst es aufgibt.«
Das Gesicht des Abtes erhellte sich.

»Oh, das ist einfach. Es gibt Mittel, ihn dazu zu zwingen.«

»Nein, nein, Vater, mitnichten, wie die Leute sagen. Wenn man ihn gegen seinen Willen zwingt, wird er den Brunnen mit bösem Zauber füllen, der mich unter Umständen lang aufhielte, bis ich sein Geheimnis entdeckt hätte; vielleicht einen Monat lang. Auch ich könnte beispielsweise eine meiner kleinen Zaubereien vom Stapel lassen, die ich ›Telefon‹ nenne, und er würde ihr Geheimnis in hundert Jahren nicht herausfinden. Also, begreift Ihr, er könnte mich einen Monat lang aufhalten. Wollt Ihr in dieser trockenen Zeit einen Monat daran wagen?«

»Einen Monat! Schon der Gedanke läßt mich schaudern. Habe denn deine eigene Weise, mein Sohn. Aber mein Herz ist von Enttäuschung schwer. Gehe von mir und laß mich meinen Geist in Kummer und Warten verzehren, wie ich seit zehn langen Tagen getan und vorgetäuscht, was man Ruhe nennt, indem der liegende Leib das äußere Zeichen der Rast gibt, wo doch innerlich keine ist.«

Es wäre natürlich, im ganzen genommen, für Merlin das beste gewesen, sein Prestige sausen zu lassen und umgehend zu verzichten, und Schluß damit; zumal er nie fähig sein würde, Wasser zutage zu fördern, denn er war ein echter Zauberer seiner Zeit. Das heißt, die großen Wunder, die ihm seinen Ruf verschafften, wurden zufällig stets dann vollbracht, wenn außer Merlin niemand anwesend war. Er könnte den Quell unter den Augen der Anwesenden nie wieder fließen lassen. Eine Menschenmenge war so ungeeignet für das Wunder eines Magiers in jenen Tagen wie für das Wunder eines Hellsehers zu meiner Zeit; da war mit Sicherheit ein Skeptiker zur Hand, der im kritischen Augenblick das Licht anknipst und alles verdirbt. Aber ich wollte nicht, daß Merlin sich von der Arbeit zurückzog, bevor ich selbst sie wirksam in die Hand nehmen konnte, und das konnte ich nicht, bevor ich meine Materialien aus Camelot bekam, was noch zwei bis drei Tage dauern würde.

Meine Gegenwart gab den Mönchen neue Hoffnung und heiterte sie prächtig auf; zum erstenmal seit zehn Tagen aßen sie herzhaft zu Abend. Nachdem sie sich den Bauch vollgeschlagen hatten, stieg ihre Stimmung rasch, und als der Met die Runde machte, stieg sie noch rascher. Als dann alle so halbwegs hinüber waren, kam die heilige Gemeinde in die rechte Verfassung, eine tolle Nacht zu veranstalten, und keiner desertierte, wir fochten es durch bis zum Ende. Es wurde sehr lustig. Gute, alte zweideutige Geschichten wurden erzählt, daß vor Lachen Tränen flossen. Münder standen weit wie Scheunentore offen, und die runden Bäuche wackelten. Und schlüpfrige Lieder, in mächtigem Chor herausgegrölt, übertönten das Dröhnen der läutenden Glocken.

Schließlich ließ ich selbst eine Geschichte vom Stapel, und der Erfolg war ungeheuer. Natürlich nicht sofort, denn die Bewohner jener Inseln tauen gewöhnlich noch nicht bei den ersten paar Darbietungen einer lustigen Vorstellung auf; doch als ich sie das fünftemal erzählte, zeigten sich die ersten Risse; als ich sie das achtemal erzählte, fingen sie an abzubröckeln; bei der zwölften Wiederholung barsten sie in Stücke und bei der fünfzehnten lösten sie sich ganz auf, und ich nahm meinen Besen und fegte sie weg.

Das ist bildlich gesprochen. Diese Insulaner – ja, im Verhältnis zur investierten Mühe zahlen sie anfangs nur spärlich zurück; aber am Ende übertreffen sie in der Vergütung alle anderen Nationen.

Am nächsten Tag ging ich in aller Frühe an den Brunnen. Merlin war schon dort, emsig zaubernd wie ein Biber, schaffte aber keine Feuchtigkeit nach oben. Er war nicht in bester Laune; und jedesmal, wenn ich andeutete, daß der Auftrag für einen Neuling im Fach vielleicht ein bißchen viel sei, brachte er seine Zunge in Feuerstellung und fluchte wie ein Bischof – wie ein französischer Bischof aus den Tagen der Regentschaft*, meine ich.

Die Lage war ungefähr so, wie ich erwartet hatte. Der ›Quell‹ war ein gewöhnlicher Brunnen und in der üblichen Weise gegraben und ausgemauert worden. Es war nichts Wunderbares daran. Sogar die Lüge, die seinen

* 1715–1743. In dieser Zeit regierte der bei seinem Regierungsantritt erst fünfjährige König Ludwig XV. nicht selbst, sondern an seiner Statt übernahm die Regentschaft zuerst der sittlich besonders verrufene Herzog Philipp von Orleans und dann der Kardinal Fleury. (Anmerkung des Übersetzers)

Ruhm begründet hatte, war nicht wunderbar. Ich hätte sie selbst erfinden, wenn auch nicht beschwören können. Der Brunnen befand sich in einer dunklen Kammer mitten in einer steinernen Kapelle, deren Wände mit frommen Bildern behängt waren, Bilder von einer Meisterschaft, daß sich eine Kinderzeichnung erhaben gefühlt hätte; historische Bilder der Heilwunder, die von den Wassern vollbracht wurden, wenn niemand zusah außer den Engeln; die sind immer an Deck, wenn ein Wunder im Anzug ist, vielleicht nur, um aufs Bild zu kommen. Darauf sind Engel genauso versessen wie heutigentags die Feuerwehr; man sehe sich daraufhin nur die Bilder der alten Meister an.

In der von Lampen trüb erleuchteten Brunnenkammer pflegten die Mönche das Wasser eimerweise mit Winde und Kette heraufzuziehen und in Tröge zu leeren, von denen es durch Steinröhren in die Kapelle floß – ich meine, wenn Wasser vorhanden war. Nur Mönche durften die Brunnenkammer betreten. Ich trat ein, denn durch die Freundlichkeit meines Berufskollegen und Untergebenen hatte ich die zeitweise Erlaubnis dazu. Aber er selbst hatte sie nie betreten. Er machte alles durch Beschwörungen; er arbeitete nie mit dem Verstand. Er hätte hineingehen und statt seines gestörten Geistes seine Augen brauchen sollen, dann hätte er den Brunnen mit natürlichen Mitteln heilen und das dann auf übliche Weise in ein Wunder verwandeln können. Doch nein, er war ein alter Strohkopf, ein Magier, der an seine Magie glaubte, und kein Magier kann etwas werden, der von solchem Aberglauben behindert wird.

Ich hatte den Verdacht, daß der Brunnen leck geworden war, daß einige Mauersteine nahe dem Grund herausgefallen und Löcher entstanden waren, durch die das Wasser wegsickerte. Ich maß die Kette – achtundneunzig Fuß. Dann rief ich zwei Mönche herein, verschloß die Tür, nahm eine Kerze und wies die frommen Brüder an, mich im Eimer hinunterzulassen. Als die Kette ganz abgerollt war, fand ich im Kerzenschein meinen Verdacht bestätigt; ein beträchtlicher Teil der Brunnenmauer war zusammengestürzt und hatte breite Spalten bloßgelegt.

Ich bedauerte beinahe, daß meine Theorie über den

Schaden des Brunnens richtig war, denn ich hatte eine zweite parat, die für ein Schauwunder einiges voraushatte. Ich erinnerte mich, daß in Amerika viele Jahrhunderte später eine versiegte Ölquelle gewöhnlich mit einer Dynamitladung freigesprengt wurde. Wenn ich den Brunnen ohne ersichtliche Ursache trocken gefunden hätte, wäre es bei den Leuten von unschätzbarer Wirkung gewesen, wenn ich eine Person von nicht besonderem Wert eine Dynamitbombe in die Tiefe werfen ließ. Ich hatte die Idee, Merlin dafür zu bestimmen. Jedoch war es klar, daß eine Bombe hier fehl am Platz war. Man kann nicht alles so haben, wie man möchte. Ein Mann darf sich trotzdem von einer Enttäuschung nicht unterkriegen lassen, sondern muß seinen Geist stets darauf richten, nicht zu verzagen. Das tat ich denn auch und sagte mir, ich habe keine Eile, ich kann warten, die Bombe wird schon noch zu ihrem Recht kommen. Und dazu kam sie auch.

Als ich wieder oben war, schickte ich die Mönche hinaus und maß mit einer Angelschnur die Tiefe. Der Brunnen maß hundertfünfzig Fuß, und das Wasser stand nur einundvierzig Fuß hoch. Ich rief einen Mönch herein und fragte ihn:

»Wie tief ist der Brunnen?«

»Herr, ich weiß es nicht, ich hab' es nie vernommen.«

»Wie hoch steht gewöhnlich das Wasser?«

»Bis nah an den Rand seit zwei Jahrhunderten, wie die Kunde geht, die uns von denen, die vor uns waren, überkommen ist.«

Das stimmte wenigstens für die letzte Zeit; denn es gab noch einen anderen Beweis, einen besseren als das Zeugnis eines Mönchs; nur zwanzig bis dreißig Fuß der Kette zeigten Spuren von Abnutzung, der Rest war rostig und unbenützt. Was geschah, als der Brunnen zum erstenmal versiegt war? Zweifellos war ein Praktiker am Werk gewesen und hatte das Leck gedichtet. Dann war er heraufgekommen und erzählte dem Abt, er habe durch göttliche Erleuchtung herausgefunden, daß der Brunnen wieder fließen würde, wenn das sündhafte Bad zerstört war. Jetzt war das Leck wieder da, und diese Kindsköpfe hätten gebetet und wären gewallfahrtet und hätten um himmlischen Beistand ihre Glocken geläutet, bis sie alle zu Staub gedörrt und weggeblasen wären; aber keiner von all den Dummköpfen würde daran denken, eine Angelschnur in den Brunnen zu lassen oder hineinzusteigen und nachzusehen, was eigentlich los war. Trägheit des Geistes ist das zäheste Ding der Welt. Sie überträgt sich wie Körperform und Gesicht, und wer in jenen Tagen einen Einfall hatte, den seine Ahnen noch nicht hatten, stand im Verdacht, nicht ganz normal zu sein. Ich sagte zu dem Mönch: »Es ist ein schwieriges Wunder, in einen trockenen Brunnen wieder Wasser zu schaffen, aber wenn es meinem Bruder Merlin mißlingt, will ich es versuchen. Bruder Merlin ist ein ganz guter Künstler, aber nur in der Salonzauberei, und vielleicht ist das hier zu schwer für ihn, ja, er wird hier sicherlich schlappmachen. Ich kann ein solches Wunder vollbringen, und ich werde es vollbringen; aber ich kann euch nicht verschweigen, daß hierbei die metaphysischen Kräfte aufs äußerste beansprucht werden.«

»Niemand weiß das besser als die Bruderschaft! Denn es ist überliefert, daß es ehedem unsäglich schwer war und ein ganzes Jahr brauchte. Möge Gott euch guten Erfolg bescheren, und darum werden wir beten!«

Aus Propagandagründen war es eine gute Idee, die Meinung zu verbreiten, daß die Sache schwierig sei. Schon viele Nichtigkeiten wurden durch geschickte Aufmachung bedeutend gemacht. Jener Mönch war von der Schwierigkeit des Unternehmens fest überzeugt, und er würde die anderen auch davon überzeugen. In zwei Tagen würde ihr Kummer auf dem Höhepunkt sein.

Auf meinem Heimweg traf ich Sandy. Sie hatte sich ein wenig bei den Eremiten umgesehen. Ich sagte: »Das würde ich selbst gern tun. Heute ist Mittwoch. Gibt's da eine Nachmittagsvorstellung?«

»Was gibt's, Ihr edler Herr?«

»Haben sie nachmittags geöffnet?«

»Wer?«

»Die Einsiedler natürlich.«

»Geöffnet?«

»Ja, haben sie offen? Ist das nicht deutlich? Ober hauen sie nachmittags ab?«

»Hauen sie ab?«

»Hauen sie ab – ja, hauen sie ab? Was ist an abhauen

nicht in Ordnung? Solch einen Holzkopf hab ich noch nicht gesehen, begreifst du denn gar nichts? In einfachen Worten; machen sie die Bude zu?«

»Machen sie die Bude zu ...?«

»Ach, laß sein, du fällst mir auf die Nerven. Du kannst ja das Einfachste nicht verstehen.«

»Ich wünschte wohl, ich könnt Euch zu Gefallen sein, Herr, und es erfüllt mich mit Schmerz und Traurigkeit, daß es mir nicht gelingt, da ich nur eine einfache Maid bin und von niemand gelehrt ward, da ich von der Wiege her, ungetauft in jenen tiefen Wassern der Gelehrsamkeit, die den mit Macht salben, der an ihrem erhabenen Heiligtum teilhat, die ihn vor dem geistigen Auge des demütigen Sterblichen in Erhabenheit kleidet, der in Mangel und Entbehrung jener großen Heiligung in seinem unwissenden Zustand nur ein Sinnbild jenes anderen Mangels und Verlustes sieht, den die Menschen dem mitleidigen Auge mit Sackleinen zur Schau tragen, das mit der Asche des Kummers bestreut und bestäubt ist, und wenn ein solcher in der Finsternis seines Geistes dem goldenen Satz eines hohen Mysteriums begegnet, dem ›Abhauen‹ und ›Budezumachen‹, kann ihn nur die Gnade Gottes bewahren, aus Neid um solcherart Geist zu bersten, der so große und tönende Sprachwunder zeugen, und um die Zunge, die sie vermitteln kann, und wenn Verwirrung in dem bescheideneren Geist entsteht, und er darin fehlt, die Bedeutung der Wunder zu erraten, dann, wenn das Mißverständnis nicht trügerisch, sondern wahr und wirklich ist, wisset wohl: Es ist das wahre Wesen von andächtiger, teurer Verehrung und darf nicht leichtfertig falsch eingeschätzt werden, noch hätte es so eingeschätzt werden sollen, wenn Ihr diesen Zug des Gemüts und Geistes bemerkt und verstanden hättet, daß, was ich wollte, ich nicht vermochte, und was ich nicht vermochte, ich nicht durfte, noch überhaupt vermochte, noch konnte, weder ›nicht mochte‹, noch ›nicht konnte‹, könnte nützlicherweise in das gewünschte ›wollte‹ verwandelt werden, und so bitte ich Euch um Gnade für meinen Fehler und daß Ihr mit Eurer Güte und Eurem Erbarmen mir vergeben wollt, guter Meister und teuerster Herr.«

Ich hatte nicht ganz folgen können – wenigstens nicht

im Detail, aber ich hatte den roten Faden entdeckt, und der genügte, um mich zu beschämen. Es war nicht anständig, Redensarten aus dem neunzehnten Jahrhundert auf das unwissende Kind des sechsten loszulassen und es dann anzufahren, weil es nicht folgen konnte. Sandy gab sich redliche Mühe, und es war nicht ihre Schuld, wenn sie meine heimischen Ausdrücke nicht verstand; deshalb entschuldigte ich mich. Dann schlenderten wir versöhnt und heiter zu den Eremitenlöchern und plauderten zusammen, bessere Freunde denn je.

Ich bekam mit der Zeit eine geheimnisvolle und schaudernde Ehrfurcht vor dem Mädchen: wenn sie jetzt ihren Zug aus den Schuppen holte und zu einem ihrer unendlichen transkontinentalen Sätze abfahren ließ, dämmerte es mir, daß ich mich in der ehrfurchteinflößenden Gesellschaft der Mutter der deutschen Sprache befand. Das machte mir einen solchen Eindruck, daß ich manchmal unbewußt eine achtungsvolle Haltung einnahm und das Haupt entblößte, wenn sie einen jener Sätze über mich ergoß, und wenn Worte Wasser wären, bestimmt, dann wäre ich ertrunken. Sie hatte ganz und gar die deutsche Art; was ihr Geist auch von sich geben wollte, eine bloße Bemerkung, eine Predigt, eine ganze Enzyklopädie oder die Geschichte eines Krieges – eher würde sie sterben, als es nicht in einem einzigen Satz zu sagen. Wenn der deutsche Schriftsteller in einen Satz taucht, dann hat man ihn die längste Zeit gesehen, bis er auf der anderen Seite seines Ozeans wieder auftaucht mit seinem Verbum im Mund. Wir zogen den ganzen Nachmittag von einem Eremiten zum anderen. War das eine merkwürdige Menagerie! Es schien der Hauptwettbewerb zwischen ihnen, so unsauber und ungezieferbedeckt wie möglich zu erscheinen. In Haltung und Auftreten zeigten sie den höchsten Ausdruck eitler Selbstgerechtigkeit. Der Stolz des einen war es, nackt im Morast zu liegen und sich von Insekten zerstechen zu lassen, ohne sie zu stören; der Stolz des anderen, den ganzen Tag recht augenfällig für die Bewunderung der Pilgerscharen an einen Felsen gelehnt zu beten. Wieder ein anderer hatte den Ehrgeiz, nackt auf allen vieren herumzukriechen; noch ein anderer, jahraus, jahrein achtzig Pfund Eisen mit sich zu schleppen; der eine war stolz darauf, sich zum Schlaf nie zu legen, sondern zwischen den Dornbüschen stehend zu schnarchen, wenn Pilger zum Gaffen da waren. Eine Frau, mit weißem Greisenhaar und nichts bekleidet, war von Kopf bis Fuß schwarz durch siebenundvierzig Jahre heiliger Enthaltsamkeit von Wasser. Gruppen von Maulaffen feilhaltenden Pilgern umstanden all die komischen Käuze, in ehrfürchtiges Staunen verloren und neidisch auf die fleckenlose Heiligkeit, die jene frommen Kasteiungen einem unnachsichtigen Himmel abgerungen hatten.

Zum Schluß besichtigten wir einen besonders Erhabenen. Er war eine Berühmtheit ersten Ranges. Sein Ruf war durch die ganze Christenheit gedrungen. Adlige und Leute mit großem Namen reisten von den fernsten Ländern der Erdkugel herbei, um ihn in Andacht zu beschauen. Seinen Stand hatte er mitten im breitesten Teil des Tales aufgeschlagen, und der Raum war auch nötig, um seine Besucher zu fassen.

Der Stand war eine sechzig Fuß hohe: Säule mit breiter Plattform auf der Spitze. Dort gab er auch heute die gleiche Vorstellung, die er schon seit zwanzig Jahren täglich vorführte: er beugte seinen Körper unaufhörlich und schnell fast bis zu den Füßen. Das war seine Art des Gebets. Ich nahm mit einer Stoppuhr die Zeit: er vollführte zwölfhundertvierundvierzig Drehungen in vierundzwanzig Minuten und sechsundvierzig Sekunden. Ich fand, daß es ein Jammer war, wie all die Energie nutzlos verpuffte. Es handelte sich um eine in der Mechanik äußerst nützliche Bewegung, die Pedalbewegung. Ich machte also eine Notiz in mein Taschenbuch und nahm mir vor, ein System von elastischen Treibriemen an ihn anzuschließen und eine Nähmaschine damit zu betreiben. Später führte ich meinen Plan aus und zog fünf Jahre lang reichlichen Gewinn aus ihm, und er fertigte in der Zeit mehr als achtzehntausend erstklassige Flachsleinenhemden, also zehn täglich. Ich betrieb ihn auch sonntags; denn er funktionierte sonntags genau wie wochentags, es hatte keinen Zweck, seine Energie zu verschwenden. Die Hemden kosteten mich nur Stoff und Garn, das ich selbst lieferte – es wäre nicht anständig gewesen, das auch von ihm zu verlangen –, und die Hemden verkauften sich an die Pilger wie warme Semmeln: anderthalb Dollar das Stück, in Artus' Land der Preis für fünfzig Kühe oder ein Rennpferd mit Stammbaum. Sie wurden als vollkommener Schutz gegen Sünden betrachtet und als solcher überall mit Farbe und Pinsel von meinen Rittern angepriesen, so daß bald keine Klippe, kein Findlingsstein, keine fensterlose Wand in England zu finden war, auf der man nicht auf eine Meile Entfernung lesen konnte:

Kauft die einzigen echten Hl.-Säulen-Hemden.
Vom Adel empfohlen! Patent angemeldet.

Das Geschäft brachte mehr Geld ein, als ich anlegen konnte. Als es erst richtig florierte, brachte ich passende Modelle für Könige heraus, und ein elegantes Hemdchen für Herzoginnen und dergleichen, längs der Vorderluke spitzenbesetzt, das laufende Gut mit einem Federstich in Lee gerafft, durch ein Großtau achtern gezogen und mit halber Drehung in der Haupttakelage verspleißt. Ja, das war ein Schlager.

Aber zu der Zeit stellte ich fest, daß der Antriebsmotor nur noch auf einem Bein stand, und ich sah, daß mit dem anderen etwas nicht in Ordnung war; so stieg ich aus dem Geschäft aus und machte eine Aktiengesellschaft daraus, in die ich Herrn Bors de Ganis und einige Freunde von ihm hereinnahm. Ein Jahr später mußte der Betrieb eingestellt werden; der gute Heilige war zur ewigen Ruhe eingegangen. Er hatte sie ehrlich verdient. Ich kann es bezeugen.

Als ich ihn das erstemal sah . . . schweigen wir, denn er befand sich in einem Zustand, daß sich die Feder gegen die Niederschrift sträubt. Aber im ›Leben der Heiligen‹ ist darüber alles nachzulesen*.

* Alle Einzelheiten über die Eremiten im vorstehenden Kapitel sind den Schriften des irischen Geschichtsschreibers William R. H. Lecky (1838–1903) entnommen – aber stark verändert. Da das vorliegende Buch kein geschichtlicher Bericht ist, sondern nur eine Erzählung, waren die meisten der unverblümt erzählten Einzelheiten des Geschichtsschreibers zu stark, um hier wiedergegeben zu werden. (Der Herausgeber der englischen Originalausgabe)

Am Sonnabendnachmittag ging ich zum Brunnen und sah eine Weile zu; Merlin verbrannte immer noch Räucherpulver und fuchtelte in der Luft herum und murmelte Unsinn eifriger als je. Er sah aber sehr niedergeschlagen aus, denn selbstverständlich hatte er den Brunnen noch nicht einmal zum Schwitzen gebracht.
Schließlich fragte ich: »Wie stehen denn jetzt die Aktien, Kollege?«
»Siehe, ich hebe soeben an, den stärksten Zauber zu versuchen, der den Fürsten der schwarzen Magie in den Ländern des Ostens bekannt ist; läßt er mich auch im Stich, dann kann nichts mehr helfen. Gebt Ruhe, bis ich soweit bin!«
Diesmal ließ er einen Rauch aufsteigen, der die ganze Gegend verdunkelte und den Einsiedlern wie ein Reibeisen im Hals stecken mußte; denn der Wind stand auf sie zu und drückte ihn als dicht wogender Nebel auf ihre Höhlen. Dazu spie Merlin die passenden Zaubersprüche haufenweise heraus, verrenkte seinen Körper und zerhieb mit den Händen die Luft in unvorstellbarer Weise. Nach zwanzig Minuten brach er keuchend zusammen, er war ziemlich erschöpft. Jetzt erschien der Abt mit einigen Mönchen und Nonnen auf der Bildfläche, ihnen folgten Scharen von Pilgern und eine Armee von Findelkindern, alle, die der ungeheure Rauch herbeigelockt hatte, waren in höchster Erregung. Der Abt fragte gierig nach Erfolgen. Merlin sagte: »Wenn überhaupt eines Sterblichen Bemühen den Fluch zu lösen vermag, der die Wasser bannt, so hätten die es vermocht, die ich soeben anwandte. Sie haben versagt; wodurch ich die Gewißheit erlangte, daß meine furchtvolle Ahnung der Wahrheit entspricht: der Fehlschlag will sagen, daß der mächtigste Geist, den die Magier des Ostens kennen und dessen Name niemand auszusprechen vermag, ohne vom Tod zu Boden geschleudert zu werden, mit seinem Zauber den Brunnen bannt. Der Sterbliche ist und bleibt ungeboren, und ohne das Geheimnis zu wissen, kann niemand ihn lösen. Nie wieder wird das Wasser fließen, guter Vater. Ich habe getan, was Menschen vermögen. Erlaube, daß ich scheide.«

Der Abt war natürlich sehr bestürzt.
Er wandte sich mit entsetztem Gesicht mir zu und fragte mich erregt: »Ihr habt ihn gehört. Ist das wahr?«
»Teilweise.«
»Also nicht ganz, gottlob, nicht ganz. Was davon ist wahr?«
»Daß der Geist mit dem orientalischen Namen den Brunnen gebannt hat bis an den Rand.«
»Oh, Gottes Wunden, so ist es um uns geschehen!«
»Vielleicht!«
»Noch nicht sicher? Ihr meint, nicht sicher?«
»Ja, das meine ich.«
»Warum meint Ihr . . . da er beschwört, niemand könne den Fluch lösen? . . .«
»Ja, wenn er das behauptet, sagt er etwas, was nicht zu stimmen braucht. Unter gewissen Bedingungen kann ein Versuch, ihn zu brechen, Aussicht auf Erfolg haben, wenn auch nur eine kleine, eine ganz kleine Möglichkeit auf Erfolg.«
»Und die Bedingung heißt?«
»Oh, sie ist nicht schwer: Ich will den Brunnen und eine halbe Meile im Umkreis ganz für mich allein haben, heute von Sonnenuntergang an, bis ich den Bann breche, und niemand darf das Gebiet betreten, außer mit meiner ausdrücklichen Erlaubnis.«
»Und sonst nichts?«
»Nein.«
»Und Ihr fürchtet Euch nicht, es zu wagen?«
»Oh, durchaus nicht. Vielleicht geht es schief, aber vielleicht gelingt es auch. Man muß probieren, und ich bin bereit, das Risiko einzugehen. Ihr willigt in meine Bedingungen?«
»Ich willige darein und in alle anderen, die Ihr nennen mögt. Ich werde ein Gebot erlassen, das bestimmt . . .«
»Warte«, sagte Merlin mit boshaftem Lächeln. »Wisset, wer den Zauber lösen will, muß des Geistes Namen wissen!«
»Und ich weiß den Namen.«
»Wisset zudem, daß es nichts nützt, ihn zu wissen, Ihr müßt ihn auch aussprechen! Haha! Wißt Ihr auch das?«
»Ja, auch das weiß ich.«

»Ihr habt die Kenntnis? Seid Ihr ein Narr? Gedenket Ihr den Namen auszusprechen und zu sterben?«

»Ihn auszusprechen? Ja, natürlich. Ich werde ihn aussprechen, und wenn er walisisch wäre.

»So seid Ihr schon ein toter Mann, und ich werde gehen, es Artus zu vermelden.«

»Tu das! Pack deine Koffer und hau ab! Für dich ist das einzig Richtige, nach Haus zu gehen und in Wetter zu machen, Johann W. Merlin.«

Das saß im Schwarzen, und er zuckte zusammen, denn in der Meteorologie war er die größte Niete des Königreichs. Wenn er an der Küste die Sturmsignale hissen ließ, dann war ganz sicher eine Woche Windstille, und jedesmal, wenn er Sonnenschein prophezeite, regnete es Schusterjungen. Aber ich hielt ihn absichtlich im Wetterbüro, um seinen Ruf zu untergraben. Jedenfalls stieg ihm bei diesem Volltreffer die Galle hoch, und statt sich heimzuscheren und meinen Tod zu verkünden, wollte er jetzt lieber bleiben und das Ereignis genießen.

Meine beiden Fachleute trafen recht erschöpft am Abend ein, denn sie waren Tag und Nacht gereist. Sie waren mit Maultieren gekommen und brachten alles mit, was ich brauchte: Werkzeug, Pumpe, Bleirohr, bengalische Feuer, Bündel großer Raketen, Wunderkerzen, farbige Sprühregen, eine elektrische Apparatur und einen Haufen Kleinigkeiten, alles Nötige, um das großartigste Wunder zu veranstalten. Sie bekamen ihr Abendessen und legten sich aufs Ohr. Um Mitternacht durchquerten wir die Einöde, die so öde und leer war, daß sie meine Forderungen beinahe übertraf. Wir ergriffen Besitz vom Brunnen und seiner Umgebung. Meine Jungen waren in allem geübt: vom Ausmauern eines Brunnen bis zur Konstruktion eines mathematischen Instruments, und eine Stunde vor Sonnenaufgang hatten wir das Leck tadellos repariert. Das Wasser im Brunnen begann wieder zu steigen.

Nun verstauten wir unser Feuerwerk in der Kapelle, schlossen ab und gingen schlafen.

Bevor die Mittagsmesse gelesen war, trafen wir uns wieder am Brunnen; denn es gab noch viel zu tun, und ich war entschlossen, das Wunder noch vor Mitternacht zu starten, schon aus Geschäftsgründen. Verglichen mit einem Werktagswunder, ist ein Sonntagswunder für die Kirche sechsmal wertvoller. Seit neun Stunden war das Wasser gestiegen und hatte seine Normalhöhe im Brunnen erreicht; es stand dreiundzwanzig Fuß unter dem Rand. Wir legten eine kleine Eisenpumpe an, eine der ersten, die meine bei der Hauptstadt gelegene Fabrik hergestellt hatte. Wir bohrten ein Loch in den Steinbehälter an der Wand der Brunnenkammer und steckten das eine Ende eines Bleirohrs durch, das bis zur Tür der Kapelle und über die Schwelle hinaus reichte, wo Zehntausende das Wasser sprudeln sehen würden. Denn so viele gedachte ich auf der flachen Ebene gegenüber dem heiligen Hügelchen zur rechten Zeit zusammenzutrommeln.

Wir schlugen den Deckel eines leeren Bierfasses aus und hievten es auf das flache Dach der Kapelle, wo wir es festkeilten und so viel Schießpulver hineinschütteten, bis der Boden locker einen Zoll hoch bedeckt war. Dann stellten wir Raketen hinein, so dicht wie irgend möglich, all die verschiedenen Arten Raketen, die es gibt; und ich schwöre, es war ein sehr dickes, ansehnliches Bündel. Wir führten den Draht einer elektrischen Taschenbatterie in das Pulver und brachten ein ganzes Warenlager bengalisches Feuer auf den vier Ecken des Daches unter – blau auf der einen Ecke, auf der anderen grün, auf der dritten rot und auf der letzten purpurfarben –, und verbanden sie alle mit Drähten.

Ungefähr in zweihundert Meter Entfernung errichteten wir auf freiem Feld ein kleines Lattengerüst, etwa vier Fuß hoch, als Tribüne, und belegten es mit Brettern. Wir verkleideten das Ganze mit prächtigen Wandteppichen, die wir extra hierfür geborgt hatten, und krönten es mit des Abtes eigenem Thronsessel. Wenn man ein Wunder für ein unwissendes Geschlecht veranstaltet, muß jede Kleinigkeit bedacht werden, die Eindruck hinterlassen soll; jede Einzelheit muß dem Auge der Zuschauer so schmackhaft wie möglich gemacht werden. Auch muß für die Bequemlichkeit des vornehmsten Gastes gesorgt sein, erst dann fühlt man sich frei für seine Darbietungen und kann ihre Wirkung voll ausspielen. Ich weiß um die Wichtigkeit der Drapierung, denn ich kenne die menschliche Natur. Man kann ein Wunder nicht großartig genug aufziehen, es kostet Mühe und Arbeit und manchmal Geld, aber es macht sich bezahlt. Wir führten also Drähte bis zum Boden der Kapelle und verlegten sie dann unterirdisch weiter bis unter den Tribünenboden. Dort versteckten wir die Batterien, an die die Drähte angeschlossen waren. Hundert Quadratfuß um die Tribüne sperrten wir mit Seilen ab, um die Menge fernzuhalten, und damit war die Arbeit getan. Mein Plan war: Öffnung der Pforten um 22 Uhr 30, Beginn der Vorstellung Punkt 23 Uhr 25. Am liebsten hätte ich Eintrittsgeld verlangt, aber das ging natürlich nicht. Ich bestellte meine Jungen für 22 Uhr in die Kapelle, um die Pumpen rechtzeitig zu besetzen und zu pumpen, was das Zeug hält, bevor die Gäste anmarschierten. Dann gingen wir nach Hause zum Abendessen.

Zu der Zeit war die Unglücksbotschaft vom versiegten Brunnen weit ins Land gedrungen, und seit zwei, drei Tagen war ein stetiger Menschenstrom ins Tal geflossen, dessen unterer Teil bereits einem riesigen Heerlager glich: Wir konnten also mit einem ausverkauften Haus rechnen, das stand fest. Früh am Abend gingen Ausrufer umher und kündigten das bevorstehende Stück an, und alles Blut war bald in Fieberhitze. Sie riefen aus, daß der Abt und sein Gefolge in vollem Prunk eintreffen und um 22 Uhr 30 die Tribüne betreten würden, bis zu welchem Zeitpunkt das gesamte Sperrgebiet nicht betreten werden dürfte. Dann sollte das Glockengeläute verstummen, das Zeichen für die Menge, einzutreten und die Plätze einzunehmen.

Ich stand bei der Tribüne zu Empfangszeremonien bereit, als die feierliche Prozession mit dem Abt in Sicht kam – was erst der Fall war, als sie die Seilumzäunung erreicht hatte, denn die Nacht war sternenlos und finster, und Fackeln hatte ich nicht gestattet. Mit der Prozession traf auch Merlin ein und setzte sich in die erste Reihe auf der Tribüne. Einmal, daß er Wort gehalten hatte. Man konnte die Menschenmauern hinter der Seilabsperrung nicht erkennen, aber sie standen dort, das war sicher. Sobald die Glocken schwiegen, brachen und fluteten die angestauten Massen über die Sperrlinie wie eine riesige schwarze Woge, und über eine halbe Stunde strömte sie so weiter, dann kam sie zum Still-

stand, und man hätte auf einem Pflaster von Köpfen wandern können, bis . . . nun, meilenweit.
Jetzt kam eine feierliche Pause von ungefähr zwanzig Minuten – ein Kunstgriff, den ich für sehr wirkungsvoll halte; es ist immer gut, dem Publikum Zeit zur Steigerung seiner Erregung zu lassen. Schließlich erhob sich aus dem Schweigen ein wundervoller Männerchor mit einem lateinischen Gesang, schwoll an und klang in die Nacht hinaus – eine majestätische Melodienflucht. Auch das hatte ich organisiert, einer der besten Gags, die ich je ersonnen. Als das zu Ende war, erhob ich mich auf der Tribüne, streckte meine Hände aus, wandte mein Gesicht himmelwärts – was immer absolutes Schweigen nach sich zieht –, blieb so zwei Minuten lang stehen und sprach dann langsam das gräßliche Wort mit furchtbarer Betonung, die Hunderte erzittern und viele Frauen in Ohnmacht fallen ließ:

„Constantinopolitanischedudelsackpfeifenmachergesellschaft!"

Als ich die letzten Brocken davon gerade hinausstöhnte, schaltete ich eine elektrische Leitung ein, und die ganze dunkle Welt voller Menschen erschien plötzlich in unheimlichem blauem Glanz! Es war ein nie gesehener Erfolg! Viele Leute schrien auf, Frauen wanden sich in Krämpfen oder flohen in alle Himmelsrichtungen, Findelkinder brachen kompanieweise zusammen. Der Abt und die Mönche bekreuzigten sich hastig, und ihre Lippen flatterten in erregtem Gebet. Merlin bewahrte Haltung, aber er war erstaunt bis in die Hühneraugen, er hatte nie zuvor eine solche Ouvertüre erlebt. Jetzt war es Zeit, die Effekte zu steigern. Ich erhob die Hände und stöhnte wie in furchtbarem Schmerz das Wort hervor:

„Nihilistendynamittheaterkästchensprengungsattentatsversuchungen!"

– und drehte das rote Feuer an! Ihr hättet das Meer von Menschen ächzen und jammern hören sollen, als die Scharlachhölle sich mit der blauen mischte! Nach sechzig Sekunden rief ich laut:

„Transvaaltruppentropentransporttrampeltiertreibertrauungstränentragödie!"

– und zündete das grüne Feuer! Dann ließ ich sie nur vierzig Sekunden verschnaufen, breitete die Arme aus und donnerte die vernichtenden Silben hinaus:

„Mekkamuselmanenmassenmenschenmörder-mohrenmuttermarmormonumentenmacher!“

– und wirbelte das Purpurfeuer hinein! Jetzt waren sie alle beieinander: Rot, Blau, Grün, Purpur! Vier wütende Vulkane, die riesige Wolken von leuchtendem Rauch in die Luft wirbelten. Ein Licht, blendend wie Mittagsglanz, gleißend in allen Regenbogenfarben, breitete sich bis zu den fernsten Grenzen des Tales. Wie versteinert stand weit, weit der Säulenheilige gegen den Himmel, zum erstenmal seit zwanzig Jahren war sein Auf und Ab gebremst.

Ich wußte, daß die Jungen an der Pumpe jetzt bereitstanden, und so sagte ich zum Abt: »Die Zeit ist gekommen, Vater. Ich werde gleich den fürchterlichen Namen aussprechen und dem Zauber zu weichen befehlen. Ihr müßt tief Atem holen und Euch festhalten.«

Dann schrie ich den Leuten zu: »Sehet, in einer Minute wird der Zauber gebrochen sein, oder kein Sterblicher kann ihn brechen. Wenn er bricht, werden es alle erkennen, denn ihr werdet das heilige Wasser aus der Kapellentür strömen sehen!«

Ich stand einige Augenblicke still, damit die, die es gehört hatten, es jenen sagten, die zu weit ab standen, und meine Botschaft so bis in die letzten Reihen drang. Dann gab ich eine regelrechte Galavorstellung von künstlerischer Haltung und Mimik und schrie: »Wahrlich, ich befehle dem bösen Geist, der den heiligen Quell bewohnt, jetzt alle Höllenfeuer, die noch in ihm sind, gen Himmel zu speien, den Zauber sofort zu lösen und zur Hölle zu fahren, wo er tausend Jahre gebunden liegen soll. Ich befehle es bei seinem eigenen gefürchteten Namen:

BGWJJILLIGKKK!«

Dann jagte ich die Raketen im Faß empor, und eine ungeheure Fontäne von strahlenden Feuerlanzen schoß rauschend und zischend steil aufwärts und barst inmitten des Himmels zu einem Wolkenbruch von leuchtenden Juwelen! Ein tiefes Stöhnen des Entsetzens drang aus den Menschenmassen – dann plötzlich brachen alle in einen wilden Jubelschrei der Freude aus; denn dort, klar und deutlich in dem unheimlichen Glanz, sah man die befreiten Wasser hervorsprudeln! Der alte Abt konnte vor Tränen und Schluckauf kein Wort herauskriegen. Schweigend schloß er mich in die Arme, und ich glaubte in einen Schraubstock geraten zu sein. Das war beredter als Worte. Aber auch schwerer zu überstehen, besonders in einem Land, in dem es keinen Arzt gab, der auch nur einen verbogenen Nickel wert war.

Ihr hättet die Tausende von Menschen sehen sollen, wie sie sich in das Wasser niederwarfen und es küßten, ja, sie küßten und streichelten und liebkosten es und sprachen zu ihm, als ob es lebte, und belegten es mit Kosenamen, die sie ihren Kindern gaben: gerade als wäre es der verlorene Sohn, der nun wieder heimgekehrt war. Ja, es war ein überwältigender Anblick, und ich hielt danach mehr von den Menschen als vordem.

Merlin ließ ich auf einem Fensterladen nach Hause tragen. Er hatte klein beigegeben und war wie eine Lawine niedergegangen, als ich den fürchterlichen Namen nannte, und seitdem nicht mehr zu sich gekommen. Er hatte den Namen nie vorher gehört – ich übrigens auch nicht –, aber für ihn war es der richtige. Jeder Quatsch wäre für ihn richtig gewesen. Später gestand er, daß nicht einmal des Geistes eigne Mutter den Namen besser als ich hätte aussprechen können. Er konnte nie begreifen, wie ich es überlebte, und ich erklärte es ihm auch nicht. Nur Anfänger der Zauberkunst geben ihr Geheimnis preis. Merlin verbrachte drei Monate mit magischen Versuchen, um das tiefe Geheimnis zu ergründen, wie man jenen Namen aussprechen und doch weiterleben konnte. Aber er bekam es nicht heraus.

Als ich zur Kapelle schritt, entblößte das Volk sein Haupt und trat ehrfurchtsvoll zurück, als sei ich eine Art höheres Wesen – und das war ich auch. Ich war fest davon überzeugt. Ich nahm eine Nachtschicht von Mönchen mit, lehrte sie die Handhabung der Pumpe und ließ sie arbeiten; denn es war klar, daß viele der Leute da draußen die ganze Nacht am Wasser sitzen würden. So war es nur recht und billig, daß sie so viel bekamen, wie sie wollten. Für die Mönche war allein die Pumpe schon

Wunder genug, und sie waren darüber voller Staunen und auch voller Bewunderung für die überraschende Wirkung ihrer eigenen Tätigkeit.
Es war eine große Nacht, eine unvergleichbare Nacht. Ruhm ging von ihr aus. Ich konnte vor freudigem Triumph erst spät Schlaf finden.

Ein Rivale in der Zauberkunst

Mein Einfluß im Tal der Heiligkeit war jetzt beinahe grenzenlos. Es schien der Mühe wert, ihn zu einem nützlichen Zweck zu verwenden. Der richtige Gedanke kam mir am nächsten Morgen und fiel mir ein, als ich einen meiner Ritter aus der Seifenbranche heranreiten sah. Wie die Geschichte berichtet, waren die Mönche hier vor zwei Jahrhunderten so weltlich gesonnen, daß sie sich waschen wollten. Es mochte sein, daß ein Rest dieser Liederlichkeit noch geblieben war. Ich klopfte bei einem Bruder deshalb auf den Busch: »Möchtest du nicht ein Bad nehmen?«

Er schauderte bei dem Gedanken – dem Gedanken an die Gefahr für den Brunnen –, aber er sagte gefühlvoll: »Das braucht man einen armen Menschen nicht zu fragen, der diese gesegnete Erfrischung nicht mehr kennt, seit er ein Knabe war. Wollte Gott, ich könnte mich waschen! Aber es darf nicht sein, teurer Herr, führet mich nicht in Versuchung; es ist verboten.«

Und dann seufzte er so schmerzlich, daß ich beschloß, er solle zum mindesten einen Jahresring von seinem Körper ablösen dürfen, und wenn es meinen ganzen Einfluß kostete und der Gewinn wieder draufging. So ging ich zum Abt und bat ihn um eine Waschlizenz für diesen Bruder. Er erbleichte bei dem Gedanken – ich will nicht sagen, daß ich ihn erbleichen sah, denn natürlich konnte ich das nicht, ohne ihn vorher abzukratzen, und so wichtig war es mir wieder nicht. Aber ich wußte, die Blässe war da, ganz sicher – unter der Schicht von der Stärke eines Buchdeckels erbleichte und zitterte er.

Er sagte: »Oh, mein Sohn, bitte um alles andere, was du willst, und es ist dein und gern gewährt aus einem dankbaren Herzen – aber dies, oh, dies! –, willst du denn das gesamte Wasser wieder vertreiben?«

»Nein, Vater, ich will es nicht vertreiben. Ich habe geheime Kenntnis, die mich lehrt, daß es zu jener Zeit ein Irrtum war, als man dachte, die Einrichtung des Bades verbanne die Quelle.«

Im Gesicht des alten Mannes erwachte großes Interesse. »Nach meiner Kenntnis war das Bad unschuldig an dem

Unglück, das durch eine ganz andere Art Sünde geschah.«

»Das sind kühne Worte – aber – aber – sehr willkommen, wenn sie wahr sind.«

»Sie sind wahr, Ihr könnt Euch drauf verlassen. Laßt mich das Bad wieder bauen, Vater! Laßt es mich wieder bauen, und der Quell wird für immer fließen.«

»Ihr versprecht das? Ihr versprecht es? Sagt das Wort – sagt, daß Ihr es feierlich gelobt?«

»Ich gelobe es.«

»Dann will ich selbst das erste Bad nehmen! Geh und beginne mit deinem Werk! Zögere nicht, verweile nicht, sondern geh!«

Ich und meine Jungen waren sofort bei der Arbeit. Die Ruinen des alten Bades im Kellergeschoß des Klosters waren noch immer da. Kein Stein fehlte. Sie waren unberührt stehengeblieben, alle Generationen hindurch wie fluchbeladene Dinge mit frommer Scheu gemieden. In zwei Tagen hatten wir es erneuert und Wasser drin – ein geräumiges Becken, mit klarem, frischem Wasser, in dem man schwimmen konnte. Es war sogar fließendes Wasser. Es lief ein und aus durch die früheren Röhren. Der alte Abt hielt Wort und versuchte es als erster. Schwarz und zitternd tauchte er ein und ließ die ganze schwarze Gemeinde besorgt, ängstlich und voll böser Ahnungen zurück, kam aber weiß und freudevoll wieder zum Vorschein, und das Spiel war gewonnen, ein neuer Triumph errungen.

Wir hatten eine gute Schlacht im Tal der Heiligkeit geschlagen, und ich war sehr befriedigt und bereit, weiterzuziehen, als ich eine Enttäuschung erlitt. Ich holte mir eine schwere Erkältung, und die rührte mein altes schleichendes Rheuma auf. Natürlich fand der Rheumatismus gleich meine Achillesferse heraus und setzte sich dort fest, wo der Abt seine Arme um mich gelegt und mich aus Dankbarkeit zerdrückt hatte.

Als ich schließlich aufstand, war ich nur ein Schatten. Aber jedermann war voller Aufmerksamkeit und Freundlichkeit für mich, und das gab mir wieder Lebensmut und ist die beste Medizin, einem Genesenden rasch wieder zu Gesundheit und Kraft zu verhelfen.

Sandy war von der Pflege ganz erschöpft, so beschloß

ich, allein auf einen Beutezug zu gehen und sie zur Erholung im Nonnenkloster zu lassen. Ich hatte den Plan, mich als einen Freien aus dem Bauernstand zu verkleiden und eine Woche oder zwei zu Fuß durchs Land zu wandern. Das würde mir die Möglichkeit geben, mit der niedersten und ärmsten Klasse von freien Staatsbürgern auf gleichem Fuß zu leben, mit ihnen zu essen und zu wohnen. Es gab keinen anderen Weg, mich über ihr tägliches Leben zu informieren und wie sich die Gesetze darauf auswirkten. Wenn ich als Gentleman unter sie träte, würden die gesellschaftlichen Schranken und die Zurückhaltung mich von ihren privaten Freuden und Leiden ausschließen, und ich würde nicht weiter als bis zur äußeren Schale dringen.

Eines Morgens unternahm ich einen langen Spaziergang, um für meine Fahrt die Muskeln zu stärken, und hatte den Hügelkamm an der nördlichen Umrandung des Tales erklommen, als ich auf eine künstliche Öffnung in einem niederen Felsabsturz stieß. Ich erkannte sie als eine Einsiedelei, die man mir oft aus der Ferne als Höhle eines Eremiten von großem Ruf an Schmutz und Enthaltsamkeit gezeigt hatte. Ich wußte auch, daß ihm kürzlich eine Stelle in der großen Sahara angeboten wurde, wo Löwen und Sandflöhe das Leben eines Eremiten besonders reizvoll und schwierig machen; er war nach Afrika gefahren, um die Stelle anzunehmen. Ich wollte deshalb nachsehen, wie die Luft der aufgelassenen Höhle zu ihrem Ruf paßte.

Groß war meine Überraschung; die Örtlichkeit schien frisch gefegt und gescheuert. Und dann noch eine Überraschung; hinten in der dämmrigen Höhle hörte ich es klingeln und den Ruf: »Hallo, Amt! Ist dort Camelot? Siehe, du magst dich freuen in deinem Herzen, so du an Wunderbares glauben kannst, da es in unerwarteter Gestalt kommt und sich an ungewöhnlichen Plätzen offenbart. Hier steht in Fleisch und Blut seine Mächtigkeit ›der Chef‹, und mit deinen eigenen Ohren sollst du ihn sprechen hören.«

Nun, welch gründliche Umkehrung der Dinge das war! Was für eine tolle Mischung von ungewöhnlichen Gegensätzen! Was für eine phantastische Verbindung von Widersprüchen, von Unvereinbarem – das Heim des

Scheinwunders wird das Heim eines wirklichen Wunders, die Höhle eines mittelalterlichen Eremiten wird zum Telefonamt.
Der Telefonist trat ins Licht, und ich erkannte einen meiner jungen Burschen. Ich sagte: »Wie lange ist die Vermittlung schon hier, Ulfius?«
»Erst seit Mitternacht, edler Herr Chef, so es Euch gefällt. Wir sahen viele Lichter im Tal und hielten es deshalb für richtig, hier eine Vermittlung einzurichten, denn so viele Lichter lassen auf eine recht große Stadt schließen.«
»Ganz richtig. Es ist zwar keine Stadt im üblichen Sinne, aber ein ganz guter Tummelplatz. Weißt du, wo du bist?«
»Ich fand noch keine Zeit, Erkundigungen einzuziehen. Denn als meine Gefährten ihrer Arbeit nachzogen und mich zur Aufsicht hier ließen, pflegte ich zuerst der sehr benötigten Ruhe, mit der Absicht, nach dem Erwachen nachzuforschen und den Namen des Orts nach Camelot zu übermitteln.«
»Nun, das hier ist das Tal der Heiligkeit.«
Es verfing nicht, Ich meine, er stutzte nicht bei dem Namen, wie ich erwartet hatte. Er sagte einfach: »Das will ich also übermitteln.«
»Nanu, die ganze Umgegend ist voll von Geschrei über die kürzlich geschehenen Wunder. Hast du nichts davon gehört?«
»Oh, Ihr werdet Euch erinnern, daß wir nächtens unterwegs sind und Gespräche meiden. So wissen wir nur, was wir per Telefon aus Camelot erfahren.«
»Aber die wissen doch genau Bescheid. Haben sie dir denn gar nichts über das große Wunder der heiligen Quelle erzählt?«
»Oh, davon! Ja, wahrhaftig; doch der Name des Tales hier klingt ganz anders als der Name des Tales, den sie nannten; größere Verschiedenheit war wahrlich nicht mög . . .«
»Wie hieß es denn?«
»Das Tal der Höllischkeit.«
»Das erklärt alles. Verdammtes Telefon! Es ist ein wahrer Teufel darin, ähnliche Klänge hervorzubringen, wo es sich um wahre Wunder des Unterschiedes in der Be-

deutung handelt. Aber es macht nichts, du kennst den Namen des Ortes jetzt. Ruf Camelot an!«
Er tat es, und man rief Clarence ans Telefon. Es tat gut, wieder die Stimme meines Jungen zu hören. Es war wie zu Hause. Nach einigem freundschaftlichen Hin und Her und dem Bericht meiner Krankheit fragte ich: »Was gibt es Neues?«
»Der König und die Königin und viele vom Hofe brachen zur Stunde auf, um zu Eurem Tal zu reiten und den Wassern, die Ihr wieder fließen laßt, fromme Reverenz zu erweisen und sich von Sünde zu reinigen und den Ort zu sehen, wo der Höllengeist wirliche Höllenflammen in die Wolken spuckte – wenn Ihr die Ohren spitzt, könnt Ihr mich blinzeln hören und vielleicht auch schmunzeln, zumal ich jene Flammen aus unserem Lager wählte und sie auf Euren Befehl hinschickte.«
»Kennt der König den Weg hierher?«
»Der König? Nein, noch zu irgendeinem andern Ort in seinem Reich wahrscheinlich, aber die Burschen, die Euch bei dem Wunder halfen, werden ihn führen und auch die Rast- und Schlafplätze bestimmen.«
»Wann werden sie hier sein?«
»Am Nachmittag des dritten Tags.«
»Gibt es sonst etwas Neues?«
»Der König hat begonnen, das stehende Heer aufzubauen, das Ihr ihm vorschlugt; ein Regiment ist schon komplett und mit Offizieren versehen.«
»So ein Pech! Darüber wollte ich doch selbst verfügen. Es gibt nur eine Menschengruppe im Königreich, die sich zu Offizieren einer regulären Armee eignet.«
»Ja – und nun wird es Euch wundernehmen zu erfahren, daß nicht ein einziger West-Pointer im Regiment ist.«
»Was sagst du? Ist das dein Ernst?«
»Es ist wirklich, wie ich sage.«
»Was? Du beunruhigst mich. Wer wurde ausgewählt, und nach welcher Methode? Durch eine Prüfung der Bewerber?«
»Wahrhaftig, über die Methode weiß ich gar nichts. Ich weiß nur so viel – diese Offiziere sind alle aus Adelsfamilien und sind die geborenen – wie nennt Ihr sie doch? – Dummköpfe.«
»Da stimmt was nicht, Clarence.«

»Tröstet Euch aber; zwei Anwärter auf den Leutnantsposten reisen mit dem König, beides junge Adlige – und wenn Ihr nur wartet, wo Ihr seid, werdet Ihr hören, wonach sie befragt werden.«

»Das ist eine brauchbare Nachricht. Ich will auf jeden Fall einen West-Pointer reinbekommen. Setz einen Mann aufs Pferd und schick ihn mit einer Botschaft zur Schule. Laß ihn Pferde zu Tode reiten, wenn nötig, aber er muß heute vor Sonnenuntergang dort sein und sagen . . .«

»Das ist nicht nötig, ich habe ein Bodenkabel zur Schule legen lassen. Erlaubt mir, Euch mit ihr zu verbinden.«

Das war Musik! In dieser Atmosphäre von Telefon und blitzschneller Verbindung zu entfernten Gegenden atmete ich wieder Lebensluft, nachdem ich schon zu ersticken drohte. Ich begriff auf einmal, was für ein schleichender, dumpfer, lähmender Alp das Land die ganzen Jahre hindurch für mich war, und wie ich so lange in einer beengten Geistesverfassung lebte, daß ich mich beinahe an sie gewöhnt hatte, sie kaum mehr wahrnahm.

Ich gab dem Direktor der Akademie persönlich meinen Befehl. Ich bat ihn auch, mir Papier und Füller und einige Schachteln Streichhölzer mitschicken zu lassen. Ich mochte diese Bequemlichkeiten nicht länger entbehren. Ich konnte sie jetzt bei mir haben, weil ich keinen Panzer mehr tragen wollte und deshalb an meine Tasche herankonnte.

Als ich ins Kloster zurückkam, wurde ich Zeuge eines interessanten Vorgangs. Der Abt und seine Mönche waren in der großen Halle versammelt und beobachteten mit kindischem Staunen und mit Gläubigkeit die Darbietungen eines Zauberers; frische Importware. Sein Anzug war äußerst phantastisch; so auffallend und verrückt, wie ihn ein indianischer Medizinmann trägt. Er mauzte und muffelte und gestikulierte und zeichnete mystische Figuren in die Luft und auf den Fußboden – das übliche Brimborium! Er war eine Berühmtheit aus Asien – behauptete er wenigtens, und das genügte. Diese Art Beweis war so gut wie Gold und wurde überall akzeptiert.

Wie einfach und billig konnte man ein großer Zauberer

sein, wenn man es so machte wie der Bursche! Es war seine Spezialität, zu erzählen, was irgendein Individuum auf der Erdoberfläche im Augenblick tat, was es irgendwann früher mal getan hatte und was es irgendwann in Zukunft tun würde. Ob einer wissen wollte, was der Kaiser des Ostens jetzt gerade tat? Die strahlenden Augen und das entzückte Händereiben gaben beredte Antwort, die ehrfürchtige Menge wollte durchaus wissen, was der Kaiser jetzt im Augenblick tat. Der Schwindler murmelte noch ein bißchen und machte dann die feierliche Eröffnung: »Der hohe und mächtige Kaiser des Ostens legt gerade Geld in die Hand eines heiligen Bettelmönchs – ein, zwei, drei Stücke, und sie sind alle aus Silber.«

Ein Gesumm bewundernder Ausrufe brach in der ganzen Runde aus.

»Es ist übernatürlich!« – »Wunderbar!« – »Was für ein Studium, was für eine Mühe hinter einer so erstaunlichen Macht steckt!«

Ob sie wissen wollten, was der Höchste Herr von Indien gerade tat? Ja. Er erzählte ihnen, was der Höchste Herr von Indien tat. Dann erzählte er, was der Sultan von Ägypten verübte und womit sich der König der Fernen Meere gerade beschäftigte. Und so weiter und so fort; und mit jedem neuen Wunder stieg das Erstaunen über seine Genauigkeit immer mehr. Sie dachten, er müsse doch sicher einmal danebenhauen; aber nein, er brauchte nie zu zögern, er wußte es immer, und immer mit unbeirrbarer Bestimmtheit. Wenn das so weiterging, würde ich meine Vorherrschaft verlieren, der Bursche würde mir meine Gemeinde ausspannen, und ich konnte draußen in der Kälte stehen. Ich mußte ihm einen Knüppel zwischen die Beine werfen, und zwar sofort. Ich sagte: »Wenn ich fragen dürfte – ich würde sehr gern wissen, was eine bestimmte Person gerade tut.«

»Sprecht frei von der Leber weg! Ich werde es Euch erzählen.«

»Es wird schwer sein – vielleicht unmöglich.«

»Meine Kunst kennt kein Unmöglich. Je schwieriger es ist, desto sicherer werde ich es Euch enthüllen.«

Ihr seht, ich steigerte die Spannung. Sie stieg auch ziemlich hoch; das konnte man an den gereckten Hälsen und am angehaltenen Atem erkennen. Deshalb ließ ich jetzt die Katze aus dem Sack.

»Wenn du keinen Fehler machst – wenn du mir wirklich sagst, was ich wissen will, werde ich dir zweihundert Silberpennies geben.«

»Das Geld gehört mir! Ich werde sagen, was Ihr wissen wollt.«

»Dann sage mir, was ich jetzt mit meiner rechten Hand mache.«

»Ah!«

Das gab ein allgemeines Japsen vor Überraschung. Niemand in der Menge war es eingefallen – dieser einfachste Trick –, nach etwas zu fragen, das nicht zehntausend Meilen entfernt geschah. Der Magier war schwer angeschlagen; das war eine Situation, die er noch nie erlebt hatte, und sie stopfte ihm den Mund; er wußte sich nicht zu helfen. Er schaute verblüfft und verwirrt, er konnte kein Wort über die Lippen bringen. »Los«, sagte ich. »Worauf wartest du? Ist es möglich, daß du so ohne weiteres sagen kannst, was jemand auf der anderen Seite der Erde tut, und nicht sagen kannst, was jemand drei Meter von dir entfernt tut? Die Leute hinter mir wissen, was ich mit meiner rechten Hand mache – sie werden es bestätigen, wenn du es richtig sagst.« Er war immer noch stumm. »Nun gut, ich werde dir sagen, warum du nicht redest und es uns nicht sagst; weil du es nicht weißt. Du, und ein Zauberer! Liebe Freunde, dieser Landstreicher ist nichts als ein Schwindler und Lügner.«

Die Mönche waren bestürzt und erschreckt. Sie waren nicht daran gewöhnt, daß man solche ehrfurchteinflößenden Wesen beschimpfte, und fürchteten die Folgen. Jetzt herrschte Totenstille. Jeder hatte düstere Ahnungen. Der Magier versuchte, allen Geist zusammenzunehmen, und als er bald danach ein leichtes, sorgloses Lächeln zeigte, atmete die Gesellschaft erleichtert auf; denn es bedeutete, daß er nichts Böses ausbrütete. Er sagte: »Die Nichtigkeit der Rede dieses Menschen hat mir die Sprache verschlagen. Alle mögen wissen, wenn es vielleicht hier noch jemand nicht weiß, daß ein Zauberer von meinem Rang sich nur mit den Handlungen von Königen, Fürsten und Kaisern zu befassen geruht, den Taten jener, die im Purpur geboren, und keiner anderen.

Hättet Ihr mich gefragt, was Artus, der große König tut, wäre es etwas anderes, und ich hätte es Euch gesagt; aber das Tun eines Untertan interessiert mich nicht.«

»Oh, ich habe Euch mißverstanden. Ich dachte, Ihr sagtet ›irgend jemand‹, und so glaubte ich, ›irgend jemand‹ heißt nun irgend jemand, also jedermann.«

»Das tut es – jedermann von hoher Geburt; und wenn von königlicher – um so besser.«

»Das scheint mir ein vernünftiger Grund«, sagte der Abt, der die Gelegenheit ergriff, beruhigend zu wirken und ein Unglück zu vermeiden, »denn es ist unwahrscheinlich, daß eine so wunderbare Gabe zur Enthüllung allen Geschehens für mindere Wesen verliehen ward als solcher nahe den Gipfeln der Größe geborenen. Unser Artus, der König . . .«

»Möchtet Ihr von ihm hören?« mischte sich der Zauberer ein.

»Mit größter Freude, ja, und mit Dankbarkeit.«

Jedermann war wieder voller Ehrfurcht und Interesse, es waren unverbesserliche Idioten. Sie beobachteten hingerissen die Beschwörungsformeln und schauten mit dem Ausdruck von ›Na, was sagste nu?‹ auf mich, als die Eröffnung kam: »Der König ist müde von der Jagd und liegt seit zwei Stunden in seinem Palast in traumlosem Schlaf.«

»Gottes Segen über ihn!« sagte der Abt und bekreuzigte sich, »möge der Schlaf ihm Körper und Seele erfrischen.«

»Und das geschähe auch, wenn er schliefe«, sagte ich, »aber der König schläft nicht, der König reitet.«

Hier gab es wieder Kummer – ein Streit der Autoritäten. Niemand wußte, wem von uns beiden er glauben sollte; ich hatte immerhin noch einen gewissen Ruf. Aber jetzt war der Zorn des Zauberers herausgefordert: »Siehe da, ich habe gar viele und wunderbare Wahrsager, Propheten und Zauberer in meinem Leben gesehen; aber niemand von allen konnte träge verharren und in das Herz der Dinge blicken ohne eine Beschwörungsformel als Hilfe.«

»Du hast hinterm Mond gelebt, und das sieht man dir an. Ich gebrauche selbst Beschwörungsformeln, wie die gute Bruderschaft bezeugen kann – aber nur bei schwierigen Gelegenheiten.«

Wenn es auf ein Duell in Ironie ankommt, glaube ich, mich behaupten zu können. Bei diesem Stich krümmte sich der Bursche. Der Abt erkundigte sich nach der Königin und dem Hof und erhielt die Auskunft: »Von Müdigkeit übermannt schlafen sie wie der König selbst.« Ich sagte: »Das ist eine neue Lüge. Die Hälfte von ihnen geht ihren Vergnügungen nach, aber auch die Königin und der Rest schlafen nicht, sie reiten. Jetzt kannst du vielleicht ein bißchen helfen und uns sagen, wohin der König und die Königin und alle jene reisen, die im Augenblick mit ihnen reiten?«
»Sie schlafen jetzt, wie ich sagte; aber morgen werden sie reiten, denn sie werden an die See reisen.«
»Und wo werden sie übermorgen zur Vesperzeit sein?«
»Weit im Norden von Camelot, und ihre Reise wird halb getan sein.«
»Das ist noch einmal eine Lüge, und um einhundertfünfzig Meilen danebengeraten. Ihre Reise wird nicht nur halb, sondern ganz beendigt sein, und sie werden hier sein, hier in diesem Tal.«
Das war ein Meisterschuß! Er versetzte Abt und Mönche in hastende Unruhe und erschütterte den Magier bis ins Mark. Ich stieß gleich nach: »Wenn der König nicht eintrifft, will ich selbst auf dem Schandesel reiten, wenn er aber eintrifft, lasse ich dich eselreiten.«
Am nächsten Tag ging ich zur Telefonvermittlung und erfuhr, daß der König zwei Städte, die auf dem Weg lagen, schon passiert hatte. Ich verfolgte seinen Vormarsch am nächsten Tage genauso. Natürlich behielt ich alles für mich. Die Berichte des dritten Tages zeigten, daß er bei dem angeschlagenen Tempo ungefähr um vier Uhr nachmittags eintreffen würde. Noch immer war jedoch kein Zeichen von Interesse für sein Kommen festzustellen; niemand schien Vorbereitungen zu einem Staatsempfang zu treffen. Sonderbar, wirklich sonderbar! Es gab nur eine Erklärung dafür: der andere Magier hatte mich im Preis gedrückt, bestimmt. Und so war es. Ich fragte einen meiner Freunde, einen Mönch, und der sagte, ja, der Zauberer habe weitere Beschwörungen angewandt und herausgefunden, daß der Hof beschlossen habe, überhaupt nicht zu verreisen, sondern zu Hause zu bleiben. Sieh mal einer an! Was Ruhm in

solchem Lande wert ist. Diese Leute hatten mich das glanzvollste Zauberkunststück der Geschichte vorführen sehen und das einzige, das nach ihrer Erfahrung einen positiven Nutzen hatte; und doch – da standen sie, bereit, auf einen Abenteurer hereinzufallen, der keinen augenscheinlichen Beweis seiner Fähigkeiten geben konnte, sondern nur sein unbewiesenes Gerede.

Trotz allem aber wäre es undiplomatisch gewesen, den König ohne jegliches Tamtam ankommen zu lassen; deshalb ging ich hinunter und trommelte einen Wallfahrtszug von Pilgern zusammen, räucherte einen Posten Eremiten heraus und ließ sie um zwei Uhr dem König entgegenziehen. Das war die ganze Feierlichkeit zu seinem Empfang. Der Abt war hilflos vor Wut und Demütigung, als ich ihn auf einen Balkon bat und ihm zeigte, wie das Staatsoberhaupt einzog und nicht ein Mönch zur Hand, um ihm Willkommen zu bieten, kein Lebenszeichen, kein Freudenglockenklang, um seinen Sinn zu erheitern. Nach einem kurzen Blick floh er, um seine Heerscharen zu mobilisieren. In der nächsten Minute bimmelten wütend die Glocken, und die verschiedenen Gebäude spien Mönche und Nonnen aus, die in größter Hast der eintreffenden Kolonne entgegenschwärmten; und ihnen folgte der Magier – auf Befehl des Abtes ritt er wirklich auf dem Holzesel –, sein Ruf lag im Dreck und meiner leuchtete wieder am Himmel. Ja, ein Mann kann seine Firma wohl marktgängig halten in solch einem Land, aber er darf nicht herumsitzen dabei, er muß an Deck bleiben und das Geschäft scharf im Auge haben.

Eine Offiziersprüfung

Wenn der König Luftveränderung wünschte oder eine Staatsreise unternahm oder einen entfernten Edelmann besuchte, den er durch die Unkosten seines Besuches bankrott machen wollte, reiste ein Teil seiner Verwaltung mit ihm. Das war so Brauch. Die Kommission zur Prüfung von Kandidaten für Stellungen in der Armee kam mit dem König ins Tal, obwohl sie ihr Geschäft auch zu Hause hätte verrichten können. Und obwohl die Expedition strenggenommen eine Ferienreise des Königs war, ließ er einige seiner Regierungsgeschäfte genauso weiterlaufen. Er heilte durch Handauflegen, wie gewöhnlich; er hielt Gericht im Tor bei Sonnenaufgang und fällte Entscheidungen, denn er war selbst Oberster Richter des Oberhofgerichts.

Bei diesem letzten Amt machte er eine sehr gute Figur. Er war ein weiser und menschlicher Richter, und offenbar tat er ehrlich sein Bestes – im Bereich seiner Einsicht. Das ist eine große Einschränkung. Seine Einsicht – ich meine seine Herkunft und Erziehung – trübte oft sein Urteil. Wann immer es einen Streitfall zwischen einem Adligen oder wohlgestellten Bürger und einer Person niederen Standes gab, neigte des Königs Gefühl sich stets, bewußt oder unbewußt, auf die Seite der oberen Klasse. Das konnte gar nicht anders sein. Die abstumpfende Wirkung der Sklaverei auf die sittlichen Wertungen des Sklavenhalters sind bekannt und werden auf der ganzen Welt als Tatsache hingenommen, und eine bevorrechtete Klasse, eine Aristokratie, ist nur eine Bande Sklavenhalter mit anderem Namen. Das klingt hart und sollte doch niemand beleidigen – nicht einmal den Adligen selbst –, wenn nicht die Tatsache schon eine Beleidigung wäre; denn die Behauptung stellt nur eine Tatsache fest. Das Abscheuliche an der Sklaverei ist die Sache selbst, nicht ihr Name. Man braucht nur einen Aristokraten über die unteren Klassen zu hören, um die echte Art und den Ton des Sklavenhalters – und nur wenig gemildert – zu erkennen; und dahinter steckt die Gesinnung des Sklavenhalters, das abgestumpfte Gefühl des Sklavenhalters. Sie haben in beiden Fällen die gleiche Wurzel; die alte und eingefleischte Gewohnheit des

Eigentümers, sich als ein höheres Wesen zu betrachten. Urteile des Königs waren häufig ungerecht, aber das war nur die Schuld seiner Erziehung, seiner natürlichen und unveränderlichen Sympathien. Er war für das Richteramt so ungeeignet, wie die Durchschnittsmutter dazu taugt, bei einer Hungersnot Milch an darbende Kinder zu verteilen – ihre eigenen würden ein bißchen besser dabei fahren als die übrigen.

Ein sehr kurioser Fall kam vor den König. Ein junges Mädchen, eine Waise, die beträchtlichen Landbesitz hatte, heiratete einen hübschen jungen Burschen, der nichts besaß. Das Anwesen des Mädchens lag innerhalb einer kirchlichen Gutsherrschaft. Der Bischof der Diözese, ein arroganter Sproß des Hochadels, beanspruchte den Landbesitz des Mädchens, weil sie heimlich geheiratet und so die Kirche, als rechtmäßigen Gutsherrn, um ihr ›Recht der ersten Nacht‹ betrogen habe. Die Strafe für Verweigerung oder Umgehung dieser Verpflichtung war Beschlagnahme. Das Mädchen verteidigte sich damit, daß der Bischof die Gutsherrlichkeit innehatte und daß dies besondere Recht nicht übertragbar war, sondern vom Herrn selbst ausgeübt werden mußte oder aber verfiel; ein älteres Recht, ein Recht der Kirche, hinderte aber den Bischof strengstens an der Ausübung. Tatsächlich, ein sehr sonderbarer Fall!

Er erinnerte mich daran, was ich in meiner Jugend über die findige Art und Weise gelesen hatte, wie die Londoner Ratsherren das Geld für den Bau des berühmten Mansion House* eintrieben. Wer das Sakrament nicht nach dem Ritus der anglikanischen Kirche nahm, konnte nicht für den Posten eines Polizeipräfekten von London kandidieren. Nichtanglikaner waren also nicht wählbar; sie konnten nicht kandidieren, wenn man sie bat, sie konnten nicht amtieren, wenn man sie wählte. Die Ratsherren, die zweifellos verkleidete Yankees waren, heckten das folgende hübsche Verfahren aus; sie erließen einen Stadtratsbeschluß, der jeden mit vierhundert Pfund Strafe belegte, der sich weigerte, für den Präfektenposten zu kandidieren, und jeden dazu Gewählten, der sich weigerte zu amtieren, zu sechshundert

* Amtsgebäude des Bürgermeisters (Lord-Mayor) von London. (Anmerkung des Übersetzers)

Pfund Sterling verurteilte. Dann gingen sie ans Werk und wählten eine Menge von Nichtanglikanern, einen nach dem anderen, bis sie fünfzehntausend Pfund Sterling an Strafen gesammelt hatten. Und da steht nun das prächtige Amtsgebäude des Bürgermeisters bis zum heutigen Tag, um den errötenden Staatsbürger an eine stolze Vergangenheit zu erinnern und an jenen beklagenswerten Tag, als eine Bande Yankees sich in London einschlich und einen Streich der Sorte spielte, die ihrer Lebensauffassung einen einzigartigen und dunklen Ruf unter allen wirklich guten und ehrlichen Völkern der Erde gegeben hat.

Das Mädchen war meiner Ansicht nach im Recht, der Bischof war es aber auch. Ich konnte mir nicht vorstellen, wie der König aus dieser Zwickmühle herausfinden würde. Aber er kam heraus. Ich füge seine Entscheidung bei: »Ich finde wahrlich hier keine Schwierigkeit, ja – die Sache könnte von einem Kind entschieden werden, so einfach liegt sie. Wenn die junge Braut Botschaft gesandt, wie sie gesetzlich gebunden ist, an ihren Gutsherrn und wirklichen Gebieter und Beschützer, den Bischof, dann hätte sie keinen Verlust erlitten, denn genannter Bischof hätte eine Befreiung erlangen können, die ihn zur Ausübung besagten Rechtes aus Gründen weltlicher Vorteile befähigt hätte, so behielt sie alles, was sie hatte. Da sie jedoch dieser ersten Pflicht nicht nachgekommen war, hat sie durch diesen Fehler in allem gefehlt; denn wer sich an einem Strick festhält und ihn oberhalb der Hände durchschneidet, muß fallen; daß der Rest des Seils gut ist, kann ihn nicht verteidigen, noch befreit es ihn, wie er finden wird, aus der Gefahr. – Bei Gott, die Sache der Frau ist vom Ursprung her verdorben. Der Gerichtshof entscheidet, daß sie all ihren Besitz bis zum letzten Pfennig an den genannten Herrn Bischof verwirkt hat und außerdem die Gerichtskosten tragen muß. Der nächste!«

Das war das tragische Ende glückseliger Flitterwochen. Die Ärmsten! Seit drei Monaten lebten sie wie im Paradies und genossen der weltlichen Güter. Kleider und Schmuck, die sie trug, waren so zierlich und schön, wie es nur die verschmitzte Auslegung der Kleidergesetze für Leute ihrer Klasse gestattete! Und in diesen hübschen Kleidern weinte sie an seiner Schulter, und während er versuchte, zukunftsfrohe Worte zu ihrer Melodie der Verzweiflung zu finden, gingen sie von den Schranken des Gerichts hinaus in die Welt, ohne Heim, ohne Bett, ohne Brot; ja, der letzte Bettler am Wegrand war nicht so arm wie sie.

Der König war also aus der Zwickmühle heraus, und zwar so, daß die Kirche und die übrige Aristokratie todsicher befriedigt waren. Es werden viele schöne und einleuchtende Argumente zur Unterstützung der Monarchie geschrieben, aber die Tatsache bleibt, daß brutale Gesetze unmöglich sind, wo jedermann im Staat stimmberechtigt ist. Artus' Volk war natürlich armseliger Baustoff für eine Republik, weil es zu lange von der Monarchie zu Boden gedrückt war; und doch wäre es intelligent genug gewesen, kurzen Prozeß zu machen mit dem Gesetz, das der König gerade angewandt hatte, wenn es ihm zur freien Abstimmung vorgelegt würde. Es gibt eine Phrase, die so geläufig in aller Welt Munde geworden ist, daß sie allmählich Sinn und Verstand zu haben scheint – den Sinn und Verstand, den man bei Gebrauch voraussetzt. Das ist die Phrase, in der die eine oder andere Nation als ›möglicherweise fähig, sich selbst zu regieren‹ bezeichnet wird, und sie schließt stillschweigend ein, daß irgendwo einmal eine Nation nicht dazu fähig war – nicht so fähig wäre, sich zu regieren, wie ein paar Fachleute von eigenen Gnaden dazu fähig sein sollen. Die besten Köpfe aller Nationen, aller Zeitalter sind im Überfluß aus der Masse der Nation hervorgegangen, und nur aus der Masse – nicht aus ihren bevorrechteten Klassen. Wie auch das intellektuelle Niveau der Nation sein mag, ob hoch oder niedrig, die Mehrzahl seiner Begabten befand sich in den langen Reihen der Namenlosen und Armen, und nie erlebt die Nation den Tag, an dem sie nicht Überfluß an Menschen hätte, um sich selbst zu regieren. Das bestätigt nur eine immer wieder erwiesene Tatsache: daß selbst die bestregierte und freieste und aufgeklärteste Monarchie hinter dem Zustand zurückbleibt, den das Volk schaffen könnte, und das gilt für alle gleichartigen Verwaltungen niederen Grades bis hinunter zum Dorfbüttel.

König Artus hatte die Heeresangelegenheit über meine Pläne hinaus beschleunigt. Ich dachte, er würde in meiner Abwesenheit sonst nichts unternehmen, und hatte deshalb keine Prüfungsordnung für Offiziersanwärter entworfen. Ich hatte nur die Bemerkung fallenlassen, daß es klug wäre, jeden Kandidaten einer scharfen Prüfung zu unterziehen, heimlich wollte ich eine Liste von militärischen Anforderungen zusammenstellen, denen niemand außer meinen West-Pointern genügen könnte. Aber das hätte ich vor meiner Abreise tun sollen; denn der König war von dem Gedanken an ein stehendes Heer so begeistert, daß er nicht warten wollte, sondern sofort darangehen und eine Prüfungsordnung aufstellen mußte, so gut sie seinem Kopf entspringen mochte.

Ich war ungeduldig, sie kennenzulernen und auch der Prüfungskomission selbst eine viel bewundernswertere vorzuführen. Ich deutete das dem König gegenüber vorsichtig an und schürte damit seine Neugier. Als die Kommission versammelt war, folgte ich dem König an der Spitze der Kandidaten, darunter war einer meiner aufgewecktesten West-Pointer und mit ihm zwei meiner West-Point-Professoren.

Als ich das Prüfungskollegium sah, wußte ich nicht, ob ich weinen oder lachen sollte. Sein Oberhaupt war der späteren Jahrhunderten als Wappenkönig Norroy bekannte Offizier. Die beiden anderen Mitglieder waren Abteilungsleiter in seinem Bezirk, und alle drei waren natürlich Priester; alle Beamten, die lesen und schreiben können mußten, waren Priester.

Mein Kandidat wurde aus Höflichkeit mir gegenüber als erster aufgerufen, und der Vorsitzende des Kollegiums begann mit Amtswürde: »Name?«

»Mal-ease.«

»Sohn von?«

»Webster.«

»Webster – Webster. Hm ... Ich ... mein Gedächtnis erinnert sich des Namens nicht. Stand?«

»Weber.«

»Weber! – Gott bewahre uns!«

Der König war bis in die Grundfesten erschüttert; ein Schreiber fiel in Ohnmacht, und die anderen waren nahe daran. Der Vorsitzende faßte sich und sagte entrüstet: »Es genügt. Heb dich von dannen.«

Ich wandte mich an den König. Ich bat, daß mein Kandidat geprüft werde. Der König war auch bereit, aber das Kollegium, alles hochgeborenes Volk, flehte den König an, ihm die Entwürdigung durch die Prüfung eines Webersohnes zu ersparen. Ich wußte, daß sie viel zu unwissend waren, ihn überhaupt zu prüfen; so unterstützte ich ihr Anliegen, und der König übertrug den Auftrag meinen Professoren. Ich hatte eine Schultafel bauen lassen, sie wurde jetzt aufgestellt, und der Zirkus begann. Es war schön anzuhören, wie der Bursche die Kriegswissenschaft auseinanderfädelte, wie er in Einzelheiten von Schlacht und Belagerung wühlte, von Versorgung, Transportwesen, Minen und Gegenminen, großer Taktik, großer Strategie und kleiner Strategie, Nachrichtenwesen, Infanterie, Kavallerie, Artillerie, und alles über Belagerungsgeschütze, Feldgeschütze, Revolverkanonen, gezogene Läufe, glatte Läufe, Musketenschießen, Revolverschießen – und nicht ein Wort von alledem konnten diese Stockfische begreifen. Und es war fein, wie er mit Kreide mathematische Schreckgespenster, die selbst Engel in Verlegenheit setzen würden, an die Tafel schrieb, als ob es gar nichts wäre. Alles mögliche über Sonnenfinsternis und Kometen und Sonnenwende und Konstellationen und mittlere Zeit und siderische Zeit und Mittagszeit und Schlafenszeit und jedes andere vorstellbare Ding zwischen Himmel und Erde, mit dem man einem Feind übel zusetzen konnte, daß ihm Hören und Sehen verging und er wünschte: Ach, wäre ich doch gar nicht aufgekreuzt! Und als der Junge schließlich militärisch grüßte und zur Seite trat, war ich so stolz, daß ich ihn umarmte, und alle anderen waren so verblüfft, daß sie halb versteinert, halb berauscht dreinsahen. Sie waren restlos zusammengeschlagen und eingedeckt. Ich nahm an, daß der Kuchen uns gehörte, und zwar mit Zustimmung der Mehrheit.

Bildung ist doch eine herrliche Sache. Hier stand der gleiche Jüngling, der unwissend wie irgendeiner nach West-Point gekommen war. Als ich ihn damals fragte: »Was sollte ein General tun, wenn auf dem Schlachtfeld

sein Pferd unter ihm totgeschossen wird?« antwortete er naiv: »Aufstehen und sich abbürsten.«
Jetzt wurde einer der jungen Edelleute aufgerufen. Ich dachte, es wäre gut, selbst einige Fragen zu stellen. Ich sagte: »Kann Eure Lordschaft lesen?«
Er lief rot an vor Entrüstung und schleuderte mir entgegen: »Hältst du mich für einen Schreiberling? Ich denke, ich bin nicht vom blauen Blut, um . . .«
»Beantworte meine Frage!«
Er würgte seinen Zorn hinunter und antwortete: »Nein.«
»Könnt Ihr schreiben?«
Auch das wollte er übelnehmen, aber ich sagte: »Beschränkt Euch gütigst auf die Frage und gebt keine Erklärungen. Ihr steht nicht hier, um Euer Blut oder Eure Erziehung zur Schau zu stellen; das wird nicht geduldet. Könnt Ihr schreiben?«
»Nein.«
»Könnt Ihr das Einmaleins?«
»Ich weiß nicht, wovon Ihr sprecht.«
»Wieviel ist neun mal sechs?«
»Es ist ein Geheimnis, das mir verborgen ist, weil die Notlage, seine Tiefe zu erforschen, mir all mein Lebtag nicht vorgekommen ist, und da ich solcherhalb dies Ding nicht zu wissen brauchte, blieb ich der Kenntnis bar.«
»Wenn A dem B ein Faß Zwiebeln verkauft, den Scheffel für zwei Pennies, und dafür ein Schaf eintauscht, das vier Pennies wert ist, und einen Hund, der einen Penny wert ist, und C den Hund vor der Ablieferung tötet, weil der ihn gebissen hat, dieser Hund aber C mit D verwechselt hatte (also eigentlich D beißen wollte), welche Summe muß B dem A zahlen, wer zahlt den Hund, C oder D, und wer erhält das Geld? Wenn A es erhält, genügt ein Penny oder kann er nachträglich Schadenersatz in Form einer Nachzahlung fordern für den möglichen Gewinn, den er aus dem Hund gezogen haben könnte und der als Zusatzverdienst, das heißt Nutznießung, zu buchen wäre?«
»Wahrlich, in der allweisen und unerforschlichen Vorsehung Gottes, der auf geheimnisvollen Wegen seine Wunder vollbringt, habe ich nie etwas angetroffen, was Eurer Frage an Verwirrung des Sinnes und Überfüllung der Gedankenwege ähnlich war. Weswegen ich Euch

inständig bitte, laßt den Hund und die Zwiebeln und die Leute mit den sonderbaren und gottlosen Namen ihre unterschiedlichen Erlösungen aus ihren jammervollen und wunderbaren Schwierigkeiten ohne meine Hilfe finden, denn ihre Not ist wahrlich jetzt schon groß genug, und wenn ich zu helfen versuchte, würde ich ihrer Sache nur Schaden zufügen und die angerichtete Verwüstung vielleicht selbst nicht mehr überleben.«

»Was wißt Ihr von den Gesetzen der Anziehung und Schwerkraft?«

»So es solche gibt, tat sie wohl unser gnädiger Herr und König kund, während ich zu Jahresanfang krank darniederlag und so verabsäumte, seinen Erlaß selbst zu hören.«

»Was wißt Ihr von Optik?«

»Ich kenne Gouverneure von Orten und Seneschalle von Schlössern und Vögte von Grafschaften und dergleichen kleine Ämter und Ehrentitel, aber ihn, den Ihr Optik nennt, habe ich noch nie nennen hören. Wohl wird es eine neue Würde sein?«

»In diesem Lande, ja!«

Man stelle sich vor, daß eine solche Qualle sich ernsthaft um irgendeinen öffentlichen Posten unter der Sonne bewirbt! Ja, er hatte alle Kennzeichen eines Setzerlehrlings an sich, wenn man von der Neigung absieht, ungefragt unerwünschte Verbesserungen an Grammatik und Interpunktion vorzunehmen. Es war unerfindlich, warum er sich nicht wenigstens ein wenig in dieser Richtung bemühte – trotz seiner erhabenen Unfähigkeit für die Stellung! Aber das bewies nicht, daß er dazu nicht das Zeug hatte, es bewies nur, daß er jetzt noch kein Setzerlehrling war. Nachdem ich ihn noch ein bißchen gestriezt hatte, ließ ich meine Professoren auf ihn los, und die kehrten ihn um und um auf der Suche nach Kriegswissenschaft und fanden ihn natürlich leer. Er wußte etwas über die Kriegsführung seiner Zeit: nach Menschenfressern im Busch herumlungern, Prügeleien im Turnierring und ähnliche Vergnügen – im übrigen aber war er hohl und zu nichts zu brauchen. Dann knöpften wir uns den andern jungen Adligen vor, und er erwies sich in Dummheit und Nichtskönnen als Zwillingsbruder des ersten. Ich übergab sie dem Vorsitzenden der Kommission in dem angenehmen Bewußtsein, daß sie

unreifes Fallobst waren. Sie wurden in der bisherigen Prüfungsordnung examiniert.
»Name, so es Euch gefällt.«
»Pertipol. Sohn des Herrn Pertipol, Baron von Gerstenbrei.«
»Großvater?«
»Ebenfalls Herr Pertipol, Baron von Gerstenbrei.«
»Urgroßvater?«
»Der gleiche Name und Adelstitel.«
»Ururgroßvater?«
»Hochverehrter Herr, wir hatten keinen; so weit zurück reicht unser Stammbaum nicht.«
»Das macht nichts. Es sind gut vier Generationen und genügt den Anforderungen der Vorschrift.«
»Welcher Vorschrift?« fragte ich.
»Der Vorschrift, die vier Adelsgenerationen fordert, ansonsten ist der Kandidat nicht tragbar.«
»Ein Mann ist also für eine Leutnantsstelle in der Armee ungeeignet, wenn er nicht vier Generationen adlige Ahnen nachweisen kann?«
»So ist es, weder ein Leutnant noch ein anderer Offizier kann ohne diesen Nachweis angenommen werden.«
»Fürwahr, das ist eine bewundernswerte Einrichtung! Was nützt ihm denn der Nachweis?«
»Was er nützt? Das ist eine kühne Frage, teurer Herr und Chef, denn sie geht so weit, die Weisheit unserer allerheiligsten Mutter, der Kirche, selbst anzufechten.«
»Wieso?«
»Hat sie doch die nämliche Regel zur Ernennung von Heiligen erlassen. Nach ihrem Gesetz kann niemand heiliggesprochen werden, der nicht vier Generationen lang tot ist.«
»Ach so, ich verstehe – und das hier ist das gleiche. Großartig. Im einen Fall liegt der Mann vier Generationen tot bei lebendigem Leibe – in Unwissenheit und Faulheit einbalsamiert –, und dadurch gewinnt er die Fähigkeit, lebendigen Menschen zu befehlen und ihr Wohl und Wehe in seine unfähigen Hände zu nehmen; und im andern Fall liegt der Mann tot bei den Würmern vier Generationen lang, und das befähigt ihn für ein Amt im himmlischen Heerlager. Billigt Euer Königliche Gnaden das sonderbare Gesetz?«

Der König sagte: »Ja, wirklich sehe ich nichts Sonderbares daran. Alle Stellen von Ehre und Gewinn gehören durch natürliches Recht denen von edlem Blut, und so sind die Würden im Heer ihr Eigentum und würden es auch ohne diese oder andere Gesetze sein. Das Gesetz legt nur eine Grenze fest. Es hat den Zweck, zu frisches Blut draußen zu halten; denn es würde die Ämter in Verruf bringen, so daß Männer von hoher Abstammung ihnen den Rücken kehren und sie verächtlich ausschlagen würden. Ich wäre zu tadeln, wenn ich solch Unheil zuließe. Ihr könnt es erlauben, wenn Ihr so wollt, denn Euch ist die Autorität übertragen, aber daß der König es tun sollte, wäre eine höchst sonderbare Tollheit und einem jeden unverständlich.«

»Ich bin geschlagen. Fahren Sie fort, Herr Vorsteher des Heroldsamtes.«

Der Vorsitzende fuhr fort: »Durch welche glorreiche Tat für des Thrones und Staates Ehre hat der Begründer Eures edlen Geschlechts sich zur geheiligten Würde des britischen Adels erhoben?«

»Er baute eine Brauerei.«

»Majestät, das Kollegium befindet den Kandidaten für die Erfordernisse und Qualifikationen militärischer Befehlshaberschaft als vollauf geeignet und erachtet seinen Fall als für die Entscheidung offen, bis sein Mitbewerber gebührender Prüfung unterzogen ward.«

Der Mitbewerber trat vor und wies auch genau vier adlige Generationen nach. So stand das Rennen in militärischer Befähigung unentschieden.

Er trat einen Augenblick beiseite, und Herr Pertipol wurde wieder gefragt: »Von welchem Stand war die Frau des Begründers Eurer Sippe?«

»Sie entstammte begütertem Herrenstand, ohne des Adels teilhaftig zu sein; sie war vornehm, rein, mildherzig und von so makellosem Leben und Charakter, daß sie in dieser Hinsicht der ersten Dame des Landes ebenbürtig war.«

»Das genügt! Tretet ab!« Er rief das konkurrierende Gräflein wieder vor und fragte: ›Was war der Rang und Stand der Urgroßmutter, die Eurer großen Familie britischen Adel verlieh?«

»Sie war eines Königs Geliebte und erklomm des Adels

glänzende Höhe aus dem Sumpf, in dem sie geboren war, ganz allein durch eigenes Verdienst.«

»Ah, das ist wahrer Adel, die richtige und vollkommene Mischung. Der Leutnantsposten gehört Euch, edler Graf. Achtet ihn nicht gering, ist es doch der erste Schritt, der Euch zu Höhen führen wird, die dem Glanz Eurer Herkunft würdig sind.«

Ich stürzte in die bodenlose Hölle der Erniedrigung. Ich hatte mir einen leichten, himmelstürmenden Triumph versprochen, und das war dabei herausgekommen!

Ich schämte mich fast, meinem armen enttäuschten Kadetten ins Gesicht zu sehen. Ich sagte ihm, er solle nach Hause gehen und Geduld bewahren; das letzte Wort sei noch nicht gesprochen.

Ich hatte eine Privataudienz beim König und machte einen Vorschlag. Ich gab zu, es sei ganz in Ordnung, das Regiment mit adligen Offizieren auszustatten, und er hätte nichts Klügeres tun können. Es würde auch ein guter Gedanke sein, noch fünfhundert Offiziere zusätzlich einzustellen; ja so viele Offiziere aufzunehmen, als Adlige und Verwandte von Adligen im Lande lebten, selbst wenn zum Schluß fünfmal soviel Offiziere als Gemeine im Regiment waren. Das würde dann ein Eliteregiment, das beneidete Regiment sein, des Königs eigenes Leibregiment und berechtigt, auf eigene Faust und Rechnung zu kämpfen und in Kriegszeiten zu kommen und zu gehen, wie es ihm gefällt, und äußerst feudal und unabhängig zu leben. So würde das Regiment zum Herzenswunsch des ganzen Adels, und sie alle wären dabei glücklich und zufrieden. Dann stellten wir den Rest des stehenden Heeres aus ganz gewöhnlichen Leuten auf und bestellten als Offiziere auch solche Habenichtse, wie es sich dabei gehört. Habenichtse, die nach dem Grundsatz ihrer Leistung ausgewählt wurden. Und wir würden dieses Regiment die Front halten lassen, ihm keine aristokratischen Freiheiten gestatten und es zwingen, die schwere Arbeit und das beharrliche Dreinschlagen zu besorgen, damit des Königs Leibregiment, wenn es mal müde war und zur Abwechslung unter Menschenfressern herumfuhrwerken und schöne Tage haben wollte, ohne Sorge gehen konnte, im Bewußtsein, daß die Sache in besten Händen lag und alles seinen sicheren Gang ging. Der König war von der Idee begeistert.

Als ich das merkte, kam mir ein unübertrefflicher Gedanke. Ich glaubte, endlich einen Ausweg aus einer alten und hartnäckigen Sackgasse zu sehen. Die Könige vom Hause Fendragon waren ein langlebiges und sehr fruchtbares Geschlecht. Wenn immer einem von ihnen ein Kind geboren wurde – und das geschah recht häufig –, dann jubelte das Volk mit dem Mund und weinte im Herzen. Der Jubel war fragwürdig, aber der Kummer echt; denn jedes freudige Ereignis bedeutete einen neuen Anspruch auf eine königliche Apanage. Die Liste dieser höchstgeborenen Personen war lang und stellte eine schwere und ständig wachsende Belastung des Staatsschatzes und eine Bedrohung der Krone dar. Aber Artus konnte das letztere nicht glauben, und er wollte auf keinen der verschiedenen Vorschläge hören, die königlichen Apanagen durch etwas anderes zu ersetzen. Wenn ich ihn hätte überreden können, dann und wann für einen seiner entfernten Sprößlinge aus eigener Tasche eine Unterstützung zu zahlen, hätte ich es an die große Glocke gehängt und damit auf das Volk einen guten Eindruck gemacht. Aber nein, davon wollte er nichts wissen. Er begeisterte sich für die königlichen Apanagen wie ein vom religiösen Wahn Besessener; er schien sie als eine Art geheiligte Beute anzusehen, und man konnte ihn nicht sicherer und schneller in Wut bringen als durch einen Angriff auf diese ehrwürdige Einrichtung. Wenn ich vorsichtig andeutete, daß es in ganz England keine zweite achtbare Familie gäbe, die so den Bettlerhut hinhalte . . . weiter kam ich nie; er verbot mir stets energisch den Mund.

Aber jetzt sah ich endlich eine Gelegenheit. Ich würde das Eliteregiment nur aus Offizieren zusammenstellen; kein Gemeiner sollte in ihm dienen. Zur Hälfte sollte es aus Adligen bestehen, die die Posten bis zum Generalmajor aufwärts besetzten, gratis dienten und ihre Unkosten selbst bestritten; und sie würden noch glücklich darüber sein, wenn sie erfuhren, daß der Rest des Regiments sich ausschließlich aus Prinzen von Geblüt rekrutierte. Die Prinzen königlichen Bluts sollten vom Generalleutnant bis zum Feldmarschall rangieren und auf

Staatskosten großartig bezahlt, ausgerüstet und ernährt werden. Außerdem – und das war mein Meisterstück – wurde verfügt, daß die fürstlichen Größen immer mit einem zerschmetternd pompösen und ehrfurchtgebietenden Titel angeredet würden (den ich alsbald erfinden wollte), und nur sie allein in ganz England sollten so angeredet werden. Schließlich sollten alle Fürsten von königlichem Blut sich selbst entscheiden: entweder in das Regiment einzutreten, jenen großartigen Titel zu erwerben und auf die königliche Apanage zu verzichten oder draußen zu bleiben und weiter die Apanage zu beziehen. Und als allerfeinste Nuancierung: noch nicht geborene, aber erwartete Prinzen von königlichem Blut konnten ins Regiment hineingeboren werden und so gleich feudal starten, mit gutem Gehalt und Dauerstellung – ordnungsmäßige elterliche Anmeldung genügte.

Die Burschen würden alle eintreten, das war mir klar; dadurch würden alle Apanagen entfallen. Genauso sicher war, daß alle Neugeborenen eintreten würden. Innerhalb zweier Monate würde jene verschrobene und bizarre Anomalie der königlichen Apanage aufhören, eine lebendige Tatsache zu sein, und zu den Museumsstücken der Vergangenheit gehören.

Als ich dem König erzählte, daß ich als geringer freier Mann verkleidet durchs Land streifen und mich mit dem einfachen Leben des Volkes vertraut machen wollte, war er sogleich Feuer und Flamme für die Neuheit meines Einfalls und wollte unbedingt mit von der Partie sein. Nichts würde ihn davon abhalten, er würde alles stehen- und liegenlassen und mitmarschieren: es war seit langem der prächtigste Gedanke, dem er begegnet war. Er wollte zur Hintertür hinausschlüpfen und sofort starten; aber ich überzeugte ihn davon, daß es nicht so einfach ging. Er war nämlich schon für die Skrofeln angekündigt, ich meine, sie zu heilen, und es wäre taktisch falsch, das Publikum zu enttäuschen. Es würde auch keine nennenswerte Verzögerung bedeuten. Es war ja nur eine einzige Vorstellung. Und ich fand, er müßte der Königin doch sagen, daß er fortgehen wollte. Seine Stirn umwölkte sich bei meinem Einwurf, und er sah traurig aus. Es war mir leid, darüber gesprochen zu haben, besonders als er klagend sagte: »Ihr vergesset, daß Lancelot hier weilt, und wo Lancelot weilt, bemerkt sie nicht, ob der König von hinnen geht, noch welchen Tag er wiederkehrt.«

Ich sprach natürlich sofort von etwas anderem. Ja, Ginover war schön, das ist wahr, aber alles in allem war sie recht leichtfertig. Ich mischte mich nie in ihre Angelegenheiten, sie gingen mich nichts an, aber, offen gesagt, mißfiel mir ihr Verhältnis und Verhalten sehr. So manches Mal hatte sie mich gefragt: »Herr Chef, habt Ihr nicht Herrn Lancelot gesehen?« Sollte sie jedoch jemals ungeduldig nach dem König verlangt haben, war ich wohl nicht in der Nähe.

Für die Skrofuloseheilung war ein sehr gutes Programm aufgestellt – sehr vielfältig und routiniert. Der König saß unter einem Staatsbaldachin, um ihn her war viel Geistlichkeit in vollem Ornat gruppiert. An auffallender Stelle, in auffallender Aufmachung stand ein Eremit der Quacksalbergattung, Marinel, um die Kranken vorzuführen. Auf der ganzen geräumigen Diele bis zu den Türen lagen und saßen die Skrofulösen in dichtem Gewirr und bei heller Beleuchtung. Es wirkte wie ein lebendes Bild, wie ein Modell für Maler, obwohl das durchaus nicht malenswert war. Achthundert Kranke waren anwesend. Das Theater kam nicht mehr so recht in Schwung. Es hatte nicht mehr den Reiz des Neuen für mich, weil ich die Zeremonie schon miterlebt hatte. Die Sache wurde bald langweilig, doch der Anstand verlangte, daß ich durchhielt. Der Doktor war da, weil in jeder solchen Menschenmenge viele sich nur einbilden, daß mit ihnen etwas nicht stimmt; und andere zwar wußten, daß sie gesund waren, aber die unsterbliche Ehre der fleischlichen Berührung mit einem König ersehnten; und noch andere täuschten Krankheit vor, um die Münze zu erhalten, die mit der Berührung vergeben wurde. Bis dahin war diese Münze ein winziges Goldstückchen, ungefähr ein drittel Dollar wert. Wenn man die gewaltige Kaufkraft der Summe zu jener Zeit und in jenem Land bedenkt, und man entweder die Skrofeln hatte oder bereits gestorben war – so häufig waren sie –, dann wird man verstehen, daß die alljährliche Skrofulosezuwendung das Fluß- und Hafengesetz dieser Regierung bedeutete, so fest war ihr Griff nach der Staatskasse, so leibhaftig die Gefahr, allen Überschuß zu verschlingen. Ich hatte deshalb heimlich beschlossen, den Staatsschatz selbst von der Skrofulose zu heilen. Eine Woche bevor ich von Camelot aus auf neue Abenteuer ausging, schloß ich sechs Siebentel der Aufwendung in die Schatzkammer ein und befahl, daß das übrige Siebentel, in 5-Cent-Nickelstücke gestreckt, dem Bürovorsteher der Skrofuloseabteilung ausgehändigt würde. An Stelle einer Goldmünze sollte nämlich ein Nickelstück treten und doch die gleiche Wirkung ausüben. Es mochte die Nickeldeckung etwas beanspruchen, aber die würde es wohl aushalten. In der Regel bin ich nicht dafür, Aktien zu verwässern, aber im vorliegenden Fall hielt ich es für recht und billig, denn es war ja ohnedies nur ein Geschenk. Geschenke kann man beliebig verwässern, und das tue ich auch oft genug. Die alten Gold- und Silbermünzen des Landes waren für gewöhnlich von sagenhafter, unbekannter Herkunft, einige waren römisch, mißgestaltet und selten runder als der Mond eine Woche nach Vollmond. Gehämmert, nicht geprägt, und so abgegriffen, daß Bild und Buchstaben

auf ihnen so unleserlich waren wie Blasen an der Hand und auch so aussahen. Ich dachte, ein scharf geprägtes, strahlend neues Nickelstück mit einem erstklassigen Bildnis des Königs auf der einen und Ginovers auf der anderen Seite und einem blumigen frommen Spruch würde der Skrofulose den Stachel ausreißen, so gut wie eine edlere Münze, und den Skrofulösen noch besser gefallen; und ich hatte recht. Bei diesem Schub wurde es zuerst ausprobiert, und es wirkte wunderbar. Die Einsparung war beträchtlich. Die folgenden Zahlen beweisen es: Wir machten Handauflegen bei etwas über siebenhundert der achthundert Patienten; bei dem früheren Tarif würde das die Regierung ungefähr zweihundertvierzig Dollar gekostet haben, beim neuen schafften wir es für rund fünfunddreißig Dollar, sparten also über zweihundert Dollar auf einen Schlag. Um die ganze Größe dieses Schachzuges zu ermessen, vergleiche man damit folgende Zahlen: Die jährlichen Ausgaben einer Staatsregierung belaufen sich auf den Gegenwert einer Steuer, die drei Tagesverdiensten eines einzelnen entspricht, wobei jede Person gezählt wird, als ob sie arbeitet. Wenn man eine Nation von sechzig Millionen nimmt, in der der Durchschnittslohn zwei Dollar pro Tag beträgt, würden drei Tagelöhne von jedem Staatsbürger erhoben, dreihundertsechzig Millionen Dollar ausmachen und die Regierungsausgaben decken.
Zu meiner Zeit und in meinem Land wurden diese Beträge aus Einfuhrzöllen gedeckt, und der Staatsbürger glaubte, daß der ausländische Importeur sie zahle, und das gefiel ihm; während sie in Wirklichkeit vom amerikanischen Volk bezahlt wurden und so gleich und genau auf alle verteilt waren, daß der hundertfache Millionär genausoviel zu bezahlen hatte wie der Säugling eines Tagelöhners – nämlich jeder sechs Dollar im Jahr. Und das ist ja wohl der Gipfel der Gerechtigkeit! Nun ja, Schottland und Irland waren an Artus abgabepflichtig, und die Gesamtbevölkerung der Britischen Inseln betrug etwas weniger als eine Million. Der Durchschnittstagelohn eines Metallarbeiters betrug drei Cent, wenn er seinen Unterhalt selbst bezahlte. Nach dieser Rechnung betrugen die Ausgaben der Regierung neunzigtausend Dollar jährlich oder ungefähr zweihundertfünfzig Dollar

täglich. Durch die Verwendung von Nickel statt Gold am Skrofulosetag verletzte ich also nicht nur niemandes Interesse, sondern erfreute alle Beteiligten und sparte obendrein vier Fünftel der Kosten jenes Tages, eine Ersparnis, die im Amerika meiner Tage achthunderttausend Dollar ausmachen würde. Als ich diese Transaktion durchführte, stützte ich mich auf die Weisheit einer weit entfernten Quelle – die Weisheit meiner Knabenzeit, denn der wahre Staatsmann verachtet keinerlei Weisheit, wie niedrig ihr Ursprung auch sein mag; als Junge hatte ich stets meine Pennies gespart und in die Sammelbüchse der ausländischen Mission Knöpfe geworfen. Die Knöpfe würden es für den unwissenden Wilden genauso tun wie eine Münze, die Münze war mir lieber als die Knöpfe; alle waren glücklich und niemand geschädigt.

Marinel nahm die Patienten vor, wie sie gerade kamen. Er untersuchte den Kandidaten; wenn er sich nicht als krank ausweisen konnte, wurde er verwarnt und weggeschickt; wenn er sich krank erwies, wurde er zum König weitergereicht. Ein Priester sprach die Worte: »Ihr sollt Eure Hände auf die Kranken legen, und sie sollen genesen.« Dann strich der König über die Geschwüre, während weiter vorgelesen wurde; schließlich war der Patient soweit und bekam sein Nickelstück – der König hängte es ihm eigenhändig um den Hals – und war entlassen. Könnte man glauben, daß die Kur half? Und ob sie half! Alles Geheimnisvolle heilt, wenn der Glaube des Patienten daran stark genug ist. Bei Astolat droben stand eine Kapelle, wo die heilige Jungfrau einmal einem Mädchen erschienen war, das dort Gänse hütete – das Mädchen berichtete selbst von der Erscheinung –, und sie bauten die Kapelle auf jenen Fleck und hängten ein Bild hinein, das die Begegnung wiedergab, ein Bild, von dem man denken sollte, die bloße Annäherung könnte einem Kranken gefährlich werden ... im Gegenteil, jedes Jahr beteten Tausende von Lahmen und Kranken davor und gingen heil und gesund davon. Und selbst die Quelle konnte es ansehen und weitersprudeln. Als ich all das erfuhr, wollte ich es natürlich zuerst nicht glauben; aber als ich selbst hinging und zuguckte, war ich geschlagen. Ich sah die Heilungen mit eigenen Augen, und es waren richtige Heilungen und kein Bluff. Ich

traf Krüppel, die ich jahrelang bei Camelot auf Krücken gesehen hatte, sah sie ankommen und vor jenem Bild beten, ihre Krücken weglegen und ohne Hinken nach Hause gehen, Krücken lagen dort haufenweise, die Geheilten ließen sie als Zeugnis zurück.
An anderen Orten behandelte man den Geist des Patienten, ohne ein Wort zu ihm zu sagen, und heilte auch ihn. An wieder anderen versammelten Fachleute die Patienten in einem Zimmer und beteten über ihnen und riefen ihren Glauben an, auch diese Patienten gingen geheilt von dannen. Wenn man einen König antrifft, der die Skrofulose nicht heilen kann, kann man sicher sein, daß der kostbarste Aberglaube zur Stütze seines Thrones, der Glaube des Untertans an die göttliche Sendung seines Herrschers, geschwunden ist. In meiner Jugend hatten die Könige von England aufgehört, Hand aufzulegen und Skrofeln zu heilen; aber ihre Schüchternheit war völlig unbegründet; von fünfzig Fällen hätten sie neunundvierzig heilen können.
Als nun der Priester drei Stunden lang geleiert und der gute König die Geschwüre poliert hatte und die Kranken immer noch in Massen nach vorn drängten, begann ich mich fürchterlich zu langweilen. Ich saß an einem offenen Fenster in der Nähe des Baldachins. Zum fünfhundertstenmal trat ein Patient vor, um seine Widerlichkeiten gestreichelt zu bekommen; nochmals wurden die Worte gemurmelt: »Ihr sollt Eure Hände auf den Kranken legen«, als draußen hell wie Trompetenruf ein Ruf erklang, der meine Seele entzückte und mir dreizehn wertlose Jahrhunderte um die Ohren schlug: »Cameloter Wochenzeitung Hosianna und literarischer Vulkan! Letzte Ausgabe! Nur zwei Cent! Alles über das große Wunder im Tal der Heiligkeit!« Ein größerer als Könige war gekommen: der Zeitungsjunge. Doch ich war der einzige in der ganzen Menge, der die Bedeutung dieser machtvollen Geburt kannte, der wußte, was dieser alles beherrschende Zauber in der Welt bewirken soll.
Ich warf einen Nickel aus dem Fenster und bekam meine Zeitung; der Adam-Zeitungsjunge der Welt verschwand um die Ecke, um das Geld wechseln zu lassen; dort ist er noch heute. Es war ein Hochgenuß, wieder eine Zeitung zu sehen; und doch erhielt ich insgeheim einen Schock,

als mein Auge auf die erste Sammlung großschnäuziger Überschriften fiel. Ich hatte so lange in der niederdrückenden Atmosphäre von Ehrerbietung, Hochachtung und Unterwürfigkeit gelebt, daß mir eine kleine Gänsehaut über den Rücken lief.

Tolle Zeiten im Tale der Heiligkeit!

DIE MASSERWERKE VERSTOPFT!

Bruder Merlin versucht seine Kunst, aber umsonst!

Der Chef siegt in der ersten Runde!

Der wunderbare Quell entkorkt unter schrecklichen Ausbrüchen von HÖLLENFEUER, RAUCH UND DONNER!

Der Ǝulenwinkel ganz verblüfft!

Noch nie dagewesene Jubelfeiern!

– und so weiter und so fort. Ja, es war zu knallig. Früher hätte ich mich darüber gefreut und nichts Außergewöhnliches darin gesehen, jetzt paßte mir die Tonart nicht mehr. Es war gute Arkansas-Journalistik, aber hier war nicht Arkansas. Außerdem war die vorletzte Zeile geeignet, die Eremiten zu beleidigen, und wir würden sie vielleicht als Inserenten verlieren. Tatsächlich: Durch das ganze Blatt ging ein leichtfertig-vorwitziger Ton. Es war klar: Ich hatte mich, ohne es zu bemerken, stark verändert. Naseweise kleine Respektlosigkeiten berührten mich unangenehm, während sie mir früher nur als nette und unbekümmerte Wendungen erschienen. Von der folgenden Art Nachrichten gab es übergenug, und sie waren mir unbehaglich:

Lokaler Rauch und Asche

Herr ˥ancelo˦ maß sich unerwartet letzte Woche mit dem alten König ∀griwanz von Irland im Boor südlich von der Schweinepeide des Herrn Balmoral des Wunderbaren. Die Witwe wurde benachrichtigt.

Die Expedition No. 3 wird ungefähr am 1. des kommenden Mgnats▮auf▮die Suche nach Herrn Sagramor dem Lüsternen starten. Sie wird von dem ruhmreichen Ritter vom Roten Rasen befehligt, dem der Herr Persant von Indien beistehen wird. Dieser ist kriegserfahren, klug und höflich und in jeder Hinsicht ein Treffer. Ferner wird ihn Herr Palamides, der Sarazene, unterstützen, der auch keine Pflaume ist. Dies ist kein Sonntagsausflug, diese ∩▮ungen werden ran&ehen!

Die Leser des ›Hosianna‹ werden mit Bedauern hören, daß der hübsche und beliebte Herr Charolais von Gallien, der während seines vierwöchigen Aufenthalts im ›Bullen‹ und der ›Flunder‹ dieser St▮adt durch seine höflichen Manieren und seine elegante ∩nterhaltung alle Herzen gewonnen hat, heute abreisen wird. Komm bald wieder, Charley!

Die Ausführung des Begräbnisses des verstorbenen Herrn Dalliance, Sohn des Herzogs von Cornwall, der im Gefecht mit dem Riesen vom Astigen Knüppel letzten ɑienstag am Rand der Ebene der Verzauberung getötet wurde, lag in der Hand des stets tüɔɥʇi-gen und freundlichen Mumbel, Fürst der Le3chenbestatter. Es gibt keinen, von dem der letzte traurige Dienst mit größerem Vergnügen zu empfangen wäre. Machen Sie einen Versuch mit ihm.

Der aufrichtige ɑank der Hosiannaredaktion, vom Chefredakteur bis zum Raufſungen, gebührt des stets verbindlichen und rücksichtsvollen Herren Tr▮hseß drittem Hilfske▮ner des Palastes für mehrere SchüssElchen von Gefr▮renes, dessen Ɗualität mit D
arkeit befeuchtete. Wenn die ʌerwaltung sich einen für vorzeitige Beförderung würdigen Titel vormerken möchte, so würde sich ›Hosianna‹ erlauben, einen Vorschlag zu unterbreiten.

Das Burgfräulein Irene ⊥auschoß von Südastolat weilt zu Besuch bei ihrem Onkel, dem beliebten Wirt der Ochsentre&berherberge, Lebergasse, in unserer Stadt.

Der junge Barker, Blasebalgflicker, ist wieder zu HaUse und scheint sich auf seiner Urlaubsfahrt zu den Schmieden der Außenbezirke gut erholt zu haben. Siehe sein Inserat.

Für den Anfang war das eine ordentliche journalistische Leistung, das wußte ich wohl, und doch enttäuschte sie mich etwas. Die ›Hofchronik‹ sagte mir mehr zu, ja, ihre einfache und würdige Ehrerbietung war mir eine gewisse Erfrischung nach all diesen schändlichen Vertraulichkeiten. Aber auch sie hätte verbessert werden können. Man kann machen, was man will, in Hofnachrichten läßt sich einfach keine Abwechslung bringen, das muß ich zugeben. In ihren Fakten liegt eine abgründige Monotonie, die selbst der ehrlichsten Bemühungen, sie sprühend und geistvoll zu gestalten, spottet und sie vereitelt. Der beste Ausweg, ja, der einzig vernünftige Weg ist der, die ewig gleiche Walze mit einer Vielfalt der Form zu maskieren: Schinde deine Reportage immer wieder und laß ihr ein neues Fell von Worten wachsen! Es betrügt das Auge; du meinst, es ist etwas Neues. Du hast die Vorstellung, daß es bei Hof weitergeht wie überall; das regt dich an, du schlürfst die ganze Spalte mit gutem Appetit und merkst vielleicht nie, daß es ein Faß voll Suppe ist, das aus einer einzigen Bohne gekocht wurde.

Clarences Stil war gut, einfach und würdig, es war unmittelbar und sachlich – aber das Beste war es noch lange nicht.

Hofchronik

Am	Montag	ritt	der	ʞönig	im	Park
„	Dienstag	„	„	„	„	„
„	Mittwoch	„	„	„	„	„
„	Donnerstag	„	„	„	„	„
„	Freitag	„	„	„	„	„
„	Sonnabend	„	„	„	„	„
„	Sonntag	„	„	„	„	„

Wenn ich das Blatt als Ganzes betrachtete, gefiel es mir doch sehr gut. Kleine Unebenheiten technischer Art waren hier und dort zu finden, aber es waren nicht so viele, daß es ins Gewicht fiel. Das Korrekturenlesen stand auf Arkansas-Niveau und damit höher, als in Artus' Tagen und Reich nötig war. Die Grammatik war im allgemeinen lückenhaft und die Satzkonstruktion mehr oder weniger lahm; aber darüber regte ich mich nicht auf. Das sind auch meine gewöhnlichen Fehler, und man soll nicht mit Steinen werfen, wenn man im Glashaus sitzt.

Ich war so buchstabenhungrig, daß ich die ganze Zeitung mit einem Mal verschlingen wollte, aber ich konnte nur einige Bissen zu mir nehmen und mußte dann unterbrechen, denn die Mönche rundum belagerten mich mit gierigen Fragen: Was ist das für ein sonderbares Ding? Wozu ist es nütze? Ist es ein Taschentuch? Eine Satteldecke? Teil eines Hemds? Woraus ist es gemacht? Und wie dünn ist es und zart und zerbrechlich! Und wie es raschelt! Wird es sich tragen lassen und wird der Regen es nicht verderben? Ist das Schrift oder nur Schmuck? Sie vermuteten, daß es Schrift sei, denn diejenigen unter ihnen, die Latein lesen und ein paar Brocken Griechisch konnten, erkannten einige der Buchstaben, aber sie wußten nichts damit anzufangen. Ich erklärte es ihnen so einfach wie möglich: »Das ist eine Zeitung; was das ist, werde ich ein andermal erklären. Es ist kein Tuch, sondern ist aus Papier gemacht; was Papier ist, werde ich ein andermal erklären. Die Zeilen darauf sind zum Lesen, nicht von Hand geschrieben, sondern gedruckt; was Druck ist, werde ich euch nach und nach erklären. Eintausend dieser Blätter sind gemacht worden, alle genau wie das hier in jeder Einzelheit, man kann sie nicht voneinander unterscheiden.« Jetzt brachen alle in Rufe des Staunens und der Bewunderung aus.
»Tausend! Wahrlich, eine gewaltige Arbeit! Die Arbeit eines Jahres für viele Menschen!«
»Nein, nur eine Tagesarbeit für einen Mann und einen Jungen.«
Sie bekreuzigten sich und babbelten Schutzgebete.
»Ah – ein Wunder! Dunkles Werk der Zauberei!«
Ich ließ ihnen ihren Glauben. Dann las ich leise allen, die ihre geschorenen Köpfe in Hörweite stecken konnten, einen Teil des Berichts vom Wunder der Wiederherstellung des Brunnens vor, und erstaunte, ehrfürchtige Ausrufe begleiteten mich: »Ah – ha!« – »Wie wahr!« – »Erstaunlich, erstaunlich!« – »So und nicht anders.« Und ob sie das sonderbare Ding in die Hand nehmen und fühlen und untersuchen dürften? Sie würden sehr vorsichtig sein. Ja. So nahmen sie es denn, behandelten es behutsam-fromm, als wenn es etwas Heiliges aus übernatürlichen Regionen wäre, und fühlten vorsichtig nach seiner Fassung, liebkosten die angenehm glatte Oberfläche

mit zögernder Berührung und prüften die mysteriösen Schriftzeichen mit faszinierten Augen. Die Gruppen gebeugter Köpfe, die entzückten Gesichter, die sprechenden Augen – wie schön erschien mir das! Denn war es nicht mein Kind, und war nicht all dieses stumme Wundern und Gebanntsein und die Ehrfurcht der beredteste Beifallszoll und ein ungewolltes Kompliment? Jetzt wußte ich, wie eine Mutter sich fühlt, wenn Frauen, ob fremd oder befreundet, sich mit gemeinsamer Begierde um ihr neugeborenes Baby scharen und ihre Köpfe in entrückter Bewunderung darüberneigen, die den Rest des Weltalls aus dem mütterlichen Bewußtsein entschwinden läßt, als wenn es nicht mehr existierte. Ich wußte jetzt, was sie empfindet, und daß niemand, kein König, Eroberer oder Poet, bei der Erfüllung seines Ehrgeizes auch nur halbwegs zu jenem heiter-glücklichen, fernen Gipfel gelangt wie jene Mutter mit ihrem Kind – wie ich mit der ersten Ausgabe des ›Cameloter Hosianna‹.

Während des zweiten Teils der Séance wanderte meine Zeitung von Gruppe zu Gruppe, in der Halle auf und ab und ringsherum. Und mein glückliches Auge verfolgte sie, und ich saß regungslos da, zufrieden und glücklich wie eine Made im Speck, von Freude berauscht. Jawohl, es war ein himmlisches Gefühl. Einmal hatte ich es geschmeckt, auch wenn ich es nie wieder schmecken sollte.

Der Yankee und der König reisen inkognito

Zur Schlafenszeit ging ich mit dem König in mein Privatgemach, um ihm das Haar zu schneiden und ihm in die armseligen Kleider zu helfen, die er tragen sollte. Die oberen Klassen tragen das Haar über der Stirn im Ponyschnitt und ringsherum bis auf die Schultern, während die untersten Stufen der Gemeinfreien sowohl voraus wie achtern Ponyschnitt tragen; die Sklaven hatten überhaupt keine Frisur, sondern ließen das Haar frei wachsen. Ich stülpte deshalb einen Topf über des Königs Haupt und schnitt alle Locken weg, die hervorhingen. Ich stutzte ihm auch Backenbart und Schnurrbart, bis sie nur noch einen halben Zoll lang waren, und versuchte mit Erfolg, sie wie von Mottenfraß entstellt wirken zu lassen. Es war eine abscheuliche Maskerade. Als er seine plumpen Sandalen und seinen langen, groben, braunen Leinenrock anzog, der vom Hals bis zu den Knöcheln gerade herunterhing, war er nicht mehr der eleganteste Mann in seinem Reich, sondern einer der unhübschesten, nichtssagendsten und reizlosesten Männer. Wir waren gleich gekleidet und frisiert und konnten als Kleinbauern oder Gutsverwalter, Schäfer oder Fuhrleute gelten; auch als Dorfhandwerker, wenn wir wollten, da unsere Kleidung von den Armen allgemein getragen wurde, weil sie dauerhaft und preiswert war. Ich will nicht sagen, daß sie für einen sehr Armen wirklich billig war, aber es war der billigste Stoff für die männliche Kleidung, handgefertigte Ware, versteht sich.

Wir witschten eine Stunde vor Tagesgrauen hinaus, hatten bis Sonnenaufgang schon acht bis zehn Meilen zurückgelegt und befanden uns mitten in einer dünnbesiedelten Gegend. Ich hatte einen recht schweren Rucksack; er war mit Vorräten für den König vollgeladen, Vorräten, die ihm helfen sollten, sich an die derbe Landkost ohne Schaden zu gewöhnen.

Am Wegrand fand ich einen bequemen Sitz für den König und gab ihm ein paar Happen, um seinen knurrenden Magen zu beruhigen. Dann sagte ich, ich wollte ihm Wasser suchen, und schlenderte fort. Meine Absicht war aber auch, außer Sicht zu kommen, mich zu setzen und auszuruhen. Ich war immer gewöhnt gewesen, in seiner Gegenwart zu stehen; sogar im Staatsrat, außer bei jenen seltenen Gelegenheiten, wenn die Sitzung sehr lange dauerte und sich über Stunden erstreckte; dann hatte ich so ein winziges Ding ohne Rückenlehne, das einem umgedrehten Ausguß glich, und so bequem war wie Zahnweh. Ich wollte ihm das nicht mit einem Schwung beibringen, sondern tröpfchenweise. Wir mußten jetzt in Gesellschaft beide sitzen, oder man würde etwas merken; aber es wäre unklug, mit ihm Gleichheit zu spielen, wenn dafür kein Anlaß bestand.

Etwa dreihundert Meter vom König entfernt war ich auf Wasser gestoßen und hatte ungefähr zwanzig Minuten geruht, als ich Stimmen hörte. Ich dachte, das ist ganz in Ordnung – Bauern gehen zur Arbeit; sonst wird so früh kaum jemand herumstreifen. Aber im nächsten Augenblick rutschten die Fremden um eine Straßenbiegung in mein Gesichtsfeld, feingekleidete Leute der Gesellschaft, mit Gepäckmaultieren und Bediensteten im Gefolge! Wie ein Blitz schoß ich durch die Büsche, auf dem kürzesten Weg zum König. Eine Weile schien es, als ob die Leute an ihm vorbeikommen würden, bevor ich ihn erreichte, aber Verzweiflung verleiht Flügel, nicht wahr? Und ich jagte vorwärts, sog Luft tief in meine Lungen, hielt den Atem an und flog wie ein Pfeil. Ich erreichte ihn sogar ein gut Teil vor den anderen.

»Verzeiht, mein König, für Zeremonien ist keine Zeit. Lauft, lauft! Springt auf! Feine Leute kommen!«

»Ist das ein Wunder? Laß sie kommen.«

»Aber, mein Lehnsherr! Man darf Euch nicht sitzen sehen, erhebt Euch! Und steht in demütiger Haltung, wenn sie vorbeikommen. Ihr wißt doch, Ihr seid ein Bauer.«

»Wahrhaftig, ich hatte es vergessen, so verloren war ich in dem Plan eines großen Feldzugs gegen Gallien . . .« Er war unterdessen aufgestanden, eine Farm könnte jedoch rascher aufblühen, gäbe es je eine Konjunktur für die Landwirtschaft. »Und da blitzte ein Gedanke in mir auf und kreuzte meinen gewaltigen Traum, welcher . . .«

»Demütigere Haltung, mein Herr König, ein bißchen dalli! Duckt den Kopf! Tiefer! Noch tiefer! Laßt ihn hängen.«

Er tat ehrlich sein Bestes, aber lieber Himmel, das war

nicht viel. Er sah so demütig aus wie der schiefe Turm zu Pisa; das ist alles, was man darüber sagen kann. Ja, es war ein so verteufelt erbarmenswerter Erfolg, daß er verwundert düstere Blicke auf der ganzen Linie hervorrief und ein aufgeputzter Lakai am Ende des Zuges seine Peitsche erhob; doch ich sprang rechtzeitig dazwischen, so daß sie auf mich niedersauste. Und unter der Deckung einer Salve rauhen Gelächters sprach ich frei von der Leber weg scharf zum König und warnte ihn, den Vorfall weiter zu beachten. Er zügelte sich für den Augenblick, aber es war eine harte Probe. Er wollte den ganzen Zug verschlingen. Ich sagte: »Das würde mit unseren Abenteuern schon zu Anfang Schluß machen. Wir können ohne Waffen gar nichts gegen diese gutgerüstete Bande ausrichten. Wenn unser Unternehmen gelingen soll, dürfen wir nicht nur wie Bauern aufgeputzt sein, wir müssen auch wie Bauern handeln.«

»Das ist weise, niemand kann es leugnen. Laßt uns weiterziehen, Chef! Ich will es mir merken und lernen und mein Bestes tun.«

Er hielt Wort. Er tat sein Bestes, aber ich habe Besseres gesehen. Wenn ihr je ein lebhaftes, sorgloses, unternehmungslustiges Kind gesehen habt, das den ganzen Tag lang eifrig von einem Unheil ins andere läuft, und eine besorgte Mutter ist ihm ständig auf den Fersen, die es immer um ein Haar vor dem Ertrinken oder Genickbrechen rettet, dann habt ihr den König und mich gesehen. Hätte ich vorausbedacht, wie es kommen würde, dann hätte ich gesagt: ›Nein, wenn jemand sein Brot damit verdienen will, einen König als Bauern vorzuführen, laß ihn den Posten haben; ich übernehme lieber eine Menagerie und lebe länger.‹ Und dabei erlaubte ich ihm die ersten drei Tage nie, eine Hütte oder andere Behausung zu betreten. Wenn er während seines frühen Noviziates überhaupt als Bauer durchschlüpfen konnte, würde es nur in elenden Kneipen und auf der Landstraße möglich sein. Deshalb beschränkten wir uns darauf. Ja, er tat gewiß sein Bestes, aber was half es? Er verbesserte sich nicht um so viel, daß ich es bemerkte.

Mit ihm saß ich wie auf einem Pulverfaß. Fortwährend alarmierte er mich mit neuen unglaublichen Überraschungen unter unwahrscheinlichsten Umständen. Was

tat er am zweiten Tag gegen Abend? Er holte ganz offen einen Dolch aus seinem Gewand hervor!
»Heiliges Kanonenrohr! Mein Herr und Gebieter, wo habt Ihr den her?«
»Von einem Schmuggler in der Herberge gestern abend.«
»Wie in aller Welt kam Euch der Wahn, ihn zu kaufen?«
»Wir sind mancherlei Gefahr durch Scharfsinn entronnen, durch Euren Scharfsinn; aber ich habe mich besonnen, daß es nur Vorsicht ist, wenn auch ich eine Waffe trage. Die Eure kann in mancher Not Euch vielleicht verlassen.«
»Leute von unserem Stand dürfen keine Waffen tragen. Was würde ein Herr sagen, ja, oder irgendeine andere Person, wenn er einen anmaßenden Bauern mit einem Dolch im Gürtel anträfe?«
Wir hatten Glück, daß niemand des Wegs kam. Ich überredete ihn, den Dolch wegzuwerfen, aber ein Kind hätte man leichter von einer noch nicht erprobten glänzenden Art, sich den Hals zu brechen, abbringen können! Wir gingen weiter, schweigend und nachdenklich. Schließlich sagte der König: »So Ihr erkennt, daß ich einer ungünstigen oder gefahrvollen Sache nachsinne, warum warnt Ihr mich nicht, von meinem Plan abzulassen?«
Es war eine verblüffende Frage und eine Vexierfrage dazu. Ich wußte nicht ganz, wie ich sie auffassen sollte und was antworten, und so fragte ich schließlich ganz einfach zurück: »Majestät, wie kann ich wissen, was Ihr denkt?«
Der König blieb wie angewurzelt stehen und starrte mich an.
»Ich glaubte, Ihr wäret größer als Merlin; und wahrlich, in der Zauberei seid Ihr es auch. Aber Prophezeiung ist größer als Magie. Merlin ist ein Prophet.«
Ich merkte, daß ich danebengehauen hatte. Ich mußte den verlorenen Boden zurückgewinnen.
Nach reiflicher Überlegung und sorgfältigem Plan sagte ich: »Majestät haben mich mißverstanden. Ich will es erklären. Es gibt zwei Arten Prophezeiung. Die eine ist die Gabe, Dinge vorauszusagen, die nur eine kleine Strecke abliegen; die andere ist die Gabe, Dinge vorauszusagen, die ganze Zeitalter und Jahrhunderte

entfernt liegen. Welches, glaubt Ihr, ist die größere Gabe?«
»Oh, sicher die letzte!«
»Das ist wahr. Besitzt sie Merlin?«
»Ja, zum Teil. Er prophezeite Geheimnisse über meine Geburt und mein künftiges Königtum, die zwanzig Jahre entfernt waren.«
»Ist er je darüber hinausgegangen?«
»Sicher wollte er das gar nicht, denke ich.«
»Ich glaube fest, das ist seine Grenze. Alle Propheten haben ihre Grenze. Die Grenze einiger großer Propheten waren hundert Jahre.«
»Ich wähne, deren sind wenige.«
»Zwei noch größere haben gelebt, deren Grenze vierhundert und sechshundert Jahre, und einer, dessen Grenze sogar siebenhundertzwanzig Jahre erreichte.«
»Wunder Gottes, wie könnte man dem glauben!«
»Aber was sind jene im Vergleich zu mir? Nichts sind sie.«
»Was? Ihr vermögt wahrlich einen noch größeren Zeitraum zu überblicken?«
»Siebenhundert Jahre? Mein Lehnsherr, so scharf wie des Adlers Blick durchdringt mein prophetisches Auge die Zukunft der Welt für fast dreizehnundeinhalb Jahrhunderte und offenbart sie!«
Alle Wetter, da hättet ihr sehen sollen, wie die Augen des Königs langsam immer größer wurden und die gesamte Lufthülle der Erde um einen Zoll in die Höhe hoben! Bruder Merlin war erledigt. Bei diesen Leuten brauchte man ja seine Behauptungen nie zu beweisen, sondern nur aufzustellen.
»Und ich«, fuhr ich fort, »könnte beide Arten Prophetie ausüben, die lange und die kurze, wenn ich nicht die Mühe scheute, mich in Übung zu halten. Für gewöhnlich übe ich nur die lange Art aus. Die andere ist unter meiner Würde. Sie steht den Kurzschwanzpropheten, wie man in der Fachsprache sagt, vom Schlage eines Merlin besser an. Hier und da komme ich natürlich in die Laune, auch eine kleine Prophezeiung hinzuwerfen, aber nicht oft – eigentlich fast nie. Ihr werdet Euch erinnern, daß viel darüber geredet wurde, als Ihr ins Tal der Heiligkeit kamt und ich Euer Kommen und sogar die genaue

Stunde Eures Eintreffens zwei bis drei Tage vorher prophezeit hatte.«

»Wahrlich, ich erinnere mich dessen.«

»Nun, ich hätte es vierzigmal leichter tun und tausendmal mehr Einzelheiten geben können, wäre das Ereignis fünfhundert Jahre entfernt gewesen, anstatt nur zwei oder drei Tage.«

»Höchst erstaunlich, daß so etwas möglich sein soll!«

»Ja, der wahre Fachmann kann etwas, das fünfhundert Jahre entfernt liegt, immer leichter voraussagen als etwas, das nur fünfhundert Sekunden abliegt.«

»Und doch sollte es der Vernunft nach umgekehrt sein. Es sollte fünfhundertmal einfacher sein, das zweite zu erkennen, denn selbst der ordinäre Menschengeist kann ein so nahes Ereignis beinahe erkennen. In der Tat, Euer Gesetz der Prophetengabe widerspricht der Wahrscheinlichkeit, da es das Schwierige leicht und das Leichte schwierig macht.«

Er war ein kluger Kopf, und eine Bauernmütze war keine sichere Tarnkappe dafür, man konnte ihn als königlich selbst unter einem Taucherhelm erkennen, wenn man erst seinen Verstand arbeiten hörte.

Jetzt hatte ich eine neue Aufgabe, und sie lud mir genug auf. Der König war so begierig, alles zu erfahren, was in den nächsten dreizehnhundert Jahren geschehen würde, als hätte er vor, so lange zu leben. Von dieser Zeit an prophezeite ich mir die Haare vom Kopf – um den Bedarf zu decken. Ich habe in meinem Leben zwar einige Unvorsichtigkeiten begangen, aber den Propheten zu spielen, war wohl die schlimmste. Und doch hatte es keine Vorteile. Ein Prophet braucht keinen Verstand zu besitzen. Für ein normales Leben und seine Anforderungen ist es schon notwendig, aber für diesen Berufszweig völlig wertlos. Der Prophetenberuf ist der geruhsamste, den es gibt. Wenn der Geist der Prophetie über einen kommt, packt man seinen Verstand zusammen und legt ihn an einen kühlen Platz zur Ruhe; dann läßt man sein Mundwerk allein laufen, zwingt es zu nichts, und: das Ergebnis ist Prophezeiung.

Täglich begegnete uns der eine oder andere fahrende Ritter, und sein Anblick feuerte des Königs kriegerischen Geist immer wieder an. Er hätte sich vergessen und ihnen sicher etwas zugerufen, das im Tonfall eine gefährliche Stufe zu hoch über seinem augenscheinlichen Stande lag, darum zog ich ihn immer rechtzeitig von der Straße weg. Dann stand er da und starrte mit weitgeöffneten Augen; ein stolzes Feuer blitzte aus ihnen, seine Nasenflügel blähten sich wie bei einem Streitroß, und ich wußte, er sehnte sich nach einer Rauferei. Ungefähr zur Mittagszeit des dritten Tages war ich auf der Straße stehengeblieben, um eine Vorsichtsmaßnahme zu prüfen, die mir zwei Tage vorher jener Peitschenhieb eingebleut hatte, eine Vorsichtsmaßnahme, von der ich später wieder abkam, weil sie mir zu beschwerlich wurde. Aber gerade hatte ich eine neue Mahnung erhalten; während ich sorglos dahinzog – mit rasselndem Mundwerk und abgeschaltetem Verstand, denn ich war beim Prophezeien –, stolperte ich und fiel der Länge nach hin. Ich war so bleich vor Schreck, daß ich im ersten Augenblick keinen Gedanken fassen konnte; dann stand ich langsam und vorsichtig auf und nahm meinen Rucksack ab. Ich hatte eine Dynamitbombe darin, in Wolle gepackt in einer kleinen Kiste. Es war gut, so etwas mitzuführen; die Zeit würde kommen, wo ich vielleicht damit ein nützliches Wunder tun konnte. Aber jetzt machte mich das Ding etwas nervös, und ich hätte den König nicht gern gebeten, sie zu tragen. Also mußte ich sie entweder fortwerfen oder eine lebenssichere Methode finden, mit ihr weiterzukommen. Ich nahm sie heraus und steckte sie in meine Rocktasche, und gerade da kamen zwei Ritter des Wegs. Der König stand steif wie eine Statue und starrte zu ihnen hin – hatte sich natürlich wieder vergessen –, und ehe ich ein Wort der Warnung hervorstoßen konnte, war es Zeit für ihn, zu springen, und nur gut, daß er es tat! Er hatte geglaubt, sie würden ausweichen. Auf die Seite reiten, um einen Dreckbauern nicht mit den Hufen zu zertrampeln? Wann war er selbst je beiseite geritten, oder hätte je Gelegenheit dazu gehabt, wenn doch jeder Bauer ihn oder andere edle Ritter rechtzeitig sah, um ihm diese Mühe wohlweislich zu ersparen? Die Ritter bemerkten den König überhaupt nicht; seine Sache war es, die Augen offenzuhalten, und wenn er nicht gesprungen wäre, hätten sie ihn seelenruhig niedergeritten und dazu noch ausgelacht.

Der König kochte vor Wut und schleuderte ihnen seine Forderung und einige Kraftworte mit sehr königlicher Stärke nach. Die Ritter waren inzwischen schon ein Stückchen weiter. Höchst überrascht hielten sie an und wandten sich in den Sätteln um, als fragten sie sich, ob es die Mühe lohnte, sich mit solchem Abschaum wie uns überhaupt zu befassen. Dann wendeten sie und rannten uns an. Keine Sekunde war zu verlieren. Kurz entschlossen rannte ich sie an. Ich passierte sie in schnellstem Tempo und stieß dabei eine haarsträubende, höllische, dreizehnteilige Beschimpfung aus, die im Vergleich des Königs Versuch ärmlich und billig erscheinen ließ. Denn ich bezog meine aus dem neunzehnten Jahrhundert, wo man zu beleidigen versteht. Die Ritter waren aber so in Fahrt, daß sie den König schon fast erreicht hatten, als sie halten konnten. Toll vor Wut stellten sie ihre Pferde auf die Hinterbeine, rissen sie herum und kamen im nächsten Augenblick Brust an Brust auf mich zu. Ich war etwa siebzig Meter von ihnen entfernt und kletterte auf einen Findlingsblock am Wegrand. Als sie auf dreißig Meter herangekommen waren, senkten sie ihre langen Lanzen, senkten ihre gepanzerten Köpfe, und so – ein ritterlicher Anblick mit den wehenden Roßhaarbüschen – kam dieser donnernde Expreß auf mich zugerast. Als sie auf fünfzehn Meter heran waren, warf ich die Bombe mit sicherer Hand, und sie berührte den Boden unter den Nasen der Pferde.

Ja, das war eine saubere Sache, sehr nett und hübsch anzusehen. Sie glich einer Dampfschiffexplosion auf dem Mississippi; und während der nächsten fünfzehn Minuten standen wir unter einem Regen winziger Bruchstückchen von Rittern, Eisenwaren und Pferdefleisch. Ich sage ›wir‹, denn der König mischte sich natürlich unter die Zuschauer, sobald er wieder Luft bekam. Ein Loch war da, das alle Leute der Gegend mehrere Jahre damit beschäftigen würde, es zu erklären. Es wieder auszufüllen würde vergleichsweise schnell gehen und nur ein paar Auserwählten zufallen: Bauern der Gutsherrschaft, und sie würden nichts dafür bekommen. Dem König aber erklärte ich es selbst. Ich sagte, das Loch sei mit einer Dynamitbombe gemacht. Diese Information schadete ihm nichts, weil sie ihn so klug ließ wie zuvor. Es war ein großartiges Wunder und in seinen Augen eine neue Niederlage für Merlin. Ich hielt es für ratsam, dies als ein so seltenes Wunder zu erklären, daß es nur bei genau den richtigen atmosphärischen Bedingungen ausgeführt werden konnte. Sonst hätte ich es jedesmal wiederholen müssen, wenn wir ein gutes Ziel fanden, und ich hatte doch keine Bomben mehr bei mir.

Der König wird gedrillt

Am Morgen des vierten Tages, als die Sonne gerade aufging und wir schon eine Stunde lang in der kühlen Morgendämmerung wanderten, faßte ich einen Entschluß: Der König mußte richtig gedrillt werden; es ging nicht so weiter, man mußte ihn fest in die Hand nehmen und ihn planmäßig und gewissenhaft abrichten, oder wir konnten niemals wagen, eine Wohnung zu betreten; jede Katze würde seine Maske für Humbug, ihn aber nicht für einen Bauern halten. Ich blieb also stehen und sagte: »Majestät, zwischen Eurer Kleidung und Eurem Aussehen ist kein großer Widerspruch, das kann so bleiben; aber zwischen Euren Kleidern und Eurer Haltung klafft ein sehr auffallender Widerspruch. Euer soldatischer Gang, Eure herrische Sicherheit verraten Euch. Ihr steht zu aufrecht, Euer Blick ist zu mutig, zu zuversichtlich. Die Sorgen eines Königreichs beugen die Schultern nicht, sie drücken den Blick nicht zu Boden, sie quälen das Herz nicht mit Furcht und Zweifel, die sich dann in schlaffer Haltung und unsicherem Schritt zeigen. Das tun nur die gemeinen Sorgen der Niedriggeborenen. Ihr müßt folgenden Trick anwenden: Ihr müßt die Kennzeichen von Armut, Elend, Unterdrückung, Beleidigung und all die vielen anderen und gemeinen Unmenschlichkeiten nachahmen, die aus einem Mann die Männlichkeit saugen und ihn zu einem ergebenen, rechtschaffenen und bewährten Untertan und zum Wohlgefallen seiner Herren machen. Sonst wird jedes Kind erkennen, daß Ihr von anderem Stande seid, als Eure Kleider vorgeben, und wir sind in der ersten Hütte aufgeplatzt, in der wir bleiben wollen. Ich bitte Euch, geht so.«

Der König beobachtete mich sorgfältig und versuchte mich nachzuahmen.

»Ganz gut, ganz gut. Das Kinn ein bißchen tiefer, bitte – so – sehr gut. Blick noch zu frei; bitte schaut nicht in die Ferne, mehr zur Erde, zehn Schritte vor Euch. Ah – so ist es besser, das ist sehr gut. Wartet bitte; Ihr seid noch zu schwungvoll, zu entschlossen; Ihr müßt lässiger werden. Schaut mich an, bitte, ich meine so . . . Jetzt werdet Ihr es bald haben, so ungefähr – endlich kommt Ihr der Sache näher . . . ja, das ist recht ordentlich, aber

es fehlt noch immer etwas ganz Wichtiges, ich weiß nicht recht, was es ist. Bitte geht dreißig Meter weiter, so daß ich es besser überblicken kann ... Jetzt also; die Kopfhaltung ist in Ordnung, das Tempo ebenfalls, die Schultern sind richtig, auch die Augen, das Kinn, der Gang, Haltung, der Ausdruck im allgemeinen, alles ist richtig! Und doch bleibt es dabei, das Gesamtergebnis stimmt nicht. Die Rechnung geht nicht auf. Bitte noch einmal ... Jetzt, glaube ich, sehe ich langsam, was fehlt. Ja, ich hab's. Die echte Hoffnungslosigkeit fehlt, da liegt der Hase im Pfeffer. Es ist alles nur erkünstelt – die technischen Einzelheiten sind richtig, fast bis aufs Haar; alles an der Täuschung ist vollkommen, nur täuscht sie nicht.«
»Was muß getan werden, um das zu bewirken?«
»Laßt mich einmal überlegen ... Ich weiß nicht recht. Ich glaube wirklich, nur Übung kann die Sache bessern, und hier ist ein geeigneter Platz: Wurzeln und steiniger Boden, um Euren aufrechten Gang zu brechen. Störungen sind unwahrscheinlich in der Gegend, nur ein Acker und eine Hütte in Sicht, und die so weit weg, daß uns von dort niemand sehen kann. Es wäre gut, Majestät, ein bißchen von der Landstraße zu verschwinden und den ganzen Tag mit Proben zu verbringen.«
Nachdem wir eine Weile geübt hatten, sagte ich: »Jetzt, Majestät, stellt Euch vor, daß wir vor der Tür der Hütte dort sind und die Familie steht vor uns. Bitte weiter: sprecht den Bauern an.«
Der König richtete sich unwillkürlich zur Bildsäule auf und sagte mit eisiger Unnahbarkeit: »Knecht, bringe mir einen Sitz und diene mir mit einem Mahl, wie du es vermagst!«
»Oh, Euer Gnaden, so geht es nicht.«
»Woran fehlt es?«
»Die Leute nennen einander nicht Knecht.«
»Nein, ist das wahr?«
»Ja, nur die über ihnen Stehenden nennen sie so.«
»Dann muß ich es noch einmal versuchen. Ich werde ihn Leibeigener nennen.«
»Nein, nein, er könnte ein Freier sein.«
»Ach so, dann sollte ich ihn vielleicht Bauer nennen.«
»Ja, das wäre schon recht, Euer Gnaden. Aber es wäre noch besser, wenn Ihr Freund oder Bruder sagtet.«

»Bruder! – Zu solchem Pack?«
»Oho, aber wir geben doch vor, auch solch Pack zu sein.«
»Ja, das ist wahr. Ich will also sagen: Bruder, bring einen Stuhl und dazu, was du zu essen hast. Jetzt ist es richtig.«
»Noch nicht, nicht ganz. Ihr batet für einen, nicht für uns. Für einen, nicht für beide. Essen für einen, einen Stuhl für einen.«
Der König schaute verwirrt drein, geistig war er kein Ausstellungsstück. Sein Kopf war ein Stundenglas; er konnte wohl einen Gedanken fassen, aber nur Korn auf Korn, nicht den ganzen Komplex auf einmal.
»Wolltet auch Ihr einen Stuhl, um zu sitzen?«
»Wenn ich nicht sitze, würde der Mann gleich erkennen, daß wir unsere Gleichheit nur vortäuschen – und den Trug auch noch recht schlecht spielen.«
»Das ist gut und wahr gesprochen! Wie wundervoll ist die Wahrheit, mag sie uns auch in unerwarteter Gestalt nahen? Ja, er muß Stühle und Essen für zwei herausbringen und Kanne und Handtuch dem einen nicht mit größerem Respekt reichen als dem anderen.«
»Und immer noch gibt es eine Kleinigkeit zu verbessern. Er muß nichts herausbringen; wir wollen hineingehen, mitten unter das ›Pack‹, und vielleicht in andere widerwärtige Sachen, und das Essen im Familienkreis einnehmen nach der Sitte des Hauses und völlig gleichberechtigt mit ihnen, wenn der Mann nicht Leibeigener ist; und schließlich gibt es dort weder Wasserkanne noch Handtuch, ob er hörig ist oder frei. Bitte geht noch einmal, mein Gebieter. Da, jetzt ist es besser, das war das Beste bisher; aber noch nicht vollkommen. Die Schultern haben keine schändlichere Last gekannt als den Panzer, und sie wollen sich nicht beugen.«
»So reich mir den Sack. Ich will die Stimmung kennenlernen, die mit Lasten einhergeht, die keine Ehre bedeuten. Es ist der Geist, der die Schultern beugt, wähne ich, und nicht das Gewicht. Denn die Rüstung ist schwer, aber sie ist eine stolze Bürde, und ein Mann steht darin aufrecht. Nein, laß deine Aber weg, widersetze dich nicht. Ich will das Ding haben. Schnall es mir auf den Rücken.«
Endlich klappte es zu voller Zufriedenheit. Mit dem Sack auf dem Rücken blieb nichts Königliches mehr

übrig, nur dieses Paar Schultern war hartnäckig, sie konnten anscheinend die Kunst nicht lernen, sich mit einem Hauch täuschender Natürlichkeit zu beugen. Das Training ging weiter, ich trieb an und verbesserte.
»Jetzt stellt Euch vor, Ihr seid verschuldet und werdet von erbarmungslosen Gläubigern gepeinigt; Ihr seid ohne Arbeit – angenommen, Ihr seid Hufschmied gewesen – und könnt keine andere Beschäftigung finden, und Eure Frau ist krank, und Eure Kinder schreien, weil sie hungrig sind . . .«
Und so weiter und so fort. Ich übte ihn der Reihe nach in der Darstellung von allen möglichen armen Leuten, die harte Entbehrung und Unglück leiden. Aber Herr im Himmel! Es waren ja nur Worte für ihn, sie bedeuteten ihm nichts auf der Welt; ich hätte ebensogut pfeifen können. Worte schaffen keine Wirklichkeit, machen im Menschen nichts lebendig, wenn er nicht selbst erlitten hat, was die Worte zu beschreiben suchen. Es gibt kluge Leute, die immer fachmännisch und selbstzufrieden über die ›arbeitenden Klassen‹ sprechen und sich selbst einreden, daß ein Tag angestrengtester Geistesarbeit viel schwerer sei als ein Tag schwerer Handarbeit und vollauf zu Recht viel höher bezahlt wird. Ja, sie denken das wirklich, weil sie die eine Arbeit kennen und die andere nie versucht haben. Ich kenne alle beide; und was mich betrifft, gibt es in der ganzen Welt nicht Geld genug, um mich für einen Monat anzuwerben, die Spitzhacke zu schwingen; aber die schwerste intellektuelle Arbeit will ich für fast umsonst tun – und auch damit zufrieden sein.
Intellektuelle ›Arbeit‹ ist ein falscher Ausdruck; sie ist ein Vergnügen, eine Zerstreuung und ist selbst ihr höchster Lohn. Der noch so schlecht bezahlte Architekt, Bildhauer, General, Schriftsteller, Maler, Redner, Anwalt, Volksvertreter, Schauspieler, Prediger, Sänger ist im Himmel, wenn er arbeitet, und der Musiker mit dem Geigenbogen in der Hand, inmitten eines großen Orchesters vom Anschwellen und Abklingen göttlicher Töne überflutet – ja gewiß, er ist bei der Arbeit, wenn man es so nennen will, aber klingt das nicht wie Hohn? Das Gesetz der Arbeit scheint äußerst ungerecht – aber so ist es nun einmal, und niemand kann es ändern. Je höheren

Genuß der Arbeiter in der Arbeit findet, desto höher wird auch seine Bezahlung in barer Münze sein. Und jener durchsichtige Schwindel: Königtum und erblicher Adel sind dem gleichen Gesetz unterworfen.

Als wir am hellen Nachmittag jene Hütte erreichten, sahen wir um sie her kein Lebenszeichen. Der nahe Acker war einige Zeit vorher abgeerntet worden und sah wie abgehäutet aus, so gründlich war die letzte Ähre abgesammelt. Haus, Zäune, Schuppen, alles war verkommen und zeugte von Elend. Kein Tier zeigte sich, nichts Lebendiges kam in Sicht. Die Stille war furchtbar, sie glich der Stille des Todes. Die Hütte war ebenerdig, das Strohdach schwarz vor Alter und zerrissen.
Die Tür stand einen Spalt offen. Wir schlichen uns näher – auf Zehenspitzen und mit angehaltenem Atem –, denn das tut man in solchem Augenblick gefühlsmäßig. Der König klopfte. Wir warteten. Keine Antwort. Klopfte wieder. Keine Antwort. Ich drückte leise die Tür auf und sah hinein. Ich erkannte nur unbestimmte Umrisse, und eine Frau sprang von der Erde auf und starrte mich an, wie aus dem Schlaf geweckt. Plötzlich fand sie Worte:
»Habt Erbarmen! Alles ist geholt! Nichts ist übrig!«
»Ich bin nicht gekommen, um etwas zu holen, arme Frau.«
»Ihr seid kein Priester?«
»Nein.«
»Und kommt nicht vom Gutsherrn?«
»Nein, ich bin ein Fremder.«
»O dann, um der Furcht Gottes, der die Unschuldigen mit Elend und Tod heimsucht, verweilt nicht hier, sondern flieht! Dieser Ort ist verflucht von ihm – und von seiner Kirche.«
»Laß mich hereinkommen und dir helfen. Du bist krank und in Not.«
Ich hatte mich jetzt an das Halbdunkel gewöhnt. Ich konnte ihre glanzlosen Augen mich anstarren sehen, ich konnte sehen, wie abgemagert sie war.
»Ich sage Euch, über dem Ort liegt der Kirchenbann. Rettet Euch – geht, ehe irgendein Landstreicher Euch hier sieht und es anzeigt.«
»Mach dir um mich keine Sorgen, der Fluch der Kirche schert mich den Teufel. Ich will euch helfen.«
»Alle guten Geister – wenn es solche gibt – mögen Euch für dieses Wort segnen. Wollte Gott, ich hätte einen

Schluck Wasser! Aber halt, halt, vergiß, was ich sagte, und flieh! Denn hier ist, was auch jene fürchten, die die Kirche nicht zu fürchten brauchen: die Krankheit, an der wir sterben. Verlaß uns, du tapferer, guter Fremder, und nimm mit dir so reichen und ehrlichen Segen, als Verfluchte geben können.«

Noch ehe sie zu Ende war, hatte ich eine hölzerne Schale gefunden und lief eilig am König vorbei zum Bach. Er war zehn Meter entfernt. Als ich zurückkam und durch die Tür trat, war der König drinnen und öffnete gerade einen Holzladen, der das Fensterloch verschloß, um Luft und Licht hereinzulassen. Der Raum war voll von einem widrigen Gestank. Ich setzte der Frau die Schale an die Lippen, und als sie gierig mit ihren mageren Krallen danach griff, öffnete sich der Laden und helles Licht fiel auf ihr Gesicht. Pocken!

Ich sprang zum König und sagte ihm ins Ohr: »Verlaßt das Haus sofort, Majestät! Die Frau stirbt an der Krankheit, die vor zwei Jahren die Gegend von Camelot verwüstete.«

Er rührte sich nicht.

»So wahr ich lebe, ich werde bleiben – und helfen.«

Ich flüsterte wieder: »König, es darf nicht sein, Ihr müßt gehen.«

»Ihr meint es gut und sprecht nicht unklug; aber es wäre eine Schande, wenn ein König sich fürchtete, wenn der gegürtete Ritter seine Hand den Hilfsbedürftigen verweigerte. Schweigt! Ich will nicht gehen. Ihr aber müßt gehen. Der Bann der Kirche trifft mich nicht, aber er verbietet Euch, hier zu weilen, und sie wird mit harter Hand gegen Euch verfahren, wenn sie von Eurer Übertretung Kunde erhält.«

Es war ein gefahrdrohender Aufenthaltsort für ihn und konnte ihn das Leben kosten, aber es war zwecklos, mit ihm zu streiten. Wenn er hier seine ritterliche Ehre in Gefahr glaubte, so war damit jede Diskussion zu Ende; er würde bleiben, und nichts konnte ihn hindern. Das war mir klar, und ich schlug mir jeden Gedanken daran aus dem Kopf.

Die Frau begann wieder: »Edler Herr, wollt Ihr so gütig sein und die Leiter dort emporsteigen und mir sagen, was Ihr seht? Fürchtet Euch nicht, es zu sagen, denn es

können Zeiten kommen, wo selbst einer Mutter Herz nicht mehr brechen kann – weil es schon gebrochen ist.«
»Bleibt«, sagte der König, »und gebt der Frau zu essen, ich werde gehen.« Und er stellte den Rucksack auf den Boden.
Ich wandte mich der Leiter zu, aber der König stand schon auf der ersten Sprosse. Er hielt inne und sah auf einen Mann herunter, der im Halbdunkel lag und uns bisher nicht beachtet noch angesprochen hatte.
»Ist das dein Gemahl?« fragte der König.
»Ja.«
»Schläft er?«
»Gott sei bedankt für diese einzige Wohltat, ja – seit drei Stunden. Wie soll ich meine Dankbarkeit ehrlich bezeugen! Denn mein Herz zerspringt davon, ob des Schlafs, den er jetzt schläft.«
Ich sagte: »Wir werden leise sein, wir werden ihn nicht wecken.«
»O nein, das braucht ihr nicht, denn er ist tot.«
»Tot?«
»Ja, welch Glück, das zu wissen! Niemand kann ihm Leid antun, niemand kann ihn beschimpfen. Jetzt ist er im Himmel und selig, oder er weilt in der Hölle und ist zufrieden; denn dort wird er weder Abt noch Bischof treffen. Wir kannten uns als Kinder schon; wir waren Mann und Frau seit fünfundzwanzig Jahren und trennten uns nie bis heute. Bedenkt, wie lang das ist, zusammen zu lieben und zu leiden. Heute morgen war er ohne Besinnung, und in seinem Wahn waren wir wieder Junge und Mädchen und wanderten glücklich durch die Wiesen; und in dieser unschuldig heiteren Unterhaltung ging er weiter und weiter, immer noch leise plaudernd, und betrat jene anderen Gefilde, von denen wir nichts wissen, und war dem sterblichen Auge entrückt. Und so war es keine Trennung, denn in seinem Traum war ich ja mit ihm; er wußte es nicht, aber ich ging mit ihm, meine Hand in seiner – meine junge weiche Hand, nicht diese welke Klaue. O ja, wandern und es nicht wissen, sich trennen und es nicht wissen; wie könnte man friedlicher gehen als so. Es war ihm Lohn für ein grausames Leben, das er in Geduld getragen hatte.«
Ein schwaches Geräusch scholl aus der dunklen Ecke,

wo die Leiter stand. Der König stieg herunter. Ich sah, daß er auf dem einen Arm etwas trug und sich mit der freien Hand herunterhalf. Er trat ins Licht; an seiner Brust lag ein schmächtiges Mädchen von fünfzehn Jahren. Sie war halb bewußtlos; sie lag im Sterben: Pocken. Hier war Heldentum in seiner letzten und höchsten Möglichkeit, in seiner reinsten Vollendung; das hieß den Tod im offenen Feld und ohne Waffen herausfordern. Alles stand gegen den Angreifer: kein Preis winkte dem Turniersieger, und keine bewundernde Menge in Seide und Goldbrokat lungerte staunend herum und rief Beifall. Und doch war des Königs Haltung so fest und mutig wie in jenen billigen Kämpfen, in denen die Ritter sich mit gleichen Chancen und in schützendes Eisen gekleidet miteinander maßen. Jetzt war er groß, ja erhaben. Die holzgeschnitzte Säulengalerie seiner Ahnen im Palast sollte fortgeführt werden, ich wollte mich selbst darum kümmern; und es sollte kein gepanzerter König sein, der einen Riesen oder Drachen tötete, wie die anderen es taten, es würde ein König im Bauernkleid sein, der den Tod in den Armen trug, damit eine Bauernmutter ihr Kind noch einmal sehen und getröstet sein sollte. Er legte das Mädchen zu seiner Mutter, die es aus einem überquellenden Herzen mit Beteuerungen und Liebkosungen überschüttete, und ein flackerndes Licht glomm schwach in des Kindes Augen als Antwort auf; aber das war auch alles. Die Mutter hing über ihm, küßte es, streichelte es, flehte es an, zu sprechen, aber die Lippen bewegten sich ohne Laut. Ich holte meine Schnapsflasche aus dem Rucksack, aber die Frau wehrte ab und sagte: »Nein, sie leidet nicht; es ist besser so. Es könnte sie zum Leben zurückrufen. Niemand, der so gut und freundlich ist wie Ihr, könnte so grausam zu ihr sein. Denn seht – was ist zum Leben geblieben? Warum sollte sie weiter leben? Ihre Brüder sind fort, ihr Vater ist fort, ihre Mutter ist im Weggehen, der Fluch der Kirche ist über ihr; niemand darf ihr Obdach geben oder freundlich zu ihr sein, selbst wenn sie sterbend auf der Straße läge. Sie ist verlassen. Ich habe Euch nicht gefragt, guter Herr, ob ihre Schwester dort oben noch am Leben ist; ich brauchte nicht zu fragen; Ihr wärt allein zurückgegangen, hättet das arme Wesen nicht dort liegengelassen . . .«

»Sie ruht in Frieden«, fiel der König mit gedämpfter Stimme ein.
»So soll alles seinen Weg gehen. Wie überreich schenkt dieser Tag das Glück! Oh, meine Annie, du wirst bald bei deiner Schwester sein, du bist auf dem Weg, und dies sind barmherzige Freunde, die dich nicht aufhalten werden.«
Und dann murmelte und weinte sie wieder über dem Mädchen und strich sanft über Gesicht und Haar, küßte sie und rief sie mit Kosenamen; aber die brechenden Augen verrieten kaum noch Leben. Ich sah Tränen in des Königs Augen treten und über sein Gesicht rinnen. Auch die Frau bemerkte sie und sagte: »Oh, ich kenne das Zeichen; auf dich wartet eine Frau zu Hause, armer Teufel, und du und sie, ihr seid so manchmal hungrig schlafen gegangen, damit die Kinder eure Brotkruste haben sollten; du kennst die Armut und die täglichen Beschimpfungen deiner Herren und die schwere Hand der Kirche und des Königs.«
Das war ein Zufallstreffer, und der König zuckte zusammen, doch er blieb still; er fand sich in seine Rolle; und für einen blutigen Anfänger spielte er sie gut. Ich suchte eine Ablenkung. Ich bot der Frau Essen und Schnaps an, aber sie verweigerte beides. Sie wollte nichts mehr zwischen sich und den Tod als Erlöser treten lassen. Dann schlüpfte ich fort, trug das tote Kind von oben herab und legte es neben sie. Das ließ sie erneut zusammenbrechen, und es war eine herzzerreißende Szene. Schließlich versuchte ich es auf andere Weise und überredete sie, ihre Geschichte zu erzählen.
»Ihr kennt es selbst sehr gut, ihr habt es selbst erlitten; denn wahrhaftig, niemand in unserer Lage kann ihm in Britannien entfliehen. Es ist die alte traurige Geschichte. Wir kämpften und schufteten und kamen voran. Damit meine ich, daß wir lebten und nicht starben; mehr ist nicht zu erreichen. Keine Nöte kamen, die wir nicht überlebten, bis dieses Jahr sie uns brachte. Nun kamen sie alle auf einmal und überwältigten uns. Vor Jahren pflanzte der Gutsherr viel Obstbäume auf unser Land, noch dazu auf den besten Boden – ein bitteres Unrecht und eine Schande . . .«
»Es war sein Recht«, unterbrach der König.
»Das stimmt und niemand bestreitet es; wenn das Gesetz

etwas bedeutet, so ist des Herrn, was des Herrn ist, und was mein ist, ist auch des Herrn. Wir hatten den Hof auf Pacht, deshalb war er auch sein Besitz, und er konnte damit machen, was er wollte. Vor einiger Zeit fanden wir drei dieser Bäume abgehauen. Unsere drei erwachsenen Söhne liefen erschreckt zum Schloß, um das Verbrechen zu melden. Nun, in des Herrn Kerker, da liegen sie, der sagt, sie sollten da liegen und verfaulen, bis sie gestehen. Sie haben nichts zu gestehen, denn sie sind unschuldig, und darum werden sie da bleiben, bis sie sterben. Ihr wißt das sehr gut, glaube ich. Bedenkt, wie uns das traf: ein Mann, eine Frau und zwei Kinder, um eine Ernte einzubringen, die von so viel größerer Kraft gesät war, ja, und sie vorher Tag und Nacht vor Tauben und räuberischem Getier schützen, das geheiligt ist und von niemand unseres Standes verletzt werden darf. Als die Ernte unseres Herrn heranreifte, war auch unsere soweit; als seine Glocke uns zur Fronarbeit auf seine Erntefelder rief, nahm er mich und meine zwei Mädchen nicht als Ersatz für unsere drei gefangenen Söhne an, sondern rechnete uns nur für zwei; deshalb wurden wir täglich für den dritten mit Geldstrafen belegt. In dieser Zeit verkam unsere eigene Ernte, denn niemand kümmerte sich darum; und beide, der Priester und seine Lordschaft, bestraften uns, weil ihre Anteile daran nun ebenfalls zu Schaden kamen. Am Ende fraßen die Strafen unsere Ernte auf, und sie nahmen alles, sie nahmen alles und ließen uns für sie ernten, ohne Lohn oder Essen, und wir waren am Verhungern. Dann kam das Schlimmste. Wahnsinnig vor Hunger, über den Verlust meiner Söhne und vor Kummer über meinen Mann und meine kleinen Mädchen, die in Lumpen, Elend und Verzweiflung waren, stieß ich eine schwere Gotteslästerung aus – oh, tausend Flüche gegen die Kirche und wie sie uns behandelt. Das war vor zehn Tagen. Ich war von dieser Krankheit befallen und hatte die Worte dem Priester entgegengeschleudert; denn der war gekommen, um zu schelten, weil es mir an schuldiger Unterwerfung unter die züchtigende Hand Gottes fehle. Er trug meine Übertretung zu seinen Oberen weiter; ich war verstockt, und sogleich fiel auf mich und die Häupter meiner Lieben der Fluch von Rom.

Seitdem scheut man uns; mit Schrecken werden wir gemieden. Niemand kommt unserer Hütte nahe, ob wir leben oder krepieren. Wir wurden alle krank, dann riß ich mich zusammen und stand auf, wie es eine Frau und Mutter muß. Sie hätten auf jeden Fall wenig essen können; aber es war weniger als wenig, was sie zu essen hatten. Aber Wasser war da, und ich gab es ihnen. Wie sie danach geschmachtet hatten und wie sie es segneten! Aber gestern kam das Ende; meine Kraft verließ mich. Gestern sah ich meinen Mann und dieses jüngste Kind zum letztenmal am Leben. Ich hatte hier gelegen seit Stunden, seit einer Ewigkeit, kann man sagen – lauschend, lauschend auf jeden Laut von dort oben, der . . .«

Sie warf einen kurzen scharfen Blick auf ihre älteste Tochter, dann schrie sie: »Oh, mein Liebstes!« und raffte mit letzter Kraft die erstarrende Gestalt in ihre schützenden Armen. Sie hatte das Todesröcheln erkannt.

Um Mitternacht war alles vorüber, und wir saßen in Gesellschaft von vier Leichen. Wir bedeckten sie mit den paar Fetzen, die wir finden konnten, gingen fort und schlossen hinter uns die Tür. Diesen Leuten mußte ihr Haus auch ihr Grab sein, denn die durften kein christliches Begräbnis erhalten oder in geweihtem Boden beigesetzt werden. Sie waren Hunde, wilde Tiere, Aussätzige, und keine Seele, die ihre Hoffnung auf ein ewiges Leben schätzte, hätte darauf verzichtet, indem sie sich irgendwie mit diesen Verdammten und Ausgestoßenen abgab. Wir waren gerade gegangen, als ich Schritte auf dem Kies hörte. Mein Herz schlug bis zum Hals. Niemand durfte uns aus dem Haus kommen sehen. Ich zupfte den König am Rock, und wir zogen uns zurück und versteckten uns hinter der Hausecke.

»Jetzt sind wir in Sicherheit«, sagte ich, »aber es war auch beinahe Matthäi am letzten. Wenn die Nacht heller wäre, hätte er uns bestimmt gesehen, so nahe schien er.«

»Vielleicht ist es ein Tier und gar kein Mensch.«

»Möglich. Aber Mensch oder Tier, für uns ist es besser, hier zu warten, bis es verschwunden ist.«

»Horch! Es kommt näher.« Das stimmte. Das Geräusch kam auf uns zu, gerade zu der Hütte. Also mußte es ein Tier sein, und wir hätten uns das Zittern sparen können. Ich wollte gerade hervortreten, als der König die Hand auf meinen Arm legte. Einen Augenblick war Stille, dann hörten wir ein leises Klopfen an die Hütte. Es lief mir eiskalt über den Rücken. Gleich darauf klopfte es wieder, und dann hörten wir mit gedämpfter Stimme die Worte: »Mutter! Vater! Macht auf! Wir sind freigekommen, und wir bringen Nachricht, die eure Wangen bleichen, aber eure Herzen erfreuen wird. Wir dürfen nicht weilen, wir müssen fliehen. Wir . . . aber warum antworten sie nicht? Mutter! Vater!«

Ich zog den König zum anderen Ende der Hütte und flüsterte: »Kommt, jetzt können wir zur Straße gehen.« Der König zögerte, wollte widersprechen; aber dann hörten wir, wie die Tür geöffnet wurde, und wußten, daß diese verlassenen Männer jetzt ihre Toten fanden.

»Kommt, Gebieter! Im nächsten Augenblick werden sie

ein Licht anzünden, und dann wird das folgen, was Euer Herz brechen würde, wenn Ihr es hören müßtet.«
Diesmal zögerte er nicht. Sobald wir auf der Straße waren, rannte ich; und nach kurzer Zeit ließ er die Würde fallen und rannte auch. Ich mochte nicht daran denken, was in der Hütte geschah, ich konnte es nicht ertragen. Ich wollte es vergessen und griff das erste beste Thema auf.
»Ich habe die Krankheit durchgemacht, an der die Leute starben, und habe deshalb nichts zu fürchten; aber wenn Ihr sie noch nicht hinter Euch habt . . .«
Er unterbrach mich und sagte, er sei in Not und sein Gewissen quäle ihn: »Diese jungen Leute sind freigekommen, sagten sie; aber wie? Ungedenkbar ist es, daß ihr Herr ihnen die Freiheit gab.«
»O nein, ich bin sicher, sie sind geflohen.«
»Und gerade das bedrückt mich; ich fürchte, daß es so ist, und Euer Verdacht bestärkt den meinen, Ihr fürchtet das gleiche.«
»Ich würde es allerdings nicht fürchten nennen. Ich nehme an, daß sie geflohen sind. Und wenn sie entkamen, so tut mir das gewiß nicht leid.«
»Es tut mir nicht leid, glaube ich, jedoch . . .«
»Was ist es denn? Worüber kann man sich da noch grämen?«
»Sind sie entflohen, so sind wir verpflichtet, sie zu greifen und ihrem Herrn zurückzugeben. Es ziemt sich nicht, daß einer seines Adels so anmaßende und hochfahrende Beleidigung von Leuten ihres Standes dulden kann.«
Da hatten wir es wieder. Er konnte nur die eine Seite sehen. So war er geboren, so war er erzogen, in seinen Adern floß so altes Blut, daß es von unbewußter Roheit verdorben war. Es kam auf ihn durch eine lange Ahnenreihe, und jeder hat seinen Teil beigesteuert, diesen Strom zu vergiften! Männer ohne Beweis einzukerkern, ihre Sippe verrecken zu lassen, das war nicht schlimm, denn sie waren nur Fronbauern und Untertanen des Gutsherrn zu seinem Nutzen und Vergnügen, gleichgültig, wie furchtbar auch die Folgen sein würden. Aber wenn die Männer aus ungerechter Gefangenschaft ausbrachen, so war das Beleidigung und Übergriff und ein Verbrechen, das von keinem gewissenhaften Menschen,

der seine Pflicht gegen die geheiligte Kaste kannte, gebilligt werden durfte.

Ich redete über eine halbe Stunde, um ihn davon abzubringen – und doch gelang es nur durch einen Eingriff von außen. Da war ein roter Schein, den wir vom Gipfel eines kleinen Hügels in ziemlicher Entfernung erblickten.

»Das ist ein Brand«, sagte ich.

Brände interessierten mich sehr, denn ich hatte eine Versicherungsgesellschaft gegründet und ließ auch einige Pferde ausbilden und Dampffeuerspritzen konstruieren, um im Lauf der Zeit eine Berufsfeuerwehr aufzubauen. Die Priester stellten sich gegen meine Feuer- und Lebensversicherung, weil es ein frecher Versuch war, in Gottes Ratschluß einzugreifen; und wenn man ihnen auseinandersetzte, daß die Versicherung seine Ratschlüsse schließlich nicht behinderte, sondern nur die Folgen dort milderte, wo man Glück und eine Versicherungspolice hatte, entgegneten sie grollend, daß es ein Glücksspiel mit den Vorsehungen Gottes und ebenso frevelhaft sei. So gelang es ihnen, diese Tätigkeit mehr oder weniger lahmzulegen, aber ich holte den Schaden durch meine Unfallversicherung auf. Im allgemeinen hat der Ritter das Pulver nicht erfunden und ist manchmal sogar ein rechter Idiot, mit dürftigen Argumenten zu fangen, wenn sie ihm geläufig von einem Scharlatan vorgetragen werden. Aber selbst ein Ritter konnte manchmal nach einiger Zeit die praktische Seite der Sache erkennen; und man konnte in der letzten Zeit beim Enttrümmern des Turnierplatzes keinen der herumliegenden Helme auf den Schrotthaufen werfen, ohne in ihm meine Versicherungspolice zu finden.

Wir blieben in der tiefen Dunkelheit und Stille eine Weile stehen und spähten zum roten Schein in der Ferne. Wir versuchten auch die Bedeutung eines fernen Geräusches zu ergründen, das bald anschwoll und dann wieder in die Nacht versank. Manchmal schien es weniger fern; doch wenn wir hofften, seine Ursache und Natur ergründen zu können, verstummte es und erstarb und nahm sein Geheimnis mit sich. Wir liefen den Hügel in der Richtung des Getöns hinab und tauchten auf der gewundenen Straße plötzlich in eine fast körperliche Finsternis, die zwischen zwei hohe Waldwände gepackt und eingeklemmt schien. Wir tasteten uns vielleicht eine halbe Meile weiter fort, und das Geräusch wurde immer deutlicher. Ein aufziehendes Gewitter kam näher und näher und schickte uns kalte Böen als Vorboten, fahle Blitze und das dumpfe Grollen fernen Donners. Ich schritt voran. Ich rannte gegen etwas – ein weiches, schweres Etwas, das dem Druck meines Körpers leicht nachgab. Im gleichen Augenblick zuckte ein Blitz auf, und einen Fuß entfernt von meinem Gesicht bleckte das sich qualvoll krampfende Gesicht eines Mannes, der an einem Baumast hing! Das heißt, es schien sich im Schmerz zu bewegen, doch das stimmte nicht. Es war ein grauenhafter Anblick. Gleich darauf dröhnte ein ohrenbetäubender Donner, und der Boden des Himmels schien geborsten: Der Regen strömte hernieder wie bei einer zweiten Sintflut. Macht nichts, wir müssen versuchen, den Mann abzuschneiden, vielleicht lebt er noch, vielleicht ...? Die Blitze folgten rasch und grell, die Gegend war abwechselnd mittäglich hell und mitternächtlich dunkel. Einen Augenblick lang hing der Mann in hellstem Licht vor mir, im nächsten Augenblick war er von der Dunkelheit wieder verschlungen. Ich sagte dem König, wir müßten ihn abschneiden, doch der König war entschieden dagegen.

»So er sich selbst richtete, wollte er seinen Besitz an seinen Gutsherrn verlieren, und es ist Rechtens. Ward er gehängt, nehmt an, es war ein Rechtsspruch, also laßt ihn hängen!«

»Aber ...«

»Laßt Euer Aber, und ihn, wo er ist. Und noch ein andres spricht dagegen ... wenn der Blitz wiederkommt, dann seht Euch um.«

Da hingen noch zwei, fünfzig Meter von uns entfernt!

»Das Wetter ist nicht danach, Toten zwecklose Höflichkeiten zu erweisen. Sie können Euch nicht mehr danken. Kommt, es gereicht uns nicht zum Nutzen, hier zu weilen.«

Was er sagte, hatte Hand und Fuß, und wir gingen weiter. Während der nächsten Meile unseres Weges zählten wir noch sechs Gehängte im Schein des Blitzes. Unser Marsch war wahrhaftig grausig, denn auch das Gemurmel war kein Gemurmel mehr, es war Gebrüll – Gebrüll von Männerstimmen. Ein Mann floh jetzt vorbei, schwach in der Dunkelheit erkennbar, andere jagten ihn. Sie verschwanden. Gleich darauf wiederholte sich der Vorgang, und dann noch einmal und noch einmal. Dann standen wir nach einer Wegbiegung plötzlich vor der Feuersbrunst. Es war ein mächtiger Herrensitz gewesen, von dem wenig oder nichts übriggeblieben war, und überall flohen Männer, und Verfolger hetzten hinter ihnen her.

Ich warnte den König, für Fremde schien mir der Ort zu unruhig. Wir sollten uns lieber aus der Helligkeit entfernen, bis sich die Lage aufklärte. Wir gingen ein Stück zurück und versteckten uns am Waldrand. Von unserem Versteck aus sahen wir beides, Männer und Frauen, von der Menge gejagt. Dann, als der Brand erloschen und das Gewitter vorüber war, erstarben die Stimmen und fliehenden Schritte plötzlich. Dunkelheit und Stille kehrten noch einmal wieder.

Wir wagten uns hervor und eilten vorsichtig davon; und obwohl wir müde und matt waren, hielten wir durch, bis wir zwischen uns und den Ort des Grauens einige Meilen gelegt hatten. Dann erbaten wir in der Hütte eines Köhlers Gastfreundschaft und bekamen, was zu vergeben war. Die Frau war schon auf, der Mann schlief noch auf einer Strohschütte auf dem Lehmboden. Die Frau schien mißtrauisch, bis ich ihr erklärte, wir wären Reisende, hätten uns verirrt und wären die ganze Nacht in den Wäldern umhergelaufen. Da wurde sie gesprächig und fragte, ob wir von den schrecklichen Ereignissen im Herrenhaus von Abblasoure gehört hätten. Ja, wir hätten davon gehört, aber wir brauchten jetzt Ruhe und Schlaf. Der König mischte sich ein: »Verkauf uns das Haus und zieh von hinnen, denn wir sind gefährliche Gesellschaft; wir kommen von Leuten, die den gefleckten Tod gestorben sind.«

Das war von ihm gut gemeint, aber trotzdem Unsinn. Eine der häufigsten Zierden der Nation war das Waffeleisengesicht. Ich hatte schon vorher bemerkt, daß die Frau und ihr Gatte damit geschmückt waren. Sie hieß uns jetzt richtig willkommen und hatte keine Furcht mehr. Das Angebot des Königs hatte sie offensichtlich ungeheuer beeindruckt, denn natürlich war es schon ein großes Ereignis in ihrem Leben, einer Person von des Königs bescheidenem Aussehen zu begegnen, die bereit war, als Unterkunft für eine Nacht ein Haus zu kaufen. Das flößte ihr einen ungeheuren Respekt vor uns ein, und sie streckte die mageren Möglichkeiten ihrer Hütte bis zum Äußersten, um es uns behaglich zu machen.

Wir schliefen bis tief in den Nachmittag und standen dann so hungrig auf, daß dem König die Häuslerkost ganz schmackhaft schien, besonders, da sie nur in geringen Mengen auf den Tisch kam. Auch an Abwechslung ließ das Menü zu wünschen übrig, es bestand einzig und allein aus Zwiebeln, Salz und dem einheimischen Schwarzbrot, das aus Pferdefutter hergestellt wird. Die Frau erzählte uns von den Vorfällen des Vorabends. Um zehn oder elf Uhr nachts, als jedermann im Bett war, stand das Herrenhaus plötzlich in Flammen. Die ganze Gegend rannte zu Hilfe. Mit Ausnahme des Herrn wurde die Familie gerettet. Er war unauffindbar. Jedermann war über diesen Verlust erschüttert, und zwei mutige Freibauern opferten ihr Leben, als sie das brennende Haus nach seiner wertvollen Persönlichkeit durchsuchten. Kurz danach wurde er gefunden, das heißt, was von ihm übrig war: seine Leiche. Sie fand sich in einem dreihundert Meter entfernten Dickicht, gefesselt, geknebelt, mit einem Dutzend Stichwunden im Leib.

Wer hatte das getan? Der Verdacht fiel auf eine ärmliche Familie in der Nachbarschaft, die der Baron in der letzten Zeit mit besonderer Härte behandelt hatte; und von dieser Familie breitete sich der Verdacht schnell über ihre Verwandten und Freunde aus. Ein Verdacht genügte; die Dienstleute des Herrn riefen sofort zum Kreuzzug gegen die Leute auf und wurden sehr bald von der gesamten Gemeinde unterstützt. Der Mann unsrer Quartiergeberin war mit bei dem Haufen gewesen und erst kurz vor Tagesanbruch heimgekehrt. Jetzt war er wieder weggegangen, um das Endergebnis der Nacht zu hören. Während wir noch sprachen, kehrte er von seiner Erkundung zurück. Sein Bericht war empörend; achtzehn Personen erhängt oder niedergemetzelt und zwei Freibauern und dreizehn Gefangene im Feuer umgekommen.

»Und wieviel Gefangene waren insgesamt in den Kerkern?«
»Dreizehn.«
»Dann sind sie alle umgekommen?«
»Ja, alle.«
»Aber die Leute kamen doch rechtzeitig, um die herrschaftliche Familie zu retten; wie konnten sie dann nicht einen der Gefangenen retten?«
Der Mann sah verwirrt drein und antwortete: »Würde man in solcher Zeit die Kerker aufschließen? Muttergottes! Einige hätten ja fliehen können.«
»Du sagst also, daß niemand die Kerker aufschloß?«
»Niemand ging in die Nähe, weder zum Ab- noch zum Aufschließen. Außerdem waren die Riegel fest, und man brauchte nur eine Wache aufzustellen; wenn einer ausbrach, konnte er nicht entkommen, man hätte ihn ergriffen. Keiner wurde ergriffen.«
»Drei entkamen trotzdem«, sagte der König. »Und ich rate euch gut, es allen kund und zu wissen zu tun, auf daß ihnen die Gerechtigkeit auf die Spur kommt; denn sie mordeten den Baron und setzten auf das Herrenhaus den roten Hahn.«
Ich hatte erwartet, daß er damit kommen würde. Einen Augenblick zeigten der Mann und seine Frau großes Interesse für diese Aufforderung und schienen begierig, loszustürzen, um sie zu verbreiten; dann war plötzlich etwas anderes in ihren Gesichtern zu lesen, und sie fingen an zu fragen. Ich beantwortete die Fragen selbst und beobachtete genau die Wirkung meiner Antworten. Ich bemerkte mit Genugtuung, daß das Wissen, wer die drei Gefangenen waren, ihre Stimmung irgendwie verändert hatte und daß der Eifer unserer Gastgeber, die Nachricht zu verbreiten, jetzt nur noch vorgetäuscht und nicht mehr echt war. Der König bemerkte die Veränderung nicht, und ich war froh darüber. Ich brachte das Gespräch auf andere Einzelheiten der nächtlichen Vorgänge und stellte fest, daß die Leute erleichtert aufatmeten.
Die schmerzliche Beobachtung an der ganzen Angelegenheit war die Bereitwilligkeit, mit der diese unterdrückte Gemeinschaft im Interesse des gemeinsamen Unterdrückers ihre grausame Hand gegen die eigene

Klasse erhoben hatte. Das Ehepaar schien es natürlich, richtig und gerecht zu finden, wenn in dem Kampf zwischen ihrem Herrn und einem ihrer eigenen Klasse des armen Teufels ganze Klasse auf seiten des Herrn stand und seine Schlacht für ihn ausfocht, ohne auch nur zu fragen, wo Recht oder Unrecht war. Der Köhler war draußen gewesen, um zu helfen, seine Nachbarn zu hängen, und hatte seine Arbeit eifrig getan, obwohl er wußte, daß nur ein Verdacht und keine Spur eines Beweises vorlag. Und doch, weder er noch seine Frau schienen etwas Schreckliches darin zu sehen.

Das war niederschmetternd für einen Mann, der von einer Republik träumte. Es erinnerte mich an die Zeit, dreizehn Jahrhunderte weit weg, wie die ›armen Weißen‹ unseres Südens, die immer von den Sklavenhaltern verachtet und oft beschimpft wurden, und die ihre schlechte Lage einfach der Tatsache verdankten, daß in ihrer Mitte Sklaverei herrschte, wie diese ›armen Weißen‹ doch kleinmütig in allen politischen Aktionen für die Aufrechterhaltung und Verewigung der Sklaverei eintraten und schließlich die Flinte schulterten und auf der Seite der Sklavenhalter ihr Leben ließen, um die Zerstörung eben der Einrichtung zu hindern, die sie selbst am Boden hielt. Und es gab nur einen versöhnenden Zug in dem jammervollen geschichtlichen Schauspiel, daß nämlich der ›arme Weiße‹ insgeheim den Sklavenhalter haßte und seine eigene Schande empfand. Dieses Gefühl bewirkte zwar nichts, aber die Tatsache, daß es existierte und unter günstigeren Umständen hätte Gestalt gewinnen können, war etwas – ja, es war genug; denn es zeigte, daß ein Mensch im Grund trotz allem ein Mensch bleibt, selbst wenn das äußerlich nicht mehr sichtbar ist.

Nun, es stellte sich heraus, daß der Kohlenbrenner geradezu ein Zwilling jenes ›armen Weißen‹ aus den Südstaaten der fernen Zukunft war.

Der König wurde bald ungeduldig und sagte: »Wenn ihr hier den ganzen Tag schwatzt, wird die Gerechtigkeit Schaden erleiden. Glaubt ihr, die Verbrecher werden in ihres Vaters Haus bleiben? Sie fliehen, sie warten nicht. Ihr solltet dafür Sorge tragen, daß ihre Fährte von berittener Mannschaft aufgenommen wird.«

Die Frau erblaßte leicht, aber deutlich, und der Mann sah verwirrt und unschlüssig zu Boden. Ich sagte: »Komm, Freund, ich will ein Stück mit dir gehen und dir beschreiben, welche Richtung sie wahrscheinlich genommen haben. Wenn es nur Gegner der Salzsteuer oder einer ähnlichen Unsinnigkeit wären, würde ich versuchen, sie vor der Gefangenschaft zu schützen; aber wenn Menschen eine Person hohen Standes ermorden und dazu das Haus niederbrennen, so ist das etwas anderes.«

Die letzte Bemerkung war für den König – um ihn in Sicherheit zu wiegen. Auf der Straße kehrte der Mann Entschlossenheit hervor und begann, flott auszuschreiten, aber es stak keine Überzeugung dahinter. Schließlich fragte ich: »Wie sind diese Männer mit dir verwandt, seid ihr Vettern?«

Er wurde so weiß, wie die Kohlenschicht auf seinem Gesicht es zuließ, und blieb zitternd stehen.

»Oh, mein Gott, woher wißt Ihr das?«

»Ich wußte es nicht; ich riet aufs Geratewohl.«

»Arme Burschen, die sind verloren, und es waren gute Jungen.«

»Wolltet Ihr wirklich hingehen und sie verraten?«

Er wußte nicht ganz, wie er das aufnehmen sollte; aber er sagte zögernd: »Ja.«

»Dann glaube ich, du bist ein ganz verdammter Schweinehund.«

Das machte ihn so froh, als hätte ich ihn einen Engel genannt.

»Sag die guten Worte noch einmal, Bruder! Denn sicher wirst du mich verraten, wenn ich meine Pflicht nicht erfülle.«

»Pflicht? Hier gibt es keine Pflicht, außer der Pflicht zu schweigen, damit die Burschen sich in Sicherheit bringen können. Sie haben eine rechtschaffene Tat vollbracht.«

Er sah glücklich aus; glücklich und doch auch ängstlich. Er sah die Straße hinauf und hinab, ob auch keiner kam, und sagte dann vorsichtig: »Aus welchem Land kommst du, Bruder, daß du solch gefährliche Rede führst und dich nicht zu fürchten brauchst?«

»Das sind keine gefährlichen Worte, wenn ich sie einem

meiner eigenen Klasse sage. Du wirst doch keinem weitererzählen, was ich sagte?«
»Ich? Ich würde mich lieber von wilden Pferden zerreißen lassen.«
»Gut, dann laß mich meine Meinung sagen. Ich fürchte mich nicht, wenn du sie weiterträgst. Ich finde, was man in der letzten Nacht mit den unschuldigen armen Leuten tat, war Teufelswerk. Dieser alte Baron erhielt nur, was er verdiente. Wenn es nach mir ginge, geschähe allen dieser Sorte das gleiche.«
Furcht und Niedergeschlagenheit wichen aus des Mannes Haltung, und Dankbarkeit und männliche Begeisterung traten an ihre Stelle: »Selbst wenn du ein Spitzel bist und deine Worte eine Falle zu meinem Verderben, sind sie doch so erfrischend, daß ich, um sie und ähnliche zu hören, glücklich zum Galgen gehen würde, weil ich wenigstens einen guten Tag in einem hungrigen Leben gehabt habe. Und jetzt will ich meine Meinung sagen, und wenn du willst, magst du mich anzeigen. Ich half, meine Nachbarn zu hängen, weil es Gefahr für mein eigenes Leben war, zuwenig Eifer in des Herrn Sache zu zeigen; die andern halfen aus demselben Grund. Alle freuen sich heute, daß er tot ist, aber alle gehen in erlogener Trauer umher und vergießen die Tränen des Heuchlers, denn nur sie geben Sicherheit. Ich habe gesprochen, ich habe gesprochen! Die einzigen Worte, die in meinem Mund je gut geschmeckt haben, und der Lohn dieses Geschmacks ist genug. Führe mich, wohin du willst, und sei es aufs Schafott, denn ich bin bereit zu sterben.«
Da habt ihr's, seht ihr. Ein Mann bleibt ein Mann im Grunde. Auch Zeitalter von Schimpf und Knechtung können die Männlichkeit nicht ganz aus ihnen herauspressen. Wer glaubt, das sei ein Irrtum, irrt sich selbst. Ja, es gibt eine Fülle sehr guten Materials für eine Republik in den unterdrücktesten Völkern, die je lebten – auch unterm Zaren; genug Männlichkeit steckt in ihnen – selbst in den Deutschen –, könnte man diesen Zug nur aus seiner angstvollen und mißtrauischen Verborgenheit herauszerren, um jeden Thron zu stürzen und in den Schmutz zu treten, der je errichtet wurde, und jeden Adel, der ihn stützt. Wir würden da Dinge erleben . . .

laßt uns hoffen und glauben. Zuerst eine begrenzte Monarchie, bis Artus' Tage überwunden sind, dann Sturz des Thrones, Abschaffung des Adels – jedes seiner Mitglieder muß einen nützlichen Beruf ergreifen –, dann freie Wahlen eingeführt und die ganze Verwaltung in die Hände des Volkes, wo sie auch bleibt. Ja, vorläufig hatte ich noch keinen Grund, meine Hoffnungen zu begraben.

Wir streiften jetzt hinlänglich sorglos weiter und schwatzten. Wir mußten ungefähr soviel Zeit totschlagen, als es gekostet hätte, den kleinen Weiler Abblasoure und die Gerechtigkeit auf die Fährte der Mörder zu setzen und wieder zurückzukommen. Und die ganze Zeit über hielt mich ein Interesse wach, das nie verblaßte, nie den Reiz der Neuheit für mich verlor, seit ich in König Artus' Reich lebte: wie sich Leute aufführen, die sich zufällig begegnen, ein Benehmen, das durch die hübsche genaue Kasteneinteilung entstanden ist. Zu dem geschorenen Mönch mit zurückgeschlagener Kapuze, dem der Schweiß über die fetten Backen lief, war der Köhler tief ehrerbietig; vor dem Gentleman war er unterwürfig; mit den Kleinbauern und freien Handwerkern tat er herzlich und gesprächig; und wenn ein Sklave mit respektvoll gesenktem Blick vorüberkam, dann war die Nase des Burschen so hoch in der Luft, daß er den Sklaven gar nicht mehr sah. Ja, zuzeiten möchte man das ganze Menschengeschlecht aufhängen und Schluß machen mit der Komödie.

Bald darauf hatten wir einen Zwischenfall. Eine kleine Rotte halbnackter Jungen und Mädchen kam erschreckt und kreischend aus dem Wald gerannt. Die ältesten unter ihnen waren zwölf oder vierzehn Jahre. Sie flehten um Hilfe, waren aber so außer sich, daß wir nicht herausfinden konnten, was eigentlich los war. Trotzdem stürzten wir in den Wald, sie hasteten uns voran, und der Kummer war bald entdeckt; sie hatten mit einem Bastseil einen kleinen Spielgefährten aufgehängt, und er trat und strampelte und war dabei, sich zu erwürgen. Wir retteten ihn und sorgten dafür, daß er wieder zu sich kam. Auch das gehörte zur menschlichen Natur: Wie die Alten sungen, so zwitschern auch die Jungen! Die bewundernden Kleinen ahmten ihre Vorbilder nach, sie spielten erregte Volksmenge und hatten einen Erfolg errungen, der ein gut Teil ernster zu werden drohte, als sie es sich gedacht hatten.

Nein, es war kein langweiliger Spaziergang. Ich wußte mit der Zeit etwas anzufangen. Ich machte unterschiedliche Bekanntschaften, und als Fremder konnte ich mir erlauben, nach Herzenslust Fragen zu stellen. Was mich als Staatsmann natürlich sehr interessierte, waren Lohnfragen. An diesem Nachmittag sammelte ich zu dem Problem, was ich nur konnte. Wer nicht viel Erfahrung hat und nicht nachdenkt, ist geneigt, den Wohlstand oder Mangel an Wohlstand einer Nation an der absoluten Lohnhöhe zu bemessen: wenn die Löhne hoch sind, ist die Nation wohlhabend, wenn sie niedrig sind, ist sie arm. Das ist ein Irrtum. Nicht wieviel du bekommst, sondern was du dir dafür kaufen kannst, das ist ausschlaggebend; und daran sieht man, ob die Löhne wirklich oder nur dem Namen nach hoch sind. Ich erinnerte mich, wie es in unserem großen Bürgerkrieg im neunzehnten Jahrhundert damit bestellt war. Im Norden erhielt ein Zimmermann täglich drei Dolar in Gold, im Süden bekam er fünfzig – zahlbar in konföderierten Papierfetzen, der Scheffel einen Dollar. Im Norden kostete ein Arbeitsanzug drei Dollar, also einen Tageslohn; im Süden kostete er hundert, was dem Lohn zweier Tage entsprach. Mit anderem verhielt es sich ähnlich. Folglich waren die Löhne im Norden doppelt so hoch wie im Süden, weil der eine Lohn zweimal mehr Kaufkraft hatte als der andere.

Ja, ich machte verschiedene Bekanntschaften im Weiler. Es freute mich sehr, unsere neuen Münzen im Umlauf zu finden – massenhaft Reis und Mills, Mengen von Cents, recht viel Nickel und ein wenig Silber; alles bei den Handwerkern und dem übrigen niedrigen Volk; ja, und sogar ein wenig Gold – doch das war auf der Bank, das heißt: beim Goldschmied. Dort trat ich ein, während Marco, der Sohn Marcos, wegen eines Viertelpfundes Salz mit einem Krämer feilschte, und wollte mir ein Zwanzig-Dollar-Goldstück wechseln lassen. Sie taten es, aber erst nachdem sie draufgebissen, es auf den Ladentisch geworfen und mit Säure untersucht hatten. Sie fragten mich, wo ich es her hätte, und wer ich sei, und von wo ich komme, und wo ich hinwolle, und wann ich dort sein wolle, und vielleicht noch zweihundert andere Fragen. Als sie endlich nicht mehr weiterwußten, legte ich los und lieferte ihnen freiwillig einen Haufen Nachrichten. Ich erzählte ihnen, daß ich einen Hund besitze namens Wächter und daß meine erste Frau freiwillig

Baptistin und ihr Großvater Prohibitionist seien, und ich würde einen Mann kennen, der an jeder Hand zwei Daumen und eine Warze auf der Innenseite der Oberlippe hatte und in der Hoffnung auf eine glorreiche Auferstehung gestorben sei, und so weiter und so fort und noch mehr, bis selbst der dörfliche neugierige Fragesteller befriedigt schien und fast etwas übersättigt wirkte. Aber einen Mann von meiner Finanzkraft mußte er respektieren, und so sagte er nichts, doch bemerkte ich, daß er seinen Ärger an seinen Untergebenen ausließ, was nur natürlich war. Ja, mein Zwanziger wurde gewechselt, aber ich glaube, es strengte die Bank ein bißchen an, wie es auch nicht anders zu erwarten war; denn es war schließlich das gleiche, als wenn man in einen ärmlichen Dorfkrämerladen des neunzehnten Jahrhunderts geht und den Inhaber bittet, auf der Stelle eine Zweitausend-Dollar-Note zu wechseln. Er könnte es tun, vielleicht, doch zur gleichen Zeit würde er sich fragen, wie ein Kleinbauer dazu kommt, soviel Geld in der Tasche zu haben; was sich der Goldschmied wahrscheinlich ebenfalls fragte; denn er folgte mir zur Tür und sah mir von dort mit ehrfürchtiger Bewunderung nach.

Unser neues Geld war nicht nur im Umlauf, sondern seine Sprache ging willig von Mund zu Mund; die Leute hatten die Namen des früheren Geldes fallenlassen und sprachen von den Gütern nach ihrem Wert in Dollar, Cent, Mill oder Reis. Es war sehr erfreulich. Wir machten Fortschritte, das war sicher.

Ich lernte verschiedene Handwerksmeister kennen, aber der interessanteste Bursche unter ihnen war der Grobschmied Dowley. Er war ein lebhafter Mann und ein temperamentvoller Sprecher. Er hatte zwei Gesellen und drei Lehrlinge und machte ausgezeichnete Geschäfte. Tatsächlich, er wurde reich im Handumdrehen und war weit und breit angesehen. Marco war sehr stolz, einen solchen Mann zum Freund zu haben. Er hatte mich unter dem Vorwand mitgenommen, mir den großen Betrieb zu zeigen, der soviel von seiner Holzkohle kaufte, aber in Wirklichkeit wollte er mir nur zeigen, auf wie gutem und beinahe vertrautem Fuß er mit dem großen Mann stand. Dowley und ich paßten gleich wie

Brüder zusammen, ich hatte solche ausgesuchten Männer, prachtvolle Burschen, in der Colt-Waffenfabrik unter mir. Ich mußte mehr von ihm erfahren und lud ihn deshalb ein, am Sonntag zu Marco herauszukommen und mit uns zu Mittag zu essen. Marco verschlug es den Atem vor Schrecken, und als der Grandseigneur annahm, war er so dankbar, daß er fast vergaß, über die Herablassung zu staunen.

Marcos Freude war überschwenglich – aber nur für einen Augenblick; dann wurde er nachdenklich und traurig. Als er hörte, wie ich Dowley erzählte, ich würde Dickson, den Maurermeister, und Smug, den Stellmachermeister, auch draußen haben, erbleichte er, daß selbst der Kohlenstaub auf seinem Gesicht zu Kreide wurde, und er verlor vollends die Fassung. Aber ich wußte schon, wo ihn der Schuh drückte; es war die große Ausgabe. Er sah sich vor dem Ruin; er hielt seine wohlhabenden Tage für gezählt. Als wir loszogen, die andern einzuladen, beruhigte ich ihn deshalb: »Du mußt mir schon erlauben, die Freunde kommen zu lassen; und du mußt mir auch erlauben, die Kosten zu tragen.«

Sein Gesicht hellte sich auf, und er sagte mutig: »Aber nicht alles, nicht alles. Eine solche Last kannst du nicht allein tragen.«

Ich unterbrach ihn und sagte: »Jetzt will ich dir einmal klaren Wein einschenken, alter Freund. Ich bin nur ein Gutsverwalter, das ist richtig, aber ich bin trotzdem nicht arm. Dies Jahr hatte ich großes Glück – du würdest staunen, wenn ich dir sagte, wie gut ich vorwärtsgekommen bin. Ich berichte dir die reine Wahrheit, wenn ich behaupte, ich könnte ein Dutzend solcher Feste ausrichten, ohne mich nur so viel um die Kosten zu scheren!« Und ich schnippte mit den Fingern. Deutlich sah ich mich in Marcos Achtung Fuß um Fuß höher steigen, und als ich die letzten Worte hervorbrachte, war ich ein wahrer Turm an guter Lebensart und Wichtigkeit geworden. »Du mußt mir schon meinen Willen lassen. Du darfst nicht einen Cent zu dem Gelage beisteuern. Da gibt's nichts zu reden!«

»Du bist großzügig und ein prächtiger Mann.«

»Nein, das bin ich nicht. Du hast Jones und mir dein Haus freigebig geöffnet; Jones hat davon heute gesprochen, gerade ehe du vom Dorf zurückkamst. Dir selber würde er das niemals sagen, denn Jones ist nicht sehr unterhaltsam, er ist schüchtern in Gesellschaft. Aber er hat doch ein gutes Herz, ein dankbares, und weiß es zu schätzen, wenn er gut aufgenommen wird. Ja, du und deine Frau waren sehr gastfreundlich zu uns.«

»Ach, Bruder, was wir euch zu bieten haben, ist doch nichts. Das kann man doch nicht Gastfreundschaft nennen.«

»Doch, es ist Gastfreundschaft. Das Beste, was ein Mann hat, freiwillig geben, ist immer etwas und genau soviel, als ob ein Fürst es tut, und hat den gleichen Wert; denn auch ein Fürst kann nur sein Bestes tun. Und jetzt wollen wir einkaufen gehen und alles Nötige zusammenholen, und mach dir keine Sorgen wegen der Rechnung. Ich bin einer der schlimmsten Verschwender, die je gelebt haben. Denk dir, manchmal gebe ich in einer einzigen Woche . . . aber sprechen wir von etwas anderem; du würdest mir doch nicht glauben.«

Und so bummelten wir weiter, gingen hierhinein und dorthinein, erkundigten uns nach den Preisen, schwatzten mit den Krämern über den Aufruhr und begegneten hier und da ergreifenden Mahnungen in Gestalt von scheu gemiedenen, weinenden und obdachlosen Hinterbliebenen, denen man das Heim genommen und die Angehörigen niedergemetzelt oder gehängt hatte.

Die Kleider Marcos und seiner Frau bestanden natürlich aus derbem Hanfleinen und Halbwollenzeug und waren aus so viel kleinen Flicken zusammengesetzt, daß sie Stadtplänen glichen. Auf ihnen war im Laufe von fünf oder sechs Jahren ein Bezirk nach dem anderen hinzugefügt worden, bis kaum noch eine Handbreit des ursprünglichen Gewands zu sehen war. Jetzt wollte ich sie wegen der prächtigen Gesellschaft neu einkleiden und wußte doch nicht, wie ich das taktvoll anfangen sollte. Schließlich fiel mir ein, die angebliche Dankbarkeit des Königs, die ich schon frei erfunden hatte, noch durch augenscheinliche Beweise zu verstärken. Deshalb sagte ich: »Und dann, Marco, mußt du uns noch etwas erlauben, tu es Jones zuliebe; denn du möchtest ihn sicher nicht beleidigen. Er wollte unbedingt seine Dankbarkeit bezeigen, aber er ist so schüchtern, daß er es selbst nicht wagte, und deshalb bat er mich, euch ein paar Kleinigkeiten zu kaufen und sie dir und Frau Phyllis zu überreichen und ihn zahlen zu lassen. Nie solltet ihr wissen, daß sie von ihm kommen. Du weißt, wie ein taktvoller Mensch so etwas empfindet, und deshalb sagte ich zu, und wir wollen darüber den Mund halten. Ja, sein Wunsch ist: neue Kleider für euch beide.«

»Oh, das ist Verschwendung! Das darf nicht sein, Bruder, das darf nicht sein. Bedenke nur, wieviel das kostet!«

»Zum Henker mit den Kosten! Halte doch nur mal für Sekunden den Mund. Man kommt bei dir ja nicht zu Wort; du sprichst ja ohne Unterbrechung. Das mußt du dir abgewöhnen, Marco; du weißt, so benimmt man sich nicht, und es wird schlimmer, wenn du nichts dagegen tust. Ja, wir werden jetzt hier hineingehen und uns nach den Preisen erkundigen, und vergiß nicht, daß du dir Jones gegenüber nichts anmerken lassen darfst, daß er etwas damit zu tun hat. Du kannst dir gar nicht vorstellen, wie empfindlich und stolz er ist. Er ist Bauer, ein recht vermögender Bauer, und ich bin sein Verwalter. Aber Vorstellungen hat der Mann . . . Manchmal vergißt er sich und fängt an aufzuschneiden – und man würde denken, er ist ein ganz Großer auf Erden, und du kannst ihm hundert Jahre lang zuhören und würdest ihn nicht für einen Bauern halten – besonders, wenn er über Landwirtschaft spricht. Er denkt, er ist ein ganz verteufelter Bauer; denkt, er ist ein Wunder an Weisheit und Erfahrung, aber unter vier Augen kann ich dir sagen, er versteht nicht soviel von Landwirtschaft wie von der Regierung eines Königreiches – aber, was er auch schwatzt, du mußt Mund und Nase aufsperren und zuhören und so tun, als ob du nie in deinem Leben so unglaubliche Weisheit gehört und Angst hast, du könntest sterben, ehe du genug davon bekommst. Das gefällt Jones.«

Es amüsierte Marco ganz ungemein, von einem so sonderbaren Kauz zu hören; aber es bereitete ihn auch auf Zwischenfälle vor; und nach meiner Erfahrung kann man nicht vorsichtig genug sein, wenn man mit einem König reist, der sich für einen anderen ausgibt und das die halbe Zeit vergißt.

Es war der beste Laden, den wir bis jetzt gefunden hatten; da gab es in kleinen Mengen alles, von Ambossen und Kurzwaren bis zu Fisch und Talmischmuck. Ich beschloß, meinen gesamten Bedarf hier zu decken und nicht weiter Preise zu vergleichen. Marco schickte ich fort, den Maurer und den Stellmacher einzuladen; so hatte ich freie Hand. Denn ich tue nichts gern in der Stille; es muß theatralisch zugehen, oder es interessiert mich nicht. Ich zeigte in sorgloser Weise Geld genug, um des Krämers Hochachtung zu erwerben, und dann schrieb ich eine Liste aller Dinge, die ich haben wollte, und reichte sie ihm, um zu sehen, ob er lesen könne. Er konnte lesen und war stolz darauf. Er sagte, er sei von einem Priester erzogen und könne lesen und auch schreiben. Er ging die Liste durch und bemerkte mit Genugtuung, daß sie eine ganz handfeste Rechnung ergab. Ja, für sein kleines Unternehmen war das schon allerhand. Ich hatte nicht nur ein großartiges Essen vorgesehen, sondern obendrein für mancherlei Sondergenüsse gesorgt. Ich verlangte Lieferung frei Haus bis Sonnabend abend zu Marcos Schuppen und Zustellung der Rechnung am Sonntag zur Mittagszeit an mich. Er sagte, ich könne mich auf schnelle und prompte Bedienung verlassen, das sei die Regel seines Hauses. Er sagte auch, er werde zwei ›Penny-Kanonen‹ für die Marcos gratis zugeben – da jedermann sie jetzt braucht. Er hatte eine hohe Meinung von dieser genialen Einrichtung.

Ich sagte: »Und, bitte, fülle sie halb und setze das auf die Rechnung!«

Mit Vergnügen wollte er das. Er füllte sie, und ich nahm sie mit. Ich wagte nicht, ihm zu sagen, daß die ›Penny-Kanone‹ eine meiner kleinen Erfindungen war und daß ich jedem Krämer im Königreich amtlich befohlen hätte, sie zu fühen und zum Regierungspreis zu verkaufen, der war sehr niedrig, und der Krämer steckte ihn selbst ein, nicht die Regierung. Wir lieferten sie umsonst.

Der König hatte uns kaum vermißt, als wir bei einbrechender Dunkelheit zurückkehrten. Bald nach unserm Aufbruch war er wieder in seinen Traum einer großen Invasion Galliens mit der ganzen Streitmacht seines Königreichs versunken, und der Nachmittag war verstrichen, bevor er zu sich gekommen war.

Als die Warenlieferung am Sonnabendnachmittag gegen Sonnenuntergang eintraf, hatte ich alle Hände voll zu tun, das Ehepaar Marco bei Sinnen zu halten. Beide waren sicher, Jones und ich seien völlig zugrunde gerichtet, und sie machten sich Vorwürfe, bei unserm Bankrott Mithelfer zu sein. Ich hatte nämlich zu den Lebensmitteln für das Fest, die schon eine ganz schöne Summe verschlangen, noch viele Kleinigkeiten für das künftige Wohlergehen der Familie gekauft: eine große Menge Weizen – eine Leckerei, die auf dem Tisch dieser Menschen so selten war wie Eiscreme für einen Eremiten; ferner einen Eßtisch von ansehnlicher Größe, zwei ganze Pfund Salz, was diesen Leuten gleichfalls als Luxusartikel galt; ferner Geschirr, mehrere Hocker, die Kleider, ein kleines Faß Bier und so fort. Ich bat die Marcos, über den ganzen Segen noch zu schweigen, weil ich mich in der Überraschung der Gäste ein wenig baden wollte. Über ihre neuen Kleider freuten sich die beiden wie Kinder; die ganze Nacht hindurch standen sie immer wieder auf, um nachzusehen, ob es nicht schon Tag würde, damit sie sich anziehen könnten, und sie trugen sie schließlich bereits eine Stunde vor Sonnenaufgang. Da war ihre Freude – um nicht zu sagen ihr Rausch – so frisch und neu und ermunternd, daß mich der Anblick für den unterbrochenen Nachtschlaf voll entschädigte. Der König hatte wie ein Toter geschlafen, wie gewöhnlich. Die Marcos konnten ihm für die Kleider nicht danken, weil ich es ihnen verboten hatte; aber sie versuchten, ihm auf jede Art und Weise ihre große Dankbarkeit zu zeigen, jedoch umsonst; denn er bemerkte die Veränderung ihres Äußeren gar nicht.

Es wurde ein selten schöner Herbsttag, mild wie im Juni, an dem man mit Wonne im Freien ist. Gegen Mittag kamen die Gäste, und wir ließen uns unter dem großen Baum nieder und waren bald so ungezwungen miteinander wie alte Bekannte. Sogar die vornehme Zurückhaltung des Königs schmolz ein wenig, obwohl es ihm anfangs einige Schwierigkeiten machte, sich an den Namen Jones zu gewöhnen. Ich hatte ihn gebeten, er solle versuchen, nicht zu vergessen, daß er ein Bauer sei.

Aber ich hatte es auch für ratsam gehalten, ihn zu bitten, seine Rolle nicht zu weit zu treiben. Denn er war genau der Menschentyp, jeden harmlosen Spaß zu verderben, wenn man ihn nicht warnte. Seine Zunge war so locker und sein Geist so lebhaft, und was er sagte, so unmöglich . . .

Dowley war guter Laune. Ich trieb ihn schnell auf höchste Touren, lenkte ihn dann geschickt auf seine eigene Geschichte mit ihm als Helden, und dann brauchte man nur noch dazusitzen und ihn reden hören. Er war ein Selfmademan, müßt ihr wissen, und die können erzählen. Sie werden ganz allgemein mehr geachtet, das ist bekannt; aber sie selbst wissen das auch am allerbesten. Er erzählte, wie er das Leben als Waisenjunge begann, ohne Geld und ohne Freunde, die ihm helfen konnten, und er lebte wie die Sklaven des gemeinsten Sklavenhalters; wie sein Arbeitstag sechzehn bis achtzehn Stunden lang war und ihm nur genug Schwarzbrot einbrachte, um sich in halbverhungertem Zustand zu halten; wie er durch seinen redlichen Eifer schließlich die Aufmerksamkeit eines guten Schmieds auf sich lenkte. Es hatte ihn zutiefst erschüttert, als der ihm in seiner Güte überraschend anbot, ihn auf neun Jahre fest als Lehrling einzustellen, ihm Kost und Kleider zu geben und ihn das Handwerk zu lehren – »das Geheimnis«, wie es Dowley nannte. Das war sein erster Schritt nach oben, sein erster überwältigender Glückserfolg; und man sah, daß er noch jetzt nicht davon sprechen konnte ohne ein grenzenloses Verwundern und Entzücken, daß ein solcher Aufstieg zu goldener Höhe einem gewöhnlichen Menschen zufallen konnte. Er bekam während seiner Lehrzeit keinen neuen Anzug, aber für seine Gesellenprüfung ließ ihn sein Meister in funkelnagelneues Leinen kleiden, und da fühlte er sich unaussprechlich reich und schön.

»An den Tag erinnere auch ich mich gut«, warf der Stellmacher begeistert ein.

»Und ich ebenfalls!« rief der Maurer. »Ich konnte es nicht glauben, daß es seine eigenen Kleider wären; wahrhaftig, das konnte ich nicht.«

»Die andern auch nicht!« lachte Dowley mit funkelnden Augen. »Ich hätte fast meinen guten Ruf verloren, denn die Nachbarn glaubten, ich hätte sie gestohlen. Es war ein großer Tag, ein großer Tag. So etwas vergißt man nicht.«

Ja, und sein Meister war ein edler Mann, und wohlhabend, und hatte zweimal im Jahr ein großartiges Fest mit Fleisch und Weißbrot, richtigem Weizenbrot; ja, er lebte wie ein Lord sozusagen. Und mit der Zeit wurde Dowley Geschäftsnachfolger und heiratete die Tochter.

»Und bedenkt nur, wie es jetzt gekommen ist«, sagte er eindrucksvoll. »Zweimal im Monat steht frisches Fleisch auf meinem Tisch.« Er machte eine Pause und fügte dann hinzu: »Und achtmal Salzfleisch!«

»Und es ist nicht übertrieben«, sagte der Stellmacher mit verhaltenem Atem.

»Ich kann es bezeugen«, sagte der Maurer in der gleichen ehrerbietigen Weise.

»Auf meinem Tisch liegt jeden Sonntag das ganze Jahr hindurch Weißbrot«, fügte der Schmiedemeister feierlich dazu. »Befragt euer Gewissen, Freunde, ob nicht auch das wahr ist.«

»Bei meinem Kopf, ja!« rief der Maurer.

»Ich kann es bezeugen – und ich tu's«, sagte der Stellmacher.

»Und was die Möbel betrifft, sollt ihr selbst sagen, wie ich eingerichtet bin.« Er winkte mit der Hand in einer schönen Geste, die freie und ungehinderte Meinungsäußerung gestattete, und fügte hinzu: »Sprecht, wie ihr wollt; sprecht, als wenn ich nicht hier wäre.«

»Du hast fünf Hocker, und alle von feinster Tischlerarbeit, obwohl deine Familie nur drei Köpfe zählt«, sagte der Stellmacher in höchster Bewunderung.

»Und sechs Holzbecher und sechs hölzerne Teller und zwei aus Zinn, um aus ihnen zu essen und zu trinken«, sagte der Maurer eindringlich. »Und ich rufe Gott zum Zeugen; denn ich weiß, daß wir hier nicht ewig weilen, sondern beim Jüngsten Gericht verantworten müssen, was wir auf Erden sagten, sei es falsch oder wahrhaft.«

»Jetzt weißt du, was für ein Mann ich bin, Bruder Jones«, sagte der Schmied mit feiner und freundlicher Herablassung, »und sicher denkst du jetzt, daß ich auf Respekt bestehe und mich Fremden gegenüber zurückhalte, bis erwiesen ist, welchen Standes sie sind. Aber sei darob unbesorgt; du wirst bald finden, daß ich ein Mann bin, der das nicht so wichtig nimmt und jeden als Kameraden und Gleichen aufnimmt, der nur das Herz auf dem rechten Fleck hat, sei sein weltlicher Besitz auch noch so bescheiden. Zum Zeichen dafür, meine Hand! Und ich sage mit meinem eigenen Mund, wir sind gleich – gleich.« Und er lächelte allen Anwesenden zu mit der Befriedigung eines Gottes, der eine gute, gnadenvolle Tat vollbringt und sich dessen sehr wohl bewußt ist.

Der König ergriff die Hand mit schlecht verhülltem Widerwillen und ließ sie so gern los wie eine Dame einen Fisch, was seine gute Wirkung nicht verfehlte, denn es wurde als die natürliche Verlegenheit eines Menschen aufgefaßt, auf den plötzlich die Sonne einer überragenden Persönlichkeit strahlt.

Die Hausfrau brachte jetzt den Tisch heraus und stellte ihn unter den Baum. Das rief sichtlich bewegte Überraschung hervor, da das Möbelstück nagelneu und aus schwerem Fichtenholz gezimmert war. Aber die Überraschung wuchs, als die Hausfrau – leichte Selbstverständlichkeit aus allen Poren schwitzend, aber mit Augen, die vor Eitelkeit flammten – langsam ein wirkliches, wahrhaftiges Tischtuch entfaltete und auflegte. Das war noch mehr, als der Schmied an Wohnkultur und luxuriöser Häuslichkeit zu bieten hatte, und es traf ihn schwer; das konnte man sehen. Aber Marco war im siebenten Himmel, das sah man auch. Dann trug die Frau zwei feine neue Hocker herbei – Donnerwetter! Das war eine Sensation; man konnte es in den Augen der Gäste lesen. Dann brachte sie noch zwei – so gleichmütig wie möglich: noch eine Sensation –, von ehrfürchtigem Gemurmel begleitet. Wieder brachte sie zwei – sie schien auf Wolken zu wandeln, so stolz war sie. Die Gäste waren versteinert, und der Maurer brummelte: »Das eine hat irdischer Pomp an sich, daß er einen stets ehrfürchtig stimmt.«

Als die Frau sich wieder wegwandte, konnte Marco sich nicht verkneifen, einen Hauptschlager zu starten, solange der Kessel kochte, und sagte mit scheinbar beiläufiger, aber sehr schlecht gespielter Gelassenheit: »Das reicht; die übrigen brauchen wir nicht.«

Also gab es noch mehr! Das war ein wirkungsvoller, gelungener Schlag. Ich selbst hätte die Karte nicht besser stechen lassen können.

Von jetzt an türmte die Dame des Hauses Überraschungen in einer Geschwindigkeit, daß die allgemeine Verblüffung auf 38 Grad im Schatten stieg und zugleich den Anwesenden die Sprache verschlug, so daß sie außer ›oh‹ und ›ah‹ nur noch stumm mit erhobenen Händen und weit aufgerissenen Augen auszudrücken war. Sie holte Geschirr – neues, in Hülle und Fülle, neue Holzbecher und anderes Tischbesteck und Bier, Fisch, ein Huhn, eine Gans, Eier, Roastbeef, Hammelfleisch, Schinken, ein Spanferkel und bergeweise richtiges weißes Weizenbrot. Die Bewirtung hier stellte alles weit in den Schatten, was die Menschen je gesehen hatten. Und als sie noch so dasaßen, von Verwunderung und Staunen geradezu betäubt, bewegte ich wie zufällig die Hand – und der Sohn des Krämers trat hervor und sagte, er komme das Geld holen.

»Ganz recht«, sagte ich gleichgültig. »Wie hoch ist der Gesamtbetrag? Zähl uns die Posten auf.«

Darauf las er die Rechnung vor, während die drei Männer bestürzt zuhörten und Wogen heiterer Befriedigung über meine Seele rollten und über Marcos Seele wechselnd Wogen des Schreckens und der Bewunderung:

»2	Pfund Salz	200
48	l Bier im Faß	800
3	Scheffel Weizen	2700
2	Pfund Fisch	100
3	Hühner	400
1	Gans	400
3	Dutzend Eier	150
1	Ochsenbraten	450
1	Hammelbraten	400
1	Schinken	800
1	Spanferkel	500
2	Speiseservice	6000
2	Männeranzüge, mit Unterwäsche	2800
1	Stoff- und 1 Halbwollkleid, mit Unterwäsche	1600
8	Holzbecher	800
	Tafelausstattung	10000
1	Fichtenholztisch	3000
8	Hocker	4000
2	Penny-Kanonen, gefüllt	3000«

Er war zu Ende. Es herrschte gespenstisches, ehrfürchtiges Schweigen. Kein Glied rührte sich, nicht einmal die Nüstern sogen Luft ein.
»Ist das alles?« fragte ich mit vollkommen ruhiger Stimme.
»Das ist alles, edler Herr, außer daß gewisse Kleinigkeiten unter einer Gesamtsumme zusammengefaßt stehen. Wenn Ihr es wünscht, werde ich sie einzeln . . .«
»Das ist nicht nötig«, sagte ich und unterstrich meine Worte mit einer Geste äußerter Gleichgültigkeit. »Nenn mir bitte die Gesamtsumme.« Der Gehilfe stützte sich zur Sicherheit gegen den Baum und sagte: »Neununddreißigtausendeinhundertfünfzig Reis!«
Der Stellmacher fiel vom Hocker, die anderen hielten sich am Tisch fest, und die ganze Gesellschaft rief wie aus einem Munde: »Gott steh uns bei an diesem Unglückstag!«
Der Gehilfe sagte hastig: »Mein Vater trug mir auf zu sagen, daß er mit Anstand von Euch nicht alles auf einmal fordern kann, und bittet Euch deshalb nur . . .«
»Ich beachtete seinen Einwand nicht mehr als das Schwarze unterm Fingernagel; mit einer Miene von solcher Gleichgültigkeit, daß sie wohl schon gelangweilt wirkte, zog ich das Geld heraus und warf vier Dollar auf den Tisch, Ach, ihr hättet die Blicke sehen sollen!
Der Gehilfe war überrascht und begeistert. Er bat mich, einen Dollar als Sicherheit zurückzubehalten, bis er zur Stadt gegangen sei und . . .
»Was? Und neun Cent zurückbringen? Unsinn! Nimm nur und behalte den Rest.«
Sie flüsterten ganz bestürzt: »Wahrlich, der Mensch ist aus Geld gemacht! Er wirft damit um sich, als wenn es Dreck wäre.«
Der Schmied war ein gebrochener Mann.
Der Gehilfe nahm sein Geld und taumelte glückstrunken fort. Ich sagte zu Marco und seiner Frau: »Liebe Leute, hier ist eine Kleinigkeit für euch« – und reichte ihnen die ›Penny-Kanonen‹, als ob das eine unbedeutende Nebensache sei, obwohl jede fünfzehn Cent in guter Münze enthielt. Und als die armen Wesen in Verwunderung und Dankbarkeit zerflossen, wandte ich mich den andern zu und sagte so gelassen, wie man nach der Tageszeit fragt:

»Nun, seid ihr soweit? Das Essen ist es auch. Kommt, haut ein.«

Ach ja, es war großartig. Es war ein Glanzstück. Ich erinnere mich nicht, vorhandenes Material jemals besser vorbereitet und wirkungsvoller in Szene gesetzt zu haben. Und der Schmied, der war zu Brei zerdrückt. Donnerwetter, ich war froh, daß ich nicht in seiner Haut steckte. Hier hatte er gesessen und sich aufgeblasen, und geprahlt mit seinem großen Fleischessen zweimal im Jahr, und mit seinem frischen Fleisch zweimal monatlich und seinem Salzfleisch zweimal wöchentlich und seinem Weißbrot jeden Sonntag, das ganze Jahr hindurch, alles für eine dreiköpfige Familie; und alles zusammen kostete nicht mehr als 69,2,6 (neunundsechzig Cent, zwei Mill und sechs Reis) – und plötzlich kommt einer daher, der vier Dollar auf einen Schlag hinschmeißt und dabei noch so tut, als ob er sich nicht gerne mit so kleinen Summen befasse. Ja, Dowley war ganz geknickt und eingeschrumpft und zusammengebrochen; er sah aus wie eine Schweinsblase, auf die eine Kuh getreten ist.

Politische Ökonomie des sechsten Jahrhunderts

Ich tat mein möglichstes, Dowley wieder auf die Beine zu bringen, und ehe das erste Drittel der Mahlzeit vorüber war, hatte ich ihn wieder soweit. Das war nicht schwer – in einem Land mit Stand und Kaste. Wo Stand und Kaste herrschen, ist ein Mann nämlich nie ein Mann, er ist nur ein Teil eines Mannes, er kann seinen wahren Wert nie ausspielen. Man beweist ihm, daß man der Überlegene ist, indem man auf Stellung, Geburt oder Vermögen hinweist, und das genügt – und er duckt sich. Du kannst ihn danach gar nicht mehr beleidigen. Nein, das stimmt nicht ganz; du kannst ihn natürlich beleidigen, doch es ist schwer, und wenn man nicht viel Zeit zur Verfügung hat, lohnt sich der Versuch nicht. Ich hatte jetzt die Hochachtung des Schmieds erworben, weil ich augenscheinlich ungeheuer wohlhabend war. Ich hätte seine Anbetung genießen können, wenn ich einen kleinen flitterhaften Adelstitel gehabt hätte. Und nicht nur seine Anbetung, sondern die jedes gemeinen Mannes im Land, selbst wenn er das größte Genie aller Zeiten an Verstand, Gesinnung und Charakter wäre, und ich in allen drei Punkten eine Null. Dabei wird es bleiben, solange ein England auf der Welt existiert. Mit meiner Gabe der Prophetie konnte ich in die Zukunft schauen, wie England Statuen und Denkmäler für seine unmöglichen Georges und andere königliche und adlige Kleiderständer errichtete und die Schöpfer dieser Welt – nach Gott – übersah: Gutenberg, Watt, Arkwright, Whitney, Morse, Stephenson, Bell.
Der König hatte sich vollgegessen, und da sich die Unterhaltung nicht um Schlachten, Eroberungen und Zweikämpfe in Stahl und Eisen drehte, döste er vor sich hin und zog sich dann zu einem Schläfchen zurück. Frau Marco deckte ab, stellte das Bierfäßchen zur Hand und ging fort, um in bescheidener Zurückgezogenheit die Reste des Mahls zu verspeisen. Wir anderen kamen bald auf Dinge zu sprechen, die unsereinem am Herzen liegen: Geschäfts- und Lohnfragen. Auf den ersten Blick schien die Wirtschaftslage in dem kleinen Nebenkönigreich – dessen Herr und König Bagdemagus war – äußerst günstig im Vergleich zu meinem eigenen Gebiet.

Hier hatte man das ›Schutzzollsystem‹ voll entwickelt, während wir stufenweise dem Freihandel zustrebten und auf halbem Weg zum Ziel waren. Es dauerte nicht lange, bis Dowley und ich allein sprachen und die anderen begierig lauschten. Dowley wurde warm, witterte einen Vorteil und begann Fragen zu stellen, die mich seiner Meinung nach in Verlegenheit bringen sollten, und es sah auch danach aus: »Wieviel verdient in deiner Heimat ein Oberaufseher, Bruder? Und wieviel ein Gutstagelöhner, ein Fuhrmann, ein Schäfer, ein Schweinehirt?«

»Fünfundzwanzig Reis pro Tag, das ist ein Viertel Cent.«

Das Gesicht des Schmieds strahlte vor Vergnügen, als er sagte: »Bei uns erhalten sie das Doppelte. Und was wird ein Handwerker bekommen – ein Tischler, ein Faßbinder, ein Maurer, ein Maler, ein Schmied, ein Stellmacher und dergleichen?«

»Durchschnittlich fünfzig Reis; einen halben Cent am Tage.«

»Ho-ho! Bei uns bekommen sie hundert! Bei uns verdient jeder gute Handwerker einen Cent pro Tag! Außer dem Schneider erhalten sie alle einen Cent am Tag und in guten Zeiten sogar mehr, bis zu hundertzehn und hundertfünfzig Reis pro Tag. Ich habe selbst eine Woche lang hundertfünfzehn gezahlt. Ein Hoch den Schutzzöllen! Zur Hölle mit dem Freihandel!«

Und sein Gesicht glänzte die Gesellschaft an wie Sonnenschein. Aber mir war gar nicht bange; ich baute meinen Dampfhammer auf und gab mir selbst fünfzehn Minuten, ihn in die Erde zu stampfen – ihn ganz hineinzuhauben – so tief, daß nicht einmal sein Kopf mehr über der Oberfläche zu sehen war.

Ich fing die Sache so an, ich fragte: »Was zahlst du für ein Pfund Salz?«

»Hundert Reis.«

»Wir zahlen vierzig. Was zahlt ihr für Rindfleisch und Hammelfleisch, wenn ihr welches kauft?«

Das war gut gezielt; das Blut stieg ihm zu Kopf.

»Das ist verschieden, aber nicht viel; im Durchschnitt fünfundsiebzig Reis das Pfund.«

»Wir zahlen dreiunddreißig. Was zahlt ihr für Eier?«

»Fünfzig Reis fürs Dutzend.«

»Wir zahlen zwanzig. Was kostet bei euch das Bier?«
»Achteinhalb Reis die Pinte*.«
»Wir bekommen es für vier; fünfundzwanzig Flaschen für einen Cent. Was gebt ihr für den Weizen?«
»Ungefähr neunhundert Reis den Scheffel.«
»Wir zahlen vierhundert. Was bezahlt ihr für einen hanfleinenen Anzug?«
»Dreizehn Cent.«
»Wir zahlen sechs. Wie teuer ist bei euch ein Tuchkleid für die Frau eines Arbeiters oder Handwerkers?«
»Acht Cent vier Mills.«
»Nun sieh mal den Unterschied: ihr zahlt acht Cent vier Mills, wir bezahlen nur vier Cent.« Ich holte jetzt aus, um ihn auf die Bretter zu legen. Ich sagte: »Schau her, guter Freund, was ist aus euren hohen Löhnen geworden, mit denen du vor ein paar Minuten noch prahltest?« – Und ich blickte mit befriedigter Genugtuung die Gesellschaft rundum an, weil ich ihm ganz langsam zu Leibe gerückt und ihn an Hand und Fuß gefesselt hatte, ohne daß er es gemerkt hatte. »Was ist aus den großartigen hohen Löhnen bei euch geworden? – Ich habe sie wohl wie ein Kartenhaus weggeblasen, scheint mir.«
Aber glaubt es mir oder nicht, er sah nur erstaunt drein, das war alles! Er begriff die Lage überhaupt nicht, wußte nicht, daß er in eine Falle gegangen war, merkte überhaupt nicht, daß er schon in der Falle saß. Ich hätte ihn erschießen können, so ärgerte mich das. Mit verwirrtem Blick und heftig arbeitendem Hirn stieß er hervor: »Heilige Jungfrau, da komm ich nicht mit! Es ist doch klar, daß unser Lohn doppelt so hoch ist wie der eure; wie ist es möglich, daß du behauptest, er sei ein Kartenhaus? – Wenn ich das sonderbare Wort nicht falsch ausspreche, denn es ist das erstemal unter Gottes Gnade und Vorsehung, daß ich es hören durfte.«
Also, ich war sprachlos; teils wegen der unvermuteten Dummheit seinerseits und teils, weil seine Gefährten so offensichtlich auf seiner Seite standen und mit ihm einer Meinung waren, wenn man das Meinung nennen will. Meine Beweisführung war so einfach, so klar, wie könnte

* Altes Hohlmaß, etwas mehr als ein halber Liter. (Anmerkung des Übersetzers)

sie je einleuchtender dargestellt werden? Trotzdem, ich mußte es versuchen: »Aber schau doch, Bruder Dowley, verstehst du das nicht? Eure Löhne sind nur dem Anschein nach höher, aber nicht in Wirklichkeit.«

»Hört ihn nur! Du hast doch selbst zugegeben, daß sie doppelt so hoch sind.«

»Ja, doch, das bestreite ich gar nicht. Aber das hat damit nichts zu tun; die Höhe der Löhne, in Münzen ausgezahlt mit bedeutungslosen Namen, um sie zu unterscheiden, hat nichts damit zu tun. Die Frage ist, wieviel kannst du für dein Geld kaufen? Darauf kommt es an. Natürlich stimmt es, daß ein guter Handwerker bei euch ungefähr dreieinhalb Dollar im Jahr verdient und bei uns nur einen Dollar fünfundsiebzig.«

»Da – du gibst es wieder zu, du gibst es wieder zu!«

»Verdammt noch mal, das hab' ich ja nie bestritten und werde es auch nicht tun! Ich behaupte ja nur folgendes: Bei uns kauft man für einen halben Dollar mehr als für einen ganzen Dollar bei euch – und deshalb versteht jedes Kind, daß unsere Löhne höher sind als eure.«

Er sah bestürzt aus und sagte ganz verzweifelt: »Wahr und wahrhaftig, ich finde da nicht die Lösung. Du sagtest soeben, unsere Löhne sind höher, und im selben Atemzug nimmst du es zurück.«

»Himmelherrgottdonnerwetter, geht so etwas Kinderleichtes nicht in deinen Kopf? Sieh mal – ich will es dir an einem Beispiel klarmachen. Wir zahlen vier Cent für ein Frauentuchkleid, ihr zahlt acht Cent vier Mills, das sind vier Mills mehr als das Doppelte. Was zahlt ihr einer Landarbeiterin auf einem Bauernhof?«

»Zwei Mills pro Tag.«

»Sehr schön; wir zahlen ihr nur halb so viel; wir zahlen nur ein Zehntel Cent pro Tag; und . . .

»Ihr gebt es wieder zu . . .«

»Warte! Jetzt wirst du sehen, wie einfach die Sache ist; diesmal wirst du es verstehen. Die Frau bei euch braucht zum Beispiel zweiundvierzig Tage, um ihr Kleid zu verdienen bei zwei Mills täglich; also sieben Arbeitswochen. Aber unsere verdient ihres in vierzig Tagen – also zwei Tage weniger als sieben Wochen. Eure Frau hat ein Kleid, und ihr ganzer Lohn für sieben Wochen ist draufgegangen, unsere hat ein Kleid, und zwei Tagelöhne sind

übrig, um noch etwas anderes zu kaufen. So – jetzt wirst du es wohl begriffen haben.«
Er schaute mich an – nun, allenfalls etwas zweifelnd, und die andern taten es genauso. Ich wartete, daß ihnen jetzt ein Licht aufging. Endlich sprach Dowley – und verriet den Tatbestand, daß er noch immer nicht von seinem eingefleischten und tiefverwurzelten Aberglauben abgekommen war. Er sagte mit einem kleinen Zögern: »Aber . . . aber . . . du wirst doch wohl zugeben, daß zwei Mills am Tage mehr sind als einer.«
Vergebens – leeres Stroh gedroschen! Aber natürlich wollte ich es nicht aufgeben. Deshalb setzte ich auf ein anderes Pferd.
»Versuchen wir es mit einem Beispiel. Nehmen wir an, einer deiner Gesellen geht und kauft die folgenden Sachen ein:

1 Pfund Salz
1 Dutzend Eier
12 Pinten Bier
1 Scheffel Weizen
1 Hanfleinenanzug
5 Pfund Rindfleisch
5 Pfund Hammelfleisch

Das Ganze kostet ihn zweiunddreißig Cent. Er muß zweiunddreißig Tage arbeiten, um das Geld zusammenzukriegen – fünf Wochen und zwei Tage. Schick ihn zu uns und laß ihn zweiunddreißig Tage bei dem halben Lohn arbeiten, und er kann alle die Sachen für ein bißchen weniger als vierzehnundeinhalb Cent kaufen, wofür er knapp neunundzwanzig Tage arbeiten muß, und er wird ungefähr einen halben Wochenlohn übrigbehalten. Er würde alle zwei Monate beinahe einen Wochenlohn sparen, aber euer Mann nichts. Wenn man das ein Jahr lang durchführt, würde er fünf bis sechs Wochenlöhne erübrigt haben, euer Mann aber keinen Cent. Jetzt hast du hoffentlich verstanden, daß ›hohe Löhne‹ und ›niedere Löhne‹ nur Begriffe sind, die im Leben nichts bedeuten, ehe man probiert hat, mit welchen man am meisten kaufen kann!«
Das war niederschmetternd.
Aber ach, es schmetterte nicht nieder. Nein, ich mußte

es aufgeben. Was die Leute schätzten, waren hohe Löhne; es schien für sie ohne Bedeutung zu sein, ob die hohen Löhne Kaufkraft hatten oder nicht. Sie standen für die Schutzzollpolitik ein und schworen darauf, was auch verständlich war, weil die daran interessierten Gruppen ihnen demagogisch eingeblasen hatten: Schutzzollpolitik schafft hohe Löhne. Ich prophezeite ihnen, daß in einem Vierteljahrhundert ihre Löhne um nur dreißig Prozent, die Lebenshaltungskosten aber um hundert Prozent gestiegen waren und daß bei uns in kürzerer Frist die Löhne um vierzig Prozent gestiegen waren, die Lebenshaltungskosten aber stetig fielen. Aber es half gar nichts. Nichts konnte ihre fixen Ideen erschüttern.

Mich bedrückte der Mißerfolg sehr. Es war eine unverdiente Niederlage, aber was half das? Es milderte nicht den Schmerz. Wenn man dazu die Umstände bedenkt! Der erste Staatsmann der Epoche, der fähigste Mann, der bestinformierte Mensch der gesamten Welt – das höchste ungekrönte Haupt, das in Jahrhunderten durch die Wolken irgendeines politischen Firmaments leuchtete – saß hier, augenscheinlich besiegt von den Argumenten eines unwissenden Dorfschmieds! Und ich sah, wie ich den andern leid tat! Und mir stieg die Hitze ins Gesicht, daß mein Backenbart ansengte.

Versetzt euch an meine Stelle, fühlt euch klein, wie ich, so beschämt wie ich – würdet ihr nicht auch einen unfairen Tiefschlag geführt haben, um die Rechnung auszugleichen? Ja, ihr würdet, so ist nun einmal die menschliche Natur. Und ich tat es auch. Ich versuchte nicht, es zu rechtfertigen; ich sage nur, daß ich vor Wut wie von Sinnen war – und jeder an meiner Stelle hätte das gleiche getan.

Nun, wenn ich einen Mann niederschlagen will, dann mache ich es nicht mit Streicheln; nein, das liegt mir nicht; wenn ich ihn schon schlagen will, dann soll ihm Hören und Sehen vergehen. Ich springe ihn nicht plötzlich an und vernachlässige kurz vor dem Erfolg meine Deckung; nein, ich gehe hinüber in die andere Ecke und mache mich dann langsam an ihn heran, so daß er niemals vermutet, daß ich ihn überhaupt umlegen will; so nach und nach ... und dann wie ein Blitz liegt er flach

auf dem Rücken und kann ums Leben nicht sagen, wie das passiert ist.
So machte ich es jetzt mit dem guten Dowley. Ich fing an, lässig und gemütlich zu schwatzen, als schwatzte ich nur zum Zeitvertreib; und der weiseste Mann der Welt hätte bei meinem Start nicht ausmachen und erraten können, worauf ich hinauswollte: »Jungens, es ist viel Sonderbares an Gesetz und Brauch und Sitte und all solchen Dingen, wenn ihr sie unter die Lupe nehmt; ja, und auch an Entwicklung und Fortschritt der menschlichen Ansichten und Taten. Es gibt da geschriebene Gesetze – sie vergehen; aber es gibt auch ungeschriebene Gesetze – die sind ewig. Nehmt das ungeschriebene Gesetz der Löhne; es besagt, daß sie im Lauf der Jahrhunderte ganz allmählich steigen müssen. Und paßt auf, wie sich das auswirkt. Wir wissen, wie hoch die Löhne gegenwärtig sind, hier und dort und überall; wir berechnen einen Durchschnitt und sagen, das sind die heutigen Löhne. Wir wissen auch, wie hoch die Löhne vor hundert Jahren und vor zweihundert Jahren waren, weiter können wir nicht zurückgehen, aber es genügt, um uns das Gesetz des Fortschritts zu zeigen, das Maß der Steigerung in gewissen Zeitabschnitten, und deshalb können wir, ohne ein Schriftstück zu Hilfe zu nehmen, ziemlich genau feststellen, wie hoch die Löhne vor drei-, vier- oder fünfhundert Jahren waren. Soweit gut. Bleiben wir dabei stehen? Nein, wir hören auf, rückwärts zu sehen; wir drehen uns um und wenden das Gesetz auf die Zukunft an. Liebe Freunde, ich kann euch verraten, wie hoch die Löhne der Leute zu jedem Zeitpunkt der Zukunft, den ihr herausgreift, sein werden, für Jahrhunderte im voraus.«
»Was, Gevatter, was?«
»Ja, in siebenhundert Jahren werden die Löhne sechsmal so hoch sein wie jetzt hier in eurer Gegend, und Landarbeiter werden drei Cent pro Tag und Handwerker sechs bekommen.«
»Ich möchte auf der Stelle sterben, um dann zu leben!« unterbrach mit Smug, der Stellmacher, mit dem schlauen Glanz der Habgier im Auge.
»Und das ist nicht alles; außerdem werden sie freie Kost bekommen – nichts Besonderes natürlich; sie werden

sich daran nicht überfressen. Zweihundertfünfzig Jahre später, jetzt paßt auf, wird der Lohn eines Handwerkers – bedenkt, das ist Gesetz und kein Wunschtraum, der Verdienst eines Handwerkers wird dann zwanzig Cent am Tage betragen.«

Alles atmete schwer vor ehrfürchtigem Staunen. Dickson, der Maurer, murmelte, Augen und Hände zum Himmel erhoben: »Mehr als drei Wochenlöhne für einen einzigen Tag Arbeit?«

»Reichtümer! Wahrlich, ja! Unermeßliche Reichtümer!« keuchte Marco, atemlos vor Erregung.

»Die Löhne werden weiter steigen, nach und nach, so stetig, wie ein Baum wächst, und nach weiteren dreihundertvierzig Jahren wird es mindestens ein Land geben, wo der Durchschnittstagelohn eines Handwerkers zweihundert Cent beträgt!«

Das verschlug ihnen die Sprache ganz und gar. Zwei Minuten lang fand keiner Worte. Dann sagte der Köhler inbrünstig: »Könnte ich das erleben!«

»Es ist das Einkommen eines Grafen!« sagte Smug.

»Eines Grafen, sagst du?« meinte Dowley, »du könntest noch mehr behaupten, ohne zu lügen; es gibt keinen Grafen im Reich von Bagdemagus, der ein solches Einkommen hat. Einkommen eines Grafen! Einkommen eines Kirchenfürsten!«

»Nun wohl, das wird mit den Löhnen geschehen. An jenem fernen Tage wird ein Mann in einer Woche soviel verdienen wie ihr in fünfzig. Auch andere nette Überraschungen wird es geben. Bruder Dowley, wer bestimmt im Frühjahr den Lohn für jede Art Handwerker, Tagelöhner und Dienstboten für das Jahr?«

»Manchmal die Gerichte, manchmal der Stadtrat; aber gewöhnlich der Polizeirichter. Im allgemeinen, kann man sagen, setzt der Polizeirichter den Lohn fest.«

»Und er bittet keinen von den armen Teufeln, ihm bei der Festsetzung seines Lohnes zu helfen, nicht wahr?«

»Hm, das wäre ein toller Einfall! Der Herr, der das Geld zu bezahlen hat, ist der einzige, den die Sache von Rechts wegen angeht, mußt du bedenken.«

»Ja – aber ich finde, der andere sollte auch ein wenig dazu sagen dürfen, und sogar seine Frau und seine Kinder, die armen Dinger. Die Herren sind doch Edelleute, reiche

Leute, Wohlhabende überhaupt, und sie, die nicht arbeiten, sie bestimmen, welchen Lohn der ungeheure Haufen bekommt, der die Arbeit leistet. Verstehst du? Sie hocken sich zusammen, um ihre unterdrückten Brüder zu zwingen, das zu nehmen, was sie ihnen geben wollen, sie schmieden ein Komplott – bilden einen Handelsverband*, um einen neuen Ausdruck zu prägen. In dreizehnhundert Jahren – so sagt das ungeschriebene Gesetz – werden die andern ein Komplott schmieden, und wie werden dann die Nachfahren all der feinen Leute fauchen und schimpfen und über die unverschämte Tyrannei der Gewerkschaften mit den Zähnen knirschen! Ja, tatsächlich, der Polizeirichter wird in aller Seelenruhe von jetzt bis ins neunzehnte Jahrhundert hinein die Löhne festsetzen; und dann wird plötzlich der Lohnempfänger sagen, daß zweitausend Jahre des einseitigen Verfahrens genug sind; und er wird sich erheben und es in die Hand nehmen, seinen Lohn selbst festzusetzen. Ach ja, er wird eine lange und bittere Rechnung von Erniedrigung und erlittenem Unrecht zu begleichen haben.«

»Glaubt Ihr . . .?«

»Daß er tatsächlich mitbestimmen wird, seinen Lohn festzulegen? Ja, wirklich. Und er wird dann stark genug und dazu fähig sein.«

»Herrliche Zeiten, herrliche Zeiten, fürwahr!« grinste der wohlhabende Schmied höhnisch.

»Oh – und noch eine Kleinigkeit gehört dazu. In jener Zeit kann ein Meister jemand für nur einen Tag einstellen oder für eine Woche oder für einen Monat, ganz wie er will.«

»Was?«

»Es ist wahr. Mehr noch, ein Polizeirichter wird keinen Arbeiter zwingen können, ein ganzes Jahr für einen Meister zu arbeiten, wenn der Mann nicht will.«

»Wird es in jenen fernen Tagen denn überhaupt kein Gesetz oder keinen gesunden Menschenverstand mehr geben?«

* Mark Twain gebraucht hier das Wort trade union wörtlich als Handelsvereinigung. Das Wort hatte jedoch schon lange vorher die Bedeutung ›Gewerkschaft‹ angenommen. Er stellt also die Idee des Arbeitgeberverbandes als die einer Gewerkschaft der Großen gegen die Kleinen dar. (Anmerkung des Übersetzers)

»Es wird beide geben, Dowley. In jener Zeit wird jedermann sich selbst gehören und nicht dem Polizeirichter oder dem Meister. Und er kann die Stadt verlassen, wann immer er will, wenn der Lohn ihm nicht genügt! Und man kann ihn dafür nicht an den Pranger stellen.«

»Der Teufel hol so ein Zeitalter!« brach Dowley in höchster Entrüstung aus. »Ein Hundezeitalter, ein Zeitalter ohne Ehrfurcht für Vorgesetzte, ohne Respekt für die Autorität. Der Pranger . . .«

»Oh, halt, Bruder; sprich nichts Gutes über den Pranger. Ich finde, der Pranger sollte abgeschafft werden.«

»Ein höchst merkwürdiger Einfall. Warum?«

»Nun, ich will dir sagen, warum. Wird ein Mann je wegen eines Kapitalverbrechens an den Pranger gestellt?«

»Nein.«

»Ist es recht, einem Mann für ein kleines Vergehen eine leichte Strafe aufzuerlegen und ihn dann zu töten?«

Mein Gegner blieb die Antwort schuldig. Ich hatte die erste Runde gewonnen. Zum erstenmal war der Schmied aus dem Tritt geraten. Die anderen bemerkten es. Die Wirkung war gut.

»Du antwortest nicht, Bruder. Du wolltest vor einem Weilchen den Pranger loben und ein zukünftiges Zeitalter bedauern, das ihn nicht mehr anwenden wird. Ich finde, daß der Pranger abgeschafft werden sollte. Was geschieht denn gewöhnlich, wenn so ein armer Schlucker für ein kleines Vergehen an den Pranger gestellt wird, das nicht der Rede wert ist? Die Menge versucht, sich ein Vergnügen draus zu machen, nicht wahr?«

»Ja.«

»Sie fangen an, ihn mit Erdklumpen zu bewerfen, und sie finden es zum Totlachen, wenn er versucht, dem einen auszuweichen und dabei vom andern getroffen wird?«

»Ja.«

»Dann werfen sie tote Katzen nach ihm, nicht wahr?«

»Ja.«

»Nun stell dir vor, er hat ein paar persönliche Feinde in der Volksmenge, hier und da einen Mann oder eine Frau mit einem heimlichen Haß gegen ihn, und nimm außerdem an, daß er in der Gemeinde unbeliebt ist, wegen seines Stolzes oder wegen seines Wohlstandes oder sonst wegen irgend etwas. Steine, Backsteine flie-

gen dann bald statt der Lehmklumpen und Katzen, nicht wahr?«
»Daran ist nicht zu zweifeln.«
»Und gewöhnlich ist er ein Krüppel fürs Leben, nicht wahr? Kiefer gebrochen, Zähne ausgeschlagen! Oder die Beine verstümmelt, brandig geworden, später abgeschnitten! Oder ein Auge ausgeschlagen, vielleicht beide Augen!«
»Es ist wahr, Gott weiß es!«
»Und wenn er unbeliebt ist, kann er sicher sein, daß er nicht lebend davonkommt, daß er am Pranger stirbt, oder etwa nicht?«
»Dessen kann er gewiß sein! Niemand wird es leugnen!«
»Ich denke, keiner von euch ist unbeliebt wegen Stolz oder Überheblichkeit oder besonderem Wohlstand oder ähnlichen Sachen, die Neid und Mißgunst erregen bei dem Abschaum des Dorfes? Ihr würdet es doch nicht für sehr gefährlich halten, es mal am Pranger zu versuchen?«
Dowley zuckte sichtlich zusammen. Ich schätzte, daß mein Schlag saß. Aber er verriet es mit keinem Wort. Die anderen jedoch sprachen frei heraus und von starken Gefühlen bewegt. Sie hätten vom Pranger genug gesehen, um zu wissen, was einen Mann dort erwarte, und wenn sie wählen könnten, würden alle den raschen Tod am Galgen vorziehen.
»Nun, laßt uns von etwas anderem reden, denn ich glaube, ich habe meine Ansicht wohlbegründet, daß der Pranger abgeschafft werden sollte. Ich finde, einige unserer Gesetze sind recht unmenschlich. Zum Beispiel, wenn ich etwas tue, was mich an den Pranger bringen würde, und du weißt es und schweigst still und zeigst mich nicht an, dann kommst du an den Pranger, wenn dich jemand anzeigt.«
»Ach, da geschieht dir ganz recht«, sagte Dowley, »denn du mußt anzeigen. So lautet das Gesetz.«
Die anderen stimmten bei.
»Gut also, lassen wir das, denn ihr stimmt mich doch nieder. Aber eins ist doch sicher nicht gerecht. Der Polizeirichter setzt zum Beispiel den Lohn eines Handwerkers mit einem Cent täglich fest. Das Gesetz sagt, wenn ein Meister wagen sollte, selbst wenn die Arbeit noch so

drängt, mehr als einen Cent pro Tag zu bezahlen, und sei es nur für einen einzigen Tag, so soll er dafür mit Geld und dem Pranger gestraft werden, alles beides; und wer es weiß und ihn nicht anzeigt, soll ebenso bestraft und angeprangert werden. Nun scheint es mir unmenschlich, Dowley, und eine tödliche Gefahr für uns alle, daß, weil du gedankenlos vor einer Weile zugabst, eine Woche lang einen Cent und fünfzehn Reis . . .«

Oh, das war ein Blitz aus heiterem Himmel! Ihr hättet sehen müssen, wie der ganze Trupp auseinanderstob. Ich hatte mich an den armen, selbstgerechten, lächelnden Dowley so sacht und sauber und leise herangepirscht, daß er keinen Verdacht schöpfte, es werde etwas geschehen, bis der Schlag krachend niedersauste und ihn in Fetzen schlug.

Ein Bombenerfolg. Tatsächlich, einer der eindrucksvollsten, den ich je erreichte, bei so kurzer Vorbereitungszeit.

Aber ich sah im gleichen Augenblick, daß ich zu weit gegangen war. Ich hatte vor, sie zu verblüffen, aber nicht, sie zu Tode zu erschrecken. Und doch waren sie nah daran. Sie hatten ihr Leben lang gelernt, den Pranger richtig einzuschätzen; und jetzt grinste das Ding ihnen grade ins Gesicht, und jeder einzelne war meiner – eines Fremden – Gnade ausgeliefert. Wenn ich hingehen wollte und sie anzeigen . . . ja, das war grauenhaft, und sie schienen außerstande, sich von dem Schock zu erholen. Sie konnten sich nicht zusammenraffen. Blaß, schlotternd, stumm, jämmerlich. Ach, sie waren mehr tot als lebendig! Es wurde recht ungemütlich. Ich dachte natürlich, sie würden mich bitten, den Mund zu halten, und dann würden wir uns die Hände schütteln und eine Runde trinken und drüber lachen und damit Schluß. Aber nein; ich war ja ein Unbekannter in einem grausam unterdrückten und mißtrauischen Volk, einem Volk, daran gewöhnt, daß man aus seiner Hilflosigkeit stets Nutzen zog, das gerechte und freundliche Behandlung von irgend jemand außer der eigenen Familie und den allernächsten Freunden nie erwartete. Mich bitten, freundlich, menschlich, großzügig zu sein? Natürlich, sie wollten es, aber sie konnten es nicht wagen.

▷ 271 ◁

Der Yankee und der König als Sklaven verkauft

Ja, was sollte ich nun tun? Nur nichts überstürzen! Ich mußte eine Ablenkung finden, die mir die Möglichkeit gab, nachzudenken, und dem armen Burschen, wieder zu sich zu kommen. Da saß Marco, erstarrt beim Versuch, den Mechanismus der ›Penny-Kanone‹ zu ergründen, zu Stein verwandelt in der Stellung, als mein Dampfhammer niedersauste, noch immer unbewußt das Spielzeug zwischen den Fingern. So nahm ich es ihm ab und schlug vor, sein Geheimnis zu erklären. Geheimnis! Ein so simples kleines Ding, und doch war es geheimnisvoll für diesen Menschenschlag und ihr Zeitalter.

Ich kenne kein Volk, das so unbeholfen mit Maschinen umging. Sie waren überhaupt nicht daran gewöhnt. Die ›Penny-Kanone‹ war eine kleine Doppelröhre aus gehärtetem Glas mit einer raffinierten winzigen Feder, die auf Druck ein Schrotkorn auswarf. Aber der Schuß verletzte niemand, er fiel einem nur in die Hand. In der ›Kanone‹ befanden sich zwei Größen Körner – Vogeldunst und eine andere, etwas gröbere Sorte. Beide waren Geld. Der Vogeldunst stellte Reis dar, und die größere Sorte Mills. Die Kanone war also eine Geldbörse und sehr praktisch, man konnte damit im Dunkeln Geld auszahlen, ohne zu irren; und man konnte sie im Mund tragen oder in der Rocktasche, wenn man einen Rock besaß. Ich stellte sie in verschiedenen Größen her, eine so groß, daß sie für einen Dollar Kleingeld faßte. Schrot als Geld zu benützen, war für die Regierung vorteilhaft; das Metall kostete nichts, und das Geld konnte nicht nachgemacht werden, denn ich war der einzige im Königreich, der eine Schrotmühle betreiben konnte. ›Vorschießen‹ wurde bald zu einer geläufigen Redensart. Ja, und ich wußte, daß sie noch im neunzehnten Jahrhundert von Mund zu Mund gehen würde, und niemand würde ahnen, wie und wann sie entstanden war.

Der König kam wieder zu uns, durch sein Schläfchen riesig erfrischt und guter Laune. Mich machte jetzt alles nervös, ich war sehr unruhig; denn unser Leben war in Gefahr. So ließ es mich zusammenzucken, als ich eine gewisse Selbstgefälligkeit im Auge des Königs ent-

deckte, die mit Sicherheit darauf schließen ließ, daß er sich für irgendeine Glanzleistung vorbereitet hatte. Verflucht, konnte er denn keine bessere Zeit aussuchen?
Ich hatte recht. Er steuerte sofort mit den kindlichsten Kunstgriffen, durchsichtig und ungeschickt, dem Thema der Landwirtschaft zu. Mir brach der kalte Schweiß aus allen Poren. Ich wollte ihm ins Ohr flüstern: ›Mann, wir sind in furchtbarer Gefahr! Jeder Augenblick ist ein Fürstentum wert, bis wir das Vertrauen der Leute zurückgewonnen haben, verschwende nichts von der kostbaren Zeit.‹ Aber das ging natürlich nicht. Ihm zuflüstern? Es hätte wie eine feindselige Verschwörung ausgesehen. So mußte ich dasitzen und ruhig und vergnügt aussehen, während der König ahnungslos auf einem Pulverfaß ritt und von seinen verdammten Zwiebeln faselte. Zuerst machte der Aufruhr meiner eigenen Gedanken, die, durch das Gefahrensignal gerufen, aus allen Winkeln meines Hirns zu Hilfe stürzten, ein solches Chaos und Getöse mit Trommeln und Pfeifen, daß ich nicht ein Wort verstehen konnte. Aber dann, als der wilde Haufen zusammenströmender Pläne in mir feste Form annahm und sich in Kampflinie formierte, folgte etwas wie Ruhe und Ordnung, und ich vernahm das Dröhnen der königlichen Batterien wie aus weiter Ferne: ». . . wäre nicht der beste Weg, deucht mich, obwohl nicht geleugnet werden kann, daß die Fachleute, was diesen Punkt betrifft, zweierlei Meinung sind, indem einige behaupten, die Zwiebel sei nur dann eine gesunde Beere, wenn man sie früh vom Baum schlägt . . .«
Die Zuhörer wurden unruhig und suchten überrascht und verstört einer des andern Blick.
». . . während andere es dennoch aufrechterhalten und mit dem Anschein großer Berechtigung behaupten, daß es nicht notwendigerweise der Fall ist, auf das Beispiel der Pflaumen und anderer ähnlicher Getreidesorten verweisend, welche man stets in unreifem Zustand ausgräbt.«
Die Gesellschaft zeigte deutlich Verzweiflung, ja, auch Angst.
». . . doch sie sind durchaus bekömmlich, besonders wenn man die Schärfe ihrer Natur durch die Bei-

mischung des beruhigenden Saftes des wetterwendischen Kohls mildert . . .«
Das wilde Licht des Schreckens glomm in den Augen der Leute auf, und der eine von ihnen murmelte: »Das ist barer Unsinn, eins wie das andere. Sicherlich hat Gott den Geist des Bauern geschlagen.« Ich schwebte in tausend Ängsten und saß wie auf Nadeln.
». . . und des weiteren ein Beispiel gibt die bekannte Wahrheit, daß bei den Tieren das Junge, so die unreife Frucht des Geschöpfs genannt werden kann, besser ist. Zugegeben wird allgemein, daß einer ausgereiften Ziege Fell ihr Fleisch erhitzt und übel reizet, welcher Nachteil in Verbindung mit ihren widerlichen Gewohnheiten und wollüstigen Begierden und ihrer gottlosen Geisteshaltung und bösartigen Sitten . . .«
Sie erhoben sich und gingen auf ihn los! Mit dem wilden Geschrei: »Der eine wollte uns verraten, der andere ist wahnsinnig! Bringt sie um, schlagt sie tot!« warfen sie sich auf uns. Im Auge des Königs flammte Freude auf! Er mochte schwach in der Landwirtschaft sein, das hier schlug genau in sein Fach. Er hatte lange gefastet; ihn dürstete nach Kampf. Er setzte dem Schmied einen Schwinger unter das Kinn, der ihn in die Luft hob und dann flach auf den Rücken streckte. »Sankt Georg und Britannien!« und er legte den Stellmacher um; der Maurer war groß, aber ich zählte ihn aus wie nichts. Die drei lasen ihre Knochen zusammen und kamen wieder; gingen nochmals zu Boden, griffen von neuem an; und sie wiederholten das mit der angeborenen britischen Hartnäckigkeit, bis sie alle windelweich geschlagen waren und vor Erschöpfung taumelten, die Augen blau geschlagen, daß sie uns nicht mehr erkennen konnten. Und doch blieben sie eisern dabei, hämmerten weiter mit der letzten Kraft, die noch in ihnen steckte. Prügelten sich gegenseitig; denn wir traten zur Seite und sahen zu, wie sie sich prügelten und miteinander rangen, sich die Augen einschlugen und boxten und bissen, mit der konzentrierten, wortlosen Hingabe ans Geschäft, mit der so viele Bulldoggen kämpfen. Wir sahen in aller Ruhe zu; denn sie waren längst nicht mehr imstande, Hilfe gegen uns zu holen, und der Kampfplatz war weit genug von der öffentli-

chen Straße entfernt; so konnten wir vor Einmischung sicher sein.

Als sie jetzt allmählich schlapp wurden, kam mir plötzlich der Gedanke: Wo mag eigentlich Marco stecken? Ich sah mich um, nirgends war er zu sehen. Das aber konnte nur Unheil bedeuten! Ich zog den König am Ärmel; wir schlüpften davon und liefen zur Hütte. Auch dort kein Marco, keine Phyllis! Sicherlich waren sie zur Straße gegangen, um Hilfe zu holen. Ich riet dem König, seine Schritte zu beflügeln, ich würde ihm später alles erklären. Wir liefen mit Volldampf über das freie Feld, und als wir in den schützenden Wald tauchten, warf ich einen Blick zurück und sah ein Gewimmel aufgeregter Bauern herandrängen mit Marco und seiner Frau an der Spitze. Sie machten einen ungeheuren Radau, aber das tat niemand weh; der Wald war dicht, und sobald wir tiefer eingedrungen waren, stiegen wir auf einen Baum und pfiffen auf sie. Doch dann kam ein neuer Ton – Hunde! Ja, das war etwas ganz anderes. Damit wurde unsere Flucht schwieriger, wir mußten fließendes Wasser finden.

Wir jagten wie von der Tarantel gestochen davon und hörten bald den Lärm weit hinter uns schwach wie ein Gemurmel. Wir stießen auf einen Bach und sprangen hinein. Rasch wateten wir im Dämmer des Hochwalds bachabwärts, ungefähr dreihundert Meter weit, und erreichten eine Eiche, die einen großen Ast über das Wasser streckte. Wir kletterten daran hinauf und arbeiteten uns zum Stamm hinüber; jetzt hörten wir die Stimmen deutlicher, der Haufe war uns also auf der Spur. Eine Zeitlang näherte sich der Lärm ziemlich rasch, dann blieb er wieder unverändert. Die Hunde hatten zweifellos die Stelle gefunden, an der wir in den Bach traten, und sprangen jetzt am Ufer auf und ab, um die Fährte wiederaufzunehmen.

Als wir in unserem Baum gemütlich einquartiert und vom Laub verborgen waren, war der König ganz zufrieden, aber ich hatte Zweifel. Ich glaubte, wir könnten einen Zweig entlang klettern, um in den nächsten Baum zu gelangen, und hielt es der Mühe wert. Wir versuchten es und hatten Erfolg, wenn auch der König ausrutschte und beinahe den Anschluß verpaßt hätte. Wir schafften uns einen bequemen Baumsitz, unter Blattwerk gut versteckt, und hatten dann weiter nichts zu tun, als auf die Meute zu lauschen.

Kurz darauf hörten wir sie kommen – in wilden Sprüngen jagten sie heran. Auf beiden Seiten des Bachs. Lauter, lauter schwoll in der nächsten Minute das Getöse von Schreien, Bellen, Füßetrampeln und fegte vorüber wie ein Wirbelsturm.

»Ich fürchtete, der herunterhängende Ast würde ihnen einen Anhaltspunkt geben«, sagte ich, »aber ich bin nicht traurig über meinen Irrtum. Jedoch, mein Herr und Gebieter, es wäre gut, die Zeit zu nützen. Wir haben sie im Rücken. Es wird bald dunkel. Wenn wir über den Bach kommen und rennen wie der Teufel und uns aus irgendeiner Koppel für ein paar Stunden zwei Pferde ausborgen, sind wir in Sicherheit.«

Wir kletterten hinunter und waren dem untersten Ast nahe, als wir die Jagd zurückkehren hörten. Wir hielten an und lauschten.

»Ja«, sagte ich, »sie sind am Ende ihres Lateins; sie haben es aufgegeben; sie sind auf dem Heimweg. Wir wollen wieder zu unserm Nest hinaufklimmen und sie vorbeilassen.«

Wir kletterten also zurück. Der König lauschte einen Augenblick und sagte: »Sie folgen noch immer der Spur, das ist meinem Ohr nur zu vertraut; wir bleiben am besten hier.«

Er hatte recht; er verstand vom Jagen mehr als ich. Der Lärm näherte sich, wenn auch mäßig, so doch regelmäßig.

Der König bemerkte: »Sie wissen, daß unser Vorsprung ihnen gegenüber wahrlich nicht gewaltig war, und da wir zu Fuß sind, nicht weit von der Stelle entfernt sein können, wo wir ins Wasser gingen.«

»Ja, Majestät, ich fürchte, daß es wohl so sein wird, wenn ich auch schon zu hoffen wagte.«

Das Geräusch kam näher und näher, und bald befand sich die Vorhut auf beiden Seiten des Wassers unter uns. Eine Stimme auf dem anderen Ufer rief »Halt« und sagte: »Wenn sie wollten, konnten sie dort auf den Baum gelangen, über den Ast hinüber, der herunterhängt und doch nicht den Boden berührt.«

»Das beste wird sein, ihr schickt einen Mann hinauf.«
»Wahrhaftig, das machen wir!«
Ich konnte nicht umhin, meinen Scharfsinn zu bewundern, als ich gerade das voraussah und die Bäume tauschte, um den Angriff abzuschlagen. Aber weiß man nicht längst, daß Dinge geschehen, die alle Voraussicht und Klugheit zuschanden machen? Tölpelei und Dummheit nämlich! Der beste Fechter der Welt braucht nicht den zweitbesten Fechter zu fürchten; nein, als Gegner fürchten muß er den unfähigen Stümper, der vorher nie ein Florett in der Hand gehalten hat; denn er tut nicht, was er tun müßte, und so ist der Könner völlig unvorbereitet. Der Dilettant kämpft nicht nach den Regeln und legt den Meister deshalb herein und erledigt ihn oft im Nu. Ja, wie konnte ich mit all meinen Fähigkeiten wirkungsvolle Vorkehrungen treffen gegen einen kurzsichtigen, schielenden, puddingköpfigen Clown, der sich den falschen Baum auswählte und so den rechten fand? Denn das geschah. Er ging zum falschen Baum, der zum Unglück natürlich der richtige war, und begann hinaufzusteigen.
Jetzt wurde es brenzlig. Wir verhielten uns schweigend und warteten. Der Bauer quälte sich weiter herauf. Der König stand aufrecht, machte ein Bein frei, und als der Kopf des Kundschafters in dessen Reichweite kam, hörte man einen dumpfen Schlag, und zappelnd plumpste der Bauer zu Boden. Unten brach ein wildes Wutgeschrei los, die Menge kam von allen Seiten herbeigeströmt, und wir saßen oben als Gefangene. Der Brückenkopf war entdeckt, und ein Freiwilliger kletterte den Baum hinauf, der die Brücke bildete. Der König befahl mir, Horatius zu spielen und die Brücke zu verteidigen. Eine Zeitlang stürmte der Feind in Massen vor, aber es machte nichts, denn der Anführer jedes Zuges bekam stets einen Tritt, der ihn hinunterschickte, sobald er in Reichweite kam. Des Königs Laune stieg, er freute sich diebisch. »Wenn nichts dazwischenkommt«, sagte er, »werden wir eine angenehme Nacht verbringen, denn mit unserer Taktik können wir den Baum gegen die ganze Provinz halten.«
Jedoch die Meute kam bald zu dem gleichen Schluß; sie brach deshalb den Angriff ab und beratschlagte andere

Pläne. Waffen hatten sie keine, doch es gab genug Steine, und Steine mochten den Zweck erfüllen. Wir hatten nichts dagegen. Hier und da mochte ein Stein zu uns durchdringen, aber das war unwahrscheinlich; Äste und Laub schützten uns gut, so daß wir von keiner Abschußbasis aus sichtbar waren. Wenn sie nur eine halbe Stunde mit Steinwerfen vergeuden würden, käme uns die Dunkelheit zur Hilfe. Wir waren zuversichtlich, wir hätten lächeln, ja beinahe lachen können.

Aber weder lächelten noch lachten wir, was auch besser war, denn wir waren unterbrochen worden. Noch ehe die Steine fünfzehn Minuten lang durch die Blätter gerauscht und an den Ästen abgeprallt waren, spürten wir einen Geruch. Zwei Nasen voll genügten zur Erklärung: Rauch! Also hatten wir doch verspielt; denn das wußten wir: Wenn dich Rauch ruft, mußt du kommen. Sie häuften trockenes Reisig und feuchtes Unkraut immer höher, und als sie die stickige Wolke aufwallen und den Baum verpesten sahen, brachen sie in ein Jubelgeschrei aus. Ich konnte noch genug Luft schnappen, um zu sagen: »Steigt hinab, mein Herr und Gebieter; ich folge Euch, wie es sich schickt.«

Der König japste: »Folget mir hinunter und stellt Euch rücklings gegen des Stammes eine Seite und laßt mir die andere. So wollen wir kämpfen. Mag jeder nach seiner Art und seinem Geschmack den Tod finden.«

Dann stieg er hinunter, krächzend und hustend, und ich folgte. Einen Augenblick nach ihm stand auch ich auf der Erde; wir sprangen an unsere Plätze und fingen an, aus vollen Kräften zu geben und zu nehmen. Der Tumult und Aufruhr waren großartig; da prasselten die Schläge unter Geschrei und Stöhnen hageldicht. Plötzlich sprengten einige Reiter mitten in die Volksmenge, und eine Stimme rief: »Halt – oder ihr seid des Todes!«

Wie angenehm das klang! Der Besitzer der Stimme wies alle Merkmale des Gentlemans auf: malerische und kostbare Kleidung, feldherrnmäßiges Gebaren, Farbe und Aussehen des harten Gesichts von Ausschweifungen verdorben. Der Haufen wich demütig wie eine geprügelte Hundemeute zurück. Der Herr betrachtete uns kritisch und sagte dann scharf zu den Bauern: »Was habt ihr gegen die Leute?«

»Es sind Wahnsinnige, edler Herr, die des Weges kamen, wir wissen nicht woher und . . .«

»Ihr wißt nicht, woher? Gebt ihr vor, ihr kennt sie nicht?«

»Sehr edler Herr, wir sprechen nur die Wahrheit. Sie sind Fremde, und niemand in der Gegend kennt sie; und sie sind die gewalttätigsten und blutdürstigsten Narren, die je . . .«

»Ruhe! Ihr wißt nicht, was ihr sprecht. Sie sind nicht toll. Wer seid ihr? Und woher kommt ihr? Erklärt das.«

»Wir sind nur harmlose Fremdlinge, Herr«, sagte ich, »und reisen in eigenen Angelegenheiten. Wir sind aus einem fernen Land und hier unbekannt. Wir führen nichts Böses im Schilde, und doch hätten uns ohne Euren Schutz und gerechtes Dazwischentreten die Bauern getötet. Wie Ihr erraten habt, Herr, sind wir nicht irre, noch sind wir gewalttätig oder blutdürstig.«

Der Gentleman wandte sich gelassen an sein Gefolge: »Peitscht mir das Vieh in seine Ställe!«

Die Menge verschwand augenblicklich, und hinter ihr her stürzten die Reiter, ihre Peitschen schwingend und erbarmungslos alle niederreitend, die so geistlos waren, auf dem Weg zu bleiben, statt sich seitwärts in die Büsche zu schlagen. Geschrei und Hilferufe erstarben bald in der Ferne, und die Reiter kamen einer nach dem andern zurück. In der Zwischenzeit hatte der Gentleman uns näher befragt, aber keine Einzelheiten aus uns herausgequetscht. Wir liefen über vor Dankbarkeit für den Dienst, den er uns geleistet hatte, aber wir enthüllten von uns nur, daß wir freundelose Fremde aus einem fernen Land wären. Als das Gefolge vollzählig zurückgekehrt war, sagte der Herr zu einem seiner Diener: »Bring die Halfterpferde herbei und laß die Leute aufsitzen.«

»Jawohl, Herr Graf.«

Wir wurden hinten im Zug zwischen die Diener eingereiht. Wir ritten ziemlich flott und zügelten die Pferde erst kurz nach Dunkelwerden bei einem Wirtshaus an der Landstraße, etwa zehn oder zwölf Meilen vom Schauplatz unseres Leidens entfernt. Der Herr Graf begab sich in sein Gemach, nachdem er sein Abendbrot bestellt hatte, und wir sahen nichts mehr von ihm. Wir frühstückten bei Morgengrauen am nächsten Tag und machten uns reisefertig.

Da schlenderte der Marschall des Herrn Grafen herbei und sagte mit lässiger Höflichkeit: »Ihr sagtet, ihr müßtet diese Straße weiterziehen, die auch unser Weg ist; weswegen mein Herr, der Graf Grip, befohlen hat, ihr sollet eure Pferde behalten und weiterreiten, und einige von uns werden euch zwanzig Meilen weit bis zu einer schönen Stadt mit Namen Cambenet begleiten, wo ihr außer Gefahr sein werdet.«

Wir konnten nur unseren Dank stammeln und das Angebot annehmen. Wir trabten dahin, zu sechsen, in ruhigem, bequemem Schritt, und erfuhren im Gespräch, daß der Lord Grip in seinem eigenen Gebiet, das eine Tagreise hinter Cambenet lag, eine sehr gewichtige Persönlichkeit war. Wir bummelten so, daß es schon später Vormittag war, als wir den Marktplatz der Stadt erreichten. Wir stiegen ab, trugen den Reitern noch einmal unsern Dank für ihren Herrn auf und näherten uns einer Ansammlung in der Mitte des Platzes, um zu sehen, was der Gegenstand ihres Interesses sein mochte. Es war der Rest des wandernden Sklavenzuges, den wir vorher gesehen hatten! So hatten sie also die ganze lange Zeit ihre Ketten umhergeschleppt! Jener arme Gatte war nicht mehr dabei und auch viele andere nicht; einige Neuankäufe waren hinzugekommen. Den König interessierte das gar nicht, er wollte weitergehen. Aber ich war völlig in Bann geschlagen und voller Mitleid. Ich konnte meine Augen nicht von den ermatteten und abgezehrten menschlichen Ruinen abwenden. Da saßen sie in Gruppen auf dem Boden, schweigend, ohne Klage, mit gesenkten Köpfen, ein ergreifender Anblick. Und in scheußlichem Kontrast dazu pries ein großmäuliger Volksredner, dreißig Schritt entfernt, einer anderen Versammlung in widerlichen Lobeshymnen ›unsere glorreichen britischen Freiheiten‹ an.

Ich kochte vor Wut. Ich hatte vergessen, daß ich ein Plebejer, und erinnerte mich, daß ich ein Mann war. Koste es, was es wolle, ich würde die Rednertribüne besteigen und . . .

Klick! Der König und ich waren mit Handfesseln zusammengeschlossen! Unsere Begleiter, jene Dienstleute hatten es getan, Lord Grip sah zu. Der König bekam einen Wutanfall und schrie: »Was soll der ungehörige Scherz?«

Der Herr Graf sagte eiskalt zu seinem Oberschurken: »Stell die Sklaven aus und verkauf sie!«
Sklaven! Plötzlich hatte das Wort einen neuen Klang, einen unaussprechlich furchtbaren Klang! Der König hob seine Handfesseln und ließ sie mit einer Wucht niedersausen, die einen Ochsen getötet hätte; aber der Herr Graf war weit fort. Ein Dutzend Diener des Räubers sprang vor, und einen Augenblick später waren uns die Hände auf den Rücken gebunden, wir waren hilflos. Wir erklärten so laut und ernsthaft, Freie zu sein, daß wir die Aufmerksamkeit des Freiheit kündenden Volksredners und seiner patriotischen Zuhörerschaft erregten. Sie sammelten sich um uns und nahmen eine sehr entschiedene Haltung an. Der Redner sagte: »Wenn ihr in der Tat Freie seid, braucht ihr nichts zu fürchten, die von Gott stammenden Freiheiten Britanniens sind euer Schutz! (Beifall.) Ihr werdet es sehen. Bringt eure Beweise vor.«
»Welche Beweise?«
»Beweise, daß ihr Freie seid.«
Ah – ich entsann mich! Mir ging ein Licht auf, und ich schwieg. Aber der König legte los: »Mann, aus dir spricht Wahnwitz; es wäre Rechtens und vernünftiger, wenn dort der Strauchdieb, der Schurke beweisen würde, daß wir keine Freie sind.«
Ihr seht, er kannte seine eigenen Gesetze nicht besser, als Durchschnittsmenschen die Gesetze kennen; ihrem Wortlaut nach, aber nicht in ihren Auswirkungen. Sie bekommen erst Bedeutung und werden sehr lebendig, wenn man sie auf sich selbst angewandt spürt.
Alle schüttelten den Kopf und sahen sehr enttäuscht drein; einige wandten sich ab, ihr Interesse war erloschen. Der Redner sagte – und diesmal geschäftsmäßig und ohne Gerühlstöne: »Wenn ihr die Gesetze des Landes nicht kennt, wäre es an der Zeit, sie zu lernen. Ihr seid für uns Fremde; das könnt ihr nicht leugnen. Ihr mögt Freie sein, wir bestreiten das nicht; aber ihr könnt auch Sklaven sein. Das Gesetz ist eindeutig; es verlangt nicht den Beweis eures Besitzers, daß ihr Sklaven seid, es verlangt, daß ihr beweist, daß ihr es nicht seid.«
Ich sagte: »Lieber Herr, gebt uns Gelegenheit, einen

Boten nach Astolat oder ins Tal der Heiligkeit zu schicken . . .«

»Schweigt, guter Mann; das sind außerordentliche Ansinnen, und ihr könnt nicht hoffen, sie gewährt zu bekommen. Es würde viel Zeit kosten und würde euren Besitzer unverantwortlich belästigen.«

»Besitzer! Idiot!« wetterte der König, »ich habe keinen Besitzer, ich bin selbst Be . . .«

»Still, um Gottes willen!«

Ich konnte die Worte gerade noch herausstoßen, um dem König Einhalt zu tun. Wir hatten schon genug Schwierigkeiten; es konnte uns nichts helfen, bei den Leuten auch den Eindruck von Wahnsinnigen zu machen.

Es ist müßig, Einzelheiten aufzuzählen. Der Graf stellte uns aus und versteigerte uns. Das gleiche teuflische Gesetz hatte zu meiner Zeit in unseren eigenen Südstaaten bestanden, mehr als dreizehnhundert Jahre später, und es wurden Hunderte von Freien, die nicht beweisen konnten, daß sie Freie waren, in lebenslängliche Sklaverei verkauft, ohne daß ich mir darum graue Haare wachsen ließ. Aber in diesem Augenblick, da das Sklavengesetz und der Auktionspfahl meine persönliche Erfahrung wurden, wurde eine bislang nur unschickliche Sache höllisch. So sind wir beschaffen!

Ja, wir wurden wie Schweine auf der Auktion verkauft. In einer großen Stadt und auf einem besuchten Markt hätten wir einen guten Preis erzielt; aber hier lag das Geschäft am Boden, und so wurden wir zu einem Preis losgeschlagen, der mich erröten läßt, wenn immer ich daran denke. Der König von England brachte sieben Dollar ein und sein Premierminister neun, während der König doch ohne weiteres zwölf Dollar und ich fünfzehn Dollar wert war. Aber so geht es immer. Wenn man den Verkauf auf einem schlechten Markt erzwingt, kann man mit der besten Ware kein gutes Geschäft machen, darauf könnt ihr euch verlassen. Wenn der Graf so gewitzt gewesen wäre . . .

Aber es ist nicht die rechte Gelegenheit, meine Gefühle seinetwegen zu erhitzen. Lassen wir ihn jetzt beiseite; ich hatte mir sowieso seinen Steckbrief notiert.

Der Sklavenhändler kaufte uns beide und hakte uns an

seine lange Kette. Wir bildeten den Beschluß seiner Prozession. Wir reihten uns in die Marschordnung ein und verließen mittags Cambenet; und es schien mir seltsam fremdartig und unheimlich, daß der König von England und sein erster Minister in einer Sklavenkolonne gefesselt, angekettet, unterjocht an aller Art müßigem Volk vorbeigehen konnten, und unter Fenstern, hinter denen die Hübschen und Feinen saßen – und doch keinen neugierigen Blick, keine einzige Bemerkung auf sich zogen. Du lieber Himmel, es beweist nur, daß an einem König nichts göttlicher ist als an einem Landstreicher. Er ist nur eine wertlose, hohle Künstlichkeit, wenn man nicht weiß, daß es ein König ist.
Aber sieh ihn in königlichem Pomp, und dir bleibt die Luft weg, wenn du ihn betrachtest. Meiner Meinung nach sind wir alle Trottel, wahrscheinlich geborene Trottel.

Ein trauriger Zwischenfall

Die Welt ist voller Überraschungen. Der König überlegte, das war verständlich. Was glaubt ihr wohl, daß er überlegte? Nun, seinen ungeheuerlichen Sturz vermutlich, vom erhabensten Platz der Welt zum tiefsten; von der glanzvollsten Stelle der Welt zur finstersten; vom erhabensten Beruf unter den Menschen zum niedrigsten. Nein, ich schwöre: was ihn am meisten störte, war das nicht, es war vielmehr der Preis, der beim Verkauf für ihn erzielt wurde! Er schien nicht über seine sieben Dollar hinwegzukommen. Ja, das erstaunte mich so, als ich es zum erstenmal erfuhr, daß ich es nicht glauben wollte; es schien irrsinnig. Aber als mein Verstand wieder arbeitete und ich es aus der richtigen Perspektive betrachtete, sah ich ein, daß ich falsch gefolgert hatte. Es war alles natürlich, und zwar aus folgendem Grund: Ein König ist nur ein künstlicher Popanz, und deshalb entsprechen die königlichen Gefühle den Empfindungen einer automatischen Puppe, sie sind leere Täuschungen; aber als Mann ist der König eine Wirklichkeit, und seine Gefühle als Mann sind lebendig und keine Vorspiegelungen. Es beschämt den Durchschnittsmann, unter dem selbst angenommenen Wert gehandelt zu werden; und der König war nur ein Durchschnittsmann, wenn er überhaupt in solche Höhen vordrang.
Zum Teufel mit ihm. Er ging mir auf die Nerven mit seinem Gequengel, daß er auf jedem einigermaßen vernünftigen Markt sicher fünfundzwanzig Dollar eingebracht hätte. Ein offensichtlicher Unsinn und die nackte Überheblichkeit, denn so viel war selbst ich nicht wert. Aber es war gefährlicher Boden für mich und eine allzu schwierige Beweisführung. Tatsächlich mußte ich der Diskussion einfach ausweichen und statt dessen auf den Schleichpfaden der Diplomatie wandeln. Ich mußte mein Gewissen schweigen lassen und, ein Fremdling vor mir selber, behaupten, daß er wirklich fünfundzwanzig hätte bringen müssen; obgleich ich ganz genau wußte, daß die Welt zu allen Zeiten noch nie einen König gesehen hatte, der auch nur halb soviel wert war, und während der nächsten dreizehn Jahrhunderte keinen sehen würde, der nicht mit dem vierten Teil schon voll

bezahlt wäre. Ja, er ging mir auf die Nerven. Wenn er begann, über die Ernte zu sprechen oder das Wetter oder die politische Lage oder von Hunden, Katzen, Moral oder Religion – ganz gleich was –, seufzte ich; denn ich wußte, was kommen würde. Er versuchte daraus wieder eine Selbstbeweihräucherung seines abgedroschenen Sieben-Dollar-Verkaufs zu machen. Wo immer wir in der Nähe einer Volksmenge anhielten, gab er mir mit einem Blick deutlich zu verstehen: Versuchte man es noch einmal hier bei den Leuten, würde ein anderer Preis herausspringen.

Zugegeben, kurz nachdem er verkauft war, freute es mich insgeheim, daß er für sieben Dollar wegging; aber ehe er mit allem Kummer und aller Sorge darüber zu Rande kam, wünschte ich, er hätte hundert eingebracht. Es war auch keine Hoffnung, daß er den Vorfall vergessen würde; denn täglich besichtigten uns hier und dort Interessenten, und gut die Hälfte von ihnen urteilte über den König ungefähr so: Hier ist ein Zweieinhalb-Dollar-Kerl mit Dreißig-Dollar-Allüren. Schade, daß die nicht auf dem Markt gehandelt werden.

Einmal müßte so etwas natürlich üble Folgen für uns haben. Unser Besitzer war ein praktischer Mann und erkannte, daß der König abgehobelt werden mußte, wenn er für ihn einen Käufer finden wollte. So ging er ans Werk, aus seiner geheiligten Majestät die Majestät herauszuboxen. Ich hätte dem Mann einige wertvolle Hinweise geben können, aber ich tat es nicht; man darf einem Sklaventreiber nicht mit Ratschlägen dienen, wenn man der Sache, für die man eintritt, nicht Schaden zufügen will. Ich hatte es schwierig genug gefunden, die Haltung des Königs zu der eines Bauern herabzumindern, selbst als er ein williger und eifriger Schüler war. Aber die königlichen Allüren auf die eines Sklaven zu drücken – und das mit Gewalt –, nur zu! Es war ein stolzes Unterfangen. Nichts über die Einzelheiten, es spart mir viel Mühe, wenn ihr die euch selbst vorstellt. Ich will nur bemerken, daß es am Ende einer Woche eine Fülle von Beweisen gab, daß Peitsche, Knüppel und Faust ihre Arbeit gut getan hatten; der Körper des Königs war ein Anblick – ein Anblick zum Heulen; aber sein Geist? Ja, der war nicht einmal angegriffen. Selbst der Dummkopf von einem Sklaventreiber mußte einsehen, daß selbst ein Sklave bis in den Tod Mann bleiben will; daß man seine Knochen brechen kann, aber nicht seinen Mut. Der Bursche stellte fest, daß er vom ersten bis zum letzten seiner Versuche nie in Reichweite des Königs gelangen konnte, ohne daß der König bereit war, sich auf ihn zu stürzen, und das auch tat. So gab er schließlich auf und ließ der Majestät ungeschmälert ihre fürstliche Haltung. In Wahrheit war der König ein gut Teil mehr als König; er war ein Mann; und wenn jemand wirklich ein Mann ist, kann man das nicht aus ihm herausprügeln.

Einen Monat lang hatten wir harte Zeiten, wanderten kreuz und quer durchs Land und standen allerhand aus! Und welcher Engländer mühte sich dabei am meisten um eine Klärung des Sklavenproblems? Seine Gnaden der König! Ja, aus dem Allergleichgültigsten wurde er der am stärksten Interessierte. Er war der entschiedenste Feind der Sklaverei geworden, den ich je reden hörte. Deshalb wagte ich eine Frage noch einmal aufzugreifen, die ich ihm vor Jahren gestellt hatte und auf die ich eine so scharfe Antwort erhalten hatte, daß ich es nicht für ratsam hielt, mich weiter mit der Angelegenheit zu befassen. Würde er die Sklaverei abschaffen?

Seine Antwort war so scharf wie früher, aber diesmal war sie Musik in meinen Ohren; ich konnte nicht wünschen, je angenehmere zu hören, obwohl sein Fluch nicht vollendet war, ungeschickt komponiert, die Pointe fast in der Mitte anstatt am Ende, wo sie natürlich hingehörte.

Jetzt war ich bereit und willens, die Freiheit zu gewinnen; vordem hatte ich es nicht gewünscht. Nein, das kann ich auch nicht gerade sagen. Ich wollte schon, aber ich wollte keine verzweifelten Schritte dazu unternehmen und hatte dem König davon stets abgeraten. Aber jetzt – ach! Das war Morgenluft. Die Freiheit wäre jetzt jeden Preis wert, der darauf gesetzt war. Ich entwickelte einen Plan und war von ihm geradezu entzückt. Er brauchte allerdings Zeit und auch Geduld – von beiden eine ganze Menge. Man konnte Wege finden, die schneller und genauso sicher zum Ziel führten; aber keinen, der so malerisch war wie der, keinen, den man so dramatisch zuspitzen konnte. Und deshalb wollte ich ihn nicht aufgeben. Er konnte uns monatelang aufhalten, aber das machte nichts, ich würde ihn ausführen, auf Biegen oder Brechen.

Hier und da überraschte uns ein besonderes Ereignis. Eines Nachts traf uns ein Schneesturm, als wir noch eine Meile von dem Dorf entfernt waren, dem wir gerade zustrebten. Im Handumdrehen waren wir wie von Nebel eingeschlossen, so dicht war das Schneetreiben. Man konnte kaum die Hand vor Augen sehen, und bald hatten wir uns verirrt. Der Sklaventreiber hieb verzweifelt auf uns ein, denn er sah sich ruiniert. Aber seine Peitschenhiebe verschlimmerten die Lage nur, denn sie trieben uns von der Straße und von der Aussicht auf Hilfe noch weiter ab. Schließlich mußten wir halten und, wo wir standen, in den Schnee sinken. Der Sturm währte bis gegen Mitternacht und hörte dann auf. Zu dem Zeitpunkt waren zwei unserer schwächeren Männer und drei Frauen gestorben. Andere bewegten sich nicht mehr und schienen dem Tod nahe. Unser Besitzer war außer sich. Er jagte die Lebendigen auf, ließ uns stehen, springen, stampfen, um das Blut wieder durch die Adern zu treiben, und half tüchtig mit seiner Peitsche nach.

Da ereignete sich etwas Neues. Wir hörten gellende Schreie, und schon kam eine weinende Frau angerannt. Als sie unsere Gruppe sah, warf sie sich in unsere Mitte und bat um Schutz. Ein Rudel Menschen kam hinter ihr hergejagt, einige mit Fackeln, und erklärten, sie sei eine Hexe, die mehrere Kühe an einer sonderbaren Krankheit habe eingehen lassen und ihre Künste mit Hilfe eines Teufels in Gestalt einer schwarzen Katze ausübe. Die arme Frau war gesteinigt worden, bis sie kaum mehr menschlich aussah, so zerschlagen und blutig war sie. Die Menge wollte sie verbrennen.

Nun, was glaubt ihr, tat unser Besitzer? Als wir uns um das arme Wesen scharten, um es zu schützen, sah er seine Chance. Er sagte: »Verbrennt sie hier, sonst entwischt sie.« Stellt euch das vor! Die Menge war einverstanden. Sie banden sie an einen Pfahl, schleiften Holz herbei, häuften es um sie auf und legten Fackeln an, während sie schrie und um Hilfe flehte und ihre beiden kleinen Töchter an die Brust drückte. Und das profitgierige Scheusal hieb auf uns ein, damit wir dicht am Scheiterhaufen standen und uns zu Leben und Marktwert erwärmten mit dem gleichen Feuer, das das unschuldige Leben einer armen gütigen Mutter verzehrte. Eine seltene Art Besitzer hatten wir! Ich notierte auch seinen Steckbrief. Der Schneesturm kostete ihn neun seiner Herdentiere, und er war aus Wut über seinen Verlust noch viele Tage lang bestialischer als zuvor.

Die ganze Reise war voller Abenteuer. Eines Tages gerieten wir in eine Prozession, und was für eine Prozession! Das verkommenste Gesindel des Königreichs schien hier vereinigt zu sein und war noch dazu betrunken. In der Vorhut befand sich ein Wagen mit einem Sarg, und auf dem Sarg saß ein hübsches junges Mädchen von ungefähr achtzehn Jahren, die ihr Baby stillte. Sie drückte es immer wieder in leidenschaftlicher Liebe an sich und wischte ihm die Tränen vom Gesicht, die aus ihren Augen immer wieder darauf tropften, und das dumme kleine Ding lachte sie jedesmal an, glücklich und zufrieden, griff mit seinen kurzen runden Händchen an ihre Brust, und sie klopfte und streichelte seine Finger, gerade über ihrem brechenden Herzen.

Männer und Frauen, Burschen und Mädchen trotteten neben und hinter dem Wagen her, johlten und schrien gemeine zotige Bemerkungen, sangen einzelne Verse von unflätigen Liedern, sprangen und tanzten – ein wahrer Hexensabbat, ein Anblick zum Speien. Wir hatten einen Vorort von London erreicht, außerhalb der Stadtmauern, und das war ein Beispiel für die eine Art Londoner Gesellschaft. Unser Meister sicherte uns einen guten Platz in der Nähe des Galgens. Ein Priester war zur Hand und half dem Mädchen hinauf, sprach ihm Trost zu und veranlaßte den Untersheriff, ihr einen Schemel zu bringen. Dann stand er neben ihr auf dem Gerüst und blickte einen Augenblick hinab auf die Masse emporgewandter Gesichter und das dichte Pflaster von Köpfen, das sich weithin erstreckte, und dann begann er ihre Geschichte zu erzählen. Und es klang Mitleid in seiner Stimme – wie selten war solcher Ton in dem unwissenden, barbarischen Land! Ich erinnere mich jeder Einzelheit, wenn auch nicht wörtlich. Darum gebe ich es in meiner eigenen Art wieder:

»Das Gesetz ist dazu da, Gerechtigkeit zu üben. Mitunter gelingt es ihm nicht. Das läßt sich nicht ändern. Wir können uns nur grämen und dreinschicken und für die Seele dessen beten, den der Arm des Gesetzes ungerecht niederschlägt, und hoffen, daß nur wenige sein Schicksal teilen mögen. Ein Gesetz schickt hier das arme junge Ding in den Tod – und zu Recht. Aber ein anderes Gesetz hat sie so weit gebracht, daß sie ihr Verbrechen begehen mußte oder samt ihrem Kinde verhungern – und vor Gott ist dieses Gesetz verantwortlich für ihr Verbrechen und auch für ihren schändlichen Tod!

Vor kurzer Zeit war das junge Wesen, ein Kind von achtzehn Jahren, eine so glückliche Frau und Mutter wie irgendeine in England; mit sorglosen Liedern auf den Lippen und der natürlichen Sprache fröhlicher, unschuldiger Herzen. Ihr junger Gatte war nicht weniger glücklich, denn er tat seine Pflicht, arbeitete von früh bis spät in seinem Handwerk; sein Brot war ehrliches Brot, redlich verdient, er war erfolgreich, bot seiner Familie Obdach und Nahrung und trug sein Schärflein zum allgemeinen Wohlstand bei. In Übereinstimmung mit einem verbrecherischen Gesetz wurde das fromme Heim plötzlich vernichtet und fortgefegt. Man lauerte dem jungen Gatten auf und preßte ihn zur Seefahrt, schickte ihn aufs Meer. Die Frau wußte nichts davon. Sie suchte ihn überall, rührte die härtesten Herzen mit ihrem tränenreichen Flehen, der überzeugenden Sprache ihrer Verzweiflung. Wochen zogen dahin, sie wartete und wachte und hoffte. Ihr Geist wurde von der Last ihres Jammers allmählich gebrochen. Nach und nach gingen all ihre kleinen Besitztümer für Nahrung drauf. Als sie ihre Miete nicht mehr zahlen konnte, setzte man sie auf die Straße. Sie bettelte, solange sie noch Kraft dazu hatte. Als sie endlich am Verhungern war und ihr die Milch versiegte, stahl sie ein Stück Leinwand im Wert eines Viertelcents in der Absicht, es zu verkaufen und so das Kind zu retten. Aber der Besitzer des Tuches ertappte sie. Man kerkerte sie ein und stellte sie vor Gericht. Der Mann bezeugte ihr Vergehen. Es wurde Verteidigung für sie bestellt und ihre traurige Geschichte zu ihrer Entschuldigung berichtet. Es wurde ihr auch gestattet, selbst zu sprechen, und sie sagte, sie habe das Tuch gestohlen, aber ihr Geist wäre in

letzter Zeit so verwirrt vor Kummer, und als sie der Hunger ganz überwältigte, verschwamm ihr alles, ob verbrecherisch oder nicht, sinnlos im Hirn, und sie wußte nichts mehr genau, außer, daß sie sehr hungrig war. Einen Augenblick waren alle ergriffen, und es bestand die Neigung, hier Gnade vor Recht ergehen zu lassen, da sie so jung und freudlos, ihr Fall so erbarmenerregend war, und das Gesetz, das sie ihres Ernährers beraubt hatte, in erster Linie und als einzige Ursache für ihren Gesetzesübertritt zu tadeln war. Aber der öffentliche Ankläger erwiderte, daß dies zwar alles richtig und auch höchst erschütternd sei, daß aber zur Zeit viel kleiner Diebstahl begangen werde und hier Milde, zur Unzeit gezeigt, eine Gefahr für den Besitz wäre, und so müsse er das Urteil fordern. (Gott, hält denn das britische Gesetz die Heime, die zerstört, die Kinder, die ihrer Eltern beraubt, die Herzen, die gebrochen werden, nicht auch für kostbaren Besitz?)
Als der Richter sein schwarzes Barett aufsetzte, erhob sich zitternd der Eigentümer der gestohlenen Leinwand. Seine Lippen bebten, sein Gesicht war grau wie Asche; und als das furchtbare Urteil gesprochen war, rief er aus: ›Oh, armes Kind, armes Kind, ich wußte nicht, daß es deinen Tod bedeutet!‹, und er stürzte nieder wie ein gefällter Baum. Als sie ihn erhoben, hatte er den Verstand verloren; ehe die Sonne untergegangen war, nahm er sich das Leben. Ein freundlicher Mann; ein Mann mit einem im Grunde guten Herzen; legt seinen Selbstmord zu dem Mord, der jetzt hier begangen wird, und beide denen zur Last, die schuldig sind: den Herrschern und den harten Gesetzen von Britannien. Die Zeit ist gekommen, mein Kind; laß mich ein Gebet über dich sprechen – nicht für dich, armes, betrogenes, unschuldiges Herz, sondern für jene, die schuld sind an deinem Untergang und Tod, die brauchen es nötiger.«
Nach dem Gebet legten sie dem jungen Mädchen die Schlinge um den Hals, und sie hatten große Mühe, den Knoten unter ihrem Ohr zu befestigen, weil sie die ganze Zeit das Baby mit wilden Küssen bedeckte, es an Gesicht und Brust drückte, es bald klagend, bald schreiend mit Tränen netzte – und das Baby krähte und lachte und strampelte mit den Füßen vor Entzücken, denn es ver-

stand das alles nur als Spielen und Tollen. Sogar dem Henker wurde das Herz schwer, und er wandte sich ab. Als alles bereit war, nahm der Priester vorsichtig das Kind aus den Armen der Mutter und trat rasch zur Seite. Doch sie faltete flehend die Hände und sprang wild mit einem Schrei darauf zu; aber das Seil – und der Untersheriff – hielten sie zurück. Dann sank sie auf die Knie, streckte ihre Arme aus und schrie: »Nur noch einen Kuß – oh, mein Gott, nur noch einen, noch einen einzigen – der letzte Wunsch einer Sterbenden!«

Er wurde ihr gewährt; sie erstickte ihr Kind beinahe, und als man es ihr wieder fortnahm, rief sie aus: »Oh, mein Kind, mein Liebling, es wird sterben! Es hat weder Haus noch Vater und Mutter, keinen Freund.«

»Es hat sie alle!« sagte der gute Priester. »Ich will sie ihm alle ersetzen, bis an meinen Tod.«

Ihr hättet da ihr Gesicht sehen sollen! Dankbarkeit? Mein Gott, wie kann man versuchen, das mit Worten auszudrücken? Worte sind nur gezeichnete Flammen; ein Blick sind die Flammen selbst. Einen solchen Blick gab sie ihm und trug ihn mit sich zum Schatzamt des Himmels, wo alle göttlichen Dinge hingehören.

Ein Zusammenstoß im Dunkeln

London war – für einen Sklaven – ein recht interessanter Ort. Es war ein großes Dorf und bestand hauptsächlich aus Schmutz und Schilfdächern. Die Straßen waren dreckig, winkelig, ungepflastert. Die Bevölkerung bestand aus einem hin- und widertreibenden Schwarm von Zerlumpten und Hochfeinen mit wippenden Schmuckfedern, in schimmerndem Panzer. Der König besaß hier einen Palast; er sah ihn von außen. Ich hörte ihn seufzen – und ein bißchen fluchen, in der jugendlich unreifen stümperhaften Manier des sechsten Jahrhunderts. Wir sahen Ritter und Große, die wir kannten, aber sie erkannten uns nicht in unseren Lumpen und unserem Dreck, mit den Striemen der Peitsche und all den blauen Flecken. Selbst wenn wir sie angerufen hätten, würden sie uns nicht erkannt haben, hätten niemals angehalten, um zu antworten, denn es war verboten, mit Sklaven an der Kette zu sprechen. In zehn Meter Entfernung kam Sandy auf einem Maultier vorbei – wohl auf der Suche nach mir. Aber was mir einfach das Herz brach, war etwas, was sich auf dem Platz gegenüber unserer alten Baracke abspielte, als wir mit ansehen mußten, wie ein Mann wegen Fälschung von Pennies in Öl gekocht wurde. Es handelte sich um einen Zeitungsjungen – und ich konnte nicht zu ihm gehen! Trotzdem war es mir ein Trost; hier war der Beweis, daß Clarence noch am Leben war und auf die Pauke schlug. Ich hoffte, bald bei ihm zu sein; und der Gedanke ließ mich aufleben.

Eines Tages sah ich im Vorübergehen noch etwas anderes, das mir viel Mut zurückgab. Es war ein Draht von einem Dach zum anderen gespannt. Sicher Telefon. Ich wünschte sehr, ich hätte ein kleines Stück davon. Denn das war gerade, was ich zur Ausführung meines Fluchtplanes brauchte. Der Plan sah folgendes vor: eines Nachts freikommen, und zwar mit dem König, dann den Sklavenhalter knebeln und fesseln, die Kleider mit ihm tauschen, ihn bis zur Unkenntlichkeit verprügeln, an die Sklavenkette hängen, mir seine Habe anzueignen, nach Camelot zu marschieren und . . .

Es ist klar, was ich beabsichtigte, verständlich, mit welcher betäubend-dramatischen Überraschung ich vor dem Palast den Schlußstrich unter die Rechnung ziehen wollte. Es war alles durchführbar, wenn ich nur ein kleines Stück Draht erwischte, das ich zu einem Dietrich biegen konnte. Dann konnte ich die klappernden Vorhängeschlösser, mit denen wir an die Kette angeschlossen waren, öffnen, sobald ich wollte. Aber ich hatte kein Glück; nie kam mir dergleichen in den Weg. Dennoch fand ich schließlich eine Gelegenheit. Ein Gentleman, der schon zweimal ohne Erfolg versucht hatte, mich herunterzuhandeln, kam noch einmal wieder. Ich erwartete nicht, ihm je zu gehören, denn der Preis, der für mich seit meiner Versklavung gefordert wurde, war übertrieben hoch und rief nur Ärger und Spott hervor, doch hielt mein Meister hartnäckig an ihm fest – zweiundzwanzig Dollar. Er wollte keinen Cent nachlassen. Der König wurde wegen seiner großartigen Haltung sehr bewundert, aber sein königliches Benehmen sprach gegen ihn, und er blieb ›liegen‹; einen solchen Sklaven wollte niemand haben. Ich hielt es wegen meines außerordentlichen Preises für ausgeschlossen, von ihm getrennt zu werden. Nein, ich glaubte nicht, dem Gentleman jemals zu gehören, von dem ich sprach. Doch er hatte etwas an sich, von dem ich vermutete, es würde vielleicht mir gehören, wenn er oft genug kam. Es war ein kleines Eisending, mit einer langen Nadel daran, von dem sein großer Tuchumhang vorn zusammengehalten wurde. Er besaß drei davon. Zweimal hatte er mich enttäuscht, weil er mir nicht nahe genug gekommen war, um meine Absicht sicher ausführen zu können; aber diesmal gelang es. Ich erbeutete die unterste der drei Spangen, und als er sie vermißte, nahm er an, er hätte sie unterwegs verloren.

Eine Minute ungefähr konnte ich mich freuen – dann hatte ich wieder Pech. Denn als der Handel wie gewöhnlich schiefging, redete der Meister plötzlich frei von der Leber weg und sagte, was in modernem Englisch heißen würde: »Wissen Sie was? Ich habe es satt, die beiden für nichts und wieder nichts zu füttern. Geben Sie mir die zweiundzwanzig Dollar für den da, und Sie bekommen den anderen gratis dazu.«

Dem König verschlug es den Atem, so wütend war er. Während der Meister und der Gentleman sich im Ge-

spräch entfernten, fing er an, zu schlucken zu zu würgen.
»Wenn Sie das Angebot offenahlten . . .«
»Einverstanden – bis morgen zur gleichen Stunde.«
»Bis dahin werde ich Ihnen meinen Entschluß mitteilen«, sagte der Gentleman und verschwand, gefolgt von unserem Besitzer.
Den König zu beruhigen, war nicht leicht, ich schaffte es trotzdem. Ich flüsterte ihm zu dem Zweck ins Ohr: »Euer Gnaden werden gratis abgehen, aber auf andere Art, und ich auch. Heute nacht werden wir beide frei sein.«
»Ah, wie meint Ihr das?«
»Hier, mit dem Ding, das ich gestohlen habe, werde ich die Schlösser öffnen und heute nacht die Kette abwerfen. Wenn er abends gegen 9 Uhr 30 kommt, um uns für die Nacht zu kontrollieren, greifen wir ihn uns, knebeln ihn, vermöbeln ihn, und früh am Morgen werden wir als Besitzer der ganzen Sklavenkarawane aus der Stadt ziehen.«
Das war alles, was ich sagte, und der König war bereits entzückt und höchst befriedigt. Am Abend warteten wir geduldig, bis unsere Mitsklaven sich zur Ruhe legen und durch das gewohnte Geräusch zu erkennen geben würden, daß sie tief schliefen, denn man muß mit den armen Burschen sehr vorsichtig sein. Das beste ist, man behält Geheimnisse für sich. Sicher wälzten sie sich nur soviel herum wie gewöhnlich, aber mir schien es anders. Mir schien, sie brauchten eine Ewigkeit, um in das gewohnte Schnarchen zu verfallen. Wie die Zeit so verstrich, fürchtete ich, wir würden unser Vorhaben nicht mehr durchführen können. So machte ich mehrere verfrühte Versuche und verzögerte die Sache nur; denn anscheinend konnte ich keins der Schlösser in der Dunkelheit berühren, ohne ein Geklirr hervorzurufen, das sofort den Schlaf des einen oder anderen unterbrach und ihn veranlaßte, sich auf die andere Seite zu legen und dabei noch ein paar von der Gesellschaft zu wecken.
Endlich war ich mein letztes Kettenglied los und wieder ein freier Mensch. Ich atmete auf vor Erleichterung und langte nach des Königs Eisen. Zu spät! Herein kam der Meister mit einem Licht in der einen Hand und seinem schweren Spazierstock in der anderen. Ich schmiegte

mich eng in den Haufen der Schnarcher, um so gut wie möglich zu verbergen, daß ich frei von Fesseln war, und gab scharf Obacht, um den Kerl anzuspringen, sobald er sich über mich beugen sollte.

Aber er trat nicht näher. Er blieb stehen, starrte wie geistesabwesend unseren düsteren Haufen an – offenbar dachte er gerade an etwas anderes –, stellte dann sein Licht ab, schlenderte zerstreut zur Tür, und bevor man ahnen konnte, was er beabsichtigte, war er schon draußen und hatte die Tür hinter sich zugemacht.

»Schnell«, sagte der König, »holt ihn zurück.«

Das war natürlich das einzig Richtige, und ich war im Nu auf und draußen. Ach du Schreck! In jenen Tagen gab es keine Straßenlampen, und es herrschte finstere Nacht. Ich erkannte einige Schritte vor mir eine dunkle Gestalt – und ich machte einen Hechtsprung, warf mich auf sie, und dann war da was los, sage ich euch! Wir schlugen uns und rauften und rangen und hätten mit dem Publikum um uns ein Theater füllen können. Das nahm am Kampf glühenden Anteil, hetzte uns die ganze Zeit aufeinander und hätte tatsächlich nicht aufgeschlossener und lebhafter sein können, wenn es seine eigene Angelegenheit gewesen wäre. Dann erhob sich hinter uns ein furchtbarer Spektakel, ungefähr die Hälfte unserer Zuschauer verließ uns sofort, um seine Sympathien dort zu investieren. Laternen torkelten aus allen Richtungen herbei, es war die Wache, die von fern und nah sich sammelte. Gleich darauf fiel eine Hellebarde als Mahnung auf meinen Rücken nieder, und ich verstand, was das bedeutete. Ich war in Haft, und auch mein Gegner war gefangen. Wir wurden ins Gefängnis geführt, auf jeder Seite des Wächters einer. Das war das Ende, und ein feiner Plan wurde plötzlich zu Wasser!

Ich versuchte mir vorzustellen, was geschehen würde, wenn unser Besitzer erkannte, daß ich es war, der mit ihm gekämpft hatte, und was geschehen würde, wenn sie uns zusammen in der Abteilung für Raufbolde und leichte Jungen einsperrten, wie es üblich war, und was . . .

Gerade da aber wandte mein Gegner mir das Gesicht zu, das flackernde Licht der Zinnlaterne des Schutzmanns fiel darauf, und – sollte man es für möglich halten! – es war der Falsche.

Schlafen? Es war unmöglich. Es wäre in der lärmenden Gefängnishöhle unter der räudigen Herde von betrunkenen, streitsüchtigen und johlenden Lumpenkerlen so schon unmöglich gewesen. Aber der Grund, warum ich an Schlaf auch nicht im entferntesten denken konnte, war meine wilde Ungeduld, hier herauszukommen und alles zu erfahren, was drüben in der Sklavenherberge als Folge meines unverzeihlichen Fehlers geschehen war.

Es war eine lange Nacht, aber endlich wurde es doch Morgen. Ich legte dem Gericht ein volles und freimütiges Geständnis ab. Ich sagte, ich sei ein Sklave, Eigentum des großen Grafen Grip, der kurz nach Dunkelwerden im Heroldsgasthaus im Dorf auf der anderen Seite des Flusses angekommen und plötzlich an einem unbekannten Leiden schwer erkrankt war, so daß er dort übernachten mußte. Ich hätte den Befehl erhalten, zur Stadt überzusetzen und mit Windeseile den besten Arzt zu holen; ich tat, was ich konnte, rannte natürlich wie toll; die Nacht war dunkel, ich rannte gegen diesen gemeinen Menschen hier, der mich an der Gurgel packte und zu prügeln anfing, obwohl ich ihm meinen Auftrag erzählte und ihn anflehte um der Todesgefahr willen, in der mein großer Graf und Herr . . .

Der gemeine Mensch unterbrach mich und sagte, das sei eine Lüge, und war schon im Begriff zu erklären, wie ich mich auf ihn stürzte und angriff, ohne ein Wort . . .

»Still, Bursche!« kam es vom Gerichtshof. »Führt ihn ab und gebt ihm ein paar mit der Peitsche, um ihn zu lehren, den Diener eines Edelmannes das nächste Mal anders zu behandeln. Geht!«

Dann bat mich der Gerichtshof um Entschuldigung und gab der Hoffnung Ausdruck, ich würde nicht verfehlen, Seiner Gräflichen Gnaden zu versichern, daß der Gerichtshof an dem willkürlichen Übergriff in keiner Weise schuld sei. Ich versicherte, ich würde schon alles in Ordnung bringen, und empfahl mich. Es wurde auch höchste Zeit, denn man begann mich jetzt zu fragen, warum ich das alles nicht bei meiner Verhaftung erwähnt hatte. Ich sagte, das hätte ich wohl getan, wenn es mir eingefallen wäre – was völlig zutraf –, daß mich der Kerl jedoch so zugerichtet hätte, daß mir aller Verstand herausgedroschen war – und so weiter und so fort, und immer noch vor mich hin muffelnd, zog ich ab.

Ich wartete nicht aufs Frühstück und ließ mir kein Gras unter den Füßen wachsen, sondern war im Nu bei der Sklavenherberge.

Sie war leer – alle fort! Das heißt, alle außer einem – dem Sklavenhalter. Sein Körper lag zu Brei zerschlagen in der Ecke, und ringsum sah man die Spuren eines fürchterlichen Kampfes. Auf einem Wagen an der Tür stand ein roher Brettersarg, und Arbeiter bahnten sich mit Hilfe der Polizei einen Weg durch die gaffende Menge, um ihn hereinzubringen.

Ich nahm mir einen Mann vor, der bescheiden genug aussah, um sich herabzulassen, mit einem so abgerissenen Patron wie mir zu reden, und erhielt von ihm einen Bericht über den Vorfall.

»Es waren sechzehn Sklaven da. Sie erhoben sich in der Nacht gegen ihren Herrn, und du siehst ja, was es für ein Ende nahm.«

»Ja, und wie fing es an?«

»Außer den Sklaven gibt es keine Zeugen. Die sagten, der wertvollste Sklave warf seine Fesseln ab und floh auf rätselhafte Weise – man nimmt an, durch Zauberkünste, denn er hatte keinen Schlüssel, und die Schlösser waren weder aufgebrochen noch irgendwie beschädigt. Als der Sklavenhalter seinen Verlust entdeckte, tobte er vor Verzweiflung und warf sich mit seinem schweren Stock auf die Leute. Sie wehrten sich und drehten ihm das Genick um und verletzten ihn auch sonst auf alle mögliche Art, so daß er schnell seinen Geist aufgab.«

»Das ist furchtbar. Es wird den Sklaven sicher schlecht gehen vor Gericht.«

»Wahrhaftig, und das Gericht hat bereits geurteilt.«

»Bereits geurteilt?«

»Glaubst du, es würde eine Woche dauern, wo alles so klar liegt? Nicht die Hälfte einer Viertelstunde brauchten sie dazu.«

»Was denn . . . ich kann nicht glauben, daß sie die Schuldigen in so kurzer Zeit herausfinden konnten.«

»Weshalb Schuldigen? Wahrlich, sie gaben sich nicht mit Einzelheiten ab. Sie verurteilten sie alle zusammen.

Kennt Ihr nicht das Gesetz, von dem man sagt, daß die Römer es uns hinterließen, als sie abzogen: Wenn ein Sklave seinen Herrn tötet, müssen alle Sklaven des Getöteten dafür sterben?«

»Richtig. Ich hatte es vergessen. Und wann werden sie sterben?«

»Wahrscheinlich innerhalb vierundzwanzig Stunden; wenn auch manche sagen, man wird noch ein paar Tage warten, um vielleicht den Fehlenden inzwischen zu erwischen.«

Den Fehlenden! Mir war recht unbehaglich.

»Ist es wahrscheinlich, daß sie ihn fassen?«

»Ehe der Tag um ist – ja. Sie suchen überall. Sie stehen an den Stadttoren mit einigen der Sklaven, die ihn erkennen, wenn er fliehen will, und niemand wird ihn unbesehen durchlassen.«

»Kann man den Ort sehen, wo die übrigen gefangen sitzen?«

»Von außen – ja. Das Innere jedoch, das werdet Ihr sicher selbst nicht sehen wollen.«

Ich merkte mir für zukünftige Fälle die Adresse des Gefängnisses und schlenderte weiter. Beim ersten Altkleiderhändler, bei dem ich in einer Seitengasse vorbeikam, erstand ich die grobe Ausrüstung eines gewöhnlichen Matrosen, der auf Polarfahrt gehen will, und umwickelte mir das Gesicht verschwenderisch mit Verbandzeug, weil ich angeblich Zahnschmerzen hatte. Das deckte meine schlimmsten blauen Flecken zu. Es war eine völlige Verwandlung, ich glich nicht mehr dem früheren Selbst. Dann suchte ich den erwähnten Draht und folgte ihm bis zu seiner Höhle. Es war ein kleines Zimmer über einem Fleischerladen, und das bewies, daß im Telefonwesen das Geschäft nicht sehr florierte. Der junge Bursche vom ›Amt‹ döste an seinem Tisch vor sich hin. Ich verschloß die Tür von innen und steckte den mächtigen Schlüssel ein. Das weckte den Jungen, und er wollte gerade Krach schlagen, als ich sagte: »Spar deine Puste. Wenn du den Mund aufmachst, bist du tot, so wahr ich lebe. Bedien deinen Apparat. Aber ein bißchen fix! Ruf Camelot an.«

»Du setzt mich in Staunen! Wie kann wie du einer von solchen Dingen etwas verstehen . . .«

»Ruf Camelot an! Ich bin zum Äußersten entschlossen. Ruf Camelot an oder verschwinde. Ich mache es dann selbst.«

»Was – du?«

»Allerdings. Schwatz nicht, sondern ruf den Palast an.«

Er rief an.

»So, jetzt laß Clarence ans Telefon rufen.«

»Clarence? Wer?«

»Was kümmert's dich, einfach Clarence. Verlange Clarence; du wirst schon eine Antwort bekommen.«

Er tat es. Wir warteten fünf nervenzerreißende Minuten, zehn Minuten – wie lang die Zeit sein kann! Und dann kam ein Klick, das mir so vertraut war wie eine menschliche Stimme, denn Clarence war ja mein eigener Schüler gewesen. »Nun, mein Junge, verschwinde! Mein Plan hätte durchschaut werden können, deshalb war dein Anruf sicherer, aber jetzt bin ich dran.«

Er überließ mir seinen Platz und spitzte die Ohren – doch umsonst, ich sprach in Geheimcode. Mit Komplimenten für Clarence verlor ich keine Zeit, sondern stieg gleich ins Geschäft.

»Der König ist hier und in Gefahr. Wir wurden gefangen und als Sklaven hergebracht. Wir können unsere Identität nicht nachweisen, und ich durfte es nicht einmal versuchen. Schick ein Telegramm zum hiesigen Palast, auf Grund dessen man uns identifizieren läßt.«

Seine Antwort ließ nicht auf sich warten: »Die verstehen von Telegrafie gar nichts; sie haben noch keine Erfahrung, denn die Verbindung nach London ist ganz neu. Ich möchte es lieber nicht riskieren. Sie könnten euch vielleicht hängen. Denkt euch etwas anderes aus.«

Uns vielleicht hängen! Er ahnte nicht, wie nahe er der Wahrheit kam. Mir fiel im Augenblick nichts Besseres ein. Dann kam mir doch ein Einfall, und ich gab ihn durch: »Schick fünfhundert ausgesuchte Ritter mit Lancelot an der Spitze; schick sie sofort! Sie sollen durch das Südwesttor hereinkommen und nach dem Mann mit einem weißen Tuch um den rechten Arm Ausschau halten.«

Die Antwort war prompt.

»In einer halben Stunde werden sie aufbrechen.«

»Gut so, Clarence, jetzt sage hier dem Burschen, daß ich

einer deiner Freunde bin und mit mir nicht gut Kirschen essen ist, und daß er ja niemand etwas über meinen Besuch sagt.«

Das Telefon sprach jetzt zu dem Jüngling, und ich eilte davon und fing an zu rechnen. In einer halben Stunde würde es neun Uhr sein. Roß und Reiter in schwerem Panzer konnten nicht schnell reisen. Sie würden aber ihr Äußerstes tun und jetzt, da die Wege fest, ohne Schnee und Matsch sind, wahrscheinlich sieben Meilen in der Stunde schaffen; zweimal würden sie die Pferde wechseln müssen, also gegen sechs oder ein bißchen später hier eintreffen. Dann war es noch hell, und sie würden das weiße Tuch um meinen rechten Arm erkennen, ich würde das Kommando übernehmen, wir würden das Gefängnis umzingeln und den König im Nu herausholen. Es würde in Anbetracht der Umstände glorreich und malerisch genug sein, wenn ich auch die Mittagszeit vorgezogen hätte, des größeren theatralischen Effektes und Erfolges wegen.

Na, und um mehrere Eisen im Feuer zu haben, wollte ich ein paar von den Leuten aufsuchen, die ich vorher erkannt hatte, und mich ihnen selbst zu erkennen geben. Das würde uns vielleicht auch ohne Ritter aus der Klemme helfen. Aber ich mußte vorsichtig zu Werke gehen, denn es war höchst riskant. Ich mußte in prunkvolle Gewänder steigen, und das ging nicht so auf einen Sprung. Nein, etappenweise mußte ich mich hinaufarbeiten, indem ich, in weit voneinander entfernten Läden, einen Anzug nach dem anderen kaufte und bei jedem Gestaltwandel ein bißchen vornehmer wurde, bis ich schließlich in Samt und Seide einherschritt, was allein meinem Vorhaben entsprach. Ich fing also an.

Aber mein Plan wurde kläglich zu Wasser! Als ich um die erste Ecke bog, stieß ich unversehens auf einen unserer Sklaven, der da mit einem Schutzmann herumschnüffelte. Gerade mußte ich husten, und er warf mir einen Blick zu, der mir durch Mark und Bein ging. Er glaubte wohl, die Art Husten schon früher gehört zu haben. Ich trat sofort in einen Laden, drängelte mich am Ladentisch entlang, erkundigte mich nach Preisen und schielte zur Seite. Die beiden waren stehengeblieben, sprachen miteinander und schauten durch die Tür. Ich entschloß mich, zur Hintertür hinauszugehen, sofern es eine gab, und bat die Ladenbesitzerin um Erlaubnis dazu, weil ich nach dem entkommenen Sklaven suchen wolle. Man glaube nämlich, der verstecke sich dort hinten irgendwo. Ich sagte, ich sei ein verkleideter Beamter und mein Kollege stehe dort drüben mit einem der Mörder. Sie möge doch so gut sein und ihm sagen, er brauche nicht zu warten, sondern solle sofort zum anderen Ende der Gasse gehen und den Gesuchten abfangen, den ich ihm zutreiben werde.

Sie brannte vor Neugier, einen der schon berühmten Mörder selbst zu sehen, und übernahm sofort den Botengang. Ich wischte zur Hintertür hinaus, schloß sie von außen ab, steckte den Schlüssel ein und machte, daß ich wegkam. Ich fühlte mich sehr sicher und lachte mir ins Fäustchen.

Aber ich hatte wieder danebengetreten, hatte einen neuen Fehler gemacht, einen doppelten Fehler sogar. Es gab so viel Möglichkeiten, den Polizeioffizier durch eine einfache und wahrscheinliche List loszuwerden, aber nein, ich mußte wieder etwas besonders Effektvolles wählen! Das ist der Krebsschaden meines Charakters. Und dann hatte ich mein Vorgehen darauf abgestimmt, was der Polizist als vernünftiger Mensch tun würde; aber wenn man es am wenigsten erwartet, tut der Mensch mitunter gerade das, was nicht vernünftig ist. Im vorliegenden Fall wäre für den Offizier das Nützlichste gewesen, mir auf den Fersen zu folgen; er hätte eine schwere, fest verschlossene Eichentür zwischen sich und mir vorgefunden. Bevor er sie aufbrechen konnte, wäre ich schon über alle Berge gewesen und hätte begonnen, in eine Reihe täuschender Verkleidungen zu schlüpfen bis zu einem Gewand, das mich in Britannien vor naseweisen Spürhunden des Gesetzes sicherer schützte als irgendein beliebiges Quantum von echter Unschuld oder anständigem Charakter. Aber statt das Natürliche zu tun, nahm mich der Offizier beim Wort und folgte meinen Anweisungen. Als ich aus der Sackgasse trottete, stolz auf meine eigene Schlauheit, bog er also um die Ecke, und ich lief geradewegs in seine Handfesseln. Wenn ich gewußt hätte, daß es eine Sackgasse war …

trotzdem, ein solcher Schnitzer ist nicht zu entschuldigen. Schwamm drüber!
Selbstverständlich war ich entrüstet und schwor, ich sei gerade von großer Fahrt an Land gekommen oder so ähnlich – nur um zu sehen, ob es den Sklaven täuschen würde. Es zog nicht. Er hatte mich erkannt. Dann warf ich ihm seinen Verrat an mir vor, aber er war mehr überrascht als betroffen. Er riß die Augen weit auf und sagte mir: »Was, ich sollte ausgerechnet dich entwischen und nicht mit uns baumeln lassen, da du doch die wahre Ursache bist, daß wir hängen? Geh!«
›Geh‹ heißt in ihrer Sprache: ›Da lachen ja die Hühner!‹ oder ›Das fehlt gerade noch!‹ Wie komisch die Leute reden.
Na, es war eine Art zwiespältiger Gerechtigkeit, wie er den Fall betrachtete, darum ließ ich das Thema fallen. Wenn man ein Unglück nicht wegdiskutieren kann, wozu dann überhaupt diskutieren? Das liegt mir nicht. So sagte ich nur: »Du wirst nicht gehängt werden, und keiner von uns wird gehängt werden.«
Beide lachten, und der Sklave sagte: »Bis jetzt hat dich niemand für verrückt gehalten. Du solltest deinen Ruf besser wahren, lange brauchst du dich doch nicht mehr anzustrengen.«
»Ich werde es überstehen, denke ich. Noch heute werden wir aus dem Gefängnis kommen und uns außerdem frei bewegen können, wie wir wollen.«
Der witzige Polizeioffizier machte mit dem linken Daumen am linken Ohr das Zeichen des Hängens, räusperte sich und sagte: »Aus dem Gefängnis – ja – da sprichst du wahr. Und auch frei, zu gehen wohin du willst, sofern du in Seiner Gnaden des Teufels glühend heißem Reich bleibst.«
Ich unterdrückte meine Wut und sagte gleichgültig: »Ich glaube, Ihr denkt tatsächlich, wir werden in ein oder zwei Tagen baumeln.«
»Ich dachte es noch vor wenigen Minuten, denn so war es beschlossen und verkündet.«
»Dann habt Ihr also die Meinung geändert, nicht wahr?«
»Genau das – ich dachte es bisher; jetzt weiß ich es.«
Ich war zum Spotten aufgelegt: »Oh, weiser Diener des

Gesetzes, laßt Euch denn herab, uns zu erzählen, was Ihr wißt.«

»Daß ihr alle heute am frühen Nachmittag am Galgen baumeln werdet!« Oho, das saß! »Na, stützt euch nur auf mich!«

Und ich brauchte wirklich jemand, auf den ich mich stützen konnte. Meine Ritter würden nicht zur Zeit eintreffen, sie würden drei Stunden zu spät kommen. Nichts in der Welt konnte den König von England retten – oder mich, was noch wichtiger war. Wichtiger nicht für mich selbst, sondern für die Nation – die einzige Nation der Erde, die bereit war, zur Zivilisation aufzublühen. Mir wurde übel. Ich schwieg, da gab es nichts mehr zu sagen. Ich wußte, was der Mann meinte; fand man den fehlenden Sklaven, dann würde der Aufschub widerrufen und die Hinrichtung noch heute stattfinden. Nun, der gesuchte Sklave war gefunden.

Herr Lancelot kommt mit den Rittern zu Hilfe

Es ging auf vier Uhr nachmittags zu. Die Bühne war dicht vor den Toren von London errichtet. Ein kühler, angenehmer, herrlicher Tag mit strahlender Sonne; ein Tag, an dem man leben und nicht sterben will. Die Menschenmenge war gewaltig, unübersehbar, und doch hatten wir fünfzehn arme Teufel keine Freunde darunter. In der Erkenntnis lag etwas Schmerzliches, denkt darüber, wie ihr wollt. Da hockten wir nun auf unserem hohen Schafott, das Ziel des Hasses und des Hohns all unsrer Feinde. Man benützte uns zu einer wahren Festvorstellung. Sie hatten eine Art Tribüne für den Adel und die angesehenen Bürger gebaut, und die waren vollzählig mit ihren Damen erschienen. viele von ihnen kannten wir.

Die Menge verhalf dem König zu einem kurzen und unerwarteten Lacherfolg. Als wir von unseren Fesseln befreit waren, sprang er auf und rief sich in seinen phantastischen Lumpen und mit seinem zur Unkenntlichkeit zerschlagenen Gesicht als Artus, König von Britannien, aus und verhängte die schauerlichsten Strafen für Hochverrat über alle Anwesenden, wenn man ein Haar seines geheiligten Hauptes zu krümmen wagte. Er war verblüfft und überrascht, als die Menge in ein ungeheures, brüllendes Gelächter ausbrach. Er fühlte sich in seiner Würde verletzt und hüllte sich in undurchdringliches Schweigen, obwohl der Volkshaufe ihn bat, weiterzumachen, und ihn mit höhnischem Johlen, mit Pfiffen und frechen Rufen herauszufordern suchte.

»Laßt ihn reden! Der König! Der König! Seine demütigen Untertanen schmachten nach weisen Worten aus dem Munde ihres Herrn, Seiner Erlauchten und Geheiligten Verlumptheit!«

Aber es nützte nichts. Er wurde majestätisch wie noch nie und saß unbewegt unter dem Hagel von Spott und Hohn. Er war sicher großartig in seiner Art. Fast unbewußt hatte ich meinen weißen Verband abgenommen und meinen rechten Arm gewickelt.

Als die Menge das bemerkte, ging es über mich her. Sie

riefen: »Der Seemann ist bestimmt sein Minister – seht ihr sein kostbares Amtssiegel?«
Ich ließ sie toben, bis es ihnen langweilig wurde, und sagte dann: »Ja, ich bin sein Minister, der ›Chef‹, und morgen werdet ihr es von Camelot hören, daß . . .«
Weiter kam ich nicht, sie übertönten mich mit ihrem tollen Hohngelächter. Plötzlich wurde es still, denn die Polizeivögte von London in ihren Amtsroben und ihre Gehilfen machten eine Bewegung, die sagte, daß es jetzt losging. In dem großen Schweigen, das darauf folgte, wurde unser Verbrechen noch einmal berichtet, das Todesurteil verlesen, und alle Köpfe entblößten sich, während ein Priester betete.
Dann wurden einem Sklaven die Augen verbunden, und der Henker entrollte sein Seil. Da lag nun die Landstraße unter uns, wir auf der einen Seite, die riesige Menge säumte die andere, eine schöne, freie Straße, die die Polizei offenhielt. Wie hübsch würde es aussehen, wenn meine fünfhundert Reiter darauf angebraust kämen! Aber nein, das war unmöglich. Mit den Augen folgte ich dem schmaler werdenden Band in die Ferne – nicht ein Reiter war zu sehen, nicht das geringste Anzeichen.
Jetzt gab es einen Ruck, und der erste Sklave baumelte; baumelte und wand sich gräßlich, denn seine Glieder waren nicht gefesselt.
Ein zweites Seil wurde entrollt, einen Augenblick später baumelte ein zweiter Sklave.
Eine Minute darauf zappelte ein dritter Sklave in der Luft. Es war schrecklich. Ich wendete mich einen Augenblick ab, und als ich wieder hinsah, vermißte ich den König! Sie verbanden ihm die Augen! Ich war gelähmt vor Schreck; ich konnte mich nicht rühren, ich erstickte, meine Zunge quoll auf. Sie hatten ihm die Augen verbunden, sie führten ihn unter den Strick. Ich konnte die drückende Ohnmacht nicht abschütteln. Aber als ich sah, wie sie ihm die Schlinge um den Hals legten, riß etwas in mir auf, und ich machte einen Sprung zu seiner Rettung, und als ich das tat, warf ich noch einen Blick um mich – beim Zeus! Da kamen sie, mit gefällter Lanze! Fünfhundert gepanzerte und gegürtete Ritter – auf Fahrrädern!

Das überraschendste Bild, das man je gesehen hat. Himmel, wie die Federbüsche wehten, wie die Sonne in der schier endlosen Prozession von Speichenrädern blitzte und flammte!
Ich schwenkte den rechten Arm, als Lancelot heranfegte. Er erkannte den weißen Fetzen. Ich riß Schlinge und Armbinde weg und schrie: »Auf die Knie, Schurken, und grüßt den König! Sonst, wahrhaftig, sollt ihr heute noch in der Hölle schmoren!«
Diesen hochtrabenden Stil gebrauchte ich stets, wenn ich die letzte Steigerungsmöglichkeit herausarbeiten will. Ja, es war prachtvoll, Lancelot und die Jungen auf das Schafott stürmen und die Polizeivögte und das übrige Gesindel über Bord werfen zu sehen.
Und es war ein angenehmer Anblick, wie die erstaunte Menge in die Knie ging und ihren König, den sie eben noch beleidigt und verspottet hatte, um ihr Leben anflehte. Und als er dort abgesondert in Lumpen stand und die Huldigung entgegennahm, dachte ich bei mir: ›Wirklich, es ist schon etwas besonders Herrliches um Haltung und Gebaren eines Königs, trotz allem.‹
Ich war restlos zufrieden. Wenn man die Sache im ganzen besah, war es einer der phantastischsten Effekte, den ich je in Szene gesetzt hatte.
Und plötzlich kommt Clarence selbst an – ganz der alte! –, zwinkert und spricht sehr neuzeitlich: »Ganz große Überraschung, wie? Würde dir gefallen, dachte ich. Ich ließ die Jungen seit langem heimlich üben; und sie hungerten nach einer Gelegenheit, sich zu produzieren.«

Der Yankee kämpft mit den Rittern

Wieder zu Hause in Camelot. Ein oder zwei Tage später fand ich neben meinem Teller auf dem Frühstückstisch die Zeitung, noch feucht vom Druck. Ich sah im Anzeigenteil nach, denn ich wußte, ich würde dort etwas finden, das mich persönlich anging. Es war folgendes:

Auf Befehl des Königs

Wisset, daß der große Herr und ruhmbedeckte Ritter, Herr Saßramorder Lpsterne geruhen wird, des Königs Minister Hank Morgan, welcher auch genannt wird ›Der Chef‹, zur Sühne einer früheren Beleidugng im Turnier zu begegnen, und die beiden werden es im Turnierring bei Camelot um die vierte Morgenstunde am 16tag des nächsten folgenden Monat ausfechten. Der Kampf wird bis zum Äußersten gehen, sintemal die besegte Beleidigung tödlich war und jegliche Versöhnung ausschließt. Auf Befehl des Königs.

In seinem Leitartikel äußerte sich Clarence über die Sache folgendermaßen:

Durch einen flüchtigen Blick auf unseren Anzeigenteil bemerkt man, daß dem Publikum ein hervorragendes Ǝreignis von ungewöhnlichem Interesse auf dem Gebiet des Turniergeɟechtes bevorsteht. Die Namen der Künstler bürgen für gute Unterhaltung. Die 4asse wird am 13. mittags geöffnet; Eintritt 3 Cents, reservierte Plätze 5 Cents. Der Erlös geht in den Hospitalfonds. Das Königspaar und der ganze Hof werden anwesend sein. Mit Ausnahme von ihnen und dresse und Geistlichkeit wird niemand freien Eintritt haben. Es wird hiermit davor gewarnt, Bi▮etts von Schwindlern zu erwerben; sie gelten nicht am Eingang. Jeder kennt und schätzt den Chef, kennt und schätzt Herrn Sag; kömmt, laßt uns die Bursɔɥen für ihre Fahrt ins Jenseits aufm3ntern. Denkt daran, der Erlös dient großer und freier Wohltätigkeit, die ihre helfen▮den Hände in weiter BarMherzigkeit, vom Blute liebender Herzen erwrämt, allen Leidenden darreicht, ohne Ansehen von Rasse, Glaube, Stand und Farbe – die einzige Wohltätigkeit bisher auf der Welt, die keinen politisch-religiösen Sperrhahn in ihrem Mitleid duldet, sondern sagt: hier fließt der Strom, laßt alle kommen und trinken! Erscheint in Massen! Bringt eure Pfannkuchen und euren KauLummi mit, und amüsiert euch. Pastete wird auf dem Platz verkauft und Kandiszucker zum Knacken; auch Zirkuslimonade – drei Tropfen Limonensaft auf ein Faß Wasser.

N. B. Dies ist das erste ⊥urnier unter dem neuen Gesetz, welches jeden der Kämpfer den Gebrauch irgendeiner beliebigen Waffe erlaubt. Sie wollen das bitte beachten.

Bis zu dem festgesetzten Tag sprach man in ganz Britannien von nichts anderem als dem Zweikampf. Alle übrigen Gesprächsthemen versanken in Bedeutungslosigkeit, verschwanden aus dem Gedanken- und Interessenkreis der Menschen. Nicht, weil ein Turnier etwas Besonderes war, nicht weil Herr Sagramor den Heiligen Gral gefunden hatte – denn er hatte ihn gar nicht gefunden, sondern verpaßt; auch nicht, weil einer der Duellanten die zweite (nur dem Rang nach) Persönlichkeit des Königreichs war; nein, all die Äußerlichkeiten machten keinen Eindruck. Was aber Eindruck machte und ein ganz außergewöhnliches Interesse für den bevorstehenden Zweikampf hervorrief, entsprang der Tatsache, daß alle Welt wußte, hier wurde nicht ein Duell zwischen homines sapientes gewissermaßen ausgefochten, sondern ein Kampf zwischen zwei mächtigen Zauberern; nicht ein Duell der Muskeln, sondern des Geistes, nicht menschlicher Gewandtheit, sondern übermenschlicher Künste und Fertigkeiten, der Entscheidungskampf um die Vorherrschaft im Bereich der Meisterzauberei des Zeitalters. Es ist klar, daß die großartigsten Taten der berühmtesten Ritter neben einem solchen Schauspiel verblaßten; sie schienen nur noch Kinderspiel, verglichen mit dem geheimnisvollen und furchtbaren Zweikampf der Götter. Ja, alle Welt wußte, daß es in Wirklichkeit auf einen Zweikampf zwischen Merlin und mir hinauslief, eine Kraftprobe unserer beider magischen Kräfte. Es war bekannt, daß Merlin einige Tage und Nächte sich damit geplagt hatte, Waffen und Rüstung des Herrn Sagramor mit übernatürlichen Angriffs- und Verteidigungsmedien zu durchtränken, und daß er ihm von den Luftgeistern einen wolligen Schleier beschafft hatte, der den Träger für seinen Gegner unsichtbar machen sollte, während er für andere Leute sichtbar blieb. Gegen den so gewappneten und beschützten Herrn Sagramor konnten tausend Ritter nichts ausrichten, ihn konnten keine bekannten Zauberkünste besiegen. Das stand als Tatsache fest, und darüber war keine Diskussion, kein Zweifel möglich. Da war nur eine morsche Planke in dem Bretterzaun: Könnte es nicht andere Zaubereien geben – Merlin unbekannte –, die Herrn Sagramors Schleier für mich durchsichtig und seine verzauberte Rüstung für meine Waffen verwundbar machen würden? Das konnte erst im Turnier entschieden werden. Bis dahin stöhnte jedermann in Ungewißheit. So dachte man allgemein, etwas Ungeheures stände auf dem Spiel, und das stimmte, aber es war nicht das, was man annahm. Nein, über etwas viel Größeres sollten die Würfel fallen: über die Existenzmöglichkeit des fahrenden Rittertums. Ich kämpfte für etwas, das war richtig, doch niemals für die blöde Schwarze Kunst; ich war der Vorkämpfer des harten, unsentimentalen gesunden Menschenverstandes und der Vernunft. Ich trat in die Schranken, um entweder das fahrende Rittertum zu beseitigen oder sein Opfer zu werden.

So geräumig der Zuschauerraum war, am 16. morgens gab es um zehn Uhr keinen leeren Platz mehr vor den Schranken. Die Mammuttribüne war mit Flaggen, Wimpeln und prunkvollen Teppichen verkleidet und vollgestopft mit einigen Wagenladungen kümmerlicher Nebenkönige samt Gefolge und der britischen Aristokratie. Unsere eigene königliche Brut saß auf den Ehrenplätzen, und jeder von der Bande glitzerte wie ein Prisma im buntesten Putz von Samt und Seide. Nichts konnte dagegen aufkommen, außer einem Sonnenuntergang am oberen Mississippi oder dem Nordlicht. Das gewaltige Lager von beflaggten und farbenfreudigen Zelten am einen Ende der Bahn, jedes mit einem strammstehenden Wächter am Eingang neben dem glänzenden Schild für den Kampf, war auch ein schöner Anblick. Jeder Ritter war anwesend, der nur irgend Ehrgeiz oder Kastengeist besaß; denn was ich von ihrem Orden hielt, war kein tiefes Geheimnis, und hier war ihre Chance. Wenn ich meinen Kampf gegen Herrn Sagramor gewann, hatten andere das Recht, mich herauszufordern, solange ich Lust hatte, die Herausforderung anzunehmen.

Auf unserer Seite der Kampfbahn standen nur zwei Zelte; eins für mich und eins für meine Diener. Zur festgesetzten Zeit gab der König ein Zeichen, und die Herolde in ihren steifen Röcken erschienen und riefen die Namen der Duellanten und den Grund des Streites öffentlich aus. Eine Pause folgte, dann ein schmetternder Hörnerstoß, für uns das Signal, herauszukommen.

Die Menschenmenge hielt den Atem an, und gespannte Neugier blitzte in allen Augen.
Hervor aus dem Zelt ritt der erhabene Herr Sagramor, ein eindrucksvoller Eisenturm, stattlich und starr, sein ungeheurer Speer stand aufrecht im Halter, umspannt von seiner starken Hand. Kopf und Brust seines großen Rosses steckten in Erzgehäusen, der Leib war mit reichen Schabracken verziert, die fast auf dem Boden schleppten. Oh, ein erhebender Anblick! Ein gewaltiger Schrei stieg auf, Willkommensgruß und Bewunderung.
Und dann kam ich heraus. Aber ich erweckte in der Menge keine Begeisterung. Für einen Augenblick verblüfftes, ausdrucksvolles Schweigen, dann lief eine breite brausende Woge von Gelächter durch das Menschenmeer, bis ein warnendes Hornsignal Schweigen gebot. Ich war in der einfachsten und bequemsten Turnkleidung – fleischfarbenes Trikot vom Hals bis zu den Fersen mit blauen Seidenhöschen um die Lenden – und barhäuptig. Mein Pferd war nur von Durchschnittsgröße, wendig, mit schlanken Fesseln, statt Muskeln schien es Sprungfedern zu haben – wie ein Windhund. Es war ein Prachtexemplar, glänzend wie Seide sein Fell und, abgesehen von Zügel und Cowboysattel, nackt wie bei der Geburt.
Der Eisenturm und die prunkvolle Bettdecke kamen schwerfällig, doch in eleganten Pirouetten die Bahn herunter, und wir tänzelten leicht hinauf, um sie zu treffen. Der Turm grüßte, ich grüßte zurück; dann schwenkten wir ein und ritten Seite an Seite zur großen Tribüne, um unserm König und unserer Königin zu huldigen. Die Königin rief: »O weh, Herr Chef, wollt Ihr nackt kämpfen und ohne Lanze oder Schwert?«
Aber der König verwies sie und machte ihr mit ein oder zwei höflichen Sätzen klar, daß sie das nichts anging. Wieder erklangen die Hörner, und wir trennten uns, ritten jeder an sein Ende der Schranken und nahmen Aufstellung. Jetzt trat der alte Merlin auf den Plan und warf ein dünnes Gewebe aus lockeren Fäden über Herrn Sagramor, das ihn in Hamlets Geist verwandelte. Der König gab ein Zeichen, die Hörner erklangen, Herr Sagramor legte seine große Lanze ein, und im nächsten Augenblick kam er die Bahn entlanggedonnert, mit we-

hendem Schleier, und ich sauste wie ein Pfeil ihm entgegen, mein Ohr spitzend, als müßte ich Standort und Ritt des ›unsichtbaren‹ Ritters erlauschen. Mächtig und zahlreich riefen sie ihm im Chor zur Ermunterung zu, und nur eine einzelne tapfere Stimme schleuderte mir ein anfeuerndes Wort zu: »Ran an den Speck, dünner Jim!« Man konnte wetten, daß Clarence das bestellt und auch die Parole dazu geliefert hatte. Als die mächtige Lanzenspitze anderthalb Meter von meiner Brust entfernt war, riß ich mein Pferd mühelos zur Seite, und der große Ritter fegte vorbei und verlor die Runde. Diesmal bekam ich großen Applaus. Wir wendeten, setzten uns zurecht und rannten erneut aufeinander los. Wieder eine Niete für den Ritter, ein Beifallsorkan für mich. Dasselbe wurde noch einmal wiederholt und erzeugte einen so maßlosen Wirbelsturm von Beifall, daß Herr Sagramor in Wut geriet, seine Taktik plötzlich änderte und sich vornahm, mich zu jagen. Na, damit hatte er schon gar keine Gewinnaussichten; es war ein Fangspiel mit allem Vorteil auf meiner Seite; ich wirbelte spielend aus seiner Fahrbahn, wenn es mir beliebte, einmal klopfte ich ihm sogar auf den Rücken, als ich nach hinten abbog. Schließlich nahm ich die Jagd in die Hand, und damit war es ihm ganz unmöglich, wieder hinter mich zu kommen, er mochte drehen und wenden und tun, was er wollte; am Ende jedes Manövers befand er sich wieder vor mir. So gab er die Jagd auf und zog sich an sein Ende der Stechbahn zurück. Er hatte offensichtlich jetzt die Geduld verloren und schleuderte mir eine Beleidigung zu, die auch mir reichte. Ich holte mein Lasso vom Sattelknopf und nahm die Seilrolle in die rechte Hand. Diesmal mußte man ihn kommen sehen! – Er war schwer in Fahrt, das war mal sicher, nach seiner Gangart zu schließen, sah er rot vor Wut. Ich saß bequem auf meinem Pferd und schwang die große Schlinge meines Lassos in weiten Kreisen über meinem Kopf; als er gestartet war, hatte ich mich bereitgemacht, als er auf vierzig Fuß heran war, sandte ich die Schlangenspirale meines Lassos sausend durch die Luft, sprang dann plötzlich beiseite, wendete und brachte mein wohldressiertes Tier zum Halten, alle vier Beine unter sich gespreizt, um dem Zug zu widerstehen. Im nächsten Augenblick straffte sich das Seil und riß den Herrn Sagramor vom Sattel! Donnerwetter, das war eine Sensation!

Zweifellos hat die Welt Neuheiten am liebsten. Die Leutchen hatten noch nie etwas von Cowboykünsten gesehen, und sie gerieten ganz aus dem Häsuchen vor Entzücken. Von allen Seiten erhob sich der Schrei: »Da capo! Da capo!«

Ich wunderte mich, woher sie dieses Wort wohl wußten, aber es war keine Zeit zu philologischen Grübeleien, denn der ganze Schwarm fahrender Ritter summte jetzt los, und meine Aussichten auf Kundschaft hätten nicht besser sein können. Sobald Herr Sagramor von meinem Lasso befreit und an sein Zelt geleitet worden war, rollte ich das Seil wieder auf, nahm Aufstellung und begann, die Schlinge von neuem um meinen Kopf zu schwingen. Ich war sicher, daß ich sie brauchen würde, sobald sie einen Nachfolger für Herrn Sagramor gefunden hatten, und da so viele darauf brannten, konnte es nicht lange dauern. Jawohl, sie wählten sofort einen: Herrn Hervis de Revel.

Bsss! Hier kam er an wie ein brennendes Haus, ich wich aus; er schoß vorbei wie der Blitz, mein Roßhaarseil um den Hals; eine Sekunde später – fst! Sein Sattel war leer. Ich erhielt ein neues Dacapo; und noch eins und wieder eins und dann noch eins. Als ich fünf Mann heruntergezogen hatte, sah die Sache für die Erzfiguren wohl ernst aus, sie hörten auf und berieten sich. Als Ergebnis entschieden sie, daß es Zeit war, auf die feinen Sitten des fair play zu pfeifen und ihre Größten und Besten gegen mich ins Feld zu schicken. Zum Erstaunen dieser kleinen Welt lassote ich auch Herrn Lamorak von Galis und nach ihm Herrn Galahad. Jetzt war einfach nichts mehr zu machen, sie mußten ihren Trumpfbuben ausspielen – den Herrlichsten von allen herausbringen, den Mächtigsten der Mächtigen, den gewaltigen Herrn Lancelot selbst!

War es ein stolzer Augenblick für mich? Und ob. Drüben saß Artus, König von Britannien, drüben saß Ginover; ja, und ganze Herden von kleinen Provinzkönigen und Zaunkönigen; und im Zeltlager dort die berühmtesten Ritter aller Länder, und gleichzeitig jener erlesenste Kreis der ganzen Ritterschaft, die Ritter von der Tafelrunde, die Erlauchtesten der ganzen Christenheit. Und die erstaunlichste Tatsache vor allem, das strahlende Gestirn ihrer glänzenden Gesellschaft legte mir gegenüber die Lanze zum Stoß zurecht, der Brennpunkt von vierzigtausend bewundernden Augen; und ich ganz allein lag hier auf der Lauer. Das teure Bild eines gewissen Telefonfräuleins aus West-Hartford kam mir in den Sinn, und ich wünschte, sie könnte mich jetzt sehen. In dem Augenblick kam der Unbesiegbare wie eine Windhose herangerast – die höfische Welt erhob sich und beugte sich vor –, die verhängnisvollen Schlingen kreisten durch die Luft, und im nächsten Augenblick zog ich Herrn Lancelot auf dem Rücken über das Turnierfeld und warf dankend Handküsse dem Sturm wehender Tücher zu und dem donnerbrausenden Beifall, der mich grüßte.

Ich sagte mir ruhmestrunken, während ich meine Leine zusammenrollte und über den Sattelknopf hängte: Der Sieg ist vollkommen – kein anderer wagt es gegen mich: das fahrende Rittertum ist erledigt. Jetzt stelle man sich mein Erstaunen vor – und das aller andern auch –, als wir den besonderen Hornruf hörten, der ankündigt, daß ein neuer Konkurrent in die Schranken treten will! Etwas ging da nicht mit rechten Dingen zu; ich konnte es mir nicht zusammenreimen. Als nächstes sah ich Merlin von mir wegschleichen und bemerkte gleich, daß mein Lasso fort war. Der alte Taschenspieler hatte es sicherlich gestohlen und unter seiner Kutte versteckt.

Das Horn blies von neuem. Ich sah auf, und heran kam Sagramor, wieder hoch zu Roß – der Staub war abgebürstet und sein Schleier hübsch zurechtgesteckt. Ich trabte ihm entgegen und tat so, als ob ich ihn nur am Klang der Pferdehufe ausmachen könnte.

Er sagte: »Euer Ohr ist scharf, aber es wird Euch hiervor mitnichten retten!«, und er berührte den Griff seines großen Schwertes. »So Ihr es wegen der Wirkung des Schleiers nicht zu sehen vermögt, wisset, daß es keine schwerfällige Lanze ist, sondern ein Schwert – und ich wähne, ihm werdet Ihr nicht entrinnen.«

Sein Visier war offen; sein Lächeln verhieß Tod. Gegen sein Schwert gab es kein Ausweichen, das war klar. Diesmal mußte einer sterben. Wenn er das Schwert erst auf mich niedersausen lassen konnte, wußte ich genau,

wer die Leiche war. Wir ritten zusammen vor und grüßten das Königspaar. Diesmal war der König beunruhigt und sagte: »Wo ist Eure seltsame Waffe?«
»Sie wurde gestohlen, Majestät.»
»Habt Ihr eine zweite zur Hand?«
»Nein, Majestät, ich brachte nur die eine mit.«
Da mischte sich Merlin ein: »Er brachte nur die eine, weil er nur die eine bringen konnte. Es gibt nur die eine. Sie gehört dem König der Meeresgeister. Dieser Mann ist ein unwissender Schwindler, sonst hätte er gewußt, daß diese Waffe nur in acht Treffen benutzt werden kann, dann verschwindet sie wieder in ihre Heimat unter See.«
»Dann ist er waffenlos«, sagte der König. »Herr Sagramor, Ihr werdet ihm Urlaub gewähren, um eine Waffe zu entlehnen.«
»Und ich will sie ihm leihen!« sagte Herr Lancelot, der heranhinkte. »Er ist ein so tapferer Ritter wie nur irgendeiner unter den Lebenden, und er soll meine Waffe führen.«
Er griff nach seinem Schwert und wollte es ziehen, aber Herr Sagramor sagte: »Halt, es darf nicht sein! Er muß mit seinen eigenen Waffen kämpfen; das Vorrecht hatte er, sie zu wählen und mitzubringen. Wenn er sich irrte, kommt es auf seinen Kopf.«
»Ritter!« sagte der König. »Ihr seid vom Haß überwältigt, er trübt Euren Geist, wollt Ihr einen nackten Mann töten?«
»So es geschieht, soll er es mir verantworten«, sagte Herr Lancelot.
»Gegenüber jedem werde ich es verantworten, der es wünscht!« gab Herr Sagramor hitzig zurück.
Merlin schaltete sich ein, rieb sich die Hände und lächelte boshaft in niederträchtigster Schadenfreude.
»Wohl gesprochen, sehr gut gesprochen! Und es ist genug verhandelt, laßt meinen Herrn, den König, das Kampfsignal geben.«
Der König mußte nachgeben. Das Horn kündigte unsern Kampf an, wir trennten uns und ritten auf unsere Plätze. Da standen wir nun, hundert Meter zwischen uns, blickten uns an, starr und regungslos wie Reiterdenkmäler. Und so verharrten wir lautlos, eine ganze Minute lang, während alles starrte, niemand sich rührte.

Es schien, als könnte der König es nicht über sich bringen, das Signal zu geben. Aber schließlich hob er die Hand, der helle Ton des Horns folgte, Herrn Sagramors lange Klinge beschrieb einen blitzenden Kreis in der Luft, und es war wirklich ein prächtiger Anblick, ihn anbrausen zu sehen. Ich saß ruhig. Er kam immer näher. Ich bewegte mich nicht. die Leute wurden so aufgeregt, daß sie mir zuriefen: »Fliehe, fliehe, rette dich! Das ist Mord.«

Ich bewegte mich keinen Zoll breit, bis das donnernde Gespenst auf fünfzehn Schritt herangekommen war; dann riß ich einen Dragonerrevolver aus dem Halfter, ein Blitzen und Krachen, und der Revolver war wieder verschwunden, ehe jemand sagen konnte, was geschehen war.

Hier jagte ein reiterloses Pferd vorbei, und drüben lag Herr Sagramor, mausetot.

Die Leute, die zu ihm liefen, waren sprachlos, als sie fanden, daß wirklich kein Leben mehr in dem Manne war, ohne daß sie doch eine sichtbare Ursache, eine Verletzung seines Körpers, etwas wie eine Wunde erkannten. Sein Brustpanzer hatte zwar ein Loch, aber sie maßen einem so kleinen Schaden keine Bedeutung bei; und da eine Schußwunde verhältnismäßig schwach blutet, war durch die Kleider und Polster unter der Rüstung nichts zu sehen. Die Leiche wurde zum König geschleppt, so daß er und die Großen sie betrachten konnten. Selbstverständlich waren sie starr von Staunen. Ich sollte hinkommen und das Wunder erklären. Aber ich blieb auf meinem Posten wie ein Steinmonument: »Wenn es ein Befehl ist, werde ich kommen, aber mein Herr, der König, weiß, daß ich nach den Kampfesregeln hier zu bleiben habe, solange jemand mich herauszufordern wünscht.«

Ich wartete, niemand forderte mich heraus. Dann rief ich: »Wenn jemand bezweifelt, daß ich das Feld gut und rechtmäßig gewonnen habe, warte ich nicht, bis er mich herausfordert, sondern fordere ihn selbst heraus.«

»Es ist ein edles Angebot«, sagte der König, »und es steht Euch wohl an. Wen wollt Ihr zuerst benennen?«

»Ich benenne niemand, ich werfe allen den Fehdehandschuh hin! Hier stehe ich und fordere die Ritterschaft von England gegen mich heraus – nicht einzeln, sondern in Massen!«

»Was!« schrien ein paar Dutzend Ritter.

»Ihr habt die Herausforderung gehört. Nehmt sie an, oder ich verkünde, daß ihr feige Ritter und allesamt besiegt seid!«

Das war natürlich Bluff. In einer solchen Situation ist es das beste, man setzt ein kühnes Gesicht auf und tut, als ob man hundertfach bessere Karten hätte; neunundvierzig- von fünfzigmal wird niemand zu überbieten wagen, und man streicht den Gewinn ein. Aber gerade dies eine Mal – ja, die Sache sah bedrohlich aus! Im Nu krabbelten fünfhundert Ritter in ihre Sättel, und ehe man bis drei zählen konnte, war weit auseinandergezogen die Herde unterwegs und klabasterte auf mich zu. Ich riß beide Revolver aus den Halftern und begann, Entfernungen zu schätzen und Treffmöglichkeiten zu berechnen.

Peng! Ein Sattel leer. Peng, noch einer. Peng – peng – und ich sackte gleich zwei ein. Wir standen jetzt beinahe pari, und ich wußte es. Wenn ich den elften Schuß verbrauchte, ohne das Volk zu überzeugen, würde der zwölfte Mann mich sicher töten. Und deshalb fühlte ich mich nie so glücklich wie in dem Moment, als mein neunter Schuß seinen Mann herunterholte und ich jenes Beben in dem Haufen spürte, das einer Panik vorausgeht. Ein verpaßter Augenblick konnte jetzt meine letzte Chance vernichten, aber ich verpaßte keinen einzigen. Ich hob beide Revolver und zielte – der schwankende Trupp hielt noch einen guten Augenblick stand, dann löste er sich auf und floh.

Der Tag gehörte mir. Fahrendes Rittertum war eine verstaubte Angelegenheit geworden. Der Marsch der Zivilisation hatte begonnen. Wie ich mich fühlte? Ach, das kann sich niemand vorstellen!

Und Bruder Merlin? Seine Aktien standen wieder flau. Sonderbar, immer, wenn die Magie des Dummenfangs sich mit der Magie der Wissenschaft maß, zog die erste den kürzeren.

Drei Jahre später

Als ich damals dem fahrenden Rittertum den Garaus gemacht hatte, hielt ich es nicht mehr für nötig, im geheimen zu arbeiten. Ich enthüllte deshalb schon am nächsten Tag einer erstaunten Welt meine versteckten Schulen, meine Bergwerke und das große Netz geheimer Fabriken und Werkstätten. Das heißt, ich setzte das neunzehnte Jahrhundert den prüfenden Blicken des sechsten aus.

Es ist immer von Vorteil, einen Sieg gleich auszunützen. Die Ritter waren zuerst einmal kleinlaut, aber um sie untenzuhalten, mußte ich sie einfach mundtot machen – unter dem war es nicht zu machen.

Im Turnier hatte ich zum Schluß geblufft, und es wäre nur natürlich, daß die Ritter selbst zu der Erkenntnis kamen, wenn ich ihnen die Möglichkeit dazu bot. So durfte ich ihnen keine Chance geben, und ich gab ihnen auch keine.

Ich wiederholte meine Herausforderung, ließ sie in Messing gravieren und anschlagen, wo immer ein Priester sie vorlesen konnte, und auch ständig im Anzeigenteil der Zeitung bringen.

Ich wiederholte sie nicht nur, sondern verschärfte sie auch. Ich behauptete, man möge nur den Tag nennen, und ich würde mit fünfzig Gehilfen gegen die Ritterschaft der ganzen Welt kämpfen und sie vernichten.

Das war kein Bluff. Ich meinte, was ich behauptete; ich konnte mein Versprechen wahr machen. Niemand konnte die Sprache mißverstehen. Sogar die Dümmsten in der Ritterschaft begriffen, daß es klar und deutlich hieß ›Friß, Vogel, oder stirb!‹ Sie waren weise und schluckten es hinunter. In den folgenden drei Jahren machten sie keine nennenswerten Schwierigkeiten.

Die Zeit flog dahin. Jetzt war es eine Lust, sich in England umzutun; ein glückliches, blühendes Land, seltsam verändert. Überall Schulen, mehrere Hochschulen und eine Anzahl guter Zeitungen. Sogar die Schriftstellerei hatte angefangen. Herr Dinadan, der Humorist, war der erste im Felde, mit einem Band grauhaariger Witze, die ich seit dreizehn Jahrhunderten genau kannte. Wenn er den einen, den ranzigen über den humoristischen Redner, weggelassen hätte, würde ich nichts gesagt haben; aber den konnte ich nun einmal nicht ausstehen. Ich verbot das Buch und ließ den Verfasser hängen.

Die Sklaverei war abgeschafft, alle Menschen waren gleich vor dem Gesetz. Die Steuern waren gerecht verteilt. Telegraf, Telefon, Grammophon, Schreibmaschine und Nähmaschine und all die tausend willigen und geschickten Diener von Dampf und Elektrizität wurden immer beliebter. Ein oder zwei Dampfboote schwammen auf der Themse, wir hatten Dampfkriegsschiffe und die Anfänge einer Dampferhandelsflotte; bald war ich soweit, eine Expedition zur Entdeckung Amerikas auszuschicken.

Wir bauten mehrere Eisenbahnlinien, und die Strecke von Camelot nach London war schon betriebsfertig. Ich war klug genug, alle Ämter im Passagierverkehr zu hohen, vornehmen Ehrenämtern zu machen. Mein Plan war, die Ritterschaft und den Adel zu reizen, sie nützlich zu beschäftigen und von dummen Streichen abzuhalten. Mein Plan ließ sich sehr gut an, und ein heißes Wettrennen um die Stellungen hub an. Der Zugführer des 4-Uhr-33-D-Zuges war ein Herzog, es gab keinen Schaffner auf der Strecke unter dem Rang eines Grafen. Es waren alles brauchbare Leute, nur hatten sie zwei Fehler, die ich nicht kurieren konnte und bei denen ich ein Auge zudrücken mußte: sie wollten ihre Rüstung nicht ablegen, und sie steckten Fahrgelder ein – ich meine, sie bestahlen die Eisenbahngesellschaft.

Es gab kaum einen Ritter im ganzen Land, der nicht einer nützlichen Beschäftigung nachging. Sie zogen von einem Ende des Landes zum anderen in allen möglichen nutzbringenden Missionen; ihr Hang zum Vagabundieren und ihre Erfahrung darin machten sie zu den erfolgreichsten Verbreitern der Zivilisation, die wir hatten. Sie gingen erzgekleidet und mit Schwert und Lanze und Kampfbeil ausgerüstet, und wenn sie jemand nicht überzeugen konnten, eine Nähmaschine auf Abzahlung zu erwerben oder ein Harmonium oder einen Stacheldrahtzaun oder ein Abstinenzlerjournal oder irgendein anderes von den tausendundeinen Dingen, für die sie reisten, dann erschlugen sie ihn kurzerhand und zogen weiter.

Ich war sehr glücklich. Alles entwickelte sich langsam dem heimlich ersehnten Ziel entgegen. Mir gingen zwei Pläne im Kopf herum, die größten meiner Projekte. Der eine war der Sturz der katholischen Kirche und die Einführung des protestantischen Glaubens auf ihren Trümmern – nicht als Staatskirche, sondern nach der Losung ›Jeder nach seinem Geschmack‹. Das andere Projekt war die Vorbereitung eines Erlasses, der die Einführung des allgemeinen Wahlrechts nach Artus' Tod befahl, für Männer und Frauen in gleicher Weise. Auf jeden Fall für alle Männer, ob klug oder nicht, und alle Mütter, die in mittlerem Alter doch beinahe so klug sein sollten wie ihre einundzwanzigjährigen Söhne. Artus würde noch ungefähr dreißig Jahre leben, denn er war so alt wie ich – vierzig –, und ich glaubte, daß ich in der Zeit leicht den aktiven Teil der Bevölkerung bereit und begeistert auf der Seite einer Neuerung haben würde, die erstmalig in der Weltgeschichte ohne Blutvergießen die Regierungsform veränderte. Das Ergebnis sollte eine Republik sein. Nun, warum soll ich es nicht gestehen, obwohl mich der Gedanke daran beschämt: In mir regte sich ein sehnsüchtiges Verlangen, selbst ihr erster Präsident zu sein. Ja, es war doch recht viel Menschliches in mir, ich erkannte es selbst.

Clarence stimmte meinen Revolutionsplänen zu, allerdings in gemilderter Form. Ihm schwebte eine Republik ohne privilegierte Stände vor, aber mit einem erblichen Königtum an der Spitze statt einer gewählten Zentralbehörde. Er glaubte, daß keine Nation, die je die Lust der Anbetung einer königlichen Familie genossen hat, ihrer beraubt werden kann, ohne dahinzusiechen und an Schwermut zu verenden. Ich bewies ihm, daß Könige gefährlich wären. Er sagte: »Dann nehmen wir Katzen.« Er war sicher, daß eine königliche Familie von Katzen dem Zweck vollauf entspräche. Katzen wären so nützlich wie irgendeine Dynastie, sie waren genauso klug, sie hatten die gleichen Tugenden und Schwächen, die gleiche Neigung, sich mit anderen königlichen Katzen herumzubalgen. Sie waren lachhaft eitel und dumm und sich dessen nie bewußt, und vor allem äußerst billig zu halten. Schließlich hätten sie ein ebenso tiefbegründetes göttliches Recht wie jedes andere Königshaus, und ›Ka-

ter VII.‹ oder ›Kater XI.‹ oder ›Kater XIV. von Gottes Gnaden‹ würde genausogut klingen wie die Titel der gewöhnlichen königlichen Kater in Seidenhosen. »Und in der Regel«, sagte er in seinem angenehmen modernen Englisch, »ist der Charakter der Katzen wesentlich besser als der Charakter des Durchschnittskönigs, und das wäre ein ungeheurer moralischer Vorteil für die Nation, da eine Nation ihre Sitten stets nach denen des Monarchen formt. Da die Vergötterung des Königtums auf Unvernunft beruht, würden all die graziösen und harmlosen Katzen leicht so geheiligt werden wie irgendeine andere Fürstlichkeit, und tatsächlich sogar mehr, denn man würde rasch bemerken, daß sie niemand köpfen, niemand hängen, niemand einkerkern, keine Grausamkeiten und Ungerechtigkeiten irgendwelcher Art begehen und daher tiefere Liebe und Verehrung verdienen als die gebräuchlichen menschlichen Könige. Die Augen der ganzen geknebelten Welt wären bald auf dieses humane und sanfte System gerichtet, und die königlichen Schlächter würden bald verschwinden müssen; ihre Untertanen würden die vakanten Posten mit jungen Kätzchen unseres eigenen Königshauses besetzen. Eine Fabrik sollten wir einrichten, wir sollten die Throne der Welt beliefern, innerhalb von vierzig Jahren würde ganz Europa von Katzen regiert werden, und wir würden sie liefern. Die Herrschaft des allgemeinen Friedens würde dann beginnen und nie mehr enden – Miiiiiiiiauauauauauauauau – fst! – uau!«
Verdammt auch, ich glaubte, er sprach im Ernst, und ließ mich schon von ihm überzeugen, als er das Katzengeheul ausstieß und mich damit beinahe niederschlug. Aber er konnte nie ernsthaft sein. Das konnte er einfach nicht. Er hatte sich eine genaue, vollkommen vernünftige und realisierbare Verbesserung der konstitutionellen Monarchie ausgedacht, doch er war zu leichtsinnig, um es zu begreifen oder sich überhaupt darum weiter zu kümmern. Ich wollte ihm gerade einen Rüffel geben, als Sandy hereingestürzt kam, so außer sich vor Schrecken und von Schluchzen halb erstickt, daß sie eine Minute lang keine Worte finden konnte. Ich nahm sie in die Arme, bedeckte sie mit Küssen und sagte beschwörend: »Sprich, Liebling, sprich! Was gibt's?«

Ihr Kopf fiel mir schlaff an die Brust, und sie keuchte fast unhörbar: »Hallo-Amt!«

»Rasch!« rief ich Clarence zu, »telefoniere dem Hofarzt, er möge kommen.«

Zwei Minuten später kniete ich an der Wiege meines Kindes, und Sandy sandte Diener hierhin, dorthin und überallhin, im ganzen Palast herum. Ich erfaßte die Situation beinahe augenblicklich: Diphtherie! Ich beugte mich nieder und flüsterte: »Wach auf, Herzchen! Hallo-Amt!«

Sie öffnete ihre sanften Augen leidend und flüsterte: »Papa!«

Das war ein Trost. Sie war noch lange nicht tot. Ich ließ Schwefelpräparate holen, ich kramte höchstpersönlich den Inhalator hervor; denn ich sitze nicht da mit den Händen im Schoß und warte auf den Doktor, wenn Sandy oder das Kind krank ist. Ich konnte sie beide pflegen und besaß Erfahrung darin. Der kleine Racker hatte einen guten Teil seines kurzen Lebens in meinen Armen verbracht, und oft konnte ich seine Nöte wegschmeicheln und es trotz der Tränen auf den Wimpern zum Lachen bringen, wenn es nicht einmal seiner Mutter gelingen wollte.

Herr Lancelot kam in seiner prächtigsten Rüstung die große Halle entlang, um zum Börsenkomitee zu gehen; er war sein Präsident und bewohnte die ›Furchtbare Belagerung‹, die er Herrn Galahad abgekauft hatte. Das Börsenkomitee setzte sich aus den Rittern der Tafelrunde zusammen, und sie benützten den runden Tisch jetzt für Finanzgeschäfte. Sitze am Tisch kosteten – nun, keiner würde die Zahl glauben, darum ist es sinnlos, sie zu nennen. Herr Lancelot war ein Baisse-Spekulant; er hatte in einer der neuen Eisenbahngesellschaften eine Aufkäuferclique arbeiten lassen und wollte heute die Blankoverkäufer ein bißchen in die Zange nehmen. Aber wozu das? Er war und blieb der alte Lancelot; als er einen Blick hereinwarf – er ging gerade an der Tür vorbei – und bemerkte, daß sein Liebling krank war, genügte ihm das: Baisse-Spekulanten und Hausse-Spekulanten mochte seinetwegen für heute der Kuckuck holen; er trat sofort ein, um mit bestem Vermögen der kleinen ›Hallo-Amt‹ beizustehen. Nachdem er seinen

Helm in die Ecke geworfen hatte, setzte er in einer halben Minute einen neuen Docht in die Spirituslampe und brachte den Inhalator. Sandy hatte gerade einen Baldachin aus Bettdecken gebaut, und alles war zum Inhalieren bereit.

Herr Lancelot heizte den kleinen Apparat an, er und ich füllten Kessel mit ungelöschtem Kalk und Karbolsäure unter Beimischung einer Spur Milchsäure, gossen dann den Behälter voll Wasser und steckten das Mundstück unter den Baldachin. Alles war startklar, und wir setzten uns zu beiden Seiten der Wiege zur Krankenwache. Sandy war so dankbar und glücklich, daß sie zwei Pfeifenköpfe mit Weidenbast und Sumachtabak für uns stopfte und uns einlud, nach Herzenslust zu rauchen, denn der Rauch könnte ja nicht unter den Baldachin dringen, und sie war ans Rauchen gewöhnt. Die erste Dame des Landes, die jemand hatte Tabak paffen sehen. Nun, man konnte sich schwerlich einen zufriedeneren und gemütlicheren Anblick denken als Herrn Lancelot in seiner edlen Rüstung, in gnädiger Heiterkeit am Ende einer schneeweißen Tonpfeife von einem Meter Länge. Er war ein schöner Mann, ein liebenswürdiger Mann und wie dazu geschaffen, Frau und Kinder glücklich zu machen. Aber natürlich, Ginover – und dennoch: Glücklich ist, wer vergißt, was nicht mehr zu ändern ist!

Er wechselte sich mit mir in der Krankenwache ab, die ganze Zeit, drei Tage und drei Nächte, bis das Kind außer Gefahr war. Dann nahm er es in seine starken Arme und küßte es. Seine Helmfedern fielen ihm um das goldene Köpfchen. Darauf legte er es sanft zurück in Sandys Schoß und schritt majestätisch von hinnen, die große Halle hinunter, zwischen den Reihen von bewundernden Waffenträgern und dem Gesinde hindurch, und verschwand. Und keine Ahnung sagte mir, daß ich ihn nie im Leben wiedersehen sollte. Großer Gott, wie ist die Welt ein Jammertal!

Die Ärzte sagten, das Kind brauche Luftveränderung, wenn es wieder ganz zu Kräften kommen solle. Und es brauche Seeluft. Wir nahmen also ein Kriegsschiff und zweihundertsechzig Personen Gefolge und kreuzten hin und her. Vierzehn Tage später landeten wir an der französischen Küste, und die Ärzte meinten, es wäre ganz gut, hier eine Weile zu bleiben. Der kleine König des Gebiets bot uns Gastfreundschaft, und wir nahmen sie dankbar an. Wenn er soviel Bequemlichkeit hätte anbieten können, wie ihm fehlte, wären wir sehr behaglich untergebracht worden; wie dem auch war, unter den gegebenen Umständen fühlten wir uns durchaus wohl in seiner komischen alten Burg, mit Hilfe des Komforts und der Luxusartikel vom Schiff.

Nach einem Monat schickte ich das Fahrzeug um Nachschub und Neuigkeiten nach Hause. Wir erwarteten es in drei bis vier Tagen zurück. Neben anderen Nachrichten sollte es das Ergebnis eines bestimmten Experiments bringen, das ich begonnen hatte. Es war ein Plan, die Turniere durch etwas zu ersetzen, das ein Ventil für den Überdruck an Kraft der Ritterschaft bildete, was diese Hengste beschäftigte und am Unfugstiften hinderte, während gleichzeitig ihr bester Charakterzug erhalten blieb – ihre Ausdauer und ihr kämpferischer Ehrgeiz. Ich hatte seit einiger Zeit eine Probemannschaft insgeheim trainieren lassen, und der Tag ihres ersten öffentlchen Auftretens rückte näher.

Das Experiment hieß Baseball. Um es von Anfang an gesellschaftsfähig zu machen und über jede Kritik zu erheben, wählte ich die beiden Neunen nach gesellschaftlicher Stellung und nicht nach Können aus. In beiden Mannschaften gab es keinen, der nicht ein regierender Fürst war. An Material von der Sorte war in Artus' Nähe stets Überfluß. In keine Richtung konnte man einen Ziegelstein werfen, ohne einem König die Knochen zu brechen. Ich konnte die Burschen natürlich nicht dazu bewegen, ihren Panzer abzulegen; sie trugen ihn ja sogar beim Baden, aber sie erklärten sich bereit, die Rüstungen so zu kennzeichnen, daß man eine Mannschaft von der anderen unterscheiden konnte, das war aber das Äußerste, was ich erreichte. So trug die eine Mannschaft Harnische aus Kettengewebe und die andere Plattenpanzer aus meinem neuen Bessemerstahl. Alles, was ich an Phantastischem je gesehen habe, wurde von ihrem Training in den Schatten gestellt. Da sie ballfest waren, wichen sie nie aus, sondern standen still und warteten auf den Aufprall. Wenn ein Bessemer dran war und ein Ball ihn traf, prallte der manchmal bis zu einhundertfünfzig Metern zurück. Und wenn einer lief und sich auf den Bauch warf, um ins Mal zu schlittern, sah er aus wie ein einlaufendes Panzerschiff. Zuerst benannte ich Leute ohne Rang und Titel für die Funktion des Schiedsrichters; aber ich mußte davon wieder Abstand nehmen. Die Burschen waren genauso aufsässig gegen jeden Schiedsrichterpfiff wie andere Neunen. Die erste Entscheidung des Unparteiischen war gewöhnlich auch seine letzte. Sie schlugen ihn mit einem Schlagholz zu Brei, und seine Freunde lasen die Fetzen auf einer Bahre zusammen. Als sich erwies, daß kein Schiedsrichter ein Spiel überlebte, wurde das Amt sehr unbeliebt. Deshalb mußte ich einen ernennen, dessen Rang und hohe Stellung bei der Regierung ihn schützten.

Hier sind die Namen der Mannschaften:

Bessemers:

König Artus
König Loth von Lothian
König von Nordgälien
König Marsil
König von Klein-Britannien
König Labor
König Pellan von Listengese
König Bagdemagus
König Tollemse la Feintes

Ulsters:

Kaiser Lucius
König Logris
König Marhalt von Irland
König Morganor
König Mark von Cornwall
König Nentres von Garlot
König Meliodas von Liones
König vom See
Der Sowdan von Syrien

Schiedsrichter: Clarence.

Das erste öffentliche Wettspiel würde sicherlich 50 000 Menschen anziehen, und als ein vortrefflicher Spaß hätte es eine Reise um die Welt verlohnt. Alles stand günstig; es herrschte ein mildes und schönes Frühlingswetter, und die Natur war ganz in frisches Grün gekleidet.

Plötzlich wurde meine Aufmerksamkeit von dergleichen abgelenkt: unser Kind war wieder krank, und wir mußten bei ihm wachen, denn sein Zustand war bedenklich. Wir wollten uns dabei von niemandem helfen lassen und lösten einander tagein, tagaus in der Krankenwache ab. Ach, Sandy, welch rechtschaffenes Herz sie hatte, wie einfach und ursprünglich und gut sie war! Sie war eine mustergültige Gattin und Mutter; und doch hatte ich sie nur geheiratet, weil sie mir nach Ritterbrauch angehörte, bis ein anderer Ritter sie im Waffengang mir abgewann. Sie hatte ganz Britannien nach mir durchstreift; hatte mich endlich bei dem Henkerfest vor London gefunden und sofort seelenruhig und wie selbstverständlich ihren alten Platz an meiner Seite wieder eingenommen. Ich war ein Neuengländer, und meiner Meinung nach würde diese Art Kameradschaft sie früher oder später bloßstellen. Sie sah das nicht ein, und ich brach die Diskussion ab und heiratete sie.
Damals wußte ich nicht, daß ich das große Los gezogen hatte, und doch war es so. Innerhalb Jahresfrist war ich ihr Verehrer, und unsere Kameradschaft war die liebevollste und vollkommenste, die es je gab. Man erzählt von schönen Freundschaften zwischen zwei Menschen gleichen Geschlechts. Aber was ist selbst die beste Freundschaft dieser Art, verglichen mit der zwischen Mann und Frau, wenn die reinsten Gefühle und höchsten Ideale beider übereinstimmen? Man kann die beiden Arten Freundschaft nicht vergleichen; die eine ist irdisch, die andere himmlisch.
In meinen Träumen wanderte ich zuerst noch dreizehn Jahrhunderte weit fort, und mein ruheloser Geist fragte und horchte hin und wider in den verstummten Einsamkeiten einer entschwundenen Welt. Viele Male hörte Sandy im Schlaf einen flehenden Ruf von mir. Mit einer Großzügigkeit ohnegleichen übertrug sie ihn auf unser Kind, weil sie glaubte, daß es der Name einer verlorenen Liebe war. Es rührte mich zu Tränen und brachte mich ganz aus dem Gleichgewicht, als sie zu mir emporlächelte und, den wohlverdienten Dank erwartend, ihre sonderbare kleine Überraschung vorbrachte: »Der Name

einer, die dir teuer war, ist jetzt in unserem Kind geheiligt, und seine Musik wird für immer in unseren Ohren klingen. Jetzt sollst du mich küssen, weil du weißt, welchen Namen ich unserem Kind gegeben habe.«
Aber ich wußte gar nichts. Ich hatte keine Ahnung; doch wäre es grausam gewesen, das einzugestehen und ihr hübsches Spiel zu verderben. So ließ ich mir nichts anmerken, sondern sagte: »Ja, ich weiß, Liebste – wie lieb und gut das von dir ist! Aber ich möchte deine kleinen Lippen, die auch die meinen sind, ihn zuerst sprechen hören – dann wird sein Wohllaut vollkommen sein.«
Selig flüsterte sie: »Hallo-Amt!«
Ich lachte nicht – dafür werde ich mir immer dankbar bleiben –, aber die Anstrengung, es nicht zu tun, verrenkte mir alle Gelenke, und noch wochenlang hörte ich beim Gehen meine Knochen davon knacken. Sie fand das Mißverständnis nie heraus. Als sie zum erstenmal den Gruß am Telefon gebrauchen hörte, war sie überrascht und nicht sehr erbaut. Aber ich erzählte ihr, ich hätte angeordnet, daß von jetzt an und für alle Zeiten das Telefon stets mit dieser ehrerbietigen Formel beschworen werden müßte, zu ewiger Ehre und in Erinnerung an meine verlorene Freundin und ihre kleine Namensschwester. Das war nicht wahr, aber es erfüllte seinen Zweck.
Nun, zweieinhalb Wochen lang wachten wir an der Wiege, und in unserem tiefen Kummer kümmerten wir uns um nichts außerhalb des Krankenzimmers. Dann wurden wir belohnt; der Mittelpunkt der Welt überstand die Krise, und es ging aufwärts. Dankbarkeit? Das ist nicht das richtige Wort dafür. Es gibt kein Wort dafür. Das weiß jeder, der einmal sein Kind bewacht hat, wie es durch das Tal des Schattens glitt und zum Leben zurückkehrte und mit einem alles erhellenden Lächeln die Nacht von der Erde fegte.
Und wir waren schnell wieder auf dieser Welt! Im selben Moment sah jeder den furchtbaren Gedanken im Blick des anderen: mehr als zwei Wochen waren vergangen, und das Schiff stand noch aus!
Eine Minute später erschien ich vor meinem Gefolge. Es war die ganze Zeit von bösen Ahnungen erfüllt gewesen – das las ich auf den Gesichtern. Ich rief ein paar

Begleiter herbei, und wir galoppierten zu einer fünf Meilen entfernten Hügelkuppe, von der man die See übersah. Wo war mein großartiger Handel geblieben, der noch kürzlich die glitzernden Flächen mit Scharen von weißbeflügelten Seglern so herrlich bevölkert hatte? Verschwunden bis auf den letzten Mast! Kein Segel, von Horizont zu Horizont, keine Rauchfahne – nur eine tote und leere Öde an der Stelle des früheren behenden und beschwingten Lebens.

Ich kam schnell zurück, ohne jemandem ein Wort zu sagen. Ich erzählte Sandy die unheimliche Neuigkeit. Wir konnten uns keine Erklärung geben, die auch nur einen Fingerzeig gegeben hätte. Hatte eine Invasion stattgefunden? Ein Erdbeben? Die Pest? War die Nation ausgetilgt? Aber raten war nutzlos. Ich mußte reisen – sofort. Ich lieh mir die Flotte des Königs – ein ›Schiff‹, nicht größer als eine Dampfschaluppe – und war bald seeklar.

Der Abschied – ja, der war schwer. Als ich das Kind noch einmal mit Küssen bedeckte, erwachte es und stammelte seinen kleinen Wortschatz! Das erstemal seit mehr als zwei Wochen, und wir waren rein närrisch vor Freude. Ach, das entzückende Kauderwelsch des Kindes! Nein, es gibt nichts, was ihm an Musik gleichkommt, und wie schwer es einem ums Herz wird, wenn es verschwindet und sich in korrekte Sprache verhärtet – um nie wiederzukehren. Wie gut es tat, diese liebliche Erinnerung mit mir nehmen zu können.

Am nächsten Morgen kam die Küste von England in Sicht. Die breite Straße aus Salzwasser gehörte mir ganz allein. Im Hafen von Dover lagen Schiffe, aber ohne Segel, und kein Leben zeigte sich auf ihnen. Es war Sonntag; aber in Canterbury waren die Straßen leer. Das Sonderbarste: man sah nicht einmal einen Priester, und keine Glocke klang an mein Ohr. Wie Todestrauer lag es über allem. Ich konnte es nicht verstehen. Schließlich traf ich am äußersten Stadtrand einen kleinen Leichenzug: eine Familie und nur ein paar Freunde hinter einem Sarg; kein Priester, ein Begräbnis ohne Glocken, Bibel oder Kerze. Eine Kirche war in nächster Nähe, aber die Trauernden wankten weinend vorbei und traten nicht ein. Ich schaute zum Glockenturm empor, und dort hing die Glocke, schwarzumhüllt mit festgebundenem Klöppel. Jetzt wußte ich, was geschehen war! Jetzt verstand ich die schreckliche Not, die England getroffen hatte. Invasion? Eine Invasion ist ein Kinderulk dagegen. Es war der Kirchenbann!

Ich fragte nicht, brauchte nicht zu fragen. Die Kirche hatte zugeschlagen; jetzt war es nötig für mich, unterzutauchen und auf der Hut zu sein. Einer meiner Diener gab mir seinen Anzug, und als wir außerhalb der Stadt in Sicherheit waren, zog ich ihn an und reiste von da an allein. Ich konnte es nicht riskieren, durch die Zahl meiner Begleiter aufzufallen.

Eine elende Reiserei. Überall trostloses Schweigen. Sogar in London. Kein Verkehr, niemand sprach, niemand lachte, die Menschen gingen nicht mehr in Gruppen, nicht einmal zu Paaren. Man wanderte ziellos umher, jeder allein, mit hängendem Kopf, mit Weh und Schrecken im Herzen. Der Tower zeigte frische Kampfspuren. Fürwahr, viel mußte sich ereignet haben.

Ich wollte natürlich den Zug nach Camelot nehmen. Zug! Der Bahnhof war so leer wie eines Fürsten Hirn. Ich ging weiter. Auf dem Weg nach Camelot traf ich alles wieder, was ich schon gesehen hatte. Der Montag und der Dienstag glichen dem Sonntag aufs Haar. Ich kam spät nachts an. Früher war Camelot die elektrisch am besten erleuchtete Stadt des Königreiches und wie eine ruhende Sonne gewesen – jetzt war es einfach ein Fleck, ein Fleck auf der Dunkelheit, das heißt, dunkler und dichter als die übrige Dunkelheit. Dadurch war es eher zu erkennen. Und ich glaubte vor einem Symbol zu stehen – einem Zeichen dafür, daß die Kirche jetzt Sieger bleiben und all meine schöne Zivilisation wie ein Kerzenlicht ausblasen würde. In den düsteren Straßen regte sich kein Leben. Mit schwerem Herzen tastete ich mich weiter. Das gewaltige Schloß ragte finster auf der Höhe, kein Fünkchen erhellte es. Die Zugbrücke war heruntergelassen, das große Tor stand weit offen, ich trat ein, ohne angerufen zu werden, meine eigenen Schritte waren der einzige Ton, den ich hörte – und in den riesigen leeren Höfen fühlte man sich wie in einer Gruft.

Krieg

Ich fand Clarence allein in seinen Räumen, in Trübsinn versunken; statt des elektrischen Lichts hatte er die altertümliche Tranfunzel wieder hervorgeholt und saß in einem gräßlichen Zwielicht hinter zugezogenen Vorhängen. Er sprang auf und stürzte mir freudig entgegen: »Oh, es ist eine Milliarde Reis wert, wieder einen lebendigen Menschen zu sehen.«

Er erkannte mich trotz meiner Verkleidung sofort, was mich sehr erschreckte.

»Schnell jetzt, erzähl mir, wie das scheußliche Unglück über euch kam«, sagte ich. »Wie konnte es geschehen?«

»Ja, wenn es keine Königin Ginover gegeben hätte, wäre es nicht so früh gekommen; aber gekommen wäre es auf jeden Fall. Euretwegen hätte es kommen müssen; es ist ein glücklicher Zufall, daß es wegen der Königin geschah.«

»Und Herrn Lancelots wegen, nicht wahr?«

»Ganz richtig.«

»Erzähl mir die Einzelheiten.«

»Ihr werdet wohl zugeben, daß seit einigen Jahren im Königreich nur ein einziges Augenpaar die Königin und Herrn Lancelot nicht scheel ansahen . . .«

»Stimmt, das des Königs Artus.«

». . . und nur ein Herz, das keinen Verdacht hegte . . .«

»Ja, das des Königs; ein Herz, unfähig, von einem Freund Böses zu denken.«

»Nun ja, der König hätte so weiterleben können, glücklich und ahnungslos, bis ans Ende seiner Tage, wäre nicht eine Eurer neuzeitlichen Verbesserungen dazwischengekommen – die Börse. Als Ihr abreistet, waren drei Meilen der Bahn London–Canterbury–Dover schienenfertig und damit reif für Börsenmanipulationen. Es war ein Schwindel, und jeder wußte es. Die Aktien wurden zu einem Schleuderpreis abgegeben, und was tut Herr Lancelot?«

»Ja, ich weiß; er kaufte ruhig fast alle für ein Butterbrot, dann kaufte er noch ungefähr doppelt soviel auf Abruf, und als ich reiste, war er gerade dabei, sie abzurufen.«

»Ganz recht, er rief ab. Die Burschen konnten sie nicht liefern. Ha, er hatte sie am Kragen – und er packte fest zu und triezte sie tüchtig. Sie hatten sich wegen ihrer vermeintlichen Gerissenheit ins Fäustchen gelacht, als sie ihm Aktien, die auf weniger als zehn standen, zu fünfzehn und sechzehn verkauften. Na, und jetzt verging ihnen das Lachen. Nämlich, als sie sich mit dem Unbesiegbaren auf einen Kurs von zweihundertdreiundachtzig einigen mußten!«

»Au, verflucht!«

»Er zog ihnen das Fell über die Ohren, und es geschah ihnen recht; darüber freute sich das ganze Königreich. Na, und unter den Geschundenen befanden sich die Herren Agravain und Mordred, Neffen des Königs. Ende des ersten Akts. Zweiter Akt, erster Auftritt: Gemach im Schloß von Carlisle, wohin sich der Hof auf ein paar Tage zur Jagd begeben hatte. Anwesende Personen: der ganze Neffenstall des Königs. Mordred und Agravain schlagen vor, die Aufmerksamkeit des arglosen Artus auf Ginover und Herrn Lancelot zu lenken. Die Herren Gawain, Gareth und Gaheris wollen nichts damit zu tun haben. Eine laute Auseinandersetzung folgt, der König platzt mitten hinein. Mordred und Agravain lassen ihre vernichtende Geschichte auf ihn los. Szenenwechsel. Auf königlichen Befehl wird Lancelot eine Falle gestellt, und Herr Lancelot geht in die Falle. Er heizte den auflauernden Zeugen tüchtig ein – nämlich Mordred, Agravain und zwölf Rittern niederen Ranges – außer Mordred brachte er sie alle um, aber natürlich glich das die Rechnung zwischen Lancelot und dem König nicht aus.«

»Lieber Himmel, nur eins konnte das Ergebnis sein, das seh ich ein: Krieg – und die Ritter des Reiches gespalten in eine Königspartei und eine des Herrn Lancelot!«

»Ja, so ist es gekommen. Der König schickte die Königin auf den Scheiterhaufen, er hatte vor, sie durch Feuer zu läutern. Lancelot und ihre Ritter retteten sie und erschlugen dabei zahlreiche alte Freunde von Euch und mir – tatsächlich einige der Besten, die wir je hatten, nämlich Herrn Belias den Stolzen, Herrn Segwarides, Herrn Griflet den Gottessohn, Herrn Brandiles, Herrn Agloval . . .«

»Oh, du reißt mir das Herz aus dem Leibe.«

». . . warte, ich bin noch nicht fertig – Herrn Tor, Herrn Gauter, Herrn Gillimer . . .«

»Den besten Mann meiner Mannschaft. Was für ein wendiger Rechtsaußen er war!«
»Die drei Brüder des Herrn Reynold, Herrn Damos, Herrn Priamus, Herrn Kay, den Fremdling . . .«
»Meinen unerreichten Fänger von kurzen Bällen! Ich habe gesehen, wie er einen Bodenrutscher mit den Zähnen schnappte. Hör auf, das überleb ich nicht!«
». . . Herrn Driant, Herrn Lambegus, Herrn Herminde, Herrn Pertilop, Herrn Perimones und – wen glaubt Ihr noch?«
»Schnell! Mach zu!«
»Herrn Gaheris und Herrn Gareth – beide!«
»Oh, nicht möglich! Ihre Liebe zu Lancelot war doch unzerstörbar!«
»Ja, es war ein Irrtum. Sie waren nur Zuschauer; sie waren unbewaffnet und wollten der Bestrafung der Königin beiwohnen. Herr Lancelot schlug jedoch in blinder Wut jeden nieder, der ihm in den Weg kam, und tötete sie, ohne sie zu erkennen. Hier ist eine Momentaufnahme, die einer unserer Reporter gemacht hat; man kann sie an jedem Zeitungskiosk kaufen. Da – die Schemen nächst der Königin sind Herr Lancelot mit gezogenem Schwert und Herr Gareth, der gerade sein Leben aushaucht. Du kannst die Herzensangst im Gesicht der Königin durch den kräuselnden Rauch erkennen. Es ist ein unübertreffliches Schlachtbild!«
»Tatsächlich, das ist's. Wir müssen es gut aufbewahren; sein historischer Wert ist unabschätzbar. Erzähl weiter!«
»Nun, der Rest der Geschichte ist Krieg, nichts als Krieg. Lancelot zog sich in seine Stadt und Burg ›Freudige Wache‹ zurück und sammelte dort eine zahlreiche Gefolgschaft von Rittern. Der König rückte mit einem starken Haufen unter die Mauern der Burg, und mehrere Tage lang wurde verzweifelt gekämpft. Nach der letzten Schlacht war die ganze Ebene mit Leichen und Eisenschrott gepflastert. Dann flickte die Kirche einen Frieden zusammen zwischen Artus, Lancelot und der Königin und jedermann – jedem außer Herrn Gawain. Der war verbittert, weil seine Brüder Gareth und Gaheris erschlagen waren, und wollte sich nicht zufriedengeben. Er forderte Lancelot auf, sich von hinnen zu begeben und sich recht intensiv auf einen baldigen Angriff vorzu-

bereiten. So segelte Lancelot mit seiner Gefolgschaft zu seinem Herzogtum Guienne, und Gawain folgte ihm mit einem Heer auf den Fersen und beredete Artus, mit ihm zu ziehen. Artus ließ das Königreich in Herrn Mordreds Händen, bis zu Eurer Rückkunft.«

»Ah, die übliche Weisheit eines Königs!«

»Ja, Herr Mordred ging sofort ans Werk, seine Regentschaft zum Dauerzustand zu wandeln. Als ersten Schritt auf diesem Wege wollte er Ginover heiraten, aber sie floh und schloß sich im Tower von London ein. Mordred griff an, und der Bischof von Canterbury schlug ihn mit dem Kirchenbann. Der König kehrte zurück; Mordred kämpfte gegen ihn bei Dover, bei Canterbury und noch einmal in den Hügeln von Barham. Dann war von Frieden und Versöhnung die Rede. Die Bedingungen lauteten: Mordred sollte Cornwall und Kent zu Artus' Lebzeiten erhalten und danach das ganze Königreich.«

»Na, das schlägt dem Faß den Boden aus! Meine Sehnsucht nach einer Republik soll wohl ein Traum bleiben?«

»Ja. Die beiden Heere lagen bei Salisbury. Gawain – sein Kopf befindet sich in der Burg von Dover, dort fiel er im Kampf –, Gawain erschien Artus im Traum, wenigstens sein Geist, und mahnte ihn, einen Monat lang vom Kampf abzustehen, was auch immer die Verzögerung koste. Aber die Schlacht brach durch einen Zufall vorzeitig aus. Artus hatte den Befehl erlassen, wenn während der Verhandlungen über den Friedensvertrag mit Mordred ein Schwert gezogen würde, das Kriegshorn zu blasen und anzugreifen; denn er traute Mordred nicht. Mordred hatte seinen Leuten einen ähnlichen Befehl gegeben. Na, schon biß eine Kreuzotter einen Ritter in die Fersen; der Ritter vergaß den Befehl und schlug mit dem Schwert nach der Otter. Eine halbe Minute später stießen die beiden Riesenheere krachend aufeinander: Sie schlachteten sich gegenseitig den ganzen Tag. Dann wurde der König . . . aber wir haben, seit Ihr fort seid, in unserer Zeitung etwas Neues angefangen.«

»Und das ist?«

»Kriegsberichterstattung!«

»Großartig.«

»Ja, die Zeitung steigerte ihre Auflage dadurch unermeßlich, denn der Kirchenbann machte keinen besonderen Eindruck; er ging den Leuten nicht an die Nieren, solange der Krieg anhielt. Ich hatte Kriegsberichterstatter auf beiden Seiten. Ich will meine Schlachtschilderung beenden, indem ich Euch vorlese, was einer der Jungen schreibt:

Dann blickte der König sich um und ward gewahr, daß von seinem ganzen Heer und all seinen guten Rittern nur noch zwei unter den Lebenden weilten, das war Herr Lucan de Butlere mit seinem Bruder, Herrn Bediver: und beide waren sehr schwer verwundet. Um aller Welt Barmherzigkeit, rief der König, was ist aus all meinen edlen Rittern geworden? Ach, daß ich je den kummerreichen Tag erleben mußte. Denn jetzt, sagte Artus, nahet sich mein Ende. Aber wollte Gott, daß ich erführe, wo jener Verräter, Herr Mordred, steht, der all das Unheil angestiftet hat. Da nahm König Artus es wahr, wo Herr Mordred sich inmitten eines großen Haufens toter Männer auf sein Schwert stützte. Nun reiche mir meinen Speer, sprach Artus zu Herrn Lucan, denn dort habe ich den Verräter erspäht, der all unseres Leides Ursache ist. Herr, laßt ihn, sagte Herr Lucan, denn er ist unglücklich; und so Ihr den heutigen Unglückstag übersteht, werdet Ihr wohl an ihm gerächt sein. Edler Herr, Eures Traumes erinnert Euch und was Euch Herrn Gawains Geist verhieß; doch Gott hat Euch in seiner großen Güte bis hierher noch bewahrt. Darum steht um Gottes Gnade von dem dort ab, mein Herr. Durch den Segen Gottes habt Ihr das Feld gewonnen: denn hier sind wir drei am Leben, aber bei Herrn Mordred lebt keiner mehr. Und so Ihr jetzt aufhört, ist der verderbliche Schicksalstag vergangen. Falle mir Tod oder Leben zu, sprach der König, nun ich ihn dort allein sehe, soll er meinen Händen nicht entrinnen, denn niemals werde ich also günstig treffen. Gott schütze Euch, sprach Herr Bediver. Dann packte der König den Speer in beide Hände und rannte gegen Herrn Mordred an und rief: Verräter! Jetzt ist die Stunde deines Todes gekommen! Und als Herr Mordred Herrn Artus hörte, lief er ihm mit gezücktem Schwert entgegen. Und dann stieß König Artus Herrn Mordred seine Speerspitze unter dem Schilde mehr als klaftertief in den Leib. Und als Herr Mordred fühlte, daß er seine Todeswunde empfangen, warf er sich mit aller Kraft, die noch in ihm war, gegen den Schaft von

König Artus' Speer. Und so schwang er sein Schwert mit beiden Händen und schlug seinem Vater Artus auf den Kopf, daß es durch Helm und Hirnschale drang, und gleichzeitig fiel Herr Mordred gänzlich tot zur Erde. Und der edle Artus sank ohnmächtig zu Boden, und oft verlor er noch die Besinnung.«

»Das ist ein lebenswahrer Kriegsbericht, Clarence. Du bist ein erstklassiger Redakteur. Aber, ist der König wieder auf den Beinen? Hat er sich erholt?«
»Der arme Kerl – nein, er ist tot.«
Ich war zutiefst erschüttert; er war mir bisher fast unverwundbar erschienen.
»Und die Königin, Clarence?«
»Sie ist Nonne in Almesbury.«
»Wieviel sich verändert hat! Und in so kurzer Zeit. Es ist unvorstellbar. Ich frage mich, was wird uns die Zukunft bringen?«
»Das kann ich Euch sagen.«
»Und das wäre?«
»Den Kopf wagen und durchhalten!«
»Was meinst du damit?«
»Jetzt ist die Kirche Herr. Der Kirchenbann traf Euch so gut wie Mordred; er soll nicht aufgehoben werden, solange Ihr am Leben seid. Die Adelssippen sammeln sich. Die Kirche hat alle Ritter aufgeboten, die noch am Leben sind, und wenn sie Euch erst entdeckt haben, werden wir alle Hände voll zu tun haben.«
»Unsinn! Mit unserem Material zu einer wissenschaftlichen Kriegführung mit dem Ziel der Massenvernichtung; mit unseren Divisionen bestgedrillter . . .«
»Spart Eure Worte. Es sind kaum sechzig Getreue übrig!«
»Was sagst du? Unsere Schulen, unsere Akademien, unsere ausgedehnten Werkstätten, unsere . . .«
»Wenn die Ritter kommen, werden sich all unsere Institute wie von selbst leeren, und sie werden geschlossen zum Feind überlaufen. Bildet Ihr Euch wirklich ein, den Aberglauben aus dem Volk herauserzogen zu haben?«
»Sicher glaubte ich das.«
»Nun, dann müßt Ihr davon freikommen. Sie erfüllten leicht jede Anforderung, bis sie der Kirchenbann traf.

Seitdem täuschen sie ihren Schneid nur noch vor, innerlich aber sind sie verzagt. Ihr müßt auf alle Fälle darauf vorbereitet sein, wenn die Heere der Ritter nahen, wird diese Maske fallen.«
»Verdammt, das sitzt. Wir sind verloren. Sie werden unsere eigene Wissenschaft gegen uns anwenden.«
»Nein, das nicht.«
»Warum denn nicht?«
»Weil ich und eine Handvoll der Getreuen ihnen das Spiel verdorben haben. Ich werde Euch berichten, was ich tat und was mich zu meinem Tun bewog. Ihr habt's zwar hinter den Ohren, aber die Kirche hat es noch dicker dahinter. Sie war es, die Euch auf die Seereise schickte – durch ihre Diener, die Ärzte.«
»Clarence!«
»Es ist die Wahrheit. Ich weiß es. Jeder Offizier auf Eurem Schiff war ein auserwählter Knecht der Kirche und jeder Mann der Besatzung auch.«
»Ach, geh!«
»Es ist, wie ich sage. Ich erfuhr es nicht sofort, aber bald war alles klar. Sandtet Ihr mir eine mündliche Mitteilung durch den Kapitän Eures Schiffes, daß Ihr, nach Rückkehr zu Euch, mit dem Proviant Cadiz verlassen würdet?«
»Cadiz? – Ich war gar nicht in Cadiz!«
»Cadiz verlassen und bis auf weiteres in fernen Gewässern kreuzen wolltet um der Gesundheit Eurer Familie willen? Ließt Ihr mir das ausrichten?«
»Nie im Leben. Und wenn, dann hätte ich geschrieben, das weißt du doch.«
»Natürlich weiß ich das. Ich war ohne Ruhe und mißtrauisch. Als der Kapitän wieder in See stach, schmuggelte ich ihm einen Spion aufs Schiff. Von Schiff und Spion habe ich seither nie mehr etwas erfahren. Ich setzte mir zwei Wochen Frist, von Euch zu hören. Ich hatte mich entschlossen, dann ein Schiff nach Cadiz zu schicken. Aber aus einem triftigen Grund sah ich davon ab.«
»Und warum?«
»Unsere Flotte war plötzlich auf eine geheimnisvolle Art verschwunden! Genauso plötzlich und mysteriös stellten die Eisenbahnen, der Telegraf und das Telefon ihren

Betrieb ein; die Leute liefen alle weg, Telegrafenstangen wurden umgehauen, die Kirche verfluchte und verbot das elektrische Licht! Ich mußte mich dranhalten, und zwar schnellstens. Euer Leben war sicher: niemand im ganzen Königreich außer Merlin würde es wagen, einen Zauberer wie Euch anzutasten, ohne zehntausend Mann hinter sich zu wissen. Ich brauchte also nur dafür zu sorgen, bis zu Eurer Ankunft mit allen Vorbereitungen fertig zu sein. Ich selbst fühlte mich sicher: niemand würde sich sobald an Eurem Liebling vergreifen. Jetzt hört, was ich tat. Ich wählte aus unseren verschiedenen Betrieben alle die Männer – Jungen meine ich –, auf deren Treue ich auch unter den schwierigsten Umständen schwören konnte. Ich rief sie insgeheim zusammen und gab ihnen Anweisungen. Es sind zweiundfünfzig, keiner unter vierzehn und keiner über siebzehn Jahre.«

»Warum suchtest du solche Jungen aus?«

»Weil all die andern in der Luft des Aberglaubens geboren und aufgewachsen sind. Er steckt ihnen in den Knochen. Wir bildeten uns ein, wir hätten sie davon befreit; sie selbst glaubten es auch, aber der Kirchenbann erweckte alles in ihnen aufs neue. Er zeigte ihnen, was sie sind, und mir zeigte er es auch. Mit den Jungen ist es anders. Die im Alter von sieben bis zehn Jahren in unsere Schulen eintraten, hatten mit den Schrecken der Kirche noch keine Bekanntschaft gemacht, und unter ihnen fand ich meine zweiundfünfzig. Als nächstes besuchte ich privat Merlins alte Höhle, nicht die kleine, die große . . .«

»Ja, in der wir heimlich unser erstes großes Elektrizitätswerk einrichteten, als ich ein Wunder plante.«

»Richtig. Und da das Wunder damals nicht notwendig wurde, hielt ich es für einen guten Einfall, das Werk jetzt auszunutzen. Ich habe Lebensmittel für eine Belagerung in die Höhle geschafft.«

»Ein guter Gedanke, ein wunderbarer Gedanke.«

»Das finde ich auch. Ich stellte dort vier unserer Jungen als Wache auf, im Innern, außer Sicht. Niemandem sollte etwas zustoßen, wenn er draußen blieb. Aber jeder Versuch, einzudringen . . . na, wir sagten uns nur: Laßt ihn nur versuchen! Dann ging ich hinaus in die Berge und legte die geheimen Drähte frei, die Euer

Schlafzimmer mit den Sprengkammern unter allen unseren Fabriken, Mühlen, Werkstätten, Magazinen usw. verbinden. Ich schnitt sie ab, und gegen MItternacht ging ich mit meinen Jungen hinaus und schaltete die Drähte mit der Höhle, und niemand außer Euch und mir ahnt, wohin das andere Ende führt. Wir verlegten die Drähte natürlich unterirdisch und hatten die ganze Arbeit in ungefähr zwei Stunden getan. Jetzt brauchen wir unsere Festung nicht zu verlassen, wenn wir die ganze Zivilisation mit einem Schlag in die Luft sprengen wollen.«

»Das war in der Konsequenz die einzig richtige Maßnahme, und unter den veränderten Verhältnissen eine militärische Notwendigkeit. Na, und wie sie sich verändert haben! Wir rechneten damit, eines schönen Tages im Palast belagert zu werden, und jetzt ... macht nichts, weiter.«

»Als nächstes zogen wir einen Drahtzaun.«

»Einen Drahtzaun?«

»Ja. Vor zwei oder drei Jahren machtet Ihr selbst einmal den Vorschlag.«

»Natürlich, ich erinnere mich: als die Kirche zum erstenmal ihre Macht an uns versuchte und es plötzlich doch für weise hielt, auf eine angenehmere Jahreszeit zu warten. Nun, wie hast du den Zaun angelegt?«

»Ich lasse zwölf außerordentlich starke Drähte – blank, nicht isoliert – von einem starken Aggregat in der Höhle ausgehen, dem Aggregat, das nur ein positives und ein negatives Bürstchen hat ...«

»Ja, das ist richtig.«

»Die Drähte gehen von der Höhe aus und zäunen einen Kreis von einhundert Meter Durchmesser ebener Erde ein, sie bilden zwölf voneinander getrennte Zäune, mit zehn Fuß Abstand – das heißt zwölf Kreise ineinander –, und ihre Enden laufen wieder zur Höhle.«

»Gut, weiter.«

»In drei Fuß Abstand stehen starke Eichenpfosten als Zaunpfähle, die ich fünf Fuß tief in den Boden grub.«

»Das ist Qualitätsarbeit.«

»Ja; die Drähte haben keinen Erdkontakt außerhalb der Höhle; sie laufen jeweils vom positiven Bürstchen des Aggregats weg; Erdschluß besteht über dem negativen

Pol; die anderen Ende der Drähte kehren zur Höhle zurück, und jeder ist unabhängig geerdet.«

»Nein, nein, so geht es nicht!«

»Warum nicht?«

»Es ist zu teuer – es verbraucht Energie für nichts und wieder nichts. Man braucht keinen Erdschluß, außer durch das negative Bürstchen. Das andere Ende des Drahtes muß in die Höhle geführt und einzeln festgemacht werden, ohne irgendeinen Erdschluß. Jetzt überlege dir, wieviel man bei der Schaltung spart. Wenn eine Kavallerieabteilung gegen den Zaun jagt, so braucht man keine Energie, verpulvert kein Geld, denn bis die Pferde den Draht berühren, hat der nur Erdkontakt. Im Augenblick, in dem sie ihn berühren, stellen sie einen Kontakt mit dem negativen Bürstchen durch den Boden her und fallen tot um. Verstehst du, was ich meine? Man verbraucht keine Energie, ehe sie gebraucht wird; dein Blitz liegt bereits wie die Granate in der Kanone, aber er kostet keinen Cent, bis man ihn auslöst. Ja, ja, die einfache Erdung . . .«

»Natürlich! Wie konnte ich das nur übersehen. Es ist nicht nur billiger, sondern auch wirkungsvoller als die andere Methode. Denn wenn Drähte brechen oder sich verwickeln, entsteht kein Unglück.«

»Nein, besonders, wenn wir ein Voltmeter in der Höhle haben und die gerissenen Drähte abschalten können. Na, erzähle weiter. Wie steht es mit den Revolverkanonen?«

»Ja, das ist in Ordnung. Im Mittelpunkt des inneren Kreises habe ich eine Batterie von dreizehn Revolverkanonen auf einer geräumigen, sechs Fuß hohen Plattform aufgestellt und viel Munition gelagert.«

»Das laß ich mir gefallen. Sie beherrschen alle Anmarschwege, und wenn die Ritter der Kirche ankommen, wird ihnen aufgespielt. Die Spitzen der Felsklippe über der Höhle . . .«

»Dort habe ich einen Stacheldrahtverhau und außerdem eine Revolverkanone. Sie werden uns keine Felsbrocken aufs Dach werfen.«

»Gut, und wie steht es mit den Glaszylinderdynamitminen?«

»Das ist in Ordnung. Es ist der hübscheste Garten, der je

gepflanzt worden ist: ein vierzig Fuß breiter Gürtel, der sich um den äußeren Zaun herumzieht in einem Abstand von hundert Metern – das Gebiet ist eine Art Niemandsland. Im ganzen Gürtel gibt es nicht einen einzigen Quadratmeter ohne eine Tretmine. Wir legten sie auf die Erdoberfläche und streuten eine Schicht Sand darüber. Es ist ein harmlos aussehendes Fleckchen Erde, aber schickt man jemand hinein und läßt ihn hacken, dann werdet Ihr Euer blaues Wunder erleben.«

»Hast du die Minen geprüft?«

»Na ja, ich wollte gerade, aber . . .«

»Aber was? Nun, ich muß schon sagen, es ist eine unverantwortliche Fahrlässigkeit, wenn man sie nicht . . .«

»Prüft? Ja, ich weiß; aber sie sind in Ordnung; ich legte ein paar auf die Landstraße außerhalb unserer Verteidigungsstellung, und sie wurden geprüft.«

»Oh, das ist etwas anderes. Wer tat das?«

»Ein Kirchenkomitee.«

»Wie freundlich von ihm.«

»Ja. Sie kamen, um uns zur Unterwerfung aufzufordern. Ihr seht, um die Minen auszuprobieren, kamen sie eigentlich nicht, das war reiner Zufall.«

»Erstattete der Ausschuß Bericht?«

»Ja, man konnte ihn meilenweit hören.«

»Einstimmig?«

»Das lag in der Natur der Sache. Später stellte ich ein paar Warnungszeichen auf, zukünftige Komitees zu schützen, und seitdem sind keine ungebetenen Gäste mehr erschienen.«

»Clarence, du hast viel Arbeit geleistet und hast sie ausgezeichnet zu Ende geführt.«

»Wir hatten viel Zeit dazu; es war kein Grund zur Eile.«

Wir saßen eine Weile schweigend und nachdenklich da. Dann war mein Entschluß gefaßt, und ich sagte: »Ja, alles ist bereit, alles ist tipptopp, es fehlt absolut nichts. Ich weiß, was jetzt zu tun ist.«

»Ich auch: Sitzen und abwarten!«

»Nein, mein Herr! Aufstehen und zuschlagen!«

»Meint Ihr es ernst?«

»Und ob ich es ernst meine! Die Verteidigung liegt mir nicht, aber der Angriff. Das heißt, wenn ich ein einigermaßen gutes Blatt in der Hand habe, wenigstens zwei

Drittel so gut wie das der Gegner. O ja, wir werden losschlagen; das ist unser Trumpf.«
»Hundert zu eins, daß Ihr recht habt. Wann beginnt die Vorstellung?«
»Sofort! Wir werden die Republik ausrufen.«
»Na, das dürfte den Gang der Dinge beschleunigen!«
»Es wird unser gutes altes England aufrütteln, sage ich dir! Vor morgen mittag wird es einem aufgescheuchten Hornissennest gleichen, wenn die Hand der Kirche nicht ihre Kunstgriffe verlernt hat – und wir wissen, daß es nicht der Fall ist. Jetzt schreibe, ich werde dir diktieren:

PROKLAMATION

ALLEN KUND UND ZU WISSEN. Da der König gestorben ist und keinen Erben hinterlassen hat, ist es meine Pflicht, die vollziehende Staatsgewalt, die mir durch Gesetz übergeben wurde, so lange auszuüben, bis eine Regierung gebildet worden ist und ihre Arbeit aufgenommen hat. Die Monarchie ist tot, sie existiert nicht mehr. Folglich ist alle politische Macht zu ihrer ursprünglichen Quelle, dem Volk, der Nation, zurückgekehrt. Mit der Monarchie starben auch ihre Begleiterscheinungen, deshalb gibt es keinen Adel, keine privilegierte Klasse, keine Staatskirche mehr; alle Menschen sind völlig gleich geworden; sie stehen auf einer gemeinsamen Stufe, und die Religion ist frei. Hiermit wird eine Republik proklamiert, da sie die natürliche Ordnung einer Nation ist, in der keine andere Obrigkeit mehr herrscht. Es ist die Pflicht des britischen Volkes, sich sofort zu versammeln und Volksvertreter zu wählen, um ihnen die Staatsgewalt zu übertragen.«

Ich unterschrieb ›Der Chef‹ und datierte das Schriftstück aus Merlins Höhle.
Clarence meinte: »Na, das sagt ihnen, wo wir zu finden sind, und fordert sie auf, uns umgehend zu besuchen.«
»So ist's. Wir greifen an mit der Proklamation, dann kommen sie an die Reihe. Nun laß den Aufruf sofort setzen, drucken und anschlagen, das heißt, erteile dazu den Befehl. Und dann, wenn du zwei Fahrräder am Fuß des Hügels zur Hand hast, auf zur Höhle Merlins!«

»Ich werde in zehn Minuten soweit sein. Was für ein Orkan losbrechen wird, wenn das Stück Papier anfängt zu wirken! . . . Es ist doch ein feiner alter Palast . . . Ich frage mich, ob wir jemals wieder . . . Aber das macht nichts.«

Die Schlacht am Sandgürtel

In Merlins Höhle waren Clarence, ich und zweiundfünfzig frische, junge, aufgeweckte, gutunterrichtete britische Burschen von aufrechter Gesinnung. In aller Frühe schickte ich einen Befehl an alle Fabriken und großen Werke, die Arbeit einzustellen und alles Lebende in großer Entfernung in Sicherheit zu bringen, da die Anlagen mittels geheimer Minen in die Luft gesprengt würden, ›und niemand den Zeitpunkt sagen kann. – Verschwindet deshalb sofort!‹ Die Leute kannten mich und wußten, was sie von mir zu halten hatten. Sie würden ihre Arbeitsstätten in großer Eile räumen, und ich konnte den Zeitpunkt der Explosion bestimmen, wie es mir beliebte. Man hätte keinen von ihnen in diesem Jahrhundert bewegen können, zurückzukehren, solange die Explosion drohte.

Wir warteten eine Woche. An Langeweile litt ich nicht, denn ich schrieb die ganze Zeit über. Während der ersten drei Tage verwandelte ich mein altes Tagebuch in die hier vorliegende erzählende Form; es fehlten nur noch ein oder zwei Kapitel, um es aufs laufende zu bringen. Die restlichen Tage verwandte ich, um an meine Frau zu schreiben. Es war immer meine Gewohnheit gewesen, Sandy jeden Tag zu schreiben, wenn wir getrennt waren, und auch hier hielt ich an dieser Gewohnheit fest, weil sie mir lieb war und weil Sandy mir lieb war, obwohl ich mit den Briefen natürlich nichts anfangen konnte, wenn sie erst geschrieben waren. Aber so verging die Zeit, und es war fast wie ein Zwiegespräch; so, als ob ich zu ihr sagte: »Sandy, wenn du und ›Hallo-Amt‹ hier in der Höhle wärt – das wäre fein, leider habe ich jedoch nur eure Fotografien bei mir!« Und dann stellte ich mir unsere Kleine vor, wie sie als Antwort gurrte, die Fäustchen im Mund, quer über den Schoß der Mutter gestreckt, die sie anlachte und bewunderte und vergötterte. Die sie dann und wann am Kinn kitzelte, um sie zum Lachen zu bringen, und mir vielleicht auch ein Wort gönnte und so weiter. Stundenlang konnte ich dort in der Höhle sitzen, meine Feder in der Hand, und mit den beiden mich unterhalten. Ja, es war beinahe, als ob wir alle beisammen wären.

Ich hatte natürlich jede Nacht Kundschafter draußen, um Nachrichten zu bekommen. Jeder Bericht ließ die Situation klarer werden. Die feindlichen Heere strömten wie Aprilregen zusammen; auf allen Straßen und Gassen Englands ritten die Ritter, und mit ihnen ritten Priester, um ihre ersten Kreuzfahrer aufzupulvern: denn dies war der Krieg der Kirche. Der gesamte Adel, hoher und niederer, war auf den Beinen und die ganze Oberschicht. So hatten wir es ja auch erwartet. Wir mußten unter der hohlköpfigen Oberschicht sowieso aufräumen, um das Volk mit seiner Republik zum Zuge kommen zu lassen, und dann . . .

Ach, was war ich doch für ein Esel! Gegen Ende der Woche überfiel mich die folgende große und ernüchternde Tatsache: Die Mehrzahl der Nation wird etwa vierundzwanzig Stunden die Mützen schwenken und die Republik hochleben lassen, und damit genug! Die Kirche, die Adligen, die oberen Stände runzelten dann sehr erhaben, äußerst mißbilligend die Stirn und ließen das ganze Volk zu einer Schafherde schrumpfen! Von dem Augenblick an begannen die Schafe, sich im Pferch, das heißt in den Sammelstellen, einzufinden und ihr wertloses Leben und ihre wertvolle Wolle der ›gerechten Sache‹ anzubieten. Ja, sogar dieselben Menschen, die noch vor kurzem Sklaven waren, standen zur ›gerechten Sache‹, huldigten ihr, beteten für sie, schwärmten voller Rührung davon, genau wie alle anderen Kleinbürger. Wer kann sich so eine Erbärmlichkeit, so einen Wahnsinn nur vorstellen!

Ja, es hieß jetzt überall: ›Tod der Republik!‹ Keine Stimme widersprach. Ganz England marschierte gegen uns! Das war freilich mehr, als ich veranschlagt hatte.

Ich beobachtete meine zweiundfünfzig Jungen scharf, beobachtete ihre Gesichter, ihren Gang, ihre unbewußten Bewegungen; denn all das ist Sprache, eine Sprache, die uns nur dazu gegeben ist, einer aufmerksamen Umwelt unsere Geheimnisse zu verraten, die wir in schwierigen Situationen wahren wollen. Ich wußte, daß das wichtigste Schlagwort ihnen immer tiefer und tiefer Geist und Herz zerfressen würde: Ganz England marschiert gegen uns! Und bei jeder Wiederholung würde es sie stärker beeindrucken, immer schärfer ihre Vorstellung bestimmen, bis es sie schließlich im Schlaf verfolgte und die schattenhaften, flüchtigen Traumgestalten raunten: »Ganz England! GANZ ENGLAND marschiert gegen uns!« Ich wußte, daß alles so geschehen würde, daß der Druck schließlich so gewaltig werden mußte, daß ihn kein Ventil mehr regulieren konnte. Deshalb mußte ich für den Zeitpunkt eine Antwort bereithalten – eine wohlüberlegte, überzeugende Antwort.

Ich behielt recht. Der Zeitpunkt kam. Sie konnten nicht mehr schweigen. Arme Burschen! Ihr Anblick war jämmerlich. Sie waren so blaß, so abgehetzt, so unruhig. Zuerst konnte ihr Sprecher kaum Stimme und Worte finden, aber dann kam er doch damit heraus.

Was er sagte – und er sagte es in dem klaren modernen Englisch, das er in meinen Schulen gelernt hatte –, war folgendes: »Wir haben versucht zu vergessen, was wir sind: englische Jungen! Wir haben versucht, den Verstand über das Gefühl zu stellen, Pflicht über die Liebe; unsere Köpfe sagen ja, aber unsere Herzen machen uns Vorwürfe. Als es noch so schien, als sei es nur der Adel, die begüterten Stände, nur die fünfundzwanzig-, dreißigtausend Ritter, die nach den jüngsten Kriegen übrigblieben, fühlten wir uns einig, und kein quälender Zweifel verstörte uns. Jeder von den zweiundfünfzig Burschen, die hier vor Euch stehen, sagte: ›Sie haben es so gewollt, es ist ihr eigener Schade!‹ Aber bedenkt! Die Situation hat sich geändert: Ganz England marschiert gegen uns! O Herr, bedenkt! Überlegt! Dieses Volk ist unser Volk. Es ist Fleisch von unserm Fleisch und Blut von unserm Blut, wir lieben es. Verlangt von uns nicht, unsere Nation zu vernichten.«

Das beweist erneut, wie wertvoll Voraussicht ist. Hätte ich den Einwand nicht vorausgesehen und mich darauf vorbereitet, würde der Bursche mich glatt umgeworfen haben! Kein Wort hätte ich erwidern können.

Aber ich war vorbereitet: »Jungen, ihr habt das Herz auf dem rechten Fleck! Ihr seid anständig in eurem Denken und Handeln, Ihr seid englische Jungen und werdet englische Jungen bleiben und werdet diesen Ehrentitel unbefleckt erhalten. Macht euch keine Sorgen. Ihr könnt beruhigt sein. Bedenkt doch: Wenn ganz England gegen uns marschiert, wer bildet die Vorhut? Wer wird,

nach den allgemeinen Kriegsregeln, an der Spitze marschieren? Antwortet!«
»Das Heer der gepanzerten Ritter zu Pferde.«
»Stimmt! Sie sind dreißigtausend Mann stark. Sie werden einige Morgen Land füllen. Jetzt paßt auf; nur sie werden den Sandgürtel betreten! Das wird ein Ereignis werden! Unmittelbar danach wird sich die Masse der ihnen folgenden Bürger zurückziehen, um anderswo Geschäfte zu machen. Nur Adel und Herrenklasse sind Ritter, und nur sie werden nach dem Ereignis übrig sein, um nach unserer Pfeife zu tanzen. Es ist die unbedingte Wahrheit, daß wir niemand zu bekämpfen haben als diese dreißigtausend Ritter. Jetzt sprecht, ihr sollt entscheiden. Sollen wir die Schlacht vermeiden, das Feld dem Feind überlassen?«
»NEIN!!!!«
Der Ruf kam einstimmig und aus überzeugtem Herzen.
»Ist euch – ist euch – nun, ist euch bange vor den dreißigtausend Rittern?«
Der Scherz löste großes Gelächter aus. Die Zweifel der Jungen waren geschwunden, und sie gingen fröhlich auf ihre Posten. Ja, sie waren eine prächtige Zweiundfünfzig! Und hübsch wie Mädchen.
Jetzt war ich bereit, den Feind zu erwarten. Möge der große Tag kommen, er wird uns auf Deck finden.
Der große Tag kam wie gerufen. Bei Tagesgrauen erschien der Beobachtungsposten von der Brustwehr in der Höhle und meldete eine schwarze marschierende Masse am Horizont und ferne Klänge, die er für Militärmusik hielt. Das Frühstück war gerade fertig; wir setzten uns und aßen.
Danach hielt ich eine kleine Rede an die Jungen und bestimmte eine Abteilung zur Bemannung der Batterie mit Clarence als Befehlshaber.
Die Sonne ging bald auf und sandte ihren ungetrübten Glanz über das Land, und wir sahen ein ungeheures Heer langsam auf uns zukommen, mit der steten Strömung und geradlinigen Wucht einer Meereswoge. Näher und näher rückte sie, und immer gewaltiger wurde ihr Anblick; ja, ganz England schien im Anmarsch zu sein. Bald konnten wir zahllose Banner flattern sehen, und dann fiel die Sonne auf das Meer der Rüstungen und

entflammte es zu strahlendem Leuchten. Es war ein schönes Bild, wie ich es noch nie gesehen hatte.
Schließlich konnten wir Einzelheiten erkennen. Das erste Aufgebot, unübersehbar in seiner Tiefenstaffelung, waren Berittene, gepanzerte Ritter mit Federbüschen. Plötzlich hörten wir Trompetenschall; der langsame Marsch wurde zum Galopp, und dann – ja, es war ein überwältigendes Bild. Herunter ins Tal fegte die riesige hufeisenförmige Woge, kam dem Sandgürtel – mir blieb die Luft weg – näher, näher; der grüne Rasenstreifen hinter dem gelben Gürtel wurde schmal und schmaler, wurde ein dürftiges Band vor den Pferden, verschwand dann unter ihren Hufen. Donnerwetter! Ja, die ganze Front des Heeres schoß mit einem Donnerkrachen gen Himmel und wurde zu einem Orkan von Fetzen und Splittern; auf dem Boden lag eine undurchdringliche Rauchbank, die vor uns versteckte, was von dem überwältigenden Bild übriggeblieben war.
Der Zeitpunkt für den nächsten Schritt im Schlachtplan war gekommen! Ich drückte auf einen Knopf und riß England die Eingeweide aus dem Leib!
In dieser Explosion flogen alle unsere ausgezeichneten Zivilisationsfabriken in die Luft und verschwanden vom Erdboden. Es war ein Jammer, aber notwendig. Wir konnten uns nicht leisten, daß der Feind unsere eigenen Waffen gegen uns kehrte.
Jetzt kam die langweiligste Viertelstunde, die ich je zu überstehen hatte. Wir warteten in schweigender Verlassenheit, in unsere Drahtkreise und einen Ring von schwerem Qualm eingeschlossen. Wir konnten über den Rauchwall nicht hinwegsehen, und wir konnten ihn auch nicht durchdringen. Aber schließlich begann er, sich träge zu zerteilen; nach Ablauf einer Viertelstunde war die Sicht klar, und wir konnten unsere Neugier befriedigen. Kein lebendes Wesen weit und breit! Wir sahen jetzt, daß unsere Verteidigungslinien stärker geworden waren. Das Dynamit hatte einen Graben von mehr als hundert Fuß Breite ganz um uns her ausgehoben und auf beiden Seiten Wälle von etwa fünfundzwanzig Fuß Höhe aufgeworfen. Die Vernichtung allen Lebens war sehr bemerkenswert. Mehr noch, sie übertraf alle Erwartungen. Wir konnten natürlich die Toten

nicht zählen, weil sie nicht mehr als Einzelwesen existierten, sondern nur als ein homogenes Protoplasma mit geschmolzenen Eisenteilen und Knöpfen dazwischen. Es war nichts Lebendes zu sehen, und doch mußte es in den hinteren Reihen einige Verwundete gegeben haben, die unter der Deckung des Rauchmantels vom Schlachtfeld getragen worden waren; den anderen würde schlecht sein – nach einer solchen Katastrophe ist das immer der Fall. Aber neue Truppen würden nicht kommen, es war das letzte Aufgebot der Ritterschaft von England, es war alles, was von dem Orden nach den jüngsten verheerenden Kriegen übrigblieb. Ich fühlte mich darum ganz sicher, daß die größte Macht, die in Zukunft gegen uns aufgestellt werden konnte, gering sein konnte, wenn es sich um Ritter handelte. Ich erließ deshalb die folgende Glückwunschproklamation an meine Armee:

›SOLDATEN! KÄMPFER FÜR DIE MENSCHLICHE FREIHEIT UND GLEICHHEIT! Euer General beglückwünscht euch! Im Hochmut seiner Stärke und in der Eitelkeit seines Ruhms zog ein anmaßender Feind gegen euch aus. Ihr wart bereit. Der Kampf war kurz, auf eurer Seite glorreich. Der gewaltige Sieg, der ohne jeden Verlust erzielt wurde, ist ohne Beispiel in der Geschichte. Solange die Planeten in ihren Bahnen kreisen, wird die SCHLACHT AM SANDGÜRTEL nicht aus dem Gedächtnis der Menschen verschwinden.

DER CHEF‹

Ich las sie gut vor, und der Beifall, den ich erhielt, war sehr schmeichelhaft für mich. Dann faßte ich die Lage in die Worte zusammen: »Der Krieg mit der englischen Nation ist zu Ende. die Nation hat sich vom Schlachtfeld und vom Krieg zurückgezogen. Bevor sie zur Rückkehr überredet werden kann, wird der Krieg aufgehört haben. Der gegenwärtige Feldzug wird der einzige bleiben. Er wird kurz sein – der kürzeste der Geschichte. Auch der für das Leben verheerendste, sofern man die Verluste mit den eingesetzten Kräften vergleicht. Wir sind fertig mit der Nation: von jetzt an befassen wir uns nur mit den Rittern. Englische Ritter können getötet

werden, aber sie können nicht besiegt werden. Wir wissen, was uns bevorsteht. Solange einer der Burschen am Leben bleibt, ist unsere Aufgabe nicht beendigt, der Krieg nicht abgeschlossen. Wir müssen sie alle töten.«
(Starker und anhaltender Beifall.)
Die großen Wälle, die durch die Dynamitexplosion um unsere Stellung herum aufgeworfen wurden, besetzte ich nur mit einem Ausguckposten von zwei Jungen, um den Feind zu melden, wenn er wieder erscheinen sollte.
Dann sandte ich einen Ingenieur und vierzig Mann zu einer Stelle südlich, unmittelbar hinter unserer Festung, um einen Bergbach von dort zu verlegen und ihn in unsere Stellung und unter unser Kommando zu bringen, so daß ich im Notfall gleich von ihm Gebrauch machen konnte. Die vierzig Mann wurden in zwei Schichten von je zwanzig aufgeteilt und sollten einander alle zwei Stunden ablösen. In zehn Stunden war die Arbeit getan.
Die Nacht brach jetzt herein, und ich zog meinen Ausguck zurück. Der nördliche Posten berichtete von einem Lager, das allerdings nur mit dem Fernglas sichtbar war. Er meldete auch, daß einige Ritter in unserer Richtung vorgefühlt und einige Stück Vieh über unsere Linien getrieben hatten, aber daß die Ritter selbst nicht sehr nahe gekommen waren. Ich hatte das erwartet. Sie tasteten das Terrain ab; sie wollten wissen, ob wir das blutige Grauen noch einmal auf sie loslassen würden. Bei Nacht würden sie vielleicht kühner werden. Ich glaubte ihr Vorhaben erraten zu haben; denn es war offenbar die gleiche Taktik, die ich selbst angewandt hätte, wenn ich an ihrer Stelle und so unwissend wie sie gewesen wäre. Ich legte es Clarence klar.
»Ich glaube, Ihr habt recht«, meinte er; »das zu versuchen, liegt für sie am nächsten.«
»Nun«, sagte ich, »wenn sie es versuchen, ist es aus mit ihnen.«
»Sicher.«
»Da bleibt für sie kein Hoffnungsstrahl.«
»Natürlich nicht.«
»Es ist schrecklich, Clarence. Es ist so furchtbar und jammervoll.«
Die Sache verstörte mich so, daß ich keine innere Ruhe finden konnte, weil ich ständig darüber nachdenken und

sorgend grübeln mußte. Um mein Gewissen zu beruhigen, verfaßte ich schließlich diese Botschaft an die Ritter:

›AN DEN HOCHWOHLGEBORENEN KOMMANDEUR DER AUFSTÄNDISCHEN RITTERSCHAFT VON ENGLAND! Euer Kampf ist sinnlos. Wir kennen eure Stärke – wenn man es so überhaupt nennen darf. Wir wissen, daß ihr höchstens fünfundzwanzigtausend Ritter gegen uns ins Feld führen könnt. Damit habt ihr keine Aussichten, gar keine. Überlegt, wir sind gut ausgerüstet, im Besitz einer guten Festung, wir zählen 54. Vierundfünfzig was? Männer? Nein, Gehirne – die fähigsten der Welt; eine Macht, gegen die bloße körperliche Kraft nicht mehr Hoffnung auf Sieg hat, als die müßigen Wogen der See den Sieg über die Granitküsten Englands erhoffen können. Laßt euch raten! Wir schenken euch euer Leben; um eurer Frauen und Kinder willen, verwerft das Geschenk nicht. Wir geben euch diese Chance, und es ist unser letztes Angebot: Legt die Waffen nieder, ergebt euch bedingungslos der Republik, und alles wird verziehen sein.

(gez.) DER CHEF‹

Ich las es Clarence vor und sagte, ich wolle die Botschaft durch einen Parlamentär überbringen lassen. Er lachte das spöttische Lachen, das ihm angeboren war, und erwiderte: »Es scheint Euch irgendwie unmöglich, jemals ganz zu begreifen, wer die Adligen in Wirklichkeit sind. Jetzt wollen wir mal etwas Zeit und Mühe sparen. Betrachtet mich als den Kommandeur der Ritter. Und Ihr seid der Parlamentär. Kommt heran und überreicht mir Eure Botschaft, und ich will Euch die gebührende Antwort geben.«
Der Einfall machte mir Spaß. Ich trat heran unter einer imaginären Wache von feindlichen Soldaten, zog mein Papier hervor und las es vor. Als Antwort schlug mir Clarence den Papierbogen aus der Hand, warf höhnisch die Lippen auf und sagte mit erhabener Verachtung: »Reißt mir das Vieh in Stücke und sendet es in einem Korb dem in der Gosse geborenen Schurken zurück, der es herschickte; eine andere Antwort habe ich nicht!«

Wie grau ist alle Theorie angesichts des Lebens! Und dies war einfach Leben, nichts anderes. Genau das wäre geschehen, davor konnte man die Augen nicht verschließen. Ich zerriß den Entwurf und gönnte meinen unzeitgemäßen Sentimentalitäten einen Dauerurlaub.

Jetzt an die Arbeit. Ich prüfte die elektrische Alarmanlage von der Kanonenplattform zur Höhle und versicherte mich, daß sie in Ordnung war. Ich überprüfte mehrmals die Schalter, die zu den Zäunen gehörten – Schalter, durch welche ich den elektrischen Strom in jedem Zaun unabhängig von den anderen nach Belieben unterbrechen und wieder einschalten konnte. Ich stellte den Bachdurchstich unter Aufsicht von drei meiner besten Jungen, die sich in Zwei-Stunden-Wachen die ganze Nacht über abwechseln und meinem Signal prompt folgen würden, falls ich Gelegenheit haben sollte, es abzugeben: drei Revolverschüsse schnell hintereinander. Der Wachdienst war für eine Nacht aufgehoben und die Umzäunung sich selbst überlassen; ich befahl, daß in der Höhle Ruhe gewahrt und die elektrische Beleuchtung auf ein Minimum beschränkt werden sollte.

Sobald es schön dunkel war, schaltete ich in allen Zäunen den Strom ab und tastete mich dann zum Wall durch, der die uns nächste Seite des großen Dynamitgrabens begrenzte. Ich schlich hinauf und lag dort am Hang des Erdhaufens, um zu beobachten. Aber es war zu dunkel, um etwas zu erkennen. Geräusche gab es keine. Es war eine Grabesstille. Allerdings vernahm ich die gewöhnlichen Nachtgeräusche des Landes – das Schnarren von Nachtvögeln, das Summen von Insekten, das Bellen ferner Hunde, das sanfte Muhen ferner Kühe – aber sie schienen das Schweigen nicht zu brechen, sie vertieften es nur und gaben ihm etwas grausam Schwermütiges.

Ich gab das Spähen bald auf, die Nacht stand wie eine schwarze Mauer, aber ich lauschte angestrengt auf das geringste verdächtige Geräusch, denn ich war sicher, mit etwas Geduld nicht enttäuscht zu werden. Ich mußte jedoch viel Geduld aufbringen. Schließlich erlauschte ich etwas wie undeutliche Klangfetzen, wie gedämpften metallischen Schall. Ich spitzte die Ohren und hielt den Atem an. Denn das war es gerade, worauf ich gewartet

hatte. Der Ton schwoll an und kam näher. Er kam aus nördlicher Richtung. Plötzlich hörte ich ihn aus gleicher Höhe vom Grat des gegenüberliegenden Walles, hundert Fuß oder mehr von mir entfernt. Dann glaubte ich, eine Reihe schwarzer Punkte auf dem Hügelkamm zu sehen – menschliche Köpfe? Ich konnte es nicht sagen; vielleicht war es überhaupt nichts. Man kann sich auf die Augen nicht verlassen, wenn die Phantasie im Spiel ist. Der Zweifel war jedoch bald geklärt. Ich hörte das metallische Geräusch in den Graben hinabsteigen. Es wurde schnell stärker, breitete sich über die ganze Front aus und bewies mir unmißverständlich die Tatsache, daß ein bewaffnetes Heer im Graben Stellung bezog. Sie bereiteten dort eine kleine Überraschung für uns vor. Etwa mit Tagesanbruch – vielleicht auch früher – stand uns allerlei Unterhaltung bevor.
Ich tastete jetzt den Weg zur Einzäunung zurück; ich hatte genug gesehen. Ich ging zur Plattform und schaltete in den zwei inneren Zäunen Strom ein. Dann ging ich zur Höhle und fand dort alles in Ordnung – niemand außer der Wache war auf. Ich weckte Clarence und sagte ihm, daß der große Graben sich jetzt mit dem Feind fülle und daß ich glaube, die Ritter würden uns als geschlossener Trupp angreifen. Ich hatte das Gefühl, daß wir bei Tagesanbruch einen Angriff von Tausenden erwarten konnten, die im Graben lauerten. Sie würden über den Wall schwärmen und angreifen, den Rest der Armee unmittelbar hinter sich.
Clarence sagte: »Sie werden im Dunkel ein paar Kundschafter ausschicken. Sollen wir nicht den Blitz aus den äußeren Zäunen herausnehmen und ihnen etwas Auslauf geben?«
»Das habe ich schon getan. Kanntest du mich je als ungastlich?«
»Nein, Ihr habt ein gutes Herz. Ich will gehen und . . .«
»Ein Empfangskomitee bilden? Ich komme mit.«
Wir überquerten die Brustwehr und legten uns zusammen zwischen die beiden inneren Zäune. Das schwache Licht in der Höhle hatte unsere Augen etwas geblendet, doch bald gewöhnten sie sich an die Dunkelheit. Zuerst hatten wir uns vorwärts tasten müssen, und jetzt konnten wir die Zaunposten erkennen. Wir begannen eine

Flüsterkonversation, aber Clarence brach sie plötzlich ab und fragte: »Was ist das?«

»Was?«

»Das Ding dort drüben?«

»Welches Ding? Wo?«

»Dort in Eurer Richtung . . . ein kleines Stück weit . . . ein schwarzes Etwas . . . die dunkle Gestalt von irgendwas . . . am zweiten Zaun.«

Ich starrte und starrte. Ich sagte: »Könnte es ein Mann sein, Clarence?«

»Nein, ich glaube nicht. Wenn Ihr bemerkt, es sieht ein biß-. Natürlich, es ist ein Mann! An den Zaun gelehnt.«

»Gewiß ist es einer; gehen wir nachsehen.«

Wir schlichen auf Händen und Knien hin, bis wir ganz nah waren, und sahen dann auf. Ja, es war ein Mann. Eine große, undeutliche Gestalt im Panzer, aufrecht stehend, beide Hände am obersten Draht . . . und natürlich, das war der Geruch von verbranntem Fleisch! Armer Bursche, mausetot, und er erfuhr nie, was ihm geschehen war. Er stand da wie ein Denkmal, nichts um ihn regte sich, nur seine Helmfedern raschelten ein wenig im Nachtwind. Wir erhoben uns und schauten durch die Stahlbänder seines Visiers, aber wir konnten nicht sagen, ob wir ihn kannten oder nicht. Das Gesicht lag zu sehr im Schatten.

Wir hörten gedämpfte Geräusche sich nähern und sanken, wo wir standen, zu Boden. Wir erkannten schemenhaft einen zweiten Ritter. Er schlich sehr vorsichtig, tastete sich behutsam weiter. Jetzt war er uns nahe genug, daß wir sehen konnten, wie er die Hände ausstreckte, um einen oberen Draht zu finden, wie er sich bückte und zwischen den Drähten durchschlüpfte. Jetzt erreichte er den ersten Ritter . . . und stutzte leicht, als er ihn erblickte. Er stand einen Augenblick still, zweifellos erstaunt, warum der andere sich nicht bewegte. Dann sagte er leise: »Warum träumt Ihr hier, guter Herr Mar-«, legte dabei seine Hand auf die Schulter der Leiche – gab nur noch einen kleinen Klagelaut von sich und sank leblos zu Boden. Von einem toten Mann getötet, ja, von einem toten Freund getötet. Es war etwas Grausiges daran.

Mehr solcher frühen Vögel kamen nach und nach geflattert, etwa alle fünf Minuten einer in unserer nächsten

Nähe, eine halbe Stunde lang. Außer ihren Schwertern trugen sie keine Angriffswaffen; gewöhnlich hielten sie das blanke Schwert in der Hand und streckten es vor, um damit die Drähte zu finden. Dann und wann sahen wir nur einen blauen Funken, wenn der Ritter, der ihn hervorrief, uns wegen der Entfernung unsichtbar blieb. Trotzdem wußten wir jedoch, was geschehen war. Armer Kerl, er hatte einen Draht mit seinem Schwert berührt, der unter Strom lag. Es gab kurze Pausen von grausiger Stille. Mit trauriger Regelmäßigkeit wurden sie durch das Rasseln vom Fall eines Gepanzerten unterbrochen. Und das ging weiter, immer weiter, und war sehr schaurig in der Dunkelheit und Einsamkeit.

Wir beschlossen einen Rundgang zwischen den inneren Zäunen. Wir wollten aufrecht gehen, der Bequemlichkeit wegen. Wir rechneten darauf, daß wir bei Entdeckung eher für Freunde als für Feinde gehalten werden müßten, und auf jeden Fall waren wir außer Reichweite der Schwerter, und die Herrschaften schienen keine Lanzen bei sich zu haben. Na, es war eine eigenartige Tour. Überall lagen Tote außerhalb des zweiten Zaunes, nicht ganz deutlich erkennbar, aber doch sichtbar, und wir zählten fünfzehn jener feierlichen Standbilder; tote Ritter, die mit den Händen den obersten Draht festhielten. Etwas schien zur Genüge bewiesen: unser Strom war so stark, daß er tötete, bevor das Opfer schreien konnte. Sehr bald vernahmen wir ein gedämpftes und doch durchdringendes Geräusch, dessen Ursprung wir einen Augenblick später erkannten, eine überraschende Attacke sollte ausgeführt werden. Die feindlichen Streitkräfte gingen in Stellung. Ich flüsterte Clarence zu, er solle unsere Streitmacht wecken und sie schweigend auf weitere Befehle in der Höhle warten lassen. Bald war er wieder da, und wir standen am inneren Zaun und sahen zu, wie der schweigende Blitz seine furchtbare Arbeit an dem ausschwärmenden Heer verrichtete. Man konnte wenig Einzelheiten unterscheiden, aber es war deutlich sichtbar, daß eine schwarze Masse sich hinter dem zweiten Zaun türmte. Der anwachsende Haufen waren Tote! Unser Lager war mit einem Wall von Toten umschlossen, einem Bollwerk, einer Brustwehr von Leichen, sozusagen. Schrecklich war der Umstand, daß man keine menschliche Stimme hörte; es gab kein Hurrageschrei, keine Schlachtrufe. Da der Feind eine Überraschung vorhatte, bewegten sich die Männer so geräuschlos wie möglich; und immer, wenn die vorderste Reihe ihrem Ziele nahe genug war und den Kampfruf schon in der Kehle hatte, berührte sie die verhängnisvolle Leitung und ging lautlos zu Boden.

Ich schickte jetzt den Strom durch den dritten Zaun, und fast gleichzeitig durch den vierten und fünften, so schnell füllte sich das Land dazwischen. Jetzt hielt ich die Zeit für meinen größten Schlag für gekommen. Ich glaubte, die ganze Armee säße uns jetzt in der Falle. Immerhin war es höchste Zeit, sich darüber Sicherheit zu verschaffen. Deshalb drückte ich auf einen Knopf und schaltete fünfzig starke Scheinwerfer auf dem Gipfel der Berge an.

Himmel, welcher Anblick! Wir waren von drei Mauern toter Männer umschlossen! Alles Zwischenland war fast völlig mit den Lebenden gefüllt, die leise ihren Weg durch die Drähte suchten. Der plötzliche Glanz lähmte den Feind, ließ ihn vor Schrecken zu Stein erstarren. Mir blieb gerade nur ein Augenblick, um ihre Erstarrung auszunützen; und ich versäumte die Chance nicht. In der nächsten Sekunde hätten sie nämlich ihre Kräfte wiedergefunden, dann wären sie mit Hurra Sturm gelaufen und hätten meine Drähte niedergetreten. Aber dieser verlorene Augenblick kostete sie für immer ihren Sieg. Während selbst dieses winzige Zeitteilchen noch nicht verloren war, ließ ich den Strom durch alle Zäune laufen und erschlug damit das ganze Heer mit einem Schlag. Das Aufstöhnen konnte man hören! Es war der Laut des Todeskampfes von elftausend Männern. Es klang mit schauerlichem Pathos in die Nacht hinaus.

Ein Blick überzeugte uns, daß der Rest des Feindes – ungefähr zehntausend Mann stark – sich zwischen uns und dem umschließenden Graben befand und zum Angriff vorwärts drängte. Wir hatten sie also alle gefangen, und sie waren rettungslos verloren. Die Zeit für den letzten Akt der Tragödie war gekommen. Ich schoß die drei vereinbarten Revolverschüsse ab, die bedeuteten: ›Laßt das Wasser ein!‹

Es gab ein plötzliches Rauschen und Tosen, und in der

nächsten Minute brauste der Bergbach durch den großen Graben und verwandelte ihn in einen hundert Fuß breiten Fluß von fünfundzwanzig Fuß Tiefe.
»Achtung, Artillerie! Feuer frei!«
Die dreizehn Revolverkanonen begannen Tod in die dem Schicksal verfallenen Zehntausend zu speien. Sie standen, sie hielten ihre Stellung einen Augenblick gegen den vernichtenden Kugelhagel, dann brach ihre Front, sie wendeten, und Panik jagte sie in den Graben wie ein Windstoß welke Blätter. Ein gutes Viertel von ihnen erreichte nie den Grat des hohen Walles; drei Viertel erreichten ihn und stürmten hinüber – in den nassen Tod.
Zehn Minuten, nachdem wir das Feuer eröffnet hatten, war der bewaffnete Widerstand vollständig zusammengebrochen. Der Feldzug war zu Ende, wir vierundfünfzig waren die Herren Englands. Fünfundzwanzigtausend Mann lagen tot um uns herum!
Aber wie heimtückisch ist das Schicksal! Kurze Zeit später – eine Stunde etwa – ereignete sich etwas, durch meine eigene Schuld, das . . . aber ich habe nicht den Mut, es zu beschreiben. Soll der Bericht hier enden.

Ein Postskriptum von Clarence

Ich, Clarence, muß es für ihn schreiben. Er schlug vor, daß wir zwei hinausgehen und sehen, ob man den Verwundeten helfen könnte. Ich war ganz entschieden gegen seinen Plan. Ich wandte ein, wenn es viele wären, könnten wir doch nur wenig für sie tun; und auf jeden Fall würde es unklug sein, uns zwischen sie zu wagen. Aber selten konnte man ihn von dem einmal gefaßten Vorsatz abbringen. So schalteten wir den elektrischen Strom in den Zäunen ab, nahmen eine Begleitung mit, kletterten über die umschließenden Festungswälle von toten Rittern und gingen ins offene Feld. Der erste Verwundete, der um Hilfe bat, saß mit dem Rücken gegen einen toten Gefährten. Als der Chef sich über ihn beugte und ihm gut zusprach, erkannte ihn der Mann und stieß mit dem Dolch nach ihm. Das war der Herr Meliagraunce, wie ich feststellte, als ich ihm den Helm herunteriß. Er wird nie mehr um Hilfe bitten.

Wir trugen den Chef zur Höhle und behandelten seine Wunde, die nicht sehr schwer war, so gut wir konnten. Dabei hatten wir Merlins Hilfe, obwohl wir es nicht wußten. Er war als Frau verkleidet und schien eine einfache alte Bäuerin zu sein. In seiner Maskierung, mit braun gefärbtem, glattrasiertem Gesicht war er erschienen, einige Tage nachdem der Chef verwundet wurde, und bot sich an, für uns zu kochen. Die falsche Bäuerin gab an, daß ihre Leute in einige neue Lager gezogen waren, die der Feind einrichtete, und sie dem Hungertod nahe war. Der Chef erholte sich sehr schnell und verbrachte fröhlich seine Zeit mit der letzten Bearbeitung seines Berichtes.

Wir waren froh, die Frau bei uns zu haben; denn an Arbeitskräften fehlte es. Wir saßen nämlich in der Falle – einer selbstgemachten Falle. Wenn wir blieben, wo wir waren, töteten uns unsere Toten; wenn wir hinausgingen aus unseren Verteidigungslinien, waren wir nicht mehr unbesiegbar. Wir hatten gesiegt – jetzt wurden wir besiegt; wir erkannten es alle. Wenn wir zu einem der neuen Heerlager gehen könnten und eine Art Kompromiß mit dem Feind schließen . . . Ja, aber der Chef konnte nicht gehen, und ich auch nicht, denn ich erkrankte als einer der ersten durch die von Tausenden von Leichen verpestete Luft. Andere wurden krank und immer mehr. Morgen ...

Morgen. Der Tag ist gekommen und mit ihm das Ende. Um Mitternacht erwachte ich und sah die alte Hexe über Gesicht und Kopf des Chefs sonderbare Zeichen in der Luft beschreiben. Ich fragte mich, was das bedeuten sollte. Alle außer der Wache am Aggregat lagen in tiefem Schlaf, man hörte keinen Laut. Die Frau hörte auf mit ihrem geheimnisvollen Unsinn und schlich sich auf Zehenspitzen zur Tür. Ich rief: »Halt! Was hast du da gemacht?«

Sie hielt an und sagte im Ton rachsüchtiger Befriedigung: »Ihr wart Sieger; ihr seid besiegt! Jene anderen verfaulen; ihr aber auch. Ihr alle sollt hier sterben, jeder, außer ihm. Er schläft jetzt und soll dreizehn Jahrhunderte schlafen. Ich bin Merlin!«

Dann packte ihn ein so rasendes, idiotisches Gelächter, daß er taumelte wie ein Betrunkener und plötzlich an einen unserer Drähte griff. Sein Mund steht noch immer offen; er scheint immer noch zu lachen. Das Gesicht wird das versteinerte Lachen wohl behalten, bis die Leiche zu Staub geworden ist.

Der Chef hat sich nicht mehr bewegt, er schläft wie ein Toter. Wenn er heute nicht erwacht, wissen wir, was für ein Schlaf das ist, und seine Leiche wird dann in eine entfernte Abzweigung der Höhle gebettet, wo niemand sie je entweihen kann. Was uns andere betrifft, nun, wir haben beschlossen, wenn je einer lebendig von hier wegkommt, er die Tatsache niederschreiben und das Manuskript getreu bei dem Chef verstecken wird, unserem lieben guten Häuptling, dessen Eigentum es ist, im Leben oder Tod.

Ende des Manuskripts

Letztes PS von MT

Der Morgen dämmerte schon, als ich das Manuskript beiseite legte. Der Regen hatte beinahe aufgehört, die Welt war grau und traurig. Der Sturm hatte ausgetobt und seufzte sich selbst in Schlaf. Ich ging zum Zimmer des Fremden und lauschte an der Tür, die einen Spalt weit offenstand. Ich hörte seine Stimme und klopfte an. Keine Antwort, aber seine Stimme hörte ich immer noch. Ich sah verstohlen hinein. Der Mann lag in seinem Bett auf dem Rücken, sprach abgebrochen, aber lebhaft, und gestikulierte mit rastlos umherfuchtelnden Armen, wie ein Kranker im Delirium. Ich schlich leise hinein und beugte mich über ihn. Sein Gemurmel und seine Ausrufe dauerten an. Ich sprach ihn an – nur ein Wort, um seine Aufmerksamkeit zu erregen. Seine starren Augen und sein aschfahles Gesicht leuchteten augenblicklich in Heiterkeit, Dankbarkeit, Glück und Wiedersehensfreude auf.

»O Sandy, endlich bist du gekommen! Wie ich mich nach dir sehnte. Setz dich zu mir – verlaß mich nicht –, verlaß mich nie wieder, nie wieder. – Wo ist deine Hand? – Gib sie mir, gib sie mir, Liebe, laß sie mich halten – da –, jetzt ist alles gut, alles ist Frieden, und ich bin wieder glücklich – wir sind wieder glücklich –, nicht wahr, Sandy? Du bist so undeutlich, wie verschleiert – du bist nur ein Nebel – eine Wolke –, aber du bist hier, und das ist Seligkeit genug. Ich halte deine Hand; nimm sie nicht fort; es ist nur für eine kleine Weile, ich brauche sie nicht lang. War das das Kind? . . . Hallo-Amt! . . . Sie antwortet nicht. Schläft vielleicht? Bring sie her, wenn sie aufwacht, und laß mich ihre Hände berühren, ihr Gesicht, ihr Haar, und ihr Lebewohl sagen. Sandy . . . Ja, du bist da, ich hatte mich einen Augenblick vergessen und glaubte, du bist fortgegangen . . . War ich lange krank? Es muß lange gewesen sein; mir scheint, Monate. Und die Träume! So seltsame und grausige Träume, Sandy! Träume, die so wirklich waren wie die Wirklichkeit. Fieberphantasien natürlich, aber so wirklich! Ja, ich glaubte, der König war tot. Ich glaubte, du warst in Frankreich und könntest nicht nach Hause kommen. Ich glaubte, es gab eine Revolution. In dem ungeheuerlichen Wahnsinn meiner Träume glaubte ich, daß Clarence und ich und eine Handvoll meiner Kadetten die ganze Ritterschaft von England bekämpft und ausgerottet hatten! Aber das war nicht einmal das Sonderbarste. Ich schien ein Wesen aus einem fernen ungeborenen Zeitalter, Jahrhunderte im voraus, zu sein, und sogar das war so wirklich wie das übrige! Ja, ich schien zurückgeflogen zu sein aus jener Zeit in unsere und dann wieder vorwärts in jene, und war dort ein Fremder und verlassen in dem seltsamen England, und ein Abgrund von dreizehn Jahrhunderten klaffte zwischen mir und dir! Zwischen mir und meinem Heim und meinen Freunden! Zwischen mir und allem, was mir lieb ist, allem, was das Leben lebenswert macht! Es war scheußlich – schrecklicher, als du dir je vorstellen kannst, Sandy. Oh, wache bei mir, Sandy – bleib jeden Augenblick bei mir –, laß mich nicht wieder das Bewußtsein verlieren. Der Tod ist leicht, mag er kommen; aber nicht mit den Träumen, nicht mit den Folterqualen so entsetzlicher Träume – das halte ich nicht noch einmal aus. Sandy . . .?«

Er murmelte noch ein Weilchen ohne Zusammenhang vor sich hin, dann lag er für Augenblicke ruhig und glitt anscheinend dem Tod zu. Gleich darauf zupften seine Finger ruhelos an der Bettdecke, woran ich erkannte, daß sein Ende bevorstand. Mit dem ersten Todesröcheln in der Kehle richtete er sich etwas auf und schien zu horchen, dann sagte er: »Eine Trompete? Es ist der König! Die Zugbrücke dort! Bemannt die Zinnen . . . bringt die . . .«

Er bereitete seinen letzten Auftritt vor, aber er wurde damit nicht mehr fertig.

ENDE